中央高校基本科研业务费专项资金后期资助项目"百年文学鲁迅再解读"（项目编号SWU1909004）；中央高校基本科研业务专项资金资助项目"中外诗歌发展问题研究研究"（项目编号：SWU2009110）；重庆市社会科学规划项目博士项目"川渝地区少数民族作家地方性知识生产机制研究"（2021BS029）。

跨学科
诗学论丛

中国新诗研究所 编

文化·心理与政治

多维视野下的20世纪中国文学研究

魏 巍 著

中国社会科学出版社

图书在版编目(CIP)数据

文化·心理与政治:多维视野下的20世纪中国文学研究/魏巍著.
—北京:中国社会科学出版社,2022.3

(跨学科诗学论丛)

ISBN 978 - 7 - 5203 - 9902 - 9

Ⅰ.①文… Ⅱ.①魏… Ⅲ.①中国文学—文学研究—20世纪
Ⅳ.①I206.6

中国版本图书馆 CIP 数据核字(2022)第 041252 号

出 版 人　赵剑英
责任编辑　郭晓鸿
特约编辑　李　英
责任校对　朱妍洁
责任印制　戴　宽

出　　版　中国社会科学出版社
社　　址　北京鼓楼西大街甲 158 号
邮　　编　100720
网　　址　http://www.csspw.cn
发 行 部　010 - 84083685
门 市 部　010 - 84029450
经　　销　新华书店及其他书店

印刷装订　北京君升印刷有限公司
版　　次　2022 年 3 月第 1 版
印　　次　2022 年 3 月第 1 次印刷

开　　本　710×1000　1/16
印　　张　21
插　　页　2
字　　数　265 千字
定　　价　118.00 元

目　录

第一章　中国现代文学研究中的"现代性"批判

一　问题的由来

自杨春时、宋剑华二位先生的《论 20 世纪中国文学的近代性》一文在 1996 年吹响了中国文学近现代之争的号角以来，"现代性"一词已作为一个重要的文学（文化）概念进入了现代文学研究界。十多年过去了，尽管学界对现代文学中的"近代性"与"现代性"的争论表面上已经尘埃落定告一段落，但是，对这场论争引发的问题却一直没有得到清理，今天，我们对现代文学"现代性"内涵仍然莫衷一是，何为中国现代文学的现代性？中国现代文学有没有现代性？"至今为止，没有哪一部《中国现代文学史》的编写者，能够准确解释什么是'中国现代文学'这一最基本的学理概念。"[①]

在这之前，我们一直把"中国现代文学"作为一个学科概念，这个概念的存在因为政治授权而具有独立自足性，因此也就不用去关注这个概念内在是否存有矛盾，对之前的学界来说，以任何名词来命名这个学科并不重要，因为那仅仅是一个名字而已。可是现在，

---

① 宋剑华：《现代性困惑、焦虑与质疑》，载宋剑华《文学的期待——转型期中国文学现象论》，作家出版社 2006 年版，第 1 页。

当我们把这个命题放到西方甚至全球化知识体系下来考量的时候，问题就变得严重起来，甚至到了威胁这门学科是否成立的地步。诚如李怡先生所言："现代性不仅是我们现代的文化与文学的生存之本，而且恰恰是这一最基本的问题在 20 世纪 90 年代由中国后现代主义所发起的'重估现代性'当中遭到了最危险的质疑，今天，对于'现代'的追问和重估在根本上影响着我们中国文学的安身立命之本，影响着这一学科内部的最基本的价值判断方式"。[①] "中国现代主义文学"的命题就是在这样的背景之下被提出来的，和当年参与争论的绝大多数论者一样，王富仁先生竭力确认了"中国现代主义文学"，从而反驳了中国文学"近代性"的说法。在讨论了鲁迅不同于西方的创作方法之后，王富仁先生发问道："西方标榜了很多自己的创作方法，为什么我们不可以把鲁迅所体现的这种创作特征作为一种独立的创作方法、作为'中国现代主义'呢?"[②] 显然，王先生的着力点在于确立中国现代文学的主体意识。在西方现代话语大量涌入这项研究的情况下，要保证这门学科屹立不倒，就要展示出它卓然独立的一面，因此，以"中国现代主义文学"的命名就无疑能够避免来自西方现代性视野下的质问。这样一来，精神意义上的现代性与世俗意义上的现代性之间的对立就演变成了西方意义上的现代性与中国意义上的现代性之间的对立。西方概念中具有历时性特征的现代性在中国变成了共时性的价值体系，原来相互矛盾的两种现代性在中国被整合在了一起。这个矛盾也在无形中消隐，转化成为中国现代性与西方现代性之间的对立。也正是在这种对立中，

---

① 李怡：《论中国现代文学传统的再认识中的"现代性"问题》，载南京大学中国现代文学研究中心编《中国现代文学传统》，人民文学出版社 2002 年版，第 46 页。
② 王富仁：《中国现代主义文学论（上）》，《天津社会科学》1996 年第 4 期。

突出了以"中国现代主义文学"来命名的史学地位。

王富仁先生的这种做法当然是可取的,他至少使得我们面对以"中国现代文学"来命名的这门学科的时候不再悲观,他带给学界以自信:中国现代文学与西方现代文学具有同样的研究价值与地位。确实,这个概念把中国现代主义文学与西方的现代文学区别开来,但是,也正因为这种各是其所是的区别,使得中西方文学在"现代性"这个意义上成了装在两只玻璃罩子中的苍蝇,失去了对话的可能性。寻求论点去支撑"现代文学"的"现代性"做法本身就是重写文学史视野下一种充满悖论的"现代性"焦虑。同时,按照卡林内斯库的观点,现代主义跟后现代主义一样,只是现代性的五副面孔之一,照此推论,我们有理由追问:"中国现代主义文学"能等同于"中国现代文学"吗?现代性这个词包含了这样一种时空观:时间上它是一种面向未来的重新开始,而空间上具有一种巨大的开放性,凸显了人类历史上第一次全球性在场。所以,这种割裂本身就违背了"现代性"的精神理念。

与"中国现代主义文学"这个提法具有异曲同工之妙的是朱德发先生的"现代中国文学",据朱先生考察:"'现代中国'和'中国现代'不仅仅是语序上的颠倒,它们是从不同的视野和不同的价位来判定'文学史',后者主要指涉中国的现代文学史,着重突现其现代性,即中国现代型的文学史或曰中国新文学史,那些非现代性或非'新'的文学并不包括在内;前者不是着眼于'现代文学',只规范现代性的文学,而首先放眼于'现代中国'的文学。"

这种以中国现代化为背景来作为文学分期的依据,并以国家意识来框定文学史的做法,表面上很自然地逃离了"现代性"之争。原则上,说"'现代中国'应以甲午之战后的维新变法运动作为起点""上可封顶下不封底"①，这些当然是无可厚非的，但是，论者在这里恰恰忘记了甲午之战后的中国"现代化"是在西方船坚炮利之下被迫的"现代化"，换句话说，中国的"现代化"还是以西方为参照的。因此，以"现代中国文学"来命名的学科意识同样也避免不了西方现代性的纠缠。

问题的关键就在于：任何一种对"现代文学"的界定，不管是认定其"近代性"还是肯定其"现代性"性质，潜意识中都以西方知识体系作为参照，这就使得我们既可以从历史纵向上去认定中国"现代文学"的"近代性"，也可以从横向上作对比而确认其"现代性"甚至"后现代性"。可以说，只要我们没有意识到中国没有完全地经历过西方意义上的资本主义民主法治阶段，这样的争论就会无限制地持续下去。认识到这一点的重要意义在于：讨论中国"现代文学"的现代性问题的时候，就要意识到中国的特殊国情，既要把自康德以来的启蒙主义中所确认的人的理性批判精神作为衡量现代性的一项重要标准，同时，又要结合西方现代文学的精神内核，才能确认走向世界文学过程中的中国现代文学的核心内涵。如果我们只执其一，这种现代之争最后剩下的就仅仅只是一个命名权而已了。

二　充满分歧的现代性

长期以来，我们的文学研究都在追求某种西方意义上的认同，当我们的现、当代文学命名仅仅只是为了证明某种政治合理性，迎合现代政治需要而临时使用的一项策略的时候，这个命名就仅仅体现出一个知识分子的阶级立场问题；可是，当我们开始追问"我们

---

① 朱德发：《重建"现代中国文学史"学科意识》，《福建论坛》（人文社会科学版）2002年第2期。

如何成为'现代的'？"并在此基础上去确立"中国现代文学"的近代性、现代性，甚至是后现代性的时候，我们学界通常的做法是从西方哲学话语中去寻求对"现代性"的理解，正如汪晖所言，"现代性（modernity）是个内含繁复的西方概念。"① 高远东的言论也就更为透彻，"'现代性'即现代之为现代的本质。但何谓'现代'？学界一般认为有两层含义：从时间上看，它指从 16 世纪意大利文艺复兴开始，经由 17、18 世纪法国启蒙运动和 18、19 世纪德国古典哲学奠基，直到 20 世纪 80 年代至今仍在发展中国家延续的漫长历史时期。从性质上看，它指针对中世纪宗教神学的思想解放及主体性原则在知识、道德、审美领域的确立，亦即以启蒙主义为核心的文化合理性工程，工业化和民主制度是主要的社会政治目标。在我国，由建立现代民族国家导致的启蒙和救亡工程是基本内容。"② 把"启蒙"与救亡作为中国文学的现代性标志，不仅是"现代主义者"们的观点，也是那些"后现代主义者"的观点，张颐武在他的预言性文章中就认为："对于中国语境而言，'现代性'意味着以西方话语为参照的'启蒙'与'救亡'的工程。"③

　　显然，这些学者延续了李泽厚在《中国现代思想史论》中提出的"启蒙与救亡的双重变奏"的说法，并以此来推论中国的现代性。启蒙在西方如果是目的的话，那么在中国，启蒙变成了手段。启蒙—救亡，这个语序很有意思："以西方话语为参照""现代"起来的"启蒙"成了救亡的动力，启蒙是为了救亡的，这是一

---

① 汪晖：《我们如何成为"现代的"？》，《中国现代文学研究丛刊》1996 年第 1 期。

② 高远东：《未完成的现代性（上）——论启蒙的当代意义并纪念"五四"》，《鲁迅研究月刊》1995 年第 6 期。

③ 《张颐武："现代性"的终结——一个无法回避的课题》，《战略与管理》1994 年第 4 期。

种手段，民族主义在这里取代了"启蒙"的"现代性"，现代性在这里没有任何独立的价值与意义，而成了为民族国家服务的工具。于是，我们也就这样顺理成章地被"现代"了。可是，如此一来，这个"现代性"就与文学没有任何关系了，因为文学也只是启蒙的一个途径而已，它成了一个十足的社会学意识形态话语，学界一直批判的"工具理性"在这里再次被人为地工具理性化。这是典型的把政治意识形态问题与文学现代性问题混为一谈的说法。建立现代民族国家无疑是现代性的一个重要标志，但是，具体到中国文学来说，我们不能因为有了这个标志就把现代性当作某种社会达尔文主义来简单处理掉，这样会抹杀现代性的多元意义，如果这样，那我们现在谈论中国的现代性也就毫无意义。我们不能就此去说左翼文学代表了民族国家想象，因此就具有了现代性，而沈从文写湘西落后的"边城"就不具现代性，更何况，这样的说法并不能涵盖新中国成立之后的所有文学形态。为了证明自己提出的论点，以偏概全不及其余，这正是现在学界通常犯的毛病。

吴晓东在《〈长河〉中的传媒符码——沈从文的国家和现代想象》中就认为："从《边城》到《长河》，沈从文的湘西世界似乎完成了一个历史阶段的跨越，仿佛是从'前史'一下子迈进了'现代史'。这与《长河》直接处理了湘西社会是'现代'想象和'国家'想象，直接介入了'现代性'语境以及现实政治语境大有关系。而这种'现代性'和现实政治语境在相当大的程度上是通过小说中具体的传媒符码建构的。"①

我们且不去计较《长河》中论者所谓的"乡土传闻与大众传

---

① 吴晓东：《〈长河〉中的传媒符码——沈从文的国家和现代想象》，《视界》2003 年第12 期。

媒"与当地人认同感之间的背离，甚至也不去刻意在乎沈从文笔下的"长河"是否处于殖民统治之下，这些想象是否激起了人们的民族主义情怀，以及这种所谓的国家想象是否落实到当地人身上，或者仅仅只是国家的一厢情愿，单单就因为《长河》中具有本尼迪克特·安德森在《想象的共同体》一书中把民族国家的想象建构在现代传媒的使用上，而《边城》没有，就断定后者是"前史"而前者是"现代史"的做法，如果我们不把它当作文学现代性研究中的一种苛刻挑剔，至少也是对现代性的一种霸道据有。更何况，如果以此为标准去衡量"现代文学"，又有几部小说经得起这样的考量？或许，在对这个问题的认识上，借用鲁迅曾谈及"革命文学"的话会对我们有所启示，"我以为根本的问题是在作者可是一个'革命人'，倘是的，则无论写的什么事件，用的什么材料，即都是'革命文学'"。①

国族想象并非通往现代性的唯一之路，人们的生活价值观念、城乡问题、法律体制、严密的劳动分工与职业化等都是现代性所理应包含的题中之意，而吴晓东以国族想象来作为划分"前史"与"现代"的标准，显然犯了单一现代性的错误。具体到沈从文，我们需要关注的恰恰不是他的国族想象问题，而是人们的生活价值观问题，以一种反现代化的态度来确立现代性的问题。不管沈从文自己是否意识到这一点，这都是现代性所包含的内在矛盾与张力所在。

笔者坚持认为："文学始终是'人'的文学，而'现代性'也始终是'人'自身的现代性。如果离开人来谈论现代性，也就成了无本之木。"② 正是这样，我虽然并不反对以国族想象来作为现代性

---

① 鲁迅：《革命文学》，载《鲁迅全集》第三卷，人民文学出版社 2005 年版，第 568 页。
② 魏巍：《回到人自身的现代性》，《海南师范大学学报》2010 年第 2 期。

的一个衡量标准，但是，如果我们以获得这个现代性而忽略了人在这个"现代性"过程中本来所应该体现的价值，或者说，以失去作为人的主体地位为代价而换取某种现代性的认同，则是完全本末倒置的。我们不能以一个国族想象中的意识形态乌托邦去掩盖作为个体人对社会的思考。卡林内斯库对"作为西方文明史一个阶段的现代性同作为美学概念的现代性"的区分提示我们："作为文明史阶段的现代性是科学技术进步、工业革命和资本主义带来的全面经济社会变化的产物"①，它是现代性自身的认同力量，以社会为主体，张扬理性；而美学概念的现代性则是作为文明阶段现代性的反抗力量，它以个人为本体，用审美感性来对抗技术理性和工具理性。后者是对前者的激烈反拨和批判。因此，现代性并不是随着时间的流逝而自己生成的，它不具备自我生成性，而是在对工业现代化的批判反思中形成的。没有对工业社会的批判反思，没有对人自身处境的反思批判，就不可能有现代性。

三 "反现代性"还是现代性？

如果我们确信五四新文化运动之后的中国文学是"现代文学"，那么，也就意味着我们不仅要在这个文学框架之内找到能够使其成为"现代"文学的依据，更重要的是，要确立一种多元的现代性这样的理念。确立这种理念不仅是借以确立与西方意义上相平等的现代性，更为重要的是，只有确立这种多元的理念，才能涵盖京派文学与海派文学这样互为论战的对立双方于一体，才能把鲁迅等人的创作与左翼文学中的民族国家想象统一起来。

---

① ［美］马泰·卡林内斯库：《现代性的五副面孔》，顾爱彬等译，商务印书馆 2002 年版，第 48 页。

事实上，这也是很多以"现代"来命名的文学研究著作里所通用的主张，在《现代性与中国现代文学》一书中，论者就把"现代"文学这个整体纳入"现代性"的视野下进行探讨，在"中国文学的反现代性主题与叙事"一章里，论者以西方现代性作为参照系，成功地将废名、沈从文、张爱玲、老舍建构进了"反现代性"的队伍里。在谈到沈从文时，论者认为："沈从文的小说中的反现代主题和叙事，不仅在他的小说文本中'客观'显现出来，而且在他的小说中'乡村'与'城市'对立性形象的设置描绘及情感价值取向上，直接、有意、主动地显现和揭示出来，在他小说文本及理论性文章中对'传统'与'现代'的意象和名词所作的不同安排和评价中，直接表现出来。"于是，该著确立了"沈从文是现代中国，也可以说是亚洲和东方非常杰出非常有特点的反现代性作家"[①]的地位。

本来应该是存在着多种现代性的世界，现在被论者框进了西方的"一元论"中，成为"另类"的现代性。这里的"反现代性"使得这个论题陷入了悖论之中：既要高举多元的现代性的理念以容纳"现代"文学，但是同时，又要以西方的现代性来作为评价中国现代性的参照标准，游走于中西之间，当符合"改造国民性"与"立人"主题，以及"传统与现代对立的二元模式"的主题的时候，"现代文学"就是"现代性"的文学，而当作品不符合这些要件的时候，"现代文学"就是"反现代性"的。正如艾森斯塔特所言："'多元现代性'这一名词的最重要含义之一，是现代性不等同于西化；现代性的西方模式不是唯一'真正的'现代性，尽管现代性的

---

① 逄增玉：《现代性与中国现代文学》，东北师范大学出版社 2001 年版，第 130—131 页。

西方模式享有历史上的优先地位，并且将继续作为其他现代性的一个基本参照点。"① 我们当然不能否定论者建构"中国文学的现代性"这样一个主体性所做的努力，但是，我们也不能因此而把不符合那些主题的作品定义为"反现代性"文学，至少，那些"反现代性"的因素也是"现代性"的一个"基本参照点"。论者在这里将文化上的现代性与生产技术上的现代化等同了起来，他的"反现代性"言论更准确地说只是在"反现代化"，是对社会学意义上的现代性的反诘和质疑，而这恰恰正是审美"现代性"的一个重要议题。这正如鲍曼所言："现代性的历史是社会存在与其文化间充满张力的历史。现代存在迫使其文化成为自己的对立面。这种不和谐正是现代性需要的和谐。"②

在"现代性"的框架下来讨论"反现代性"并非只是《现代性与中国现代文学》一书的创见，在《现代性：批判的批判》中，李怡先生再次把学衡派的保守主义与中国的"后现代主义"者并置起来，作为"反现代性"的一个中坚力量，虽然论者也看到了"不仅'反现代性'的民族主义立场仍然在寻求着西方文化的支持，依然没有摆脱其所批判的'现代性'的思想资源，而且更具实质意义的思维方式上，它们也落入到了其批判对象的一方"。③ 在清醒地看到所谓"反现代性"问题的实质的同时，又再次落入了"反"现代性的窠臼里。

现代性本身不能作为"反/非现代性"的一个衡量标准，相较那些把现代性看作一个铁板一块划定的时间段范围，我宁可相信哈贝

① ［以色列］S. N. 艾森斯塔特：《反思现代性》，旷新年、王爱松译，生活·读书·新知三联书店 2006 年版，第 38 页。

② ［英］齐格蒙特·鲍曼：《现代性与矛盾性》，邵迎生译，商务印书馆 2003 年版，第15 页。

③ 李怡：《现代性：批判的批判——中国现代文学研究的核心问题》，人民文学出版社2006 年版，第 101 页。

马斯关于现代性的哲学话语,即:"现代性——一项未完成的设计"①,把现代性看作一个未竟事业,它在时间上是面向未来的,而在空间上则呈现出无限开放的可能性。

只有把现代性界定为单一的而非多元的模式,同时,又把现代性作为一个确定的时代,就如福柯所批判的:"人们把现代性置于这样的日程中:现代性之前有一个或多或少幼稚的或陈旧的前现代性,而其后有一个令人迷惑不解、令人不安的'后现代性'。"② 只有把现代性置于这样一个确定的日程表中,我们才能由此而去界定"反现代性"。

如果要确立一个"反现代性",那么,首先就得确立一个稳定的"现代性",只有现代性这个标准是确定的,才能以此去推论何为"反现代性"。如果论者不是坚持西方一元论的话,那么,这种反现代性的观点就是自拆台脚。沈从文等人固然反对现代化对人性的扭曲,尽管沈从文也敏锐地发现"'现代'二字已到了湘西",但这个"现代"并不是现代的机器大工业,而仅仅只是"点缀都市文明的奢侈品大量输入,上等纸烟和各种罐头,在各阶层间作广泛的消费。"③ 尽管沈从文在自己的创作中对"现代文明"也表现出了深深的担忧和疑惧,并在其都市批判中揭示了"文明"之于"都市人"的"病象"与"异化"现象,但这并不是对"现代性"的刻意思考的结果。显然,沈从文在这里批判的并不是"现代"本身的问题,他想说的与其说是借"反现代性"来"反"现代性的问题,毋宁说是在批评"现代"在湘西这个地方还不够深入发展,没有使湘西全

---

① 〔德〕于尔根·哈贝马斯:《现代性的哲学话语》"作者前言",曹卫东等译,译林出版社 2008 年版,第 1 页。

② 〔法〕福柯:《何为启蒙》,载《福柯集》,上海远东出版社 2003 年版,第 533 页。

③ 沈从文:《〈长河〉题记》,载《沈从文选集》第五卷,四川人民出版社 1983 年版,第 235 页。

面现代起来从而使这片土地在"现代"中受益。就算他们反对的是工业文明带来的现代化危机，他们在这种对现代化的批判中获得的也恰恰正是西方意义上的"现代性"意识，而并不是什么"反现代性"。论者在这里混淆了现代化与现代性的概念，真正做到了以西方意义上的现代性反中国本土的现代性。

四 我们需要何种"现代性"？

在西方传统中去观照中国的现代性，这当然是无可厚非的，因为现代性这个概念本身就是一个十足的西方概念。只是，当我们学界以此来思考中国文学的"现代性"的时候，我们潜意识里思考的就已经不是中国的现当代文学，而是把发生于中国20世纪的文学纳入到西方视野之下，这当然有"走向世界文学"的企图，因为在学界看来，"惟有以世界文学意识，而不是以文学上的狭隘民族主义或任何其他似是而非的观念，才可能认识民族文学在世界性文学交流时代的发展规律和发展趋势。"① 仅仅把中国作家与外国作家的创作相比较是没有任何问题的，但是，一旦我们把中国文学纳入世界体系之中，又不可避免地会得出"中国文学的近代性"这样一个结论："中国近代文学的确立，就必须放在世界文学的总体体系之中，遵循文学法则的共同原则，以世界文学史为参照系，采用世界文学的标准，而不能把自己孤立于世界文学体系之外，自行确立一套标准。这就要求我们必须有勇气去面对一种严峻的现实：中国文学因与世界文学存有时差而处于滞后状态，20世纪中国文学正在走欧洲近代文学已经走完了的道路，因此无论从理论上还是从实践上来说，它

---

① 曾逸：《论世界文学时代》，载曾逸主编《走向世界文学：中国现代作家与外国文学》，湖南人民出版社1985年版，第33页。

都是中国近代文学。"① 虽然杨春时先生后来又把近代性置换为"前现代性"加以讨论，但这并不影响学界对现代性的迫切确认，"中国新文学自产生之日起，直接面对的便是汹涌澎湃的世界文学大势……象征主义、唯美主义、表现主义、精神分析等一般通行的现代主义文学现象也已遍存于新文学的建设之中，正在西方流行的未来主义之类在郭沫若等人的作品中已不是十分偶尔的实验，甚至在西方世界还未流行的存在主义，在鲁迅、庐隐、孙俍工等作家的笔下亦时有可见。"② 以及"从世界意识、先锋意识、民族意识、人性意识、创造意识五个维度的交接点上，可以建构起一个评估 20 世纪中国文学的现代性的标准。"③ 这样的确认比比皆是。不管是肯定还是否定现代性，都在从西方寻找可以支撑自己理论的依据，甚至从 modernity 这样一个英语单词入手，再到中国文学中来寻求佐证，一步步去确立或者反对中国文学的现代性。

在中国这样一个被迫现代化的国家里讨论现代性，事实上已经不是在讨论属于我们自己的现代性，而是在建构一个可以与西方现代性相匹敌的话题。然而，如果我们只是为现代性而现代性，只是为了找到一个抗衡西方现代性的理由而刻意去强调中国文学的现代性，又如何能够去与世界文学对话？

不管是确立或者反对中国文学的现代性，它都有一个潜问题埋伏在里面：如果不是把西方文学中体现出来的"现代性"问题作为正宗，至少，也是把西方文学作为社会达尔文主义进化论中的一个高级阶段，而中国 20 世纪的文学，如果不具备西方意义上的现代

---

① 杨春时、宋剑华：《论二十世纪中国文学的近代性》，《学术月刊》1996 年第 12 期。
② 朱寿桐：《论中国新文学的现代性品格》，《学术月刊》1997 年第 3 期。
③ 龙泉明：《二十世纪中国文学的现代性论析》，《学术月刊》1997 年第 9 期。

性，就需要继续进化。按照适者生存、优胜劣汰的原则，如果中国20世纪以来的文学不去追赶这个西方传统，它就迟早会从地球上灭迹。这个西方的现代性就像一个高高在上的上帝，盯着中国的芸芸众生布道说："当信主耶稣，你和你的一家都必得救。"（《圣经·使徒行传16：31》）

这不是后现代主义的言论，虽然他们也认为"将自己处身其中的文化'他者化'的过程，正是中国'现代性'的最为重要的表征。"① 这句话又被表述为"中国的'他者化'竟成为中国的现代性的基本特色所在，也就是说，中国现代变革的过程往往同时又显现为一种'他者化'的过程。"② 通过对"后现代主义"与"后殖民主义"的含混搭配，中国的"后现代主义者"以"现代"话语来建构着他们的"后现代"话语，从而将"现代性"早早地送上了断头台。

以前，我们总是找证据去批判西方殖民主义造成的罪恶，而现在，我们正在自觉自愿地遵循着这个罪恶，我们正在自觉自愿地被殖民化。我们在文学作品中到处寻找西方意义上的现代性标记，在那里插上一块现代主义的草标，然后一阵狂呼："看，这就是中国的现代主义文学！"而在那些不符合西方胃口的文学作品中，则毫不犹豫地把它们归到"近代"或者"前现代"文学之列。这种到处寻找中国文学现代性的行为，本身就是对中国文学是否"现代"极不自信的标志，这与其说是要通过寻求中国文学的现代性来让中国文学跻身世界文学之林，倒不如说是一种占山为王的草寇表现。

从来没有一个西方文学评论者会去质疑西方文学的现代性，因

---

① 《张颐武："现代性"的终结——一个无法回避的课题》，《战略与管理》1994年第4期。
② 张法、张颐武、王一川：《从"现代性"到"中华性"——新知识型的探寻》，《文艺争鸣》1994年第2期。

为，西方文学在他们看来天生就具有这一特性，它无须求证，就已经天然自生。就算我们把沈从文的《边城》改名为"费城"，就算我们把翠翠改名为凯蒂，大佬改名为昆丁，它还只是"前现代"文学，因为沈从文是中国人；但是，如果《边城》的签名作者是写《喧哗与骚动》的福克纳，那么，毫无疑问，这部小说就一定是"现代主义"文学，并且无须论证的是，它一定是世界文学的组成部分。

这当然具有地缘优势的一面，然而，如果我们考虑到像《百年孤独》这样的作品照样被西方学界认为是现代主义作品的话，那么，我们就不得不重新去思考文学中那些属于"现代性"的东西了。当年马尔克斯获得诺贝尔奖的时候，很多中国作家深受启发：可以用本土的文化艺术之根来表达现代性观念。虽然寻根文学并没有在世界文坛上独领风骚，成为下一轮的诺贝尔文学奖获得者，但是，这至少说明了，存在着不止一种方式的现代性，也存在着不同的现代性体验与表达方式。

然而，在我们苦苦追寻中国文学的现代性的时候，西方的现代性已经茁壮成长成为后现代性了，于是，我们又只好马不停蹄地继续在中国文学中夜以继日地去寻找中国文学的"后现代性"。历史给我们这个民族留下了唯恐自己落后，唯恐自己跟不上世界（西方）潮流的阴影，曾经有过"被抛弃"的经历，难免使人有一种边缘的失落感，因此别人有的，我们也一定要有。中国的"现代性"被唤醒时的目的是"救亡图存"，是为建立现代民族国家服务。我们一方面要效法西方，不至于落后，而另一方面又要以西方话语反西方，争取民族独立。我们的"现代性"夹生在这种矛盾语境下，使得学界现在很难分出什么"前后"来。

今天，我们处在一个非常尴尬的位置上：如果谈中国的现代性，而不以西方为参照，那么，这个话题就毫无价值可言，就会沦落到众声喧哗众神狂欢（说得不好听点是群魔乱舞）的地步。但是，一旦我们以西方现代性为参照，那么，中国文学的现代性问题就真的成问题了，由此甚至有推翻这个学科的危险。那么，我们应该如何去认识这个"现代性"问题呢？这就要求我们在研究中首先要确立作家们的主体意识，这种主体意识不仅仅是把自己当作一个"人"，而且，也要把作品的主人公当作一个"人"来书写。前者表现为"自己背着因袭的重担，肩住了黑暗的闸门，放他们到宽阔光明的地方去；此后幸福的度日，合理的做人。"① 把"人"从黑暗蒙昧中解放出来"辟人荒"；后者则表现为对"人""人性"的尊重"人的文学"。② 一句话，现代文学区别于其他文学的根本点在于，现代文学是在启蒙现代性之下关于"人"发现，从而确认"人"的主体性，把"人"从四千年来打着"仁义道德"而"吃人"的社会（《狂人日记》）中解放出来的文学。从这个方面来说，我们就不难理解那些描写性压抑，以及两性关系的作品（例如郁达夫、茅盾、丁玲、张爱玲等的）所具有的现代意义。

确立一种精神的现代性亦即批判意识，它意味着对既存秩序不断地反动、变革，意味着文学与现实的物质社会的永久对立。在现代文学的作家中，它表现为鲁迅的"横眉冷对千夫指，俯首甘为孺子牛"；巴金的无政府主义批判；闻一多的"拍案而起，横眉怒对国民党的手枪，宁可倒下，不愿屈服"；表现为张爱玲、新感觉派对现代都市人的心理刻画；"第三种人"为了文艺自由所展开的论战……

---

① 鲁迅：《我们现在怎样做父亲》，载《鲁迅全集》第一卷，人民文学出版社 2005 年版，第 145 页。

② 周作人：《人的文学》，载《中国新文学大系（1917—1927）·建设理论集（影印本）》，上海文艺出版社 2003 年版，第 194 页。

是针砭时弊，反抗现实问题所展开的知识分子批判的群言堂。简言之，这个"现代性"是朱利安·班达与萨义德意义上的知识分子自由批判立场。表现主义、意识流、魔幻现实主义等固然是"现代主义"文学的表现形式，但是，作为现代性的标志，更应该是一种精神的表达，这种表达既是知识的，也是自由独立的，更是对社会变革具有探索与担当意识的。我们或许有必要认真对待卡林内斯库在《现代性的五副面孔》中所说的话："人们不应只谈论一种现代性，一种现代化方式或模式，一个统一的现代性概念——它的内在地是普遍主义的，并预设独立于时间与地理坐标的普遍一致标准。……现代性只是又一个用来表述更新与革新相结合的这种观念的词。"① 确立一种革命的、对既存文学观念以及社会观念作俄狄浦斯反抗的观念，并以此去观照我们的"现代文学"，把"现代性"作为"一个用来表述更新与革新相结合的这种观念的词"，而不是把现代性作为一个确定的时间段，唯其如此，我们才能既把"中国现代文学"接续上中国文化传统并与西方的现代文学区别开来，同时，又不至于完全与西方现代文学相隔绝，在相互参照与融通中去拓展中国现代文学研究的新局面。

---

① ［美］马泰·卡林内斯库：《现代性的五副面孔》，顾爱彬等译，商务印书馆2002年版，第360—361页。

第二章　林纾与中国现代文学的发生

在现代文学研究中，对林纾的评价或许是最让人为难的一项工作，尤其是牵扯到党派之争的时候，要公允地去评价林纾就显得尤其困难。由于对新文化运动的反对，他有时候被作为人民的对立面而受到批判（唐弢主编《中国现代文学史》），有时候被塑造成一个非常滑稽的跳梁小丑（刘炎生著《中国现代文学论争史》），而持论稍平的尹雪曼的《中国新文学史论》（中央文物供应社 1983 年版）、司马长风的《中国新文学史》（昭明出版有限公司 1975 年版），虽然没有那么苛责林纾，但也是以五四新文化的对立面来作为立论依据的。就算是专门的翻译文学史（连燕堂著《二十世纪中国翻译文学史》，百花文艺出版社 2009 年版），也认为作为"反对新文化运动的挂帅人物，理所当然地受到人们的尖锐批判。"① 这种"理所当然"的结论，如果出自五四新文化运动过来人之口，倒不难理解，但是出自一本专治翻译文学史的著作中，确是有些让人始料不及。

显然，像《荆生》《妖梦》这样在特定环境下出现的"泄私愤"

---

① 连燕堂：《二十世纪中国翻译文学史·近代卷》，百花文艺出版社 2009 年版，第 173 页。

的小说并非林纾成就的主流，更何况，每个人都有着自己的个体情感与价值判断，心有腹诽也是一个正常人所有的心态。再者，正如罗志田先生在《林纾的认同危机与民初的新旧之争》中所指出的那样，"1919 年林纾与蔡元培的笔战……从思想观念的视角看，应该说是林胜了蔡。……实际上蔡在驳林时，处处皆本林所提的观点。此虽是论战中常用的即以其人之道还治其人之身的方法，但争论的一方若基本全用对方的观点，而无自己的立论，就等于承认对方的观点基本是正确的。"① 这就使得后来的文学史针对林纾的立论更像是打死老虎的象征性仪式，以及成王败寇似的历史书写。

从文学史发展上来说，这样的持论当然也没有太大问题，但是，如果我们考虑到林纾的翻译影响了一代人，像钱玄同、周树人兄弟、郭沫若、茅盾、张恨水、钱钟书等人都曾受过林译小说影响的话，对林纾甚至于对整个现代文学史来说，是否就意味着可能需要改写。正如孔范今先生在《二十世纪中国文学史》中所说："林译小说对部分五四作家文学倾向的形成、文学道路的选择，都产生过直接的影响。"② "可怜一卷茶花女，断尽支那荡子肠。"③ 严复的诗可以说尽数了当年林译《巴黎茶花女遗事》的读者接受状态。然而，林纾可能至死都没有想过，自己的翻译喂养了一群虎狼，在随后的新文化运动中，被他们撕得粉身碎骨。从这个方面来说，林纾或许并非如文学史上所说的拼其残年、极力卫道那样简单。因此，如何评价林纾，最终可能还得回到他的翻译文学上去。

---

① 罗志田：《林纾的认同危机与民初的新旧之争》，《历史研究》1995 年第 5 期。
② 孔范今：《二十世纪中国文学史（上册）》，山东文艺出版社 2008 年版，第 309 页。
③ 严复：《甲辰出都呈同里诸公》，载《严复全集》（8），福建教育出版社 2014 年版，第 17 页。

一 林译小说与史传传统的确立

正如鲁迅在《中国小说史略》中说："小说者流，盖出于稗官，街谈巷语，道听途说者所造也。"① 在中国的历史上，小说从来没有得到过正统文学史的重视，因此才有"诗文虽小道，小说盖小之又小者也"② 这样的说法。到梁启超的《论小说与群治之关系》中，小说才得以登上大雅之堂："欲新一国之民，不可不先新一国之小说。故欲新道德，必新小说；欲新宗教，必新小说；欲新政治，必新小说；欲新风俗，必新小说；欲新学艺，必新小说；乃至欲新人心，欲新人格，必新小说。何以故？小说有不可思议之力支配人道故。"③ 小说从稗官野史，街谈巷议一跃成为文学之正宗，成为革新社会，关乎国运的首要工具。但是，这种教化功能并没有改变小说稗官野史与街谈巷议的本质，而只是通过熏、浸、刺、提来改变读者的阅读感受。因此，从某种意义上来讲，梁启超的倡导仍然没有进入小说书写的核心层面。

正如杨联芬先生所观察到的，"晚清小说能够在极短的时间内上升为主流，靠的显然不是梁启超的'新民说'和几部没有完成的政治小说。在晚清小说由边缘向主流过渡的这个时期，一般士大夫对小说的兴趣及小说观念的改变，其实与这个时期盛极一时的林译小说关系非常大。"④ 然而，小说究竟应该如何书写，才能改变其沦入

---

① 鲁迅：《中国小说史略》，载《鲁迅全集》（9），人民文学出版社 2005 年版，第 7 页。

② 邱炜萲：《梁山泊》，载陈平原、夏晓虹主编《二十世纪中国小说理论（1897—1916）》第 1 卷，北京大学出版社 1997 年版，第 30 页。

③ 梁启超：《论小说与群治之关系》，载《梁启超全集》（2），北京出版社 1999 年版，第 884 页。

④ 杨联芬：《林纾与中国文学现代性的发生》，《中国现代文学研究丛刊》2002 年第 4 期。

文学末流的状态？这个问题其实并没有得到有效解决。正是从这个方面来说，林纾在其翻译文学的序跋中点出了他所认为的小说技法，即以《汉书》《史记》为蓝本的具有历史化意义的书写。

在《鬼山狼侠传》的序言中，林纾首次提及他的翻译与班固之间的关系，"查革自戕其子，则与《汉书·孝成赵皇后传》中所记，又无异也。……余间以《汉书》法写之，虽不及孟坚之高简劲折，而吾力亦用是罢矣。"① 在《斐洲愁城录》序中，林纾写道："西人文体，何乃甚类我史迁也！"② 在林纾看来，"中国文章魁率能家，具百出不穷者，一惟马迁，一惟韩愈。试观马迁所作，曾有一篇自袭其窠臼否？"③ 林纾的译笔以"史记"作为摹本的做法，其时就已经为人所注意，涛园居士在《〈埃司兰情侠传〉序》中就认为，"余读其文，似得力于马第伯《封禅仪记》，及班书《赵皇后传》，故奥折简古至此。"④

"以铜为鉴，可以正衣冠；以人为鉴，可以知得失；以史为鉴，可以知兴替。"魏征与唐太宗的对话，同样可以适用于林纾对翻译文学的理解。在林纾的翻译理念里，时刻不忘借西鉴中。他所翻译的所有文学作品，都成为鉴中国得失的参照物。在这样的思想观念下，《黑奴吁天录》这种描述黑奴惨状的小说也可以联系到华工的处境，"是书系小说一派，然吾华丁此时会，正可引为殷鉴。且证诸呹噜华

① 林纾：《〈鬼山狼侠传〉［序］》，载李今主编《汉译文学序跋集（1894—1910）》第 1 卷，上海人民出版社 2017 年版，第 161—162 页。
② 林纾：《〈斐洲愁城录〉［序］》，载李今主编《汉译文学序跋集（1894—1910）》第 1 卷，上海人民出版社 2017 年版，第 176 页。
③ 林纾：《〈洪罕女郎传〉跋语》，载李今主编《汉译文学序跋集（1894—1910）》第 1 卷，上海人民出版社 2017 年版，第 222 页。
④ 涛园居士：《〈埃司兰情侠传〉［序］》，载李今主编《汉译文学序跋集（1894—1910）》第 1 卷，上海人民出版社 2017 年版，第 117 页。

人及近日华工之受虐，将来黄种苦况，正难逆料。冀观者勿以稗官荒唐视之，幸甚。"[1] 为了反抗奴隶制，谋求奴隶解放的小说转身变成振作国人志气、以求爱国保种之道的蓝本，"今当变政之始，而吾书适成，人人既蠲弃故纸，勤求新学，则吾书虽俚浅，亦足为振作志气，爱国保种之一助。"[2] 以暴力推翻奴隶制来谋求自身解放被勤学求新这样温文尔雅的方式所取代，这其中所表达出来的远不只是林纾所谓的"保守"，同时也夹杂着他对《黑奴吁天录》这样的西方小说的"误读"。这当然是一种"影响的焦虑"下的误读，但是，这种误读不是文本间性的误读，其影响也远不只是来自现实对于小说文本的理解，还有更为深远的来自班固、司马迁等人的史传传统对他的影响所带来的误读。换句话说，林纾所受到的这种"互文性"的影响不只是现实的，也是历史的。在林纾看来，最好的小说是小说与历史的合流。然而，林纾并没有区分小说与历史之间的区别，诚然，小说可以写历史，类似于《史记》的记载我们也可以当作小说来阅读，但这并不影响它的历史功用。在《女博士》弁言中，林纾借此阐释道："用思所在，虽以司各得之高，迭更司之细，亦归本于正，与中国之司马迁、班固同也。其稍有不同者恶，则西国之文家兼小说家而言，中国则文家小说家微有轩轾，乃不知《龙城录》《酉阳杂俎》《碧云騢》诸书，皆文家得意之作也。"[3] 言必称司马迁与班固，推崇"文家"与小说家合流，可见林纾对历史事实的看重。从某种程度来说，林纾的翻译其实就是把西方的具有虚构意义的小

---

① 林纾：《〈黑奴吁天录〉例言》，载李今主编《汉译文学序跋集（1894—1910）》第1卷，上海人民出版社 2017 年版，第 23 页。

② 林纾：《〈黑奴吁天录〉跋》，载李今主编《汉译文学序跋集（1894—1910）》第1卷，上海人民出版社 2017 年版，第 25—26 页。

③ 林纾：《〈女博士〉弁言》，载李今主编《汉译文学序跋集（1911—1921）》第2卷，上海人民出版社 2017 年版，第 101—102 页。

说当作中国可以借鉴的历史叙事来接受的。

林纾对所译小说的误读远不止《黑奴吁天录》这一例，甚至可以说比比皆是。在更为明显地充满着殖民主义色彩的《鲁滨孙漂流记》的序言中，林纾开篇即对中国传统文化的中庸思想进行一通批判，"吾国圣人，以中庸立人之极。于是训者，以中为不偏，以庸为不易。不偏云者，凡过中失正，皆偏也。不易云者，夷有巧避，皆易也。据义而争，当义而发，抱义而死，中也，亦庸也。若夫洞洞属属，自恤其命，无所可否，日对妻子娱乐，处人未尝有过，是云中庸，特中人之中，庸人之庸耳。"① 再以鲁滨孙来反衬中国传统文化的中庸之恶，这种釜底抽薪的方式所阐释出来的对象，固然可以作为中国文化的殷鉴，但林纾忽略掉的是，当鲁滨孙把"星期五"收为奴仆的时候，是否又意味着另一个版本的《黑奴吁天录》的开始？在其时的中国文化中，固然需要鲁滨孙似的"偏"，但这种"偏"又必然夹杂着新"中庸"的出现，否则，鲁滨孙似的这种"偏"又如何可以自成"历史"。

对林纾来说，他所面对的小说完全可以忽略掉其中的虚构成分，而是具有历史意义与价值的可以"殷鉴"的对象。这使得他在翻译的时候所表现出来的感情全然成为中国现实的反映。他以"史记"笔法来绳西洋文学的做法，再以西洋文学来对比中国小说的做法，无论其目的是否在于提升小说的地位，其影响都甚为深远。后来的小说家鲁迅、茅盾、沈从文、老舍……可以说无一不受这个观念的影响，鲁迅、老舍对国民性的批判，郭沫若的历史剧书写，茅盾的现实主义描写，沈从文通过湘西来认识都市等做法，如果不是直接

---

① 林纾：《〈鲁滨孙漂流记〉[序]》，载李今主编《汉译文学序跋集（1894—1910）》第1卷，上海人民出版社 2017 年版，第 208 页。

承袭了林纾的史传意识，至少也有着这种史传传统。尤其是到了红色十七年时期，所有的"红色经典"更是无不自带历史意识，以讲述历史、建构历史、深入历史进程为己任。这种情况一直到 20 世纪 80 年代先锋小说出现为止，才有所改观。在史传传统影响了中国小说八十余年后，我们才发现，原来小说叙事也是一项技巧，不必全循史记笔法。

对史记传统的因循，或许和传统文论的"文以载道"相关，文章要载道，就必然要求文学与现实之间葆有必要的联系。事实上，文学从来就没有离开过现实，尤其是在中国这个国情下。这一点，不只是作家们意识到了，读者、研究者都有所意识。只要我们想想，众多的文学史以及文学研究在面对现代文学的时候，总会说谁的小说批判了什么，或者颂扬了什么，甚至到中华人民共和国成立后"利用小说反党"的论断，其实都是因循着史传传统的历史逻辑。诚然，文学史书写或者文学研究是一回事，而文学创作又是另外一回事，但是，我们只要看看作家们的创作实践，以及他们的序跋之类的文字，就会发现此言不虚。

二　误读与林译小说题目的易名

林纾在译文中对史传传统的坚守，并不仅仅只是对小说内容认知的"误读"，同时也表现在他对小说题目的易名改写中。

在林译小说中，林纾对小说题目的改写也比比皆是，如《汤姆叔叔的小屋》易名为《黑奴吁天录》，《一个新兵的故事》易名为《利俾瑟战血余腥记》，更有甚者，把 *Jimmy Brown Trying to Find Europe* 翻译成《美洲童子万里寻亲记》，把 *Montezuma's Daughter* 翻译成《英孝子火山报仇录》，把 *The Old Curiosity Shop* 翻译成《孝女耐儿传》等。这种改变减少了——至少让读者感觉减少了——小说的叙事虚构性，从而在直觉上增加了历史感，使得小说在表面上显得更具说服力，也更能服务于林纾唤醒国民的初衷。

无论是记、录，还是传，从标题上所突出的是一种历史的在场感，这使得读者感受到，如果不是作者的切身经历，至少也是毫不夸张的现实描述。林纾的这种改写显然并非完全来自他的合作者，而是源自林纾自己对所译对象的理解，这就为林译小说注入了更多的自主性。通过与原文标题的对比，我们会发现，林纾的翻译与本雅明在《译者的任务》中强调的"可译性"并没有太大关系，这不是原文的可译性问题，而是林纾的价值选择问题。然而，正因如此，通过林纾的"再创造"，原文显得更能够适应中国读者，至少在林纾看来，这样的翻译更适合中国的读者。或许，正如本雅明在另一处所表达的那样："不仅仅翻译的意图表达或区别于文学作品的意图——即是说，作为整体的一种语言，把陌生语言的一部个别作品作为起点——而且在性质上也全然不同。诗人的意图是自发的、原始的、显在的；译者的意图是衍生的、终极的、观念的。"①

正是因为林纾的翻译本身就带着自己的观念意图，所翻译的任何作品都可以成为以西绳中的参照物，但是，如果这个参照物本身是子虚乌有的话，林纾的译者意图又如何能够落到实处？因此，以具有历史成分的记、录、传等来对原作进行重新命名，就显得尤其重要。对于林纾来说，他并不在意是否能够重建"巴别塔"，他只想把散落一地的巴别塔碎石收集起来，为己所用，进行重造社会的努力。从这一点来说，正如布克哈特所说，"艺术家、诗人和哲学家可

---

① ［德］瓦尔特·本雅明：《译者的任务》，载陈永国主编《翻译与后现代性》，中国人民大学出版社 2010 年版，第 8 页。

以起到两种作用：把时代和社会的本质充分地表达出来，并且，把这些本质的东西作为不朽的信息传递给后世。"① 林纾显然也意识到了这一点，只不过，他对时代和社会本质的认知并非本质上的东西，甚至也可能并非不朽的东西，但这并不妨碍他以历史化的方式来重构西方小说。

林纾的这种做法显然只是一厢情愿。事实上，文学代替不了历史，甚至是历史文件本身，也并不会比文学作品更加透明，这一点，只要我们看看历史学家们对法国大革命的不断阐释就可以明白。无论是小说还是历史，都不是已知的，而是在不断阐释中形成的东西，这也就产生了克罗齐"一切历史都是当代史"的说法。然而，也正因如此，又反而在某种程度上给予了林纾以西鉴中的合法性。

对小说题目的易名，也是林纾想象西方的一种方式。在林纾那里，西方变成了一个实际存在的西方，然而，这个西方又绝非铁板一块的西方，它同样有着和中国一样的困境。在《撒克逊劫后英雄略》序中，他对犹太人的但知有家、不知有国的思想的批评，在《雾中人》序中对欧西社会中某些寡廉鲜耻、背义忘亲行为的批评，正说明林纾通过小说翻译已经意识到了西方社会所存在的问题，而这些问题，其实也正是林纾对当前中国问题的批评。林纾的以西为师的思想理念并非全盘西化，这与其十余年后的"全盘西化论"有着根本区别。林纾对西方的接受，其理论资源更多地来源于晚清"中学为体、西学为用"，并且与这一思路是一脉相承的。正是本着这一思想，在通过他的具有"解殖民"化的翻译之后，这些小说就不只是属于西方的文学，它们同时也变成了具有中国意义、充满着

---

① ［瑞士］雅各布·布克哈特：《世界历史沉思录》，金寿福译，北京大学出版社 2007 年版，第 204 页。

本土气息的文学。

从本质上来说，如果以现代观念来看待小说，把小说作为一种虚构的文体来看，那么，林译小说就变成了虚构的虚构。林纾通过自己的虚构完成了对现实及其文本的越界性阐释，从而为想象对现实及其文本的越界提供了某种前提和依据，没有这个前提和依据，他对西方的想象与阐释就难以落到实处。在这个过程中，林纾虚构化的行为充当了想象西方与现实西方及其文本，以及在这种虚构的想象之下连接中国国情的桥梁。毕竟，在林纾的意识中，受虚构引导的想象，或多或少地分享了西方的某些真实性。没有不制造意识形态的想象。因为只有制造出自己理想状态中的意识形态，想象才能被具体化。林纾以虚构的真实来对小说重新命名，使得原本具有虚构性质的小说历史化、真实化，从而服务于他所倡导的"叫旦"启蒙的目的。

在中国学术界，我们普遍存在着这样一种观念，那就是：随着五四青年们的一声呐喊，启蒙主义就开始在中国大地上落地发芽，生根结果。多少年来，这种预设从来没有受到过任何挑战，专门研究五四运动的更不遑多论，周策纵的《五四运动史》、舒衡哲的《中国启蒙运动：知识分子与五四遗产》、李泽厚的《中国现代思想史论》、张光芒的《启蒙论》、张宝明的《自由神话的终结》、杨联芬的《晚清至五四：中国文学现代性的发生》等专著，无一例外地将"启蒙"作为五四的专利。这其实正如张光芒所说，"认定反传统、求西化才是启蒙，已经成为一种固有的偏见，而偏见比无知离真理更远。"① 在这些偏见中，我们首先应该认识三个问题。第一，如果

① 张光芒：《启蒙论》，上海三联书店 2002 年版，第 3 页。

说中国的启蒙主义是建立在柯文《在中国发现历史》中所归结的西方冲击—中国反应这一链条上，那么，这种冲击—反应的历史现状并非自五四时期才开始的，早在晚清时候，面对西方列强的入侵，强国保种的理论就已经流布开来；第二，如果说如众多关注五四启蒙思想的学者们所言，把"立人"思想作为启蒙的一大基本特征，那么，林纾在《块肉余生述》序中所强调的"立人"，以及处处所表现出来开启民智的做法，又当如何解释？第三，如果以反传统、求西化来作为衡量的基准，那么，林纾的所有翻译，以及在《撒克逊劫后英雄略》序中对传统中庸思想的批判又作何解？

从某种意义上来说，"启蒙"这一观念不能作为一种预设的理解来进行人为的套用，正如柯文所说，"甚至当中国人谈到'全盘西化'时，在他们心目中实际上也并不是用西方的社会文化来机械地代替中国的社会与文化，而是经过精选的、他们心目中的西方形象来改造中国。"① 显然，林纾对西方小说题目的易名，对西方小说的"误读"，也正是他以自己心目中的西方形象来改造中国的重要途径。

三　读者接受与林译小说的文化策略

林纾并没有把自己的翻译看作是他的个人行为。这并不是说林纾的翻译是建立在与他人的合作之上，而是说他的翻译带着浓厚的导向意识。

自《巴黎茶花女遗事》之后，林纾的翻译导向开始走向自觉，由最开始的漫无目的，到后来的以翻译来为中国现实把脉，在这个

---

① ［美］柯文：《在中国发现历史——中国中心观在美国的兴起》，林同奇译，稻乡出版社1991年版，第15页。

过程中，林纾的翻译更重视读者的反应问题，更加重视读者的"期待视野"问题。

按照姚斯的说法，"一部文学作品的历史生命如果没有接受者的积极参与是不可思议的。因为只有通过读者的传递过程，作品才进入一种连续性变化的经验视野。在阅读过程中，永远不停地发生着从简单接受到批评性理解，从被动接受到主动接受，从认识的审美标准到超越以往的新的生产的转换。"① 换句话说，作品必须满足读者的期待视野，才能具有顽强的生命力。在林译小说中，并非小说本身能够满足中国读者的期待视野，事实上，如果以对位阅读的方式来看待这些小说的话，它们可能并不一定能够满足中国人的期待视野，无论是从文学上还是社会学上，都可能存在着相当大的差距。正因如此，林纾通过他的翻译，以及在各种序跋中使出浑身解数来弥合这中间的鸿沟，力求拉近这些西方小说与中国现实以及中国读者之间的关系。

毫无疑问，晚清以降的社会风潮，更多的问题在于强国保种，无论是"中学为体、西学为用"的洋务运动，还是后来的"百日维新"，都是围绕着这一根本议题来进行的。事实上，再后面的五四运动其实也是在这一链条上发展的，只不过增加了更多的现代意识成分。林纾正是抓住了这一读者心理，所以在各种序跋中不断地强调所译小说与这一主题之间的关系。而更多的时候，林纾是通过牵强附会的"强制阐释"来拉拢所译小说与中国社会现实之间的关系。伊泽尔的一句话经过适当改写后对林纾同样适用，作为译者，他"更喜欢做的是用参照性语言谈论它们的意向，它们的策略，以及它

---

① ［联邦德国］H. R. 姚斯、［美］R. C. 霍拉勃：《接受美学与接受理论》，周宁、金元浦译，辽宁人民出版社1987年版，第24页。

们的结构，使得它们和那些对他努力进行引导的阅读群体同样有效的环境相一致。"①

在中国，保守主义者长期被视为后退的、开历史倒车的一个群体，自五四新文化运动之后，这个群体在各种运动中所受到的打击是最大的。这与社会达尔文主义的流行密切相关，对于坚持社会达尔文主义的人来说，历史总是前进的，是一个新时代战胜一个旧时代的演进，在这一思想理念下，凡是具有保守主义思想的，自然就会受到"进步者"们的思想批判。林纾亦然，在很长一段时间内，他为自己的"保守"而背负骂名。然而，一旦我们把林纾置于他所处的时代，我们就会发现，他其实已经超越了绝大多数同时代人的思想认知，但这种超前的认知又必须与中国的具体现实相结合，才能体现林译小说的社会价值。与中国现实相结合，这是林纾在翻译过程中必须考虑的问题。

在晚清及民初的很长一段时间里，无政府主义，或者说虚无主义在中国大行其道，与林译同一时期就有冷血（陈景韩）翻译的《虚无党》。他们提出了很多震世骇俗的理论，提倡"家庭革命，圣贤革命，纲常革命"②，指出"家者，实万恶之源也"③，因此，社会要进步，首先就要从毁家开始，只有"无父无君无法无天"④ 才能实现人类大同。这是目前所能查阅到相对较早的关于无政府主义的

---

① ［联邦德国］W. 伊泽尔：《审美过程研究——阅读活动：审美过程研究》，霍桂恒、李宝彦译，中国人民大学出版社 1988 年版，第 38 页。

② 真：《三纲革命》，载高军等编《无政府主义在中国》，湖南人民出版社 1984 年版，第 131 页。

③ 鞠普：《毁家谭》，载高军等编《无政府主义在中国》，湖南人民出版社 1984 年版，第 213 页。

④ 四无：《无父无君无法无天》，载高军等编《无政府主义在中国》，湖南人民出版社 1984 年版，第 217 页。

理论文字资料，但是显然，此类言论应该更早于这些散见的理论文字材料，否则，林纾就不可能在此两年前的《英孝子火山报仇录》的序言中对这样的无政府主义言论作出回应。在序言中，林纾写道："其貌为儒者，则曰：'欧人多无父，恒不孝于其亲。'辗转而讹，几以欧洲为不父之国。间有不率子弟，稍行其自由于父母教诲之下，冒言学自西人，乃益证实其事。于是吾国父兄，始疾首痛心于西学，谓吾子弟宁不学，不可令其不子。五伦者，吾中国独秉之懿好，不与万国共也，则学西学者，宜皆屏诸名教外矣。呜呼！何所见之不广耶？……然则此事出之西人，西人为有父矣，西人不尽不孝矣，西学可以学矣！"①

在林纾看来，作为从西方（法国、俄罗斯）传入的无政府主义已经成为中国人接受西方文化的一个重要障碍，对于中国传统文化下成长起来的父母一辈，肯定不愿意自己的孩子因为接受西方文化而变成鞠普后来说的那种"无父无君无法无天"的人，这样，林纾不仅改写了众多西方小说的题目，以"孝"来传天下，同时也在序言中有意地引导读者偏离主题，进行林纾式的主题误读。林纾对小说名的改译，其实是服务于现实社会的。对"孝"的倡导，远不仅仅只是服务于传统文化的"三纲五常"，而是鉴于国人对西学的恐惧，为了廓清国人对西学"不父"的恐惧，因此在翻译西学的时候，特意把"孝"作为一个非常重要的概念提出来。这使得他一定要将《蒙德马苏的女儿》改译成《英孝子火山报仇录》，将《老古玩店》译为《孝女耐儿传》。以"孝子"作为主题的尚有《孝女镜》《双孝子喋血酬恩记》，以及未刊行的《孝女履霜记》。如果说林纾不懂英

① 林纾：《〈英孝子火山报仇录〉序》，载李今主编《汉译文学序跋集（1894—1910）》第1卷，上海人民出版社2017年版，第157页。

文，随意取其大意来作为小说名，这显然没有问题，但问题是，他的翻译是以别人口述、自己记录的方式进行的。口述人不可能不懂英文，那么，林纾对小说名字的改写就显然充满了他自己的社会观念色彩。而更隐蔽的目的，则是迎合读者口味，满足中国读者的传统文化心理，以便更符合中国人的阅读期待视野。

事实上，林纾的这种观念并非孤例，1918 年因为"双簧信"而和林纾彻底翻脸的钱玄同，在此前就深受林译小说影响，并反复赞誉《茶花女》及《迦茵小传》"译笔亦极佳"①"笔墨事实均佳"②。在读了《昙花梦》这部关于俄国虚无党让其党人杀其父的书写之后写道，"东方学者提倡孝弟，实极有至理，断不能以'旧道德'三字而一概抹杀。吾见今之维新志士及秘密会党，大率有'家庭革命'四字置其父母于不顾者，至有以父母为分吾利之人，为社会之蟊贼，可以杖逐，可以鞭驱者，而开口辄曰'四万万同胞'，是真所谓'世界有同胞，家族无伦理'矣！"③ 其后读了林译《英孝子火山报仇录》之后，钱玄同又写道，"吾国新小说近年所出虽多，顾以言情、侦探两种为多，伦理小说无人道及，是编之作益世不浅。"④ 在钱玄同看来，"孝"这样家庭伦理主题并非简单的"卫道"，而是"匡时"。从这个意义上讲，林译小说不仅实现了自己的"启蒙"理念，也同时满足了读者的期待视野。

余 论

李今在《以洋孝子孝女故事匡时卫道——林译"孝友镜"系列

---

① 钱玄同：《钱玄同日记》（上），杨天石主编，北京大学出版社 2014 年版，第 11—12 页。
② 钱玄同：《钱玄同日记》（上），杨天石主编，北京大学出版社 2014 年版，第 13 页。
③ 钱玄同：《钱玄同日记》（上），杨天石主编，北京大学出版社 2014 年版，第 15 页。
④ 钱玄同：《钱玄同日记》（上），杨天石主编，北京大学出版社 2014 年版，第 25 页。

研究兼及五四"铲伦常"论争》（《文学评论》2016 年第 1 期）中把林纾的这种翻译行为定义为他是为了"匡时卫道"，这显然窄化了林纾的翻译意图。但她的另一个论断如果稍加改写倒是特别中肯，"与其将五四新文化精神与林纾对立起来，不如将二者视为互补而并行不悖"。①

可以说，林纾是一位有着深刻文化自觉的翻译者，在西方文学中注入中国元素，一方面，满足了守旧派文人对固守传统文化的"匡时卫道"的心理，另一方面，又能够满足林纾借西方文化来拯救时弊的文化策略。完全可以认为，林纾以"孝"来阐释这些西方小说的目的，为自己的启蒙思想穿上了传统文化的外衣。要知道，对林纾来说，"强国保种"才是第一位的事情，林纾的这一文化策略，充分体现出他的洋为中用、批判继承中国传统文化的思想。

①　李今：《以洋孝子孝女故事匡时卫道——林译"孝友镜"系列研究兼及五四"铲伦常"论争》，《文学评论》2016 年第 1 期。

第三章 迷茫与反思:当前鲁迅小说 几个误读的检讨

在现代文学研究中,鲁迅研究一度作为显学而存在,可以说,在所有现代作家中,鲁迅是被阐释得最细致也最为完备的作家了。但是,认真细读鲁迅研究的文章,我们就会发现,绝大多数鲁迅研究到最后都具有"百川归大海"的趋势:不管以什么方式介入鲁迅研究,到最后,学界着力于挖掘的还是鲁迅启蒙思想、反封建等等"革命"行为。一切表现似乎都已经很完美,鲁迅也在这种完美的阐释框架内慢慢地变成了一具"僵尸",谈到鲁迅,就必然要以他的"吃人"与"国民性批判"为话题,似乎鲁迅的所思所想也就局限于此。很多为了证明鲁迅伟大的结论,正因为研究者自己的渺小而让鲁迅蒙冤,当千人一面地都在强调同一个主题的时候,我们并不是因此突出了鲁迅的伟大,而是凸显了我们创造力的低下。

经常听到这样的说法,"一千个读者有一千个哈姆雷特。"可是在中国,一千个读者却没有一千个阿Q,一千个学者讨论的只有一个"国民性"。并不是哈姆雷特比阿Q更具有阐释性,也不是哈姆雷特比阿Q更高明,而仅仅只是,我们的怠惰妨碍了我们思考的能力。1995 年，张梦阳在谈到自己历时九年编撰《1913—1983 鲁迅研究学术论著资料汇编》的感受时说："八十余年的鲁迅研究论著，95% 是套话、假话、废话、重复的空言，顶多有 5% 谈出些真见。"他甚至指出，"后来经再三统计、衡量才发现，我所说的真见之文仅占 5%，并非少说了，而是扩大了，其实占 1% 就不错，即一百篇文章有一篇道出真见就已谢天谢地了。"他把这种鲁迅研究称为"只知演绎、诠释、重复他人观点的奴性研究模式与思维方法"。① 作为《中国鲁迅学通史》的编撰者，以他对鲁迅研究文献的把握来说，这样的说法绝非空穴来风。

张福贵先生把当前鲁迅研究概括为三种范式，"以史料挖掘为主的历史性研究、以知识阐释和审美评价为主的学问化研究、以追求思想的当下意义与价值为主的当代性研究，是鲁迅研究的三种基本范式。"② 这样的归纳虽然切中肯綮，但是，在笔者看来，任何一种研究范式都不能成为我们自说自话，或者打着学术创新的旗号胡编乱造的理由。在经过了百年的鲁迅研究之后，很多观点犹如出土文物，经过一段时间的沉寂，重新浮出历史地表，成为人们关注的话题。在这些话题当中，有几个被误读的问题一直没有得到清理。

一　启蒙

讨论鲁迅以及他的作品，启蒙常常被用来当作关键词对待。这本来无可厚非，只是慢慢地到了一定的时候，我们发现，对鲁迅的认识也就那么干巴巴的几条，为了证明鲁迅及其文章的启蒙价值，

---

① 张梦阳：《我观王硕看鲁迅》，载陈漱渝编《谁挑战鲁迅——新时期关于鲁迅的论争》，四川文艺出版社 2002 年版，第 446 页。
② 张福贵：《鲁迅研究的三种范式与当下的价值选择》，《中国社会科学》2013 年第 11 期。

而对鲁迅的作品进行过度阐释，甚至完全不顾事实判断，想当然地把狂人当作启蒙者，把祥林嫂当作哲学家，在追求学术创新的过程中把鲁迅研究一步步带入了死胡同。

我们的文学史一旦提到"狂人"，就认为他是启蒙者，这是对《狂人日记》最大的误读。在《〈狂人日记〉——"狂人'的治愈记录》一文中，日本学者伊藤虎丸认为，《狂人日记》"开篇之章中所描写的一个'被迫害妄想狂'的'发疯'。"① 汪卫东也认为，"日记本文显示的狂人强烈、执拗的强迫观念，恐惧、敏感、多疑的心理特征，幻觉、错觉和白日梦的意识形式，简单、武断的判断方式，乖张、诡异的行为举止，以至'语颇错杂无伦次，又多荒唐之言'的行文特点，无不符合一个迫害狂病人的病理特征，达到惊人的细节真实。"② 如此一个具有精神病态的"狂人"，到目前为止还被某些评论者当作启蒙主义者对待，实在有些让人啼笑皆非。

康德在《答复这个问题："什么是启蒙运动"？》中认为，所谓启蒙，就是要敢于运用自己的理智，从而使自己摆脱不成熟的状态。康德对于启蒙的定义一直被学界广泛征引，成为我们考察启蒙的重要依据。如果我们把这一定义按之于"狂人"的话，那种语无伦次、又多荒唐之言的状态显然不是一个启蒙主义者所应该具有的状态。一个真正的启蒙主义者，是能够自由思考，并可以引导别人思考的"独异个体"。从某种意义上来说，"狂人"对于"吃人"的批判确实可以看作他对周围人的"启蒙"，但是，"狂人"对于自己的启蒙前提是充满质疑的，这种质疑首先针对自己出身的文化环境，"吃人

---

① 〔日〕伊藤虎丸：《鲁迅与终末论：近代现实主义的成立》，李冬木译，生活·读书·新知三联书店2008年版，第159页。

② 汪卫东：《现代转型之痛苦肉身：鲁迅思想与文学新论》，北京大学出版社2013年版，第205页。

的是我哥哥！""我是吃人的人的弟弟！""我自己被人吃了，可仍然是吃人的人的兄弟！"① 这一发现让狂人坐实了"吃人"的文化传统，同时，也让狂人发现，在这个文化传统中，无论自己是被人吃还是参与吃人，都是这一文化哺育的结果，他既生活于其中，又不能逃离这种文化。这使得狂人在发现这种"吃人"的社会谱系的同时，也为自己是否是"真的人"而感到怀疑。在这种环境中，就算自己不会主动去"吃人"，也不能保证无意中被动地吃人，"四千年来时时吃人的地方，今天才明白，我也在其中混了多年；大哥正管着家务，妹子恰恰死了，他未必不和在饭菜里，暗暗给我们吃。""我未必无意之中，不吃了我妹子的几片肉，现在也轮到我自己……""有了四千年吃人履历的我，当初虽然不知道，现在明白，难见真的人！"②

从表面来看，狂人确实是一副众人皆醉我独醒的形象，但是，这种形象并不能让他脱离自己生活的文化环境，相反，他的清醒促使了他向"吃人"文化的回归——赴某地候补，成为吃人阶层的一员。

一个连自己都拯救不了的"狂人"，又如何能够成为"振臂一呼而应者云集的英雄"？狂人并非一个启蒙者，抛开学界对他发狂与精神病之间的讨论，小说的序言中也点明了狂人病愈候补的事实。这种由发狂而候补的叙事结构并非为《狂人日记》所独有，《孤独者》中的魏连殳，在某种程度上，重复的正是"狂人"的生活经历。"吃洋教"的"新党"魏连殳，到后来也做了军阀杜师长的顾问，成为又一个"狂人"病愈的例证。为何如此？魏连殳自己在信中这样写道："快活极了，舒服极了；我已经躬行我先前所憎恶，所反对

---

① 鲁迅：《狂人日记》，载《鲁迅全集》第1卷，人民文学出版社2005年版，第448页。
② 鲁迅：《狂人日记》，载《鲁迅全集》第1卷，人民文学出版社2005年版，第454页。

的一切，拒斥我先前所崇仰，所主张的一切。我已经真的失败，——
然而我胜利了。"① 在一个弱肉强食的社会里，如果不想被人"吃"，
就只有像"狂人"一样，加入"吃人"者们的行列，成为吃人者中
的一员，正是在这个意义上，魏连殳才会说，他已经失败了，但同
时又胜利了。

鲁迅在这里为我们提出了几个"革命性"的问题：人的精神和肉
体哪一个更重要？在时代剧烈变革之际，人应该如何存在？究竟应该
先保存肉体还是应该保存精神？人与人之间又应该是一种什么样的关
系？可以说，这些问题贯穿了鲁迅的《呐喊》与《彷徨》。在被学界
一直认为是"启蒙主义"作品的《药》中，鲁迅再次提出了这个问
题，夏瑜的被杀，在围观的"看客"们看来只是一个笑话，花白胡子
和二十多岁的人都认为他是发了疯了，而自己的母亲也只是觉得别人
冤枉了他。在夏瑜看来，自己的死并没有什么大不了，所以还在牢里
劝牢头造反；母亲则更在意他是否活着，从精神上看，夏瑜是胜利了，
因为他高蹈于芸芸众生之上，但是，在肉体上，他却是失败了的。在
小说的结尾，鲁迅让夏瑜的母亲上坟祭奠儿子作为结尾，正是以白发
人送黑发人的古老悲剧演绎着精神胜利与个体肉体毁灭之间的纠葛。
在既往的解读中，夏瑜一直被学界戴之以启蒙革命者的皇冠，他的悲
剧被建构成启蒙精英与愚昧民众之间相冲突的结果，却从来没有人从
一个失去儿子的母亲的立场出发，来思考这个"革命者"肉体的毁灭
对于这个家庭，对于一个母亲意味着什么。对于社会，对于民族国家，
中国的知识分子讲了太多的大道理，什么"先天下之忧而忧，后天下
之乐而乐"之类的大道理遍及各门各派，但是，却从来没有人讲他们

---

① 鲁迅：《孤独者》，载《鲁迅全集》第 2 卷，人民文学出版社 2005 年版，第 103 页。

究竟应该如何对待自己的个体生命,而这个被忽视的个体生命,恰恰是他/她的全部,任何伟大的社会构想,如果没有这个个体生命的存在,都不会有任何价值和意义。

《长明灯》中的"疯子",其终身理想就是要吹灭庙里的长明灯,并为此付出了被囚禁的代价。且不管学界如何阐释"疯子"一定要吹熄长明灯的行为,首要问题是,一盏长明灯的燃灭有那么大的象征意义吗?值得一个人为此而付出人身自由的代价吗?

《伤逝》中的子君和涓生,正是从五四个性解放的"呐喊"声中惊醒过来的"新青年",高喊着"我是我自己的,他们谁也没有干涉我的权利"①的子君们,最后也抗不过生活的压力,经过生活的折腾,涓生终于明白,"回忆从前,这才觉得大半年来,只为了爱,——盲目的爱,——而将别的人生的要义全盘疏忽了。第一,便是生活。人必须生活着,爱才有所附丽。"②很多论者要么从女性主义的角度对男权提出批判,要么从叙事学的角度来讨论鲁迅所面临的自我意识危机,要么把小说按诸时代,"从涓生的两难看20世纪20年代中国启蒙思想的现实困境"③,每种观点都能够自圆其说,但每种观点又都给人意犹未尽的感觉。涓生诚然是在忏悔,但是,他的忏悔并非是要重新拾回丢失的爱情,而是要得到子君的宽容,好让自己心里舒服一些,因此,就算在现实中得不到子君的宽容,他也要臆造出双方已经达成了谅解。这样,直到最后,他都只是一个彻底的利己主义者,"我要向着新的生路跨进第一步去,我要将真实深深地藏在心的创伤中,默默地前行,用遗忘和说谎做我

---

① 鲁迅:《伤逝》,载《鲁迅全集》第2卷,人民文学出版社2005年版,第115页。
② 鲁迅:《伤逝》,载《鲁迅全集》第2卷,人民文学出版社2005年版,第124页。
③ 徐仲佳:《中国现代性爱叙事论集》,中国社会科学出版社2012年版,第236页。

的向导……"①

在子君被父亲接走之后，涓生的忏悔是，"我不应该将真实说给子君，我们相爱过，我应该永久奉献她我的说谎。如果真实可以宝贵，这在子君就不该是一个沉重的空虚。谎话当然也是一个空虚，然而临末，至多也不过这样的沉重。""我以为将真实说给子君，她便可以毫无顾虑，坚决地毅然前行，一如我们将要同居时那样。但这恐怕是我错误了。她当时的勇敢和无畏是因为爱。"② 中国的男性启蒙者们引入娜拉，让女人们觉醒起来，然而，她们的所谓觉醒，却是因为男人们的谎言！这些所谓的启蒙者，给女人编织了一个美丽的谎言，以个性解放的名义，完成了私欲的占有。因此，鲁迅才清醒地意识到，"娜拉或者也实在只有两条路：不是堕落，就是回来。"③

如果说狂人等人真的是启蒙者，那么，这些人恰恰是鲁迅着力批判的对象。因为这些启蒙者，正与狂人和魏连殳等人一样，最终仍然会成为"吃人"者中的一员，正如鲁迅在《娜拉走后怎样》中所说："被虐待的儿媳做了婆婆，仍然虐待儿媳；嫌恶学生的官吏，每是先前痛骂的学生；现在压迫子女的，有时也就是十年前的家庭革命者。"④

其实，鲁迅针对启蒙的批判并非无的放矢，主办《新青年》的陈独秀等人曾约定"二十年不谈政治"，可没有过几年，他们不但开始公开谈起了政治，而且最后还把《新青年》变成了极具爆炸性的火药桶，谁敢逆其意愿，必然会遭到迎头痛击，这个拖着"四十二

---

① 鲁迅：《伤逝》，载《鲁迅全集》第2卷，人民文学出版社2005年版，第133页。
② 鲁迅：《伤逝》，载《鲁迅全集》第2卷，人民文学出版社2005年版，第130页。
③ 鲁迅：《娜拉走后怎样》，载《鲁迅全集》第1卷，人民文学出版社2005年版，第166页。
④ 鲁迅：《娜拉走后怎样》，载《鲁迅全集》第1卷，人民文学出版社2005年版，第169页。

生大炮"的政治性的刊物，一时成为时代先锋；以《文学改良刍议》一文而名之于世的胡适，虽然一开始被纳入启蒙者阵营，但后来他的"多研究些问题，少谈些主义""输入学理，整理国故"却被认为是开了历史的倒车，为思想激进的"新青年"们所不喜。胡适一开始也是不谈政治的，到后来却成为中华民国驻美国特命全权大使。这种由"发狂"到"候补"的故事结局，与发疯的狂人经历何其相似！

在这种情况下，如果我们还坚持狂人们是启蒙者的说法，那么无异于承认启蒙的目的就在于满足私欲。这不是抬高了启蒙，而是对启蒙的亵渎。在这种情况之下，启蒙就并不只是意味着对底层无知民众的"呐喊"，它同时也是对于知识精英阶层的精神解剖。在中国，启蒙远不是一劳永逸的话题，而是一个面向所有人的全面工程。谁都不能说，他就是时代的"新青年"，他就代表着时代。无论是谁，都需要不断接受时代的考量。

遗憾的是，到现在为止，我们还在揪住启蒙的"狂人"们不放，从某种意义上来说，这当然没有错，但是，这些"启蒙者"显然不是鲁迅心目中带领犹太人走出埃及的摩西，他们最多只是出卖耶稣的犹大。我们不能因为鲁迅是启蒙者，就把他笔下的人物都认为是启蒙者。或者认为，因为庸众们的精神病态、孩子难救、启蒙精英的性格悲剧等，就代表着鲁迅对于启蒙无效性的体验，甚至是对启蒙的绝望，并认为这是使鲁迅走向"战士"身份，与暴力紧密联系在一起的重要原因。这在笔者看来，都是对鲁迅的误读，试想，如果他察觉到了启蒙的无效，那么，我们念兹在兹的启蒙主义者鲁迅又如何成为可能？显然，我们不能因为鲁迅批判了那些所谓的"启蒙主义者"，就认为鲁迅对启蒙感到绝望，甚至对于未来充满了绝望，恰恰相反，鲁迅以他清醒的理性主义精神，在对"启蒙主义者"们的批判中，成就了他的启蒙立场。

二　国民性

国民性问题一直与鲁迅的启蒙联系在一起，在既往的论者那里，启蒙必然意味着对国民性的批判。"五四启蒙主义文学体现了争取现代性的主题，主要有：国民性批判的主题，代表作有鲁迅的《阿Q正传》《狂人日记》等；反封建礼教主题，代表作有鲁迅的《祝福》《伤逝》……"① 为什么说鲁迅是启蒙者，就因为他批判了阿Q们以"精神胜利法"为标志的国民劣根性，这样的说法早已成为不刊之论，林毓生甚至认为，"鲁迅通过这篇小说来描写中国人的共同特征"。② 在这样一种共识之下，阿Q似乎成了一只过街老鼠，人人得而诛之。似乎无产如阿Q者，是被打骂也不能精神胜利的，因为他的行为超出了我们的认识：如果他是打不还手、骂不还口者，我们就有批判打骂之人残暴的可能，并由此生出控诉旧社会的机会；如果阿Q揭竿而起，最后被捉住杀头，我们也就有了歌颂无产者革命的机会。可是"这断子绝孙的阿Q"偏偏骂要还口，又不革命，这似乎让评论家们很不爽，虽然不能安一个"二重反革命"的帽子，但是"封建余孽"还是勉强扣得上去的，于是，阿Q从此就享受着学术界对他的"二重批判"。

虽然后来汪卫东先生提出了"私欲中心"说来代替"精神胜利法"的国民性批判，但是，这不能解释阿Q的"私欲"与赵太爷等

---

① 杨春时：《现代性与中国文学思潮》，生活·读书·新知三联书店2009年版，第98页。
② 林毓生：《中国意识的危机——五四时期激烈的反传统主义》，穆善培译，贵州人民出版社1986年版，第193页。

人的"私欲"之间的差别。对于一个想要把社会建设成大同局面的构想来说，私欲固然是阻碍社会进步的障碍，但是，从另一个方面来看，它又是社会进步的必要条件。对于一个头无片瓦、脚无寸土的流氓无产者来说，在生计产生问题的情况下，他只有首先为自己谋食，然后才能为社会谋道，只有首先做到独善其身，然后才能谈到兼济天下。这也正是鲁迅在《我们现在怎样做父亲》中所说的，"依据生物界的现象，一、要保存生命；二、要延续这生命；三、要发展这生命（就是进化）。"对于一个生物来说，"第一要紧的自然是生命"[①]，阿Q的所言所行，正是一个处于社会底层的人既受到欺压又想要保持自己作为人的尊严的自卫反应。我们面对如此一个弱者，不是同情他所遭受的不幸，反而成天对他的"精神胜利"喋喋不休，多少有些让人大跌眼镜。阿Q的私欲是在"生计问题"之后逐渐形成的，因此，与赵太爷等人的"私欲"有着截然不同的差别。阿Q的私欲最多只能算是为了保存、延续其生命的私欲，这种私欲甚至还谈不上发展其生命。如果连这点"私欲"都值得批判的话，那么，"怒其不争"固然被学术界落到了实处，但是，"哀其不幸"则实实在在地被学者们扫进了垃圾桶。

我们可以反问的是：如果阿Q不能"精神胜利"，那么，谁才拥有这种自我安慰的权利？赵太爷还是举人老爷？抑或所有人都不能拥有这样的权利？又是谁规定了他们只能如彼不能如此表现自己的内心感受？

阿Q的精神胜利法，以及他所谓的"私欲"只是停留在他的幻想中，而那些咸与维新之人虽然嘴里没有说，干的却正是阿Q想干却不

---

① 鲁迅：《我们现在怎样做父亲》，载《鲁迅全集》第 1 卷，人民文学出版社 2005 年版，第 135 页。

能干也不敢干的事情，他们实实在在地搬走了秀才娘子的宁式床。如果阿Q的想法值得批判，那么，那些咸与维新之人的做法为什么就不能接受更严厉的批判？为什么在谈到国民性的时候，我们一直把批判的重点放在阿Q身上？难道幻想比行动更具有危害性？显然，在我们打着反对封建礼教的旗号来批判阿Q所代表的国民劣根性的时候，我们恰恰落入了礼教所倡导的"正名"的窠臼里面去了。

同时，一个问题是，如果阿Q精神所代表的是国民性，那么，这种国民性有没有时空限制，换句话说，脱离了他所生活的社会环境，阿Q还会不会存在？如果存在，那么，这种"国民性"有没有其存在的必然性？如此，究竟是国民性，还是培养出这种国民性的土壤更应该受到批判？如果不存在，那么，又是谁规定了阿Q就是国民性的"代表"？双方的例证都是不难找的，六十余年之后的陈奂生（高晓声《陈奂生上城》）在某些方面完全脱胎于阿Q，但是，沈从文关于湘西的描写则又同时告诉了我们还有与阿Q截然不同的"国民性"。

阿Q不是国民劣根性的代表，更不是"私欲中心"的代表。他代表不了那些真正行动起来，以"革命"的名义打家劫舍的"革命者"，因为他是被那些"咸与维新"的革命者们开除出革命队伍的人，是"不准革命"的对象。同样，那些革命者们也不能代表阿Q的意愿和想法，阿Q的"革命"只是在生计发生问题，现实生活已经将他推入到不能自拔的泥淖之中以后，希图借此重新像个有尊严的人一样站立在未庄的想法。这两者间的根本区别决定了阿Q的独特性，他并不像某些论者所认为的那样，"不是对国民劣根性的一般表现，而是整体表现。"① 阿Q代表不了谁，除了他自己。

---

① 汪卫东：《现代转型之痛苦肉身》，载《鲁迅思想与文学新论》，北京大学出版社2013年版，第245页。

阿 Q 受批判的历史再一次向我们敞开了鲁迅在《药》《孤独者》《长明灯》《狂人日记》等小说中生发出来的问题：人的精神和肉体哪一个更重要？在时代剧烈变革之际，人应该如何存在？究竟应该先保存肉体还是应该保存精神？人与人之间又应该是一种什么样的关系？

作为批判国民劣根性的证据之一，传统上还包含着对"看客"们的批判。经历"幻灯片"事件之后，鲁迅写道："因为从那一回以后，我便觉得医学并非一件紧要事，凡是愚弱的国民，即使体格如何健全，如何茁壮，也只能做毫无意义的示众的材料和看客，病死多少是不必以为不幸的。"[1] 鲁迅的这一段论述，成为我们认为"看客"值得批判的重要证据，而之后鲁迅在北京女子高等师范学校的讲演更坐实了学界这一想法，"群众，——尤其是中国的，——永远是戏剧的看客。牺牲上场，如果显得慷慨，他们就看了悲壮剧；如果显得觳觫，他们就看了滑稽剧。北京的羊肉铺常有几个人张着嘴看剥羊，仿佛颇愉快，人的牺牲能给与他们的益处，也不过如此。而况事后走不几步，他们并这一点愉快也就忘却了。"[2] 一切似乎都具有合理性，但是，如果我们仔细甄别，却又能够从他的小说中读出另外一种观念：尽管麻木的看客值得批判，他们却又同时得到某种程度的理解，这种理解表现在鲁迅对群众为何会如此麻木的剖析。

事实上，鲁迅对看客的理解并非如学界所理解的那样铁板一块，一味地对他们进行批判，在鲁迅笔下，同时也有对看客的同情，体现出鲁迅思想的复杂性。

---

① 鲁迅：《自序》，载《鲁迅全集》第 1 卷，人民文学出版社 2005 年版，第 438—439 页。

② 鲁迅：《娜拉走后怎样》，载《鲁迅全集》第 1 卷，人民文学出版社 2005 年版，第 170 页。

对看客麻木无聊的批判，我们一般会提炼出《示众》《孔乙己》《祝福》《药》，必要时还会拉上《阿 Q 正传》等作为证据。新近对《示众》中看客的研究证明，"《示众》作为看客形象批判的经典之作，其最具思想史意义的，是提出了人如何善待'他者伦理'问题。"① 表面上，"他者"理论解释了"看客"为何如此麻木冷漠，但是，这样的解释只是一种单方面的媾和，因为，没有"自我"（self），就不会有"他者"（the other），就如黑格尔在《精神现象学》中所言，"主人是通过另一意识（奴隶——引者注）才被承认为主人的"②，在这种情况下，谁是与这个"他者"相对应的"自我"？无论是"看客"还是被看者，都没有能够建立起一个被"自我"所意识到的主体地位，《示众》中被巡警用绳头牵着的男人没有，围观者更没有；同样，孔乙己（《孔乙己》）、祥林嫂（《祝福》）、夏瑜（《药》）、阿 Q（《阿 Q 正传》）等所有这些被围观者与围观他们的人，都没有一个人在这种看与被看中确立自己的主体性。没有人意识到自己的"被看"，也没有人意识到自己作为看客的"主体"地位，对于自己为何被看，又为何去看，是完全模糊的。这样，如果说真的如论者所说，存在着一个"他者伦理"的话，这个"伦理"也只是一个无意识的伦理，是一个没有任何共识的"伦理"。

在"他者伦理"的视野下，如果看客们真的值得批判，那么，问题的真正关节点恰恰是因为"看客"与被看者之间并没有建立起一个感同身受的"他者伦理"。在鲁迅看来，无论是看客还是被围观

---

① 周保欣：《"他者伦理""身体思维"和"三个鲁迅"——论〈示众〉》，《文学评论》2014 年第 3 期。

② ［德］黑格尔：《精神现象学》（上卷），贺麟、王玖兴译，商务印书馆 1996 年版，第 128 页。

者，都不是一个悲剧性存在，"悲剧将人生的有价值的东西毁灭给人看，喜剧将那无价值的撕破给人看。"① 这样来看，学界念兹在兹的以批判"看客"作为启蒙要件的"悲剧"事件更像是作为局外人的鲁迅写给读者们的"喜剧"。

　　既然"病死多少是不必以为不幸的"，那么，杀死多少愚民似乎也不是什么值得大惊小怪的事情，但这样的推论在鲁迅那里并不成立，他对愚民同样抱以同情，并感同身受着他们的"愚昧"，这种感同身受的同情源于他对"革命"前景的怀疑。"现在的所谓教育，世界上无论那一国，其实都不过是制造许多适应环境的机器的方法罢了。要恰如其分，发展各各的个性；这时候还未到来，也料不定将来究竟可有这样的时候。我疑心将来的黄金世界里，也会有将叛徒处死刑，而大家尚以为是黄金世界的事，其大病根就在人们各各不同，不能像印版书似的每本一律。"② 既然在任何社会里，都不可能实现真正的"黄金"美梦，照样会有将叛徒处死刑之类的事情发生，那么，那些"牺牲"的"革命者"在多大意义上还具有"革命"的意义，就多少值得怀疑了。或许正是因为这样，在《药》中，鲁迅才借康大叔的口说，"他说：这大清的天下是我们大家的。你想：这是人话么？"③ 显然，百姓并不相信大清的天下就是他们大家的，同样，他们也不会相信革命之后的民国就是他们大家的。对于那些被杀头的夏瑜和阿 Q 们，不过如鲁迅说的一样："革命的被杀于反革命的。反革命的被杀于革命的。不革命的或当作革命的而被杀于反革命的，或当作反革命的而被杀于革命的，或并不当作什么而被杀于

---

　　① 鲁迅：《再论雷峰塔的倒掉》，载《鲁迅全集》第 1 卷，人民文学出版社 2005 年版，第 203 页。

　　② 鲁迅：《两地书》，载《鲁迅全集》第 11 卷，人民文学出版社 2005 年版，第 20 页。

　　③ 鲁迅：《药》，载《鲁迅全集》第 11 卷，人民文学出版社 2005 年版，第 469 页。

革命的或反革命的。"于是,中国的社会历史无非就是"革命,革革命,革革革命,革革……"①

在鲁迅看来,"中国人向来就没有争到过'人'的价格,至多不过是奴隶,到现在还如此,然而下于奴隶的时候,却是数见不鲜的。中国的百姓是中立的,战时连自己也不知道属于哪一面,但又属于无论那一面。强盗来了,就属于官,当然该被杀掠;官兵既到,该是自家人了罢,但仍然要被杀掠,仿佛又属于强盗似的。"② 于是,匪来了匪杀,兵来了兵杀,就像《头发的故事》和《风波》中写的一样,留了辫子长毛/革命党与你为难,剪了辫子官兵又跟你过不去。"我的祖母曾对我说,那时做百姓才难哩,全留着头发的被官兵杀,还是辫子的便被长毛杀!"③ 在这样的生存境遇中,民众首先想到的倒还不是什么做"人"的价格,而是如何在这种左右逢敌的夹缝中保全性命苟延残喘。更要命的是,如果遇上张献忠一样的人物,"不服役纳粮的要杀,服役纳粮的也要杀,敌他的要杀,降他的也要杀"④,民众更是随时都有杀身之祸。在狼烟四起的动乱岁月,他们不过是处于"想做奴隶而不得的时代",而在马放南山的太平盛世,他们顶多也不过是"暂时坐稳了奴隶的时代"。⑤ 反正都是"厘定了规则:怎样服役,怎样纳粮,怎样磕头,怎样颂圣。"⑥ 在这种情况之下,民众除了做一个局外人似的"看客"之外,他们还能做什么呢?

康大叔的话也从侧面说明了,不管换成什么样的朝代,天下都不可能是老百姓的天下。康大叔等人所代表的并非愚昧,而是千百

---

① 鲁迅:《小杂感》,载《鲁迅全集》第3卷,人民文学出版社2005年版,第556页。
② 鲁迅:《灯下漫笔》,载《鲁迅全集》第1卷,人民文学出版社2005年版,第224页。
③ 鲁迅:《头发的故事》,载《鲁迅全集》第1卷,人民文学出版社2005年版,第485页。
④ 鲁迅:《灯下漫笔》,载《鲁迅全集》第1卷,人民文学出版社2005年版,第224页。
⑤ 鲁迅:《灯下漫笔》,载《鲁迅全集》第1卷,人民文学出版社2005年版,第225页。
⑥ 鲁迅:《灯下漫笔》,载《鲁迅全集》第1卷,人民文学出版社2005年版,第224页。

年来对于历史的经验总结。当我们把批判的矛头对准"看客",并以为这就是国民性的集中体现的时候,我们是否能够意识到,这样的研究已经远离了问题的根本:那些被杀的"革命者",并非因为看客的存在而被杀。看客与被杀的革命者之间,并没有必然的联系。我们把"看客"作为"国民性"批判的时候,事实上已经混淆了因果,就跟批判阿 Q 的"精神胜利法"一样,找错了批判的目标。

三　礼教吃人

长期以来,学界不断在《狂人日记》中演绎着封建礼教"吃人"的微言大义,这当然有鲁迅自己的言论为证,这种证据不仅来自小说文本本身,也来自鲁迅自己对《狂人日记》的解释。在《〈小说二集〉导言》中,他写道:"但后起的'狂人日记'意在暴露家族制度和礼教的弊端"①,或许,正是这样的夫子自道,让我们自以为抓住了《狂人日记》的要害并反复重复着对"礼教"的批判,不如此似乎就有没有读懂《狂人日记》的嫌疑。

如果真的存在着对家族制度与封建礼教的批判,那么,这种批判远不只是鲁迅的独门武器,之后的巴金因为"激流三部曲"更是被当作批判"万恶的"家族制度的样板,而被胡适称为"四川省只手打孔家店"的老英雄吴虞,更是认为"家族制度为专制主义之根据",当然,这都是举其大端,如果认真数下来,无政府主义者们无不高举"非孝"的大旗,反对着家族制度与"封建礼教",一时蔚为大观。但是,正如狂人所说,"从来如此,便对么?"

鲁迅写完《狂人日记》四个月之后,在他写给许寿裳的信中,

---

① 鲁迅:《小说二集》"导言",载刘运峰主编《1917—1927 中国新文学大系导言集》,天津人民出版社 2009 年版,第 80 页。

他如是写道："后以偶阅《通鉴》，乃悟中国人尚是食人民族，因成此篇。"① 但问题是，细读《资治通鉴》之后，我们发现，当前演绎的微言大义并不符合鲁迅自己的理解，在《通鉴》中，所谓的"吃人"，都是对人肉体上生吞活剥的消灭，比如战争时期对对手的残杀与食肉寝皮；关中饥荒时期的"人相食"等，与夏志清在《中国现代小说史》中所谓的"传统的生活所代表的正是礼教吃人"②，以及严家炎"将作品主题提升到了反对家族制度和礼教吃人的高度"③等这些中外文学史中一致认定的所谓"礼教吃人"都没有任何关系。那么，从肉体上的"吃人"到精神上的"礼教吃人"之间的转变，这中间究竟发生了些什么？

《通鉴》中所谈及的"吃人"，仅仅只是一种社会现象，它与家族制度或者封建礼教并没有什么关系，最多我们只能说，《通鉴》中的吃人是礼教文化下培育出来的现象。但是，现象毕竟不能等同于制度，因此，以《通鉴》来作为批判中国"礼教"吃人的基础本身就是文化认识的错位。

《礼记·经解》中说，"恭俭庄敬，《礼》教也"，礼教的作用在于让人恭敬勤俭、庄重谨慎。虽然"《礼》之失，烦"，这也导致了只有少数人才能深通礼教，正是这种繁文缛节成为巴金在"激流三部曲"中的首要批判目标。但是，这种烦琐的礼节也并非"礼教"所应该遭受批判的靶标，"礼教"虽烦，但其本身并不提倡"烦"，所谓"恭俭庄敬而不烦，则深于《礼》者也"。可见，孔子对礼教的阐释并非如当前学界所认为的那样，是为了用来维护"封建"

---

① 鲁迅：《致许寿裳》，载《鲁迅全集》第 11 卷，人民文学出版社 2005 年版，第 365 页。
② 夏志清：《中国现代小说史》，复旦大学出版社 2005 年版，第 26 页。
③ 严家炎主编：《二十世纪中国文学史》（上），高等教育出版社 2010 年版，第 176 页。

统治的，它只是用来阐释为人处世的道理罢了，正如《礼记·曲礼上》所说的，"夫礼者，所以定亲疏、决嫌疑、别异同、明是非也。礼，不妄说人，不辞费。礼，不逾节，不侵侮，不好狎。修身践言，谓之善行。行修言道，礼之质也。"翻译成白话就是，礼教给我们的，是用来决定亲疏、判断疑惑难辨的事理，区别异同、明辨是非的道理。它要求我们不胡乱取悦、讨好人，不说多余的话。不逾越节度，不侵犯侮辱，不轻佻。修身养性，践行诺言，这样的行为才能叫作善行。行为要有修养，说话要合于道理，这就是礼的本质。直白点说，礼教就是为思想和行动正名的行为规范，所以又有"名教"的说法。尽管后来"礼教"与政治相结合，成为统治阶级的工具，但是，我们能够因此就说礼教应该完全打倒在地吗？至于我们后来把礼教与意识形态联系起来，活生生地把封建社会这样一个名词变成了一个形容词，成为批判的对象，则完全只是出于时代的需要。

在一个争夺话语权的时代，任何一种标新立异的方式都可以被视为是对既往制度的"反动"，都可以称为"革命"，以此团结更多的人参与其中。于是，离家出走、自由同居等都在这个时代话语的裹挟下成为"新青年"们贴在头上的标志牌。然而，过不了多久，很多作家就从这种社会乱象中找到了笑料，老舍就说，"'五四'把我与'学生'隔开。我看见了五四运动，而没在这个运动里面，我已作了事。……看戏的无论如何也不能完全明白演戏的，所以《赵子曰》之所以为《赵子曰》，一半是因为我立意要幽默，一半是因为我是个看戏的。我在'招待学员'的公寓里住过，我也极同情于学生们的热烈与活动，可是我不能完全把自己当作个学生，于是我在解放与自由的声浪中，在严重而混乱的场面中，找到了笑料，看出了缝子。"① 对于老舍这样的自由主义作家来说，那些所谓的"解放与自由"只不过是在"演戏"。也正是出于这样的理解，老舍才在小说中把各种人物置于礼崩乐坏的环境中，使得主人公们处于无地彷徨的境地，让他们各自上演着"新时代的旧悲剧"。鲁迅的《伤逝》、巴金的《寒夜》等，同样把人物放在新旧文化的转型中加以考察，虽然不能完全说是对五四以来新文化运动的某种反思，但至少，我们可以说是对"个性解放"之后人生结局的观察。

"君君、臣臣、父父、子子。"《论语》中的这句话被阶级论者们视为鼓吹等级观念的封建文化罪证，也被五四一代知识分子列为需要反抗的传统之一。齐景公向孔子询问的是国政，而孔子则以道德作为约束政治的手段，从这方面来看，孔子重点并非在于政治制度，而是"德治"。其实对孔子的误解并不难推翻，我们只要以齐景公的方式反问一句就可以了：如果这个社会做到了君不君、臣不臣、父不父、子不子，将会是一个什么样的社会？可惜的是，从来没有人这样去追问过，我们把所谓的"反传统"当作理所当然。对"封建礼教"的批判是一次找错了目标的随机作战，礼教提倡的不是政治手腕，而是"仁义道德"，这种仁义道德提倡的是"仁者爱人"，是"己所不欲勿施于人"，是"克己复礼"而非滥杀无辜，"礼教"的"仁义道德"从来没有提倡过要"吃人"。提倡严刑峻法的是法家知识分子，所谓"治民无常，惟法为治。"就如王富仁先生所言，"儒家知识分子把政治理解为仁义关系，所以主张'德治'，而法家知识分子则把政治关系理解为利益关系，所以主张'法治'"。② 然而，遗憾的是，我们盲目地把道德当作了政治，当作了意识形态，

---

① 老舍：《我怎样写〈赵子曰〉》，人民文学出版社 2008 年版，第 167—168 页。
② 王富仁：《中国文化的守夜人——鲁迅》，人民文学出版社 2010 年版，第 31 页。

把法家的思想理解为礼教文化，想当然地认为批判了"礼教"就批判了政治制度。正是从这一历史文化逻辑出发，"礼教"开始为中国现代文学史的书写立法。

同样被列入对封建礼教进行批判的还有《祝福》，尽管有人想方设法去标新立异，甚至于认为祥林嫂是鲁镇上的哲学家（杨矗《〈祝福〉的存在主义美学阐释》，载《上海师范大学学报》2012年第4期），或者认为是鲁四老爷的半儒半道，一知半解的"伪儒"或小儒害死了祥林嫂（逄增玉《鲁四老爷论》，载《江汉论坛》2012年第11期），但是，更多的文学史研究则把矛盾的焦点聚集在"封建礼教"上，陈国恩先生在《论鲁迅启蒙主义观的转变——从〈祝福〉说起》中虽然富有洞见地指出，《祝福》"隐含作者对故事的讲叙者'我'的批判，是我们以前所忽视的，就其性质而言，是知识分子的自我批判，更为确切地说，是已经改变了对启蒙主义态度的隐含作者鲁迅对已经感受到启蒙主义尴尬地位、正在思考新的精神出路但还没有找到明确方向的知识分子的批判，这种批判就带有知识分子启蒙立场（包括他自己）的反思性质。"但是，他也同时认为，"在《祝福》中，鲁迅把启蒙者与启蒙对象并置起来，意味着隐含作者对故事的讲叙者'我'和讲叙者'我'视野中的对象，包括祥林嫂在内的所有鲁镇人，进行了双重的批判。后一重批判体现了鲁迅小说中最为重要的思想艺术成就，即反封建的思想批判（对鲁四老爷所代表的封建礼教的批判与对柳妈、祥林嫂等底层愚昧民众的批判在性质上有重要的区别。对鲁四老爷的批判不留情面，对柳妈、祥林嫂等底层愚昧民众的批判带有'哀其不幸，怒其不争'的意味）"。①

---

① 陈国恩：《论鲁迅启蒙主义观的转变——从〈祝福〉说起》，《南京师范大学文学院学报》2007年第4期。

因为他是讲理学的老监生，加上书房里那一堆似乎未必完全的《康熙字典》，一部《近思录集注》和一部《四书衬》，所以鲁四老爷一直以来就没有摆脱掉封建礼教代表的帽子，但是，如果我们细读文本，就会发现，其实鲁四老爷在小说中露面的机会并不多，只说过三句既可以说毫无意义又可以说意味深长的话，一句是"可恶！然而……。"一句是"然而……。"最后一句还是作者转述他对四婶说的话，"这种人虽然似乎很可怜，但是败坏风俗的，用她帮忙还可以，祭祀时候可用不着她沾手，一切饭菜，只好自己做，否则，不干不净，祖宗是不吃的。"就这么简单的几句话，就可以把一个逼死人的罪名加到一个旧知识分子身上，实在有些莫名其妙，更何况，鲁四老爷前面的两句"然而……"针对的并非祥林嫂，而是其婆婆。鲁四老爷真正面向祥林嫂说话的只有四婶的一句转述，难道他一句话的力量真的有那么强大？

王富仁先生在《中国反封建思想革命的一面镜子——〈呐喊〉〈彷徨〉综论》中把祥林嫂的悲剧归结为"夫权和神权"所加于她的精神酷刑，并认为夫权所要求的从一而终的伦理道德观念，"无情地绞杀着祥林嫂的精神和肉体。鲁四老爷与其说是封建政权的化身，不如说是封建理学道德的化身。"[1] 在我看来，祥林嫂的死与其说是因为鲁四老爷的一句话，倒不如说是死于柳妈的"伪善"。"不杀生"的"善女人"柳妈，却主张祥林嫂去死。柳妈让祥林嫂去捐门槛，本意并不在引导她获得新生，而只是"因为阿毛的故事是早被大家厌弃了的"，所以柳妈才试图从中获取新的谈资，"自从和柳妈谈了天，似乎又即传扬开去，许多人都发生了新的趣味，又来逗她

---

① 王富仁：《中国反封建思想革命的一面镜子》，北京师范大学出版社 1986 年版，第21 页。

说话了。"一旦我们看到了柳妈之于祥林嫂的死的重要作用，所谓礼教"吃人"的论断就面临着挑战了。

儒家知识分子并不崇信鬼神观念，他们宣扬的是无鬼神论，所谓"子不语怪力乱神"，所谓"未能事人，焉能事鬼？"鲁迅在总结中国神话传说的时候也说，"不欲言鬼神，太古荒唐之说，俱为儒者所不道，"① 真正宣扬鬼神观念的是墨家，墨家要求顺天意，对于墨家来说，"鬼"是赏善罚恶代表着正义的力量。这是一种超脱于现实的力量，在现实不能得到满足的时候，人们便往往求助于鬼神，因此，它又是平衡现实的一种方式，是善良而懦弱的人最后的"救助站"。这样来看，把祥林嫂所谓的地狱归结为"礼教"对她的迫害是毫无依据的。而论者所谓的"儒、道、释"三教杀人论也就失去了立论之基。

余 论

面对被过度阐释的鲁迅，我们似乎已经到了无话可说的程度，可问题是，在这些阐释中，我们不断地以一个观念去演绎另外一个观念，不断地以新论据去证明旧观点，并从来不假思索地接受着这些旧观点，以致连基本的常识都可以忽略不计。我们对"狂人"（《狂人日记》）的候补与魏连殳（《孤独者》）等人从"新青年"回归旧阵营的现象视而不见，还自以为是地把他们当作带领"愚昧"民众走向"明天"的启蒙精英；我们把鲁四老爷（《祝福》）当作理所当然的救世主，把鲁家当作社会救助站，所以就算祥林嫂在鲁家什么事都不干，"甚而至于常常忘却了去淘米"的情况下也不能赶走

---

① 鲁迅：《中国小说史略》，载《鲁迅全集》第9卷，人民文学出版社2005年版，第23—24页。

她，否则就应该受到阶级批判。哪怕是那些以为批判了鲁四老爷就可以树立起自己高尚道德的社会主义学界精英们，似乎也不会白白地养着一个什么事都不干的佣人吧？明乎此，我们还有什么理由去责备一个通篇就说了两句话的老监生呢？更有甚者，我们甚至忘了《阿Q正传》发表时知识界对它的反应，"我记得当《阿Q正传》一段一段陆续发表的时候，有许多人都栗栗危惧，恐怕以后要骂到他的头上。并且有一位朋友，当我面说，昨日《阿Q正传》上某一段仿佛就是骂他自己。因此便猜疑《阿Q正传》是某人作的，何以呢？因为只有某人知道他这一段私事。……从此疑神疑鬼，凡是《阿Q正传》中所骂的，都以为就是他的阴私；凡是与登载《阿Q正传》的报纸有关系的投稿人，都不免做了他所认为《阿Q正传》的作者的嫌疑犯了！等到他打听出来《阿Q正传》的作者名姓的时候，他才知道他和作者素不相识，因此，才恍然自悟，又逢人声明说不是骂他。"[1] 如果把知识界搞得"栗栗危惧"的阿Q真的是国民性的代表，那么，这个代表的身份又是谁给的？同时，以阿Q来反观在人力车夫面前呈现出愧色的"我"这个知识分子（《一件小事》），我们又如何能够再去批判阿Q的"不争"？更进一步说，如果祥林嫂是鲁镇的哲学家，那么，按照相同的所谓哲学逻辑，阿Q是不是也应该是中国最伟大的哲学家？

鲁迅是所有读者的鲁迅。尽管一千个读者可能有一千个鲁迅，但是，这并不意味着我们可以胡说，总有一个鲁迅是属于文本的，是更接近于文本生发出来的鲁迅。然而遗憾的是，长期以来学术界形成的重阶级性而忽略学理性的鲁迅研究，把读者绕得云里雾里。

---

① 涵庐：《闲话》，《现代评论》1922年第4卷第89期。

客观来说，经常听到说鲁迅难懂、鲁迅的文章难读等之类的话，在很大程度上是与学术界的这种过度阐释密切相关的。面对这些误读，我们唯有回到文本本身，用心灵去切身感受鲁迅，才能真正地走近鲁迅，否则就只会从概念出发，人云亦云，离鲁迅只能越来越远。

第四章　影响的焦虑:郭沫若诗歌创作论

　　就阅读经验而言，怀疑一个作家的创作自始至终都存在着一个完整的系统，以及一种一成不变的价值体系是完全必要的，这至少有助于我们去理解为什么同一个人同一时期的作品语言会各不相同，这种不同是郭沫若《春愁》与《凤凰涅槃》的不同，是《别离》与《天狗》的不同。然而，长期以来，我们习惯于宏观阐释某个作家及其作品——这种研究的长处在于可以把握作家的创作全貌，但也有其缺陷：很多文章夸夸其谈，不从文本出发，而以概念去解释作家的现象，同时，又用作家自己的言论来验之于作品，给人造成一种"现实主义文学"的假象——如果文学就是这样的话，那么，还需要我们去解释什么呢？我们的阅读如果仅仅停留在作家自己所谈论的写作观或者世界观之类的属地里，那么，我们是否可以套用海德格尔的一句话来发问：批评家何为？

　　就郭沫若研究而言，这种现象似乎更为严重，不客气地说，当下的郭沫若研究正走在一条无话不说之后的无话可说之路上。"泛神论""天才论""浪漫主义""原型"以及现在已经成为时髦词的"现代性"等，不管适合与否，开篇就先给研究对象套上这些理想的结论，大有什么流行就谈论什么的趋势，我不知道我们的评论界讨论完这些之后还能够讨论什么？如果我们不是危言耸听地认为这项研究正在走向衰落的话，那么，至少可以说，郭沫若研究也正在走向僵化。在这样的情况下，细读文本，通过文本来解释文学现象或许才是突破现有学术围困的关键。我们似乎有必要遵循保罗·德曼极富洞见的教诲："要成为出色的文学史学家，就必须牢记，通常称之为文学史的东西，同文学便极少或者根本没有什么关系，而叫做文学释义的东西，只要是出色的释义，事实上，也就是文学的历史。"① 有鉴于此，本文把《天狗》作为郭沫若诗歌影响的焦虑之释放文本，由此切入，反观郭沫若在诗歌创作中所受"父辈"诗人的影响及其焦虑表现，从而进一步探讨郭沫若在语言的暴力革命后如何建立作为诗人的自我主体性。

一

对于《天狗》这首诗，学界都把它当作个性解放、人的解放来读，这本身是没有问题的。问题在于，当我们在这么去作出结论的时候，其理由却往往语焉不详。最近几年的研究通常从"现代性"上找依据，把抒情主人公对自我的高度强调作为发行"个人"的标志，进而去发现一个时代的"大我"。稍微细心一点就会发现，这样从五四新文化寻找源头的现代性论述也不过只是文学史上的一个注脚，"《女神》的自我抒情主人公首先是'开辟洪荒的大我'——'五四'时期觉醒的中华民族的自我形象。"② 直接把郭沫若的诗歌作为一个集体性事件观照，与"民族国家想象"联系起来。不可否

---

① ［美］保罗·德曼：《解构之图》，李自修等译，中国社会科学出版社1998年版，第189页。

② 钱理群等：《中国现代文学三十年（修订本）》，北京大学出版社1998年版，第103页。

认，郭沫若的有些诗歌确实表达了对家国的礼赞，但是，我们是否能够就此断言他是作为一个民族的代言人写诗？这确实值得商榷。同时，值得注意的是，这里的"个人"实际上是抽空了活生生的个人，它并不是真正意义上的个人，它还是一个集体，只是这个集体可能与前面时代的"个人"不同罢了。这样的论述不仅不能支撑论者的个人发现这样一个结论，更不能支撑他所谓的现代性这样一个伟大的工程。

诗歌作为文学，其写作是诗的奉献，而并非作为政治的奉献式的诗，奉献式的诗不是文学，而是政治。在文学研究中，我们必须高度重视的是文学的个人性问题及其自主性问题，应该把这两个问题作为文学研究的最基本的准则。

或许，当我们认为他是在为这个民族写诗的时候，我们可以仔细去读一下他的《春蚕》："蚕儿啊，我想你的诗/终怕是出于无心，/终怕是出于自然流泻。/你在创造你的'艺术之宫'，/终怕是为的你自己。"无须过多的解释，因为当我们读了这首诗后，任何的解释似乎都成为多余。当然，更多的还是从泛神论寻找依据的，因为这毕竟是郭沫若自己亲口承认过的事。"它将宇宙本体泛化为自然，又泛化为自我，从而将自我提升到与宇宙同一高度的那种主体崇高感，并在主体审美体验中消解了'个体与整体、存在与本质、有限与无限'对立后那种绝对自由感，及其对现实的'人的解放'的审美昭示！"① 在这里，我们要问的是：如果一切都是泛神化的，那么，人以什么能够在神化的自然万物中去确立他作为"人"的地

---

① 税海模：《郭沫若泛神论本质上是美学》，《贵州社会科学》2002 年第 2 期。这个论断后来在其《〈天狗〉解读》中得以重申，见陈俐等主编《郭沫若经典作品多元解读》，四川大学出版社 2006 年版，第 28 页。

位？如果一切都神化了，人又如何去解放自己？具体到《天狗》，如
果所有的物象都神化，那么，天狗所吞的那些物象又如何解释？是
否神间也和人间一样不平等，也有大鱼吃小鱼的现象？以上大体上
就是最近几年关于郭沫若《天狗》的"研究成果"，这些成果更多
的是"郭云亦云"，把诗歌（文学）当作一种可以还原的事情来阐
释。当然，也有从比较的视野切入问题的。然而，简单的比较只在
于找出两者间的异同，并不能说明郭沫若之所以是"这一个"而不
是那一个的问题。事实上，李继凯先生在 1998 年的一篇文章中就提
到："在郭沫若一生的文学、文化活动中，其'双向误读'的现象确
是很突出的，无论在日常的读书活动中，还是在异元文化的比较中，
积极意义与消极意义上的误读现象都相当普遍地存在着，这很值得
我们深入细致地加以研究。"① 然而，十年过去了，李先生提到的误
读对郭沫若的影响问题仍然没有得到很好的解决。

　　事实上，如果我们认识到诗是诗人情感的强烈流露的话，而不
仅仅把它还原为本质主义上的某些现实，比如神话原型，或者诗人
的信仰等之类的话，我们就会感受到诗人在诗歌里所流露出来的焦
虑，这种焦虑不仅仅只是时代的焦虑，或者如学界所说的"现代性
焦虑"，而且也是诗人面对父辈作家时潜意识里所表现出来的一种影
响的焦虑。它需要借助诗人语言上的暴力才能冲决出来。

　　在诗的第一节里，我们必须注意到两个字："吞了"。它由一个动
词和一个助词组成而形成一种过去时态，表明一种过去了的状态。但
是，鉴于这条"天狗"并没有真正的吞下这些物象，这种"我把 XX
来吞了"事实上就成为一种想象状态，它们在此就成为"我想要

---

　　① 李继凯：《接受创造与误读——关于早期郭沫若读外国书的札记》，《郭沫若学刊》
1998 年第 1 期。

把 XX 吞了"的缩写，于是，"我便是我了"也就变成"这样，我便是我了"。"我便是我了"在首刊作品中原为"我便是'我'了！"①，吞了日、月、星球和宇宙之后的我明显不是先前的我，这个"我"被郭沫若赋予了全新的地位，亦即自我主体性的全新确立。只有在"吞了"这些物象之后，"我"才能成为"我"。诗人以"吞了"这些物象来确立自我的主体地位。评论界往往用神话原型来理解"天狗吞月"，必要的时候还引出郭沫若的《月蚀》来作为旁证。然而，当我读到作者在《天狗》之前一年写的《新月与白云》的时候，所有的这些原型批评都显得苍白无力起来："月儿呀！你好像把镀金的镰刀。／你把这海上的松树斫倒了，／哦，我也被你斫到了！／白云呀！你是不是解渴的冷水？／我怎得把你吞下喉去，／解解我火一样的焦心？"吞月不是为了返古，而是因为现时的焦虑。显然，后来的《天狗》吞月，其道理亦然，不同的是，《天狗》中的感情明显要狂躁得多，这可以从两诗的语气上区别出来，也可以从排比的扩展上看出来。完全可以认为，感情上《天狗》是《新月与白云》的升华，内容上前者是后者的扩展，而其诗歌精髓则完全没有改变。

只有在饥饿状态下，动物才会去饥不择食地吞食他们所能吃的一切，在这里，"吞了"一词形象地表现了一个时代的饥饿感，一种焦虑感，通过鲸吞一切来推翻之前的既存秩序，通过"弑父"突出自我主体地位，亦即哈罗德·布鲁姆的"影响的焦虑"。诗人是在对这个世界施加一种"革命"的暴力。在这里，"吞"具有一种驱魔仪式的功能，只不过它不是驱自然之魔，而是驱诗人的心魔。它把宇宙万物当作"他者"来处理，它是一种对既存秩序进行篡夺、分

---

① 陈永志校释：《〈女神〉校释》，华东师范大学出版社 2008 年版，第 69 页。

化、剥夺的激烈入侵过程，同时也是对起源的包容、涵括，并与起源疏远分离的过程。它是一种德里达意义上的"替补"过程，"天狗"鲸吞一切的过程也就是它自身作为一个替补物进据的过程。我们必须看到，在"天狗"鲸吞一切的过程中并不只是造成一个抹除一切的单一后果，"抹除意味着产生替补，但这种替补始终是不完全的，它不能完成这项任务，它需要某种东西来填补空白，它分享了它应该纠正的弊端。"① 这种替补事实上形成的只是一种取而代之的反传统的传统。

布鲁姆在《影响的焦虑》中写道："诗的影响——当它涉及两位强者诗人、两位真正的诗人时——总是以对前一位诗人的误读而进行的。这种误读是一种创造性的校正，实际上必然一种误译。一部成果斐然的'诗的影响'的历史——亦即文艺复兴以来的西方诗歌的主要传统——乃是一部焦虑和自我拯救的漫画的历史，是歪曲和误解的历史，是反常和随心所欲的修正的历史，而没有所有这一切，现代诗歌本身是根本不可能生存的。"② 如果可能，我们完全可以把这里的诗歌改为包括小说等在内的"文学"，布鲁姆所称的"影响"显然是一种父对子的影响，"文学影响是一门精神现象学"，而"焦虑"则明显具有一种审父弑父的意味，"一部经典就是一份已经获得的焦虑，正如所有的文学巨著都是作者已获得的焦虑那样。"③ 如果说"影响"带有消极的一面的话，那么，"焦虑"则明显具有积极性，它促使作家调动主体性去应对父辈作家对自己的"影响"。对于一个经典作家来说，焦虑的过程就是一个自我主体性

① ［法］雅克·德里达：《论文字学》，汪堂家译，上海译文出版社 2005 年版，第 331 页。
② ［美］哈罗德·布鲁姆：《影响的焦虑》，徐文博译，江苏教育出版社 2006 年版，第 31 页。
③ ［美］哈罗德·布鲁姆：《西方正典》，江宁康译，译林出版社 2005 年版，第 416 页。

的确立过程。它既是父辈作家对后来作家的隐性挑战，同时也是后来作家对父辈作家的显性攻击。《天狗》一诗所呈现的，显然是郭沫若"身处父亲的庇荫"状态下焦虑感爆发后的表达，冲决而出的，是"迟来者的筋疲力尽感"。那么，我们不得不问：郭沫若的"父辈"诗人是谁？为什么会因接受而受到影响的焦虑？

二

在其《匪徒颂》里，我们注意到，郭沫若在第五节中把罗丹、惠特曼和托尔斯泰归类到"文艺革命的匪徒"，然而，所有这些匪徒是否永远只是一个不动的坐标？诗人自己是否愿意永远生活在前辈诗人作家们的影响之下？到了第六节里，他却匪夷所思地把泰戈尔归入到与卢梭、丕时大罗启这些"教育革命的匪徒"里面，一个有趣的问题是，泰戈尔当年在中国出名并不是因为国人看中了他的教育思想，而是他的诗歌艺术。这显然是对读者的一个"误导"——他实在不想读者在他的诗里读出泰戈尔的气息。郭沫若自己在日本的时候就读过泰戈尔的诗并深受影响，在《死》中，诗人就明显受到了来自泰戈尔的影响："啊，你这生命的最后完成——死亡，我的死亡，来同我说悄悄话吧。/我日复一日地守候你，我为你忍受了生活中的乐和苦。/我的一切存在，一切所有，一切希望，以及一切爱情，总是在隐秘地向你奔流。你的眼睛朝我看上最后一眼，我的生命就永远是你的了。/花朵已经编好，花环已经为新郎准备好了。行过婚礼，新娘便将离开她的家，在寂寞长夜里与她的夫君单独相见。"① 显然，这里的"你譬如是我的情郎，/我譬如是你年轻的处

---

① 〔印〕泰戈尔：《吉檀迦利·九一》，吴岩译，上海译文出版社1986年版，第119页。

子"的灵感就来自泰戈尔的这首诗，而与之相近的话题同样在《死的诱惑》里面再度出现。如果不是有意要隐藏一种影响的焦虑的话，我们就不能理解在《晨安》里面提到泰戈尔的时候，仍然没有忘记"自然学园里的学友们"，却四次提到惠特曼，且把惠特曼的墓与华盛顿、林肯的墓并列在一起；也不能理解《匪徒颂》里为什么不把泰戈尔放到与惠特曼和托尔斯泰的行列一起成为"艺术革命的匪徒"，他提到了作为教育家的泰戈尔，却偏偏只字不提一个在当时的中国具有强大影响力的作为诗人的泰戈尔。他不是不知道泰戈尔，而是太熟悉了，甚至和小孩游戏都能够想起泰戈尔的诗，"我的阿和/和着一些孩儿们/同在沙中游戏。/我念着泰戈尔的一首诗，/我也去和着他们游戏。"（《岸上》）是否仅仅只是因为泰戈尔的诗是写给儿童的？如果我们不是简单地认为泰戈尔的诗仅仅只是小孩游戏的说白道具，那我们可以读读他的《新月集·开端》，把郭沫若当作母亲，而把泰戈尔的这首诗当作与阿和一样的婴儿的阅读的话，我们就会借泰戈尔之口来理解郭沫若的影响的焦虑了："我的心肝，你是我藏在我心里的心愿。/你存在与我童年游戏的泥娃娃之间，每天早晨我用泥土塑我的神像，那时我就把你塑了又毁了。"① 每首诗的诞生就如同一个婴儿的诞生，每个诗人的成长就如婴儿的成长，它既联系着过去，也联系着将来。他们都需要自己为自己塑像，不过在为自己塑像之前，首先还得为那些强力诗人塑像，然而矛盾的是，只有毁掉那些自己先前亲手塑造的神像，自己的神像才能在强者林立的诗歌神像中凸显出来。

对泰戈尔既爱又恨，对他翻译过《浮士德》的作者歌德亦然。

---

① ［印］泰戈尔：《新月集·开端》，载《泰戈尔抒情诗选》，吴岩译，上海译文出版社1990年版，第64页。

《女神之再生》虽然写的是中国远古的事情，却把歌德的《浮士德》结尾作为引言。这个诗剧（也包括《天狗》《凤凰涅槃》等）是学界原型批评的试验地，他们在原型中穿梭于古今中外，不仅看到了"时代'转型'的隐喻"，也看到了"民族国家'转型'的文学想象"。① 在这些古代原型的现代性阐释中，我们看到"现实"，看到了文学是现实生活的反映这样一条清规戒律，可是，我们却没有看到文学，这种简单的反映论把作家比作一面靠反映就能够发光的镜子。谁也没有去思考过郭沫若翻译了《浮士德》，后来却说这个翻译带给了他不好的影响究竟隐含了什么？或许，我们可以说，那些古代的"原型"仅仅只是文学外的原型，亦即一种道具式的原型，而真正的文学内的原型，则是使他深受影响的歌德、泰戈尔、海涅等人。难道他引用的《浮士德》结尾作为引言不应该看作是没有《浮士德》的影响，就没有《女神之再生》的精髓吗？因此，《女神之再生》就不仅仅只是女神的再生，它潜藏着的是诗人挣脱歌德"很不好的影响"在诗艺上的再生，《凤凰涅槃》也就不仅仅只是凤凰挣扎着浴火涅槃，也隐含了诗人自己从前辈诗人中涅槃重生的焦虑。

在《金字塔》里，郭沫若写到，"我凝视着，我倾听者……/三个金字塔的尖端/好像同时又宏朗的声音在吐：/创造哟！创造哟！努力创造哟！/人们创造力的权威可与神祇比伍！"这直接与歌德的《浮士德》形成对照："我，神的化身，自诩已与/永恒的真理之境近在咫尺，……有自由之力流贯自然的血脉，/一边创造一边享受神的生活，如此狂妄自负，真后悔莫及！/一声响雷，震得我自容无地。"②

---

① 吴翔宇：《郭沫若诗歌的"神话转型题旨"与文学想象意义——以〈女神之再生〉与〈凤凰涅槃〉为例》，《盐城师范学院学报》（人文社会科学版）2008 年第 1 期。
② ［德］歌德：《浮士德·第一部·夜》，载《歌德文集》第二卷，杨武能译，河北教育出版社 1999 年版，第 35 页。

郭沫若面对的是"金字塔"，然而他真实面对的则是诗歌，直接面对的则是歌德，他不能够有歌德似的"自容无地"感，他需要抛弃歌德的"自容无地"创造出主体性的自我。因此，他诗中的金字塔表现得就很不一般，"便是天上的太阳也在向我低头呀！"可以想象，歌德是否能够比得过太阳？而在《梅花树下醉歌》里，"假使春天没有花，／人生没有爱，／到底成了个什么的世界？"则直接来源于歌德的《罗马哀歌（一）》，"哦，罗马，你诚然是一个世界；可要是没有爱，／世界不成其为世界，罗马也不成其为罗马。"① 可是，在郭沫若那里，是"没有什么异邦的名所"的，"一切的偶像在我面前毁破"了，他毫不犹豫地打破了那种偶像崇拜。歌德的诗歌在这里既是他灵感的来源，也是他的焦虑所在。最好的防御就是主动出击。这种毁破偶像的态度无疑正是因为害怕强力诗人对自己影响的焦虑而做出的最积极的防御。

相形之下，海涅和惠特曼要幸运得多。在郭沫若经常提到的国外大诗人里，在诗歌内外唯一没有想过需要打倒在地的大概只有海涅和惠特曼了，海涅在《北海·加冕》中说："太阳高悬中天灿烂辉煌，／我要去扯下一块赤金，／织成金冠一顶，／戴在你神圣的头上。"② 在《别离》中，郭沫若毫不犹豫地写道："太阳呀！／你同那月桂冠儿一样。／我要想爬上天去，／把你取来；／借着她的手儿，／戴在我的头上。"或许因为是一首完全呈内射状态写离别的诗，所以语言上没有那么浓烈的火药味，也就没有必要去与海涅剑拔弩张做什么较量了。在《日暮的婚筵》里，则整个地化用了海涅的《落日西沉》，

---

① ［德］歌德：《罗马哀歌（一）》，载《歌德文集》，钱春绮译，人民文学出版社 1999 年版，第 164 页。

② ［德］海涅：《北海集·加冕》，载张玉书选编《海涅选集·诗歌卷》，人民文学出版社 2002 年版，第 227 页。

"《日暮的婚筵》比太阳为新娘，比海水为情郎，显然从海涅的《落日西沉》得到启发，只是把'年迈的丈夫'改为'心爱的情郎'而已！色彩的明丽，也像海涅的诗。"①

　　有意思的是，深受泰戈尔、歌德和海涅等人影响的郭沫若，在各种场合却又要有意将他们遗忘，他自己也承认，"最先对太戈尔接近的，在中国恐怕我是第一个。"且细数了泰戈尔的作品，最后却以"以后即隔绝了"把泰戈尔打发掉了，在谈到《女神之再生》《凤凰涅槃》时，他说，"我在未转换前（一九二四年前），在思想上接近泛神论，喜欢庄子，喜欢印度的佛教以前的尤婆尼塞图的思想，喜欢西洋哲学家斯皮诺莎。我之所以接近歌德，重要的原因也是在这种思想的倾向上。"② 闭口不谈泰戈尔、歌德和海涅等人对他写作上的影响，虽然后来提到了"接近太戈尔"和歌德③，提到了"太喜欢太戈尔"，也"喜欢歌德"，其不过是因为"我本来是有些泛神论的倾向，所以才特别喜欢有那些倾向的诗人的。"④ 在郭沫若的言论中，泰戈尔和歌德等人只是他接近泛神论的一个跳板，他们仅仅只是为他的泛神论思想做了垫脚石。如果这中间真的如他自己所说，"翻译了《浮士德》对我还留下一个很不好的影响。我的短短的做诗的经过，本有三四段的变化。第一段是太戈尔式……所留下的成绩极少。第二段是惠特曼式……要算是我最可纪念的一段时期。第三段便是歌德式了，不知怎的把第二段的热情失掉了，而成为韵文

---

　　① 陈永志：《〈女神〉校释》，华东师范大学出版社 2008 年版，第 199 页。
　　② 郭沫若：《郭沫若诗作谈》，载《郭沫若专集》（1），四川人民出版社 1984 年版，第 39—40 页。
　　③ 郭沫若：《郭沫若诗作谈》，载《郭沫若专集》（1），四川人民出版社 1984 年版，第 54 页。
　　④ 郭沫若：《创造十年》，载《郭沫若全集·文学编》第十二卷，人民文学出版社 1992 年版，第 66 页。

的游戏者。"① 那么，他为何在那么多的诗作中要借助别人的作品来作为创作的资源？这段话的确很有意思，明明知道自己受了别人的影响，却又要把这种影响说得很坏，甚至有把自己创作的"失败"的责任都归结到泰戈尔和歌德头上的嫌疑，而这两人中，对歌德的责备最重。海涅这时候被他忽略掉了，如果不是故意忘记不说，很大原因可能就是他受到了海涅影响，而又不好作出什么评价的缘故。对于受他责难的以及有意忽略了的诗人，唯一的解释是：泰戈尔、歌德和海涅等人对他的影响实在太大了，如果他没有能力超越他们，去取代这个父亲角色的位置的话，那么，最好的办法就是尽量把他们遗忘，把这个父亲的角色从精神上赶出自己的属地。唯有如此，才能确立他自己作为一个诗人的自我主体性，使自己能够在众多诗人中独立出来，显出自己是"这一个"而非另一个的化身。但是，惠特曼不仅逃过了责难，还成了他值得纪念的一个时期，这又如何解释呢？

如果我们把郭沫若和惠特曼称为激情诗人，相信不会受到任何人的责难，这只要我们对比一下《女神》和《草叶集》就一目了然。完全可以认为，郭沫若那些富有激情的诗歌受惠于惠特曼，不管从语气上，还是标点符号上。可以说，郭沫若是中国诗歌史上使用排比句、语气助词"呀""哟"和感叹号最多的诗人，然而这些无一不涂上惠特曼的色彩。有从主题上对惠特曼和郭沫若的比较研究表明，"郭沫若的《女神》至少在三个方面受惠特曼《草叶集》的影响。比较容易看出而且论者亦已普遍接受的是两本诗集里的民主思想和粗犷诗风；再就是两本诗集的诗歌形式、意象母题和主题这三方面所共有的平行结

---

① 郭沫若:《创造十年》，载《郭沫若全集·文学编》第十二卷，人民文学出版社 1992年版，第76—77页。

构；还有就是充盈在两本诗集里的泛神论思想。"① 不用去把郭沫若和惠特曼的每首诗歌都作比较，因为在郭沫若那些激情四射的诗歌里，每首都能够找到惠特曼的影子。和歌德、泰戈尔或者海涅那样局部的影响不同，惠特曼对郭沫若的影响是整体的。或许正是这样，他才会说惠特曼对他来说是值得纪念的——没有惠特曼，就不会有《女神》中的绝大多数诗篇，至少，也不会有我们现在看到的那些激情。

但是，面对惠特曼，他就没有影响的焦虑吗？回答显然是否定的。"为着生存，诗人就必须对前辈进行重写，凭借着至关重要的误解行为来误释前辈。"② 影响导致误读，在这种"误读"中来缓解诗人的焦虑。在具有总纲似的《我歌唱一个人的自身》里，惠特曼明确提出了"民主""平等"和"自由"的主题，当然还应该加上"博爱"。然而，所有这些到了郭沫若那里都变成了单一的要么"毁破"要么"创造"的狂叫，如果说惠特曼更多的是"建设"，那么，郭沫若更多的则是"破坏"，这明显是对惠特曼误读的结果——他不能完全惠特曼化。因此就必须走出惠特曼的阴影，然而，惠特曼就像一块磁铁一样牢牢地把郭沫若这块发烫的铁钉吸引在身边——《女神》自始至终也没有逃过惠特曼的影响。对他的怀念，可能并不仅仅只是因为他接近泛神论，更大的原因可能是惠特曼激情的外射型语言更能适合一个诗人建立主体性的需要，它不仅适合进攻，更适合对强力诗人影响的焦虑的防御。正如刘纳在《嬗变——辛亥革命时期至五四时期的中国文学》中所说，"五四作者处于外国前辈作家的强大影响之下，他们的才情需他人引发才能畅快地宣泄，他们

① 区鉷、庄子：《惠特曼对郭沫若的影响中介——兼论借鉴外国文学的本土意识》，《外国文学评论》1988 年第 2 期。

② ［美］哈罗德·布鲁姆：《误读图示》，朱立元、陈克明译，天津人民出版社 2008 年版，第 17 页。

的表达方式需有所凭借才能成行，并且在一定程度上弥补了他们才能的不济。五四作者还只能通过对外国作家的仿效去探索艺术创造的路径。"① 作为一个诗人，《女神》无疑是奠定他诗人地位的入场券，或许，正是在这个意义上，郭沫若才会觉得惠特曼那一段是最值得他纪念的。

三

分析了郭沫若作为一个诗人的影响的焦虑之后，现在，我们可以把话题继续回到《天狗》上来。天狗在鲸吞一切之后，成为了尼采式的超人，具有了各种光的效用，成为了"全宇宙底 Energy 底总能量"。我们完全有理由发问：天狗既然能够吞下一切的星球与全宇宙，为什么就不能吞下惠特曼等人？光照亮的是前方，但是却总会在自己的后方留下阴影。真正意义上的文学的历史就是一部影响的焦虑的历史，诗歌的历史尤其是这样。"影响的焦虑无关真正的或想象的父亲是谁，它借助于诗歌、小说或戏剧并在他们之中出现一种焦虑。""一位真正的经典作家或许会或许不会把这种焦虑在作品中予以内化，但这无关大局：强有力的作品本身就是那种焦虑。"② 显然，郭沫若想要抛弃前辈诗人们对他的影响，他需要像 X 光一样具有穿透性，一览无余地看到诗歌的始源地，而就自己现在所站立的位置而言，来取代父辈诗人们的影响，使自己作为强力诗人并成为后来诗人们的阴影，以便使自己开创出新的诗歌传统。

就在写下《天狗》的前后，郭沫若还写下了《炉中煤》等诗。

---

① 刘纳：《嬗变——辛亥革命时期至五四时期的中国文学》，中国社会科学出版社 1998 年版，第 41 页。

② ［美］哈罗德·布鲁姆：《西方正典》，江宁康译，译林出版社 2005 年版，第 6 页。

在《炉中煤》里，"啊，我年轻的女郎！/我想我的前身/原来是有用的栋梁，/我活埋在地底多年，/到今朝才得重见天光。"虽然作者在这首诗的题目上加了一个副标题"眷念祖国的情绪"，在后来的《创造十年》里也指出："'五四'以后的中国，在我的心目中就像一位很葱俊的有进取气象的姑娘，她简直就和我的爱人一样。我的那篇《凤凰涅槃》便是象征着中国的再生。'眷念祖国的情绪'的《炉中煤》便是我对于她的恋歌。"① 如果我们遵从文学模仿现实这样一条铁律的话，这首诗歌似乎就无须我们再去解释什么了，因为该说的诗人自己已经说完了。可是，难道诗人的写作真的就能够摒弃自我？毫无保留地把自己交给一个想象的共同体？况且，诗人不管他主要从事的是什么工作，在写诗的时候，他首先还是一个诗人。为什么要把自己的前身想象为栋梁，而要到"现在"才重见天光？有趣的是，这种"重见天光"的意象在两个月后再次出现，"一群小学的儿童，/正在沙中跳跃：/你撒一把沙，/我还一声笑；/你又把我推翻，我反把你掀倒。/我回到十五年前的旧我了。"只有推翻前辈诗人，才能显示出自己的栋梁资质，然而，在诗歌史上，甚至在整个文学界，这种诗人（作家）与诗人（作家）相互较劲的现象比比皆是，如果儿童一样的后来诗人不能长大成人，超越前辈作家，如果后辈诗人（作家）不能独树一帜，推翻前辈诗人（作家）而自立，那么，他们就势必会为前辈作家的声势所淹没而被别人掀倒。如果诗人（作家）不"与时俱进"始终保持一种强势，在被后来诗人推翻之后，其地位就只能回复到从前（十五年前）了。当然，这不是一场你死我活的肉体决斗，而是精神上的"你撒一把沙，我还

---

① 郭沫若：《创造十年》，载《郭沫若全集·文学编》第十二卷，人民文学出版社 1992 年版，第 73 页。

一声笑"的相互啮合。

如果我们遵从了郭沫若在《创造十年》里的那句话并以之来作为我们解释其某些诗作的依据，显然也不能解释《我是一个偶像崇拜者》这样的诗歌。至少我们不能解释他为什么要对"像一位很葱俊的有进取气象的姑娘"一样的世界进行"破坏"而不是更积极地参与建设，因为两首诗的写作前后不到半年时间。诗歌的末尾三行应该特别值得人揣摩，诗人在崇拜了可以崇拜的一切之后写道："我崇拜炸弹，崇拜悲哀，崇拜破坏；/我崇拜偶像破坏者，崇拜我！/我又是个偶像破坏者哟！"是的，如果诗人要在强者林立的诗歌界占得一席地位的话，他就必须是一个偶像破坏者而不仅仅是一个"偶像崇拜者"。只有"一切的偶像在我面前毁破"（《梅花树下醉歌》），诗人才能确立自己的自我主体地位。

然而，郭沫若毕竟不是他笔下的真正意义上的"天狗"，如果真是那样，要么他是一个伟大的天才，要么我们就只能认为他疯了。在诗歌的第三节里，诗人总算清醒过来，回复到了没有鲸吞日月前的"天狗"上来，回复到了诗人自身。这是一种明知不可为之后体现出来的狂躁，飞奔，狂叫，燃烧，飞跑，这些显然不能达成自己想要的目的，于是继之以剥自己的皮，食自己的肉，嚼自己的血这样的自虐自戕，但也不完全是自戕自虐，它还有从所受影响的强力诗人那里获取资源之后反身吞噬自己的意象，因此，也就不仅仅指向自身，还指向了前辈诗人的影响。这是一种不能摆脱强力诗人的影响的焦虑，也唯恐自己不能成为取代父亲具有强力影响，给后来诗人留下阴影和精神焦虑的角色。这种极度焦虑状态终于到了临界点："我的我要爆了！"这种"要爆了"的感觉不仅是精神上的紧张感，也是语言上的暴力，它是语言狂欢的巅峰。

　　语言无疑是诗人的武器。我们或许应该记住布鲁姆的这么一句话，即，"有鉴于诗人的语言就是他自己的态度，是他同诗的语言的关系，所以，你是在估量他对他前辈的关系。"[①] 在郭沫若这里，当他的视域呈外射状态时，他必须防御，防御那些曾经对他产生强力影响的诗人再次影响他现在的创作，他必须挣脱这种影响。他的语言就会因为影响的焦虑而呈现出一种革命的暴力，这种革命的暴力使得他的诗作因此而呈现为一种暴力革命的状态。那种唯恐不及影响过他的前辈诗人的焦虑使得他来不及考虑诗歌自身的审美特性，于是往往把这种焦虑转化为狂欢的语言。《天狗》这样的诗歌"那不可遏止的自我喷发"就不是"诗人自我理想的外射"[②]，而是诗人面对影响积极防御时焦虑的外射。当他的视域呈内射状态时，他就只需面对自己的内心世界，而无须顾及外射视域时所面对的强力诗人，他就完全可以忽略甚至忘记那些影响过他的强力诗人，甚至会情不自禁地想起他们，并完全有可能对他们做出妥协，不由自主地从他们身上找到灵感。在影响的焦虑减弱甚至被忽略的情况下，语言也就相对平和舒缓，就会出现如《别离》《晚步》《日暮的婚筵》这样的作品。郭沫若在《天狗》等诗里所使用的语言暴力，无疑也正是他对前辈诗人，尤其是对他产生了深刻影响的大诗人的一种反叛，他需要这种语言的暴力革命来达到与前辈诗人分离从而独树一帜的目的，在对前辈诗人的反叛中确立自我的主体身份。然而，当他有意或者无意识地从泰戈尔、歌德和海涅等人影响的阴影里逃离出来后，却又一头栽进了惠特曼的怀抱。如果说对泰戈尔和歌德等

---

　　① ［美］哈罗德·布鲁姆：《误读图示》，朱立元、陈克明译，天津人民出版社 2008 年版，第 76 页。

　　② 邓继焦：《从原型现象看郭沫若前期诗歌及其"轰动效应"》，《中国现代文学研究丛刊》1994 年第 3 期。

人还能够以诗歌语言为武器积极防御，那么，在面对海涅和惠特曼的时候，他就只剩下招架之功而毫无还手之力了。

只有把这种语言的暴力革命看作郭沫若自我主体性建构的努力，而不是仅仅把这种施加了暴力的语言扭曲变形当作他对惠特曼等人的简单模仿，我们才有理由去承认这确实是一条"天狗"，而不是一条狂吠的疯狗。也只有这样，我们才有理由去认定他是一位杰出的天才诗人。但是，作为经典意义上的文学，它应该具有某种垂之后世的典范意义，具有某种开创性，如果仅仅只是以操纵语言来获致时代精神的快感，而不顾及文学超越时代的一面，那么，这种"文学"的经典意义就值得怀疑了。遗憾的是，我们现在区分经典与非经典的标准已经晦暗不明了，有从现代作家中遴选出来的文学经典，也有"红色经典"，或许，我们还应该有"黄色经典"，为什么就不能有黄色或者灰色的经典呢？因此，从文学上来考虑，确立一种经典的文学观，这既是对文学经典有尊严的指认，也是文学之为文学的有效确认。

第五章　从巴金的创作看 20 世纪中国文学与政治的关系

　　如果巴金的作品集是按时间段编年的方式出版的话，我们在看完他 1944 年写的《憩园》之后，完全会设想他以后的作品会是如何的精彩、如何的激动人心，哪怕就是写于 1946 年的《寒夜》，我们也绝对不会想到这之后的巴金的作品是那么的不忍卒读，尤其是 1949 年之后的作品，除了通篇图解政治，跟着主旋律转，把自己的个性完全消融于集体主义之外，我们就再也看不到巴金年轻时候给我们带来的阅读魅力了。这不由得让我要问：这还是年轻时候的巴金吗？这还是早年以无政府主义者自居的巴金吗？这还是那个有着自己的人格魅力，不屈服于任何政权的早年的巴金吗？

一

　　巴金早年的无政府主义思想是为评论界所普遍认同的，也是为他自己所承认的，在 1930 年巴金就说："不过在大体上我愿意做一个克鲁泡特金主义者，这就是说我信奉克鲁泡特金所阐明出来的安那其主义的原理。"[1] 1926 年他在《一封公开的信》中说："我呢，

---

① 巴金：《从资本主义到安那其主义〈序〉》，载《巴金全集》第 17 卷，人民文学出版社 1991 年版，第 7 页。

我是愿献身于克鲁泡特金主义，终身为自由、平等、正义、人道奋斗的人……"[①] 在 1980 年接受采访的时候也说："年轻时，我是无政府主义者。"[②] 那么，什么是无政府主义呢？我们得看看巴金自己是怎样解释他心中的无政府主义的。"安那其就是废弃政府及附属于政府的机关，主张把生产的机关及所产的物品属于人民全体。人人各尽所能，各取所需，并依各人的能力去分配工作；能做什么就做什么，能做医生就做医生，能做矿工就做矿工；事容易的就可多做几点钟，事难的、苦的就少做几点钟。你要吃，就有个机关拿饭给你；你要穿，就有衣服给你；你要住，就有房子给你。人人都受平等的教育，没有智愚的分别。"[③]

正是基于这样一种对未来乌托邦的想望，使得巴金既对国民党政权不满，又对未来的无产阶级政权不满。他说，"国民党打倒北洋军阀，打倒帝国主义，我极同情，但打倒之后要建立一个强固的政府，要把中国弄成富强的民主国家，这我却极端反对。"[④] 又说，"无政府主义者的阶级斗争是直接的，并非为着政治的目的，所以排斥一切专政，便是马克思派所主张的无产阶级专政也是我们极端否认的。"[⑤] 他甚至说："一切政府是一样的靠不住的。"[⑥] 然而，就是这样一位无政府主义者，在 1949 年之后却写下了《给西方作家的公开信》《大欢乐的日子》等一大批"有政府"之作，由倡导无政府到赞颂"我们共同的共产主义事业"（我们应该看到，此共

---

① 巴金：《一封公开的信》，载《巴金全集》第 18 卷，第 77 页。
② 巴金：《与意大利留学生玛尔格丽达谈自己的创作》，载《巴金全集》第 19 卷，第 538 页。
③ 巴金：《怎样建设自由平等的社会》，载《巴金全集》第 18 卷，第 2 页。
④ 巴金：《给急弦的信》，载《巴金全集》第 18 卷，第 139 页。
⑤ 巴金：《无政府主义的阶级性》，载《巴金全集》第 18 卷，第 104 页。
⑥ 巴金：《五一运动史》，载《巴金全集》第 18 卷，第 84 页。

产主义并非无政府主义者认为的彼共产主义）①，由抨击"'爱国主义'是个杀人的怪物"② 到歌颂入朝抗战的志愿军战士，并且，如果我们再仔细一点的话，我们就会看到，1949 年后的巴金，不仅仅是叙事主题有了变化，而且，叙事视角也由此前的俯视芸芸众生一变而为仰视时代英雄，这种叙事视角的变化本身就昭示了作家创作时的一种心理状态，其前后变化之大，实在让人如坠云雾。

当然，信仰或者不信仰什么主义对于一个作家来说，都不重要，重要的是，作为一个作家，他给读者到底带来了什么样的作品？这些作品是不是经受得住时间的考验？一个人思想也并不是一成不变的，他会跟着自己的经历、环境、身份等变化而变化，它本身并不是值得我们探讨的一个问题。我们现在要探讨的是：巴金是怎样为政治所规训的？这种规训对他的创作又有什么影响？对于一个作家来说，这样的规训是使他在创作时艺术上（而不是政治上）更为进步？还是使他更为倒退？

巴金是在先建立了自己的信仰之后再从事创作的。1921 年写的《怎样建立真正自由平等的社会》以及《爱国主义与中国人到幸福的路》，可以看作巴金信仰无政府主义的宣言书，随后的文学创作在相当长一段时间内也成了他宣传其思想的一个载体，"我的作品与我的主张是有关系的。我写作品是宣传我的思想，宣传我的看法"③。然而，这样的激情在他心里似乎并没有维持多久，在之后的第一篇小说《灭亡》中，我们看到的更多的则是他对自己以前所坚信的无

---

① 巴金：《介绍〈苏中友好周刊〉》，载《巴金全集》第 19 卷，第 2 页。
② 巴金：《爱国主义与中国人到幸福的路》，载《巴金全集》第 18 卷，第 15 页。
③ 巴金：《巴金访谈录》，载《巴金全集》第 19 卷，第 698 页。

政府主义主张的迷惘与困惑，尽管这样的迷惘和困惑还没有在真正意义上动摇巴金的原初的信仰。张为群经常问杜大心的："究竟什么时候革命才会来呢？"何尝不是巴金面对自己的发问？而更有意思的是巴金居然把描写张为群被杀的这一节题名为《杀头的盛典》，多少也带有一种沉痛的悲哀。一群麻木不仁的看客围着看杀头，还觉得"这和杀一口瘟猪一样。有什么好看！"① 这多少让人想起鲁迅在《药》里面写夏瑜被杀的场景，同是看客，虽然一个是正面描写，一个是侧面描写，然而，十年前的看客和十年后的看客（鲁迅的《药》写于 1919 年）有什么区别？！在这个层面上，巴金和鲁迅一样。所不同的只是，鲁迅所针对的社会，并不在乎什么主义，而巴金则明显更注重以什么主义、什么手段来变革社会，而恰恰因为更在意变革社会的手段，使巴金在面对看客的时候，对自己所信奉的无政府主义理论充满了一种前途未卜的忧虑。在《新生》里，李静淑不是已经接过了杜大心革命的旗帜吗？而且，从《灭亡》到《新生》，这本身不就含着基督复活的意象吗？为了强化这一意象，在《新生》里，巴金干脆就以《圣经》里面的话作结："一粒麦子不落在地里死了，仍旧是一粒；若是死了，就结出许多子粒来。"② 如果我们单纯就这一句话来看的话，很容易就此把它当作对革命者的悼词，但是，如果我们继续去看《圣经》的话，接下来的话就更有意味了："爱惜自己生命的，就丧失生命；在这世上恨恶自己生命的，就要保守生命到永生。"这不是既是对革命者的死的赞誉，又是对麻木不仁的看客们的警告吗？他甚至借李冷之口，说："我用我底血来灌溉人类底幸福；我用我底死来使人类繁荣。这样在人类走向

---

① 巴金：《灭亡》，载《巴金全集》第 4 卷，第 127 页。
② 巴金：《新生》，载《巴金全集》第 4 卷，第 324 页。

繁荣和幸福的道路的时候，我底生命也是不会消灭的。那生命底连续、广延将永远继续下去，没有一种阻力可以毁坏它。在这里只有人类底延续，并没有个人底灭亡。"① 它告诉我们：只有起来革命，把个体利益与群体利益联系起来，为全体被压迫的人谋福利，才能获得永生的生命。巴金在这里做的，也确实是为他自己的主义、自己的信仰而摇旗呐喊。

二

"'家'是'国'的细胞，家的问题从来就是'国'的问题的一部分；'家'又是'国'的缩影，家的状况也映照出'国'的某些状况。"② 诚如曹雪芹《红楼梦》里四大家族的衰败反照出清政府的衰败一样，高家的衰败同样也反照出了当时政府衰颓的现状。大哥的死对巴金《家》的写作起了很大的促进作用，"大哥的死激起了巴金对家庭以及别房长辈的仇恨，他把运动失败以后在社会上感受到的精神压抑和反抗的要求，统统发泄在导致大哥自杀的旧家庭制度上……"③ 事实上，在"家"中所发生的那一桩桩血案充其量也只能说是半真实半虚构的，（虽然对着一部小说说什么真实与虚构在现在来说确实有些可笑，但既然说到这个份上了，权且说下去吧。其实，我一直坚信：一部小说，或者说一部文学作品，只有当我们想要证明文学来源于生活，是现实生活的反映这样一种马克思主义文艺观点时，去谈论作品中的真实与现实生活中的真实才具有意义，除此之外来谈论这个问题，似乎就一文不值了。）并且，在巴金以后的回忆中，我们

① 巴金：《新生》，载《巴金全集》第4卷，第323页。
② 李存光、邵宁宁：《巴金研究：现状与问题——李存光学术访谈录》，《甘肃社会科学》2005年第2期。
③ 陈思和：《巴金传——人格的发展》，上海人民出版社1992年版，第125页。

并没有发现他所写的家真的那么十恶不赦。

在他晚年的《回忆二叔》中，我们唯一能看见的是他二叔对巴金的关爱，巴金甚至"他的确是我的老师"。① 而并非如《家》中高克明的虚伪、守旧。高老太爷也不是真有那么令人讨厌，"自从父亲死后，祖父对我的态度也渐渐地改变。他开始关心我、而且很爱我。后来他听见人说牛奶很'养人'，便出钱给我订了一份牛奶。"② 在这里，我们明显看到了巴金已经与"家"达成了某种程度的和解。既然"家的问题从来就是国的问题的一部分"，那么，这种与"家"的和解，是不是也说明了他与国家达成了某种和解呢？如果我们去看看他 1949 年之后的作品，便不难找到答案了。

《憩园》是一部充满着强烈人道主义关怀的作品，它体现出了浓浓的博爱意识。在这里，我先得谈谈为什么要说巴金会流露出基督情怀。巴金的母亲曾接受过四圣祠医院的英国女医生送的《圣经》，是母亲"使我知道人间的温暖，她使我知道爱与被爱的幸福"③，所以，"巴金从母亲那里感受了爱，受到了'爱的教育'，是可信的。"④ 并且，在母亲死后，巴金还曾"含着眼泪祷告母亲保佑我的两个姐姐。"⑤ 如果说祷告还不足以表明巴金受基督教教义影响，那么，在《火》三部曲中对田惠世的描写，文中对基督教教义的不断阐述，是不是也能说明一些问题？如果对基督教教义什么都不懂，他能把那么多的教义贯穿起来？"真正的宗教人不把宗教视为生活中特定的具体时刻的宗教仪式……宗教情感存在于这种人生命当下的每一刻，

---

① 巴金：《怀念二叔》，载《巴金全集》第 19 卷，第 448 页。
② 巴金：《家庭的环境》，载《巴金全集》第 12 卷，第 399 页。
③ 巴金：《我的几个先生》，载《巴金全集》第 13 卷，第 15 页。
④ 陈思和：《巴金传——人格的发展》，上海人民出版社 1992 年版，第 16 页。
⑤ 巴金：《家庭的环境》，载《巴金全集》第 12 卷，第 385 页。

起码是潜在地存在于每一刻，因为对他而言，宗教情感是生命的真正根基，是他全部力量之源。"① 正是在这样的内在宗教关怀下，我们看到了《憩园》中的那股充满着浓浓暖意的爱。事实上，在巴金那里，他的思想情感是非常复杂的，就他后来所信仰的无政府主义来说，我们仍然能在他的信仰里面找到他博爱的依据。并且，如果我们仔细去思考一下的话，我们就会发现：巴金早年从母亲那里接受来的"爱人"的意识，只是为他后来接受无政府主义信仰的博爱意识作下了铺垫而已。一个相信"万国大同"的无政府主义者，如果没有博爱意识，那是很不可思议的事。"盖无政府主义，在于视世界万国为一体，无所谓国界，亦无所谓种界。主义相同，则爱之若兄弟。主义相背，则抗之若敌仇。"② 而化名为"民"的一个无政府主义者则在他的《普及革命》一文中，明确地把"实行博爱"作为他无政府主义理想的一个方面来对待的。③ 虽然这样的人道主义关怀巴金在 1949 年之后也有所表现，例如《奥斯威辛集中营的故事》，但是，很显然的，他当时是站在特定的角度去以此揭露、控诉德国法西斯的，并且，在他 1949 年之后的作品中，更多的还是《万古长青的友谊》《大欢乐的日子》等一大批的应时应景之作。

《憩园》对人性的开掘，是巴金所有创作中的一个顶峰。虽然有论者指出"作品中写杨家小孩对浪子父亲的宽厚的爱和杨老三妻子、大儿子的无情决绝是有所褒贬的。这种宽恕的精神和对人性的开掘在这部作品中有了新的发展。巴金借助于抒情语言和人物心理的艺

---

① ［德］H. J. Helle：《西美尔论宗教》，第 38 页，转引自王晓朝、杨熙楠主编《现代性与末世论》，第 194 页。

② 《续社会主义讲习会第一次开会记事》，载《无政府主义在中国》，湖南人民出版社 1984 年版，第 29 页。

③ 民：《普及革命》，载《无政府主义思想资料选》（上），北京大学出版社 1984 年版，第 192 页。

术描写，使整部小说笼罩着一种悲天悯人、回肠郁结的浓重的哀伤氛围，相对的减弱了批判的力度。"① 相似的论点也出现在彭小花编著的《巴金的知与真》中，文章写道："的确，《憩园》的主题一是对封建制度的鞭笞和控诉，二是对金钱万能的陈腐观念的抨击和清算。后者既是前者的深化，又在一定程度上模糊了对前者的批判锋芒，使主题更直指制度而放过人。"② 但是，我们综观中外优秀的小说，也并非所有优秀的小说都必须具有强烈的批判意识，意大利作家卡尔维诺的《寒冬夜行人》就是一个典型的例子，谁能说像爱伦·坡的《厄歇尔府的倒塌》这样的小说就不是优秀的小说？批判性固然重要，但也不是我们判断一部小说是否成功的唯一依据。以文章是否具有批判性或具有多深的批判性来衡量一部作品的优劣，这是我无论如何也不能接受的。一提到 1949 年前的文学作品，我们就得拿作品是否具有批判性来作为批评的尺度，那么，说到此后的文学作品，我们为什么又逆来顺受般的认可那些颂歌似的文章而不去强求它们的批判性？抑或拿是否歌颂了新社会新阶级来作为批评的尺度？20 世纪 40—70 年代，歌颂的文章何其多！可是，经受得住时间考验的又是何其的少！拿是否具有批判性来作为批评的唯一标准，实际上仍然是围绕着意识形态这么一个圈在打滚。事实上，当我们面对既有的文本来看问题时，这样的尺度无疑有点给作家穿小鞋的感觉了。如果都去坚持"批判的力度"，那么，谁给我们带来审美的力度？文学应该具有不同的功能，企图用文学来干预生活干预政治，事前就给文学定个"批判"的调，再以此调来"弹"文学，是不是应和了 1949 年后不久的"主题先行"的主流意识形态写作？从这个

---

① 陈丹晨：《巴金全传》，中国青年出版社 2003 年版，第 176 页。
② 彭小花编著：《巴金的知与真》，东方出版社 2006 年版，第 197 页。

意义来说，批判与歌颂，不过是硬币的一体两面罢了。难道《憩园》所表现出来的技巧，所透露出来的厚重的人性氛围，还不足以打动人心吗？可以说，《憩园》是从其诞生到 20 世纪 70 年代末这一时间段内的最后一首关于人性的挽歌。如果我们结合 20 世纪 50 年代末 60 年代初文艺界关于"对资产阶级人性论、人道主义的批判"来看的话，我们便不得不承认这个现实。试想一下，如果巴金这样的文章是写于 1949 年之后，那么，他受到的批判肯定还会提前。但是，要是在 1949 年之后，他又敢那么写吗？他能写出来吗？

《寒夜》是巴金一生创作中的最后一部有影响力的小说。可以说，是他小说创作生涯的最后一声绝响。这也是为很多评论家所公认的，陈思和先生说："巴金最为成熟的风格和最有深度的创作，应推《憩园》和《寒夜》。"① 阎浩岗先生也说："《寒夜》是巴金最后一部长篇，也是他最优秀的一部。"② 文中对人物内心深层的开掘，理想与现实的冲突，生的痛苦挣扎与死的悲鸣哀号，对人物命运的同情与对社会现实的揭露与控诉，各种复杂的情感交织在一起，共同构筑了一幕幕悲怆的画面。

三

我们应该看到，巴金所有能够引起读者持久的阅读热情的作品绝大多数都是在 1949 年之前写的，可谓"乱世出英雄"，是乱世造就了巴金，乱世给他带来了痛苦，也给他带来了创作的激情，当然，很多作品得以发表，多少也跟当时政权上的分裂状态有关，政权上的分裂

---

① 陈思和：《从鲁迅到巴金：新文学精神的接力与传承——试论巴金在现代文学史上的意义》，《当代作家评论》2006 年第 1 期。

② 阎浩岗：《不同生命欲求之间的冲突——重读〈寒夜〉》，《河北大学学报》（哲学社会科学版）2006 年第 5 期。

使得任何一个政权都难以去统一思想，凝固认识。然而，恰恰是那些具有持久生命力的作品，在 1949 年后给他带来了不小的祸害，一度被定性为"毒草"，正是在这样的政治规训之下，巴金也有过把所有作品付之一炬的想法，对巴金的惩罚是发配到习惯上叫作"牛棚"和"干校"的地方去劳动。1949 年后的作品，除了《随想录》引起了评论界的关注之外，其他的也很少触及。对《随想录》的研究也着重在它的"真"与"忏悔"，在于它所体现的思想。"《随想录》在中国当代文学史上具有里程碑的意义。浙江作协主席黄亚洲说，《随想录》代表了一代知识分子对历史和时代的立场。"① 而陈思和先生则说"《随想录》是中国 20 世纪 80 年代思想解放运动过程中的一部百科全书式的著述，只有巴金才能够担此重任，这是巴金学习鲁迅的最后一次重大实践"。② 姑且不论《随想录》是不是真的有他们所描述的那么伟大，我们首先得看到的是，《随想录》是在所谓的"四人帮"倒台之后写的，是在政治高压解冻前夕开始的写作，不是在"文化大革命"期间动笔的，在"文化大革命"期间，巴金成天忙着的是怎样保护自己。并且，《随想录》把矛头直接对准的是已经倒台了的"四人帮"，这是能为全国上下都接受的，"墙倒众人推"，这大抵是不会错的。

其实，我们甚至不必去细剖作品，我们只要看看发行量，也能知道哪些作品具有生命力，毕竟，读者不可能白白掏钱去买一本垃圾书看——当然，国家性强制行为应该除外。《家》从 1933 年 5 月初版到 1951 年 4 月，共印行了 32 版；《灭亡》从 1929 年 1 月初版

---

① 冯源、余靖静：《文化界人士纪念巴金〈随想录〉出版 20 周年》，新华网，2006 年 12 月 11 日。

② 冯源、余靖静：《文化界人士纪念巴金〈随想录〉出版 20 周年》，新华网，2006 年 12 月 11 日。

到 1951 年 7 月，共印行了 28 版；而其《友谊集》等的发行量与之
比起来简直就是一个天上，一个地下了。读者的阅读接受是个体的
而不是集体的事。诚如巴金所言："作为作家，养活我的是读者。"①

国家意识是巴金在 1949 年后着力表现的一个重要主题。这种国
家意识不仅表现为站在"人民"的立场来反对美国对朝鲜、越南的
侵略，来反对西方国家对社会主义国家的围剿，也表现为站在国家
的立场来歌颂国家与国家之间的友谊，更表现为站在社会主义国家
的立场来歌颂"新社会的新人新事"。《友谊集》《心声集》《赞歌
集》《创造奇迹的时代》《炸不断的桥》……我们单是从这些篇目就
能感受到一股浓厚的集体意识形态的气味。有意思的是，巴金在他
的全集第 20 卷的扉页上说："我写了自己不熟悉的人和事，所以
失败了。这是一个惨痛的教训。"这可以说是他站在 20 世纪 90 年
代这么一个时间段上来反思 1949 年之后的写作所做的一个总结。
然而，在我看来，他 1949 年后很长一段时间内的写作的失败并不
是他"写了自己不熟悉的人和事"，恰恰相反，是他写了自己太熟
悉的人和事了，这种熟悉使他失掉了自己的个性，失掉了自己思考
评判问题的能力，以至于根本不用动脑筋，就能写出人云亦云的作
品来。

我们丝毫不怀疑巴金在讴歌新社会的新人新事时感情的真挚
性，就像我们毫不怀疑他早期思想中带有无政府主义一样。如果他
完全对他所描述的那些事情没有感情，那么完全可以选择走和沈
从文一样的道路，放弃写作。事实上，写于 1961 年的《三同志》，
在出版全集之前，既未发表过也没有出版过。很显然，这已经不是

---

① 巴金：《作家靠读者养活》，载《巴金全集》第 14 卷，第 499 页。

完全意义上的文学从属于政治了，而是作家在经历了 1949 年后文坛上太多的血雨腥风之后的自觉自动的行为了。如果完全是政治行为，那么，作品出炉之后不可能不拿去发表，这是显而易见的。显然，这之前的对文学上的各种批判，例如 1950 年至 1951 年对电影《武训传》的批判；1951 年对萧也牧等创作的批判；1954 年对俞平伯《红楼梦研究》和胡适的批判；1955 年对"胡风集团"的批判；以及 1957 年的反右运动和对丁玲、冯雪峰等"反党集团"的批判等，已经明显影响到了作家的创作心理。作家在创作时，就不可避免地要去对那些题材进行筛选，哪些能够被主流意识所认可、接纳？而哪些题材又可能会受到批判？这都是他们必须得去考虑的问题。除了用简单直白的语言来反映、描述——有时候甚至是夸大了的反映、描述——正面的、积极向上的新社会新气象之外，现实让他们不敢有任何风花雪月的想法，也不敢有任何"不纯洁"的思想。同是描写朝鲜战场，路翎和巴金的处境就不一样，至少，一个是被批判者，另一个则是批判者。他们作品的不同，也仅仅是因为作品里有没有描写男女关系，这种男女关系是不是纯洁得一尘不染？是否反映了一个人能从"落后的"思想状态改造为具有"先进的"思想状态？一句话：是否反映了其时的政治意识形态的"纯洁性"？这样一来，思想上是统一了，文学上也纯洁得在作品里不含一丝杂质了，爱情没有了，人性也没有了，作品中所有的人物都成了不食人间烟火的神仙好汉了，而在同时，文学也荒芜了。不论是从作家题材的选择，还是从表现的技巧上来说，都纯洁得犹如一张白纸了。明哲保身，除了战战兢兢遵从既定的写作方针去书写那些正面的、积极的、规定好了的题材之外，谁也不敢在写作过程中做任何冒险的探索。政治规训带来了作家在创作时的集体无意识，由 1949 年前的"我控诉"（以巴金为典型代表）到 1949 年后的"控诉我"，由强烈批判变为了积极讴歌，至少也是变为了消极适应。

四

打开中国现当代文学史，我们就会发现一个非常奇怪的现象：在现代文学 30 年里卓有建树的文学大家，例如茅盾、沈从文、巴金、老舍、曹禺……到了 1949 年之后，就几乎集体从文学史上消失了，即使偶尔提及，也是轻轻一笔带过。那么，这一段时间里，他们都去哪儿了？答案很简单：都去做"文学政治家"了。我这里用了文学政治家这个词，是特指那些本来从事文学创作而现在不务正业，转而忙于社会事务，忙于传达当权者的政治理论的人。巴金的至交沈从文，这位京派大师级人物因为郭沫若的一篇《斥反动文艺》而差点自杀身亡。这些对巴金不可能完全没有触动。尤其是 1949 年 7 月 2 日到 19 日召开的第一次文代会，更是成为划分作家艺术家等级的一个重大事件。这次大会不仅仅是排除了沈从文和萧军这样的重量级作家，而且，毛泽东的讲话也明确标示出了知识分子在新政权面前的地位。"同志们，今天我来欢迎你们。你们开的这样的大会是很好的大会，是革命需要的大会，是全国人民所希望的大会。因为你们都是人民所需要的人，你们是人民的文学家、艺术家或者是人民的文学艺术工作的组织者。你们对于革命有好处，对于人民有好处。因为人民需要你们，我们就有理由欢迎你们。再讲一声，我们欢迎你们。"① 很显然，在毛泽东的眼里，与会的知识分子并不是作为主体的人而存在的，而是处于革命的需要而存在的，是被需要

---

① 《毛主席讲话》，载《中华全国文学艺术工作者代表大会纪念文集》，新华书店 1950 年版，第 3 页。

的对象。"你们"虽然是与"我们"相对立的,但是,"你们"是"我们"需要的工具,所以,在新的权力机制下,"你们"就得为"我们"服务,作家、作品的工具化在这里得以凸显出来。并且,毛泽东在这里以居高临下的姿态很明确地区分出了"我们"和"你们"的关系:"我们"是主体,是主人;而"你们"则是客体,是客人,是"我们"需要的人,也就是说,"我们"想请你来你就请,不想请那就不请。这种"我们"的言说本身就代表着一种话语权力,它标志着一种新的话语言说权力与言说机制的开始。毛泽东所重申的"我们欢迎你们",更加突出了一种政治规训的意识在里面,也更加把知识分子对立化。应该说,1949 年后三十多年中国知识分子的坎坷命运从"延讲"开始,到这一天正式被绑上了火刑柱。巴金在这次大会上的发言或多或少代表了当时很多人的心理:"我参加这个大会,我不是来发言的,我是来学习的。"① 在新中国面前,他们是没有发言权的。

正是在这样的大环境下,作家不得不操起了"遵命文学"的行当,做起了小学生似的"命题作文"的同时,也做起了文学政治家。老舍应该是比较能够适应这种命题作文的人,至少从 20 世纪 40 年代末至 20 世纪 70 年代末这么一段时间之内,他还有一部《茶馆》传世。1949 年之后,一切都发生了变化,作家都在一瞬间变成了国家的公民了,你所有的一切都不再是你自己的,而是国家的了,甚至包括自己的身体。这一点陈丹晨看得很清楚,他在《生存的歧路》中说:"1949 年的革命胜利,中国社会有了巨大的根本的变化。其中一个重要方面,几乎所有的成年人(暂时不说小孩子的问题)都

---

① 巴金:《我是来学习的》,载《巴金全集》第 14 卷,第 3 页。

变成了公家的人。或者说，都变成了国家的人。党绝对领导下的国家的人，也即常说的'党的人'。"① 1949 年之前对不是同一阵线上的文章最多也就禁禁了事，尚不涉及剥夺作家写作的权利，而在1949 年之后，一个作家是否能够发表作品，很大程度上则取决于政权是否允许，对在政治上不合格的作品，不光要禁止其发表，还要对作者实行批判，这种文学"大扫除"使得作家不得不接受游戏的潜规则，文学政治化，政治文学化，于是，作家便成为了代表集体意志说话的"传声筒"，也就有了所谓"三结合"的创作方针。这样的文章除了浮泛空洞之外，我们就再也看不到文章另外带给我们的优势了。例如巴金的《美帝国主义是全世界人民最凶恶的敌人》《我们要在地上建立天堂》《一个作家的无限快乐》……这样假大空的文章能有文学性可言吗？其实，早在郭沫若《为建设新中国的人民文艺而奋斗——在中华全国文学艺术工作者代表大会上的总报告》中高声激呼："一切反帝反封建反官僚资本的文学艺术工作者团结起来，为彻底完成新民主主义的政治革命而奋斗！为彻底完成新民主主义的文化革命文艺革命而奋斗！"当他狂热地喊着"伟大人民领袖，人民文艺的导师毛主席万岁！"② 的时候，我们就会想见，文学中除了政治之外，还剩下什么？

当巴金说"我过去的作品——我在一篇文章里说过——重要的是有人道主义和爱国主义"③ 的时候，他很大程度上是就 1949 年

---

① 丹晨：《生存的歧路——中国作家的生存状况（20 世纪中期）漫记》，《黄河》2003年第 1 期。

② 郭沫若：《为建设新中国的人民文艺而奋斗——在中华全国文学艺术工作者代表大会上的总报告》，载《中国新文学大系（1937—1949）·第一集·文学理论卷一》，上海文艺出版社 1990 年版，第 277 页。

③ 巴金：《与意大利留学生玛尔格丽达谈自己的创作》，载《巴金全集》第 19 卷，人民文学出版社 1993 年版，第 538 页。

之后这么一个时间段来说的，尽管，在此 1949 年之前，他的有些作品也或多或少带有爱国主义思想，但是，我们得知道的是，早年的巴金是明确地否定所有的政府和政权的，对爱国主义也是持批判态度的。虽然那时候他也沉浸在思想的矛盾之中，——在赴法途中，他不无悲怆地写道："这样的国土！这样的人民！我的心怎么能够离开你们哟！""再见罢，我不幸的乡土哟！这样的人民！我的心怎么能离开你们哟！"① ——但是真正使他的爱国主义思想发生质的飞跃应该是被日本人逼出来的，被日本人的飞机给炸出来的。在日本人的铁蹄之下，他不仅看见了国民政府的腐败无能，更看到了日本侵略者的凶狠残暴，在上海，在广州，在桂林，在重庆……在巴金一路逃亡漂泊的路上，他的所见所闻不断地刺激着他原本就带有的争取"全人类"幸福的神经，刺激着他那曾经如凡宰特一样希望"每个家庭都有住房，每个口都有面包，每个心都受着教育，每个人的智慧都得着光明"② 的上帝似的心灵，增加着他对侵略者的仇恨。可以说，巴金的爱国主义情怀是日本人培养起来的。但是，我们又必须得看到，巴金的爱国情感又是很复杂的，如果我们细加分辨的话，我们就会发现，与其说他是爱国，还不如说他爱的是生活在国土上的受着苦难的人民更为恰当。并且，这种爱国是有条件的，是有着鲜明的无政府主义立场下的"爱国"，不管是抗战前还是抗战后。这种爱国情绪随着新政权的成立，全新的天地和全新的感受使之得以变异并延续，尤其是出访苏联、波兰参加各种会议时受到的热情的欢迎和热情接待，与年轻时在巴黎、东京受到的屈辱与歧视相比，更使人感到了新中国的成

---

① 巴金：《"再见罢，我不幸的乡土哟！"》，载《巴金全集》第 12 卷，第 10 页。
② 巴金：《一个无产阶级生涯底故事》，载《巴金全集》第 21 卷，第 228 页。

立所带给中国人的自豪感，再加前文提过的各种批判，使得人人自危。明乎此，我们便不难理解巴金在 1949 年之后为什么会那么"热衷于"站在集体主义立场，甘愿消灭自己独立的个性去写那些文章了。

1949 年之后，许多以前四处流浪的作家都被收编为"正规军"，他们找到了自己的家——文联或者作协，在"庙堂"上找到了自己的岗位，文学进入了体制化时代。虽然巴金既是体制内又是体制外的作家（是文联人却不拿国家薪俸），但是，处于"一言堂"的时代，任何超出规定的话语言说都会被当作异端来看待。俗话说得好："吃人嘴软，拿人手短"，先不说政治宣教对作家的创作产生的作用，单单是这么一个简单的道理也足以让很多作家"废话少说"了。巴金也不例外，他紧跟主旋律，高歌国家人民的友谊，苏联、朝鲜、日本、越南，由莫斯科经平壤，到东京，再到河内，一路把文章写下去；在国内则以大寨为突出对象，大唱社会主义大跃进的赞歌，现在，当我们回过头来看他这一阶段的作品的时候，我们除了能看到他当时亢奋的心情、干瘪的口号似的文字之外，别的似乎就再也看不出什么东西了。

通观整个 20 世纪中国文学的发展过程，我们就会发现一个非常有趣也足够叫人感到悲哀的事实：引导中国文学观念变革的是由一些社会革命家或者政治思想家率先发动的。虽然这中间也有搞文学创作的，然而，在文学与政治这两者的选择之间，他们更倾向于后者。例如，梁启超发动的"小说界"革命，说来说去还是离不开用小说去作为他改良社会的一种工具；胡适的《尝试集》与其说是文学作品集，毋宁说它是宣传白话文运动的一个载体；而 1942 年《在延安文艺座谈会上的讲话》，则为此后中国主流文学的创作定下了规范。"我们应该承认，权力制造知识（而且，不仅仅是因为知识为权力服务，权力才鼓励知识，也不仅仅是知识有用，权力才使用知识）；权力和知识是直接相互连带的；不相应地建构一种知识领域就不可能有权力关系，不同时预设和建构权力关系就不会有任何知识。"① 很显然，从政治的角度看文学与从文学自身的角度来反观文学是两种截然不同的途径，从社会政治入手，它自然就会带着强烈的文学为政治服务的功利心理，这样就会严重制约文学的审美性，它要求文学能够为政治服务，为其时的政治提供合法的解释，于是，便造成了"政治是文学的灵魂，而文学则是政治的工具；文学的使命并非是要创造自身的审美价值，而是要承载社会政治的思想理念。"② 巴金在谈到《讲话》时说："《讲话》是一本好书。对于作家来说，也是一本非常重要的书。"可见，《讲话》所带给作家的震撼力，巴金说这话的时间是 1980 年，当时正是提倡思想大解放的时候，比较宽松的氛围使作家更能清醒地认识作为一个作家在创作过程中的表现，"作家必须依据自己的思想、观点来写。"③ 这既是他 1949 年后对自己创作失败的反思，也应该是对后来人的忠告。然而，当巴金清醒地看到了这一点的时候，他已经老了。

现在，我们不得不面对的一个现实是：从 20 世纪 40 年代末到 20 世纪 70 年代末，很多人都仅仅给我们留下了大堆图解政治的作品，而不是文学。政治规训带给文学的后果是文学作为其特殊的审美形态的消失，而随着文学性的消失，我们的文学又会得到什么样的惩罚呢？前不久在网上看到一条消息，德国汉学家 Wolfgang Kubin

---

① ［法］米歇尔·福柯：《规训与惩罚》，刘北成、杨远婴译，生活·读书·新知三联书店 2003 年版，第 29 页。

② 宋剑华：《百年文学有主流意识形态》，湖南教育出版社 2002 年版，第 3 页。

③ 巴金：《和木下顺二的谈话》，载《巴金全集》第 19 卷，第 553 页。

认为"中国当代文学是垃圾",虽然这话后来有人说是小报的曲解,但是这还不足以让人警醒吗?

作为一个跨世纪的老人,应该说,巴金的经历是很具有代表性的,他对文学创作的反思多少值得我们搞文学写作的作家们的注意。

巴金七十多年的写作经历告诉我们:作为一个作家,独立的个性,独立的人格,独立的思想,是其作品具有持久生命力的一个重要的前提条件。

文学毕竟只是文学,也只能是文学。

第六章　张爱玲·杨沫·王安忆:三位女性的女性主义叙述

一

就像我这个土家族人在很多报刊上发表文章要注明自己的土家族身份一样,女性(至少在中国是这样)在她们发表作品的时候也会在作品署名后标注上她们的性别,在每年的参政选举的名单后也会照样写上一个"女"字,作为一种陈规。我不知道在我的姓名后面加上"土家"或者"土家族"几个字能否增加文章的含金量。我们或许还会发现,汉族人在发表作品或者参政选举之类的事情的时候从来不用管他们的民族称呼,同样,女性在发表她们的作品或者参政选举的名单中也要署上一个"女"字,是为了要表明她们也能和男性一样能说会道?还是要表明她们也有和男性一样具有发表作品参与政事的权利?我们也会发现,男性在做同样的事情的时候无须注明自己的男性身份。——幸好我不是女性,要不然,我在做这些事情的时候光是标注就得有两项!——我们会注意到,也有的女性在发表作品时是不用加注性别的,但无一例外的是,她们都是在某个行业里出类拔萃的,叫得响字号的,也是功成名就的,是为业内人士所熟知的。女人,除非她出类拔萃,除非她威名远扬,否则,

95

就不会有与一个平庸男人同台竞技的平等机会，她就只会一辈子背着"女人"这个名字出现在男人的世界里，就只会一辈子烙上"女人"的印痕成为阳性世界的一个小小的点缀。就我而言，在署名之后写上"土家族"这几个字，或许潜意识里也含有要求别人照顾的意思，就像国家划定高考时少数民族照顾分数线一样，首先就标明自己技不如人，或者按照别人的要求来表明自己技不如人，以求得别人的施舍，求得别人的格外开恩，然而，这种标明也只是一种以退为进的策略，标明自己是少数，只是为了能够使自己有机会挤进多数的行列，成为将来的多数。那么，当一个女性在她的作品或者参选时标明她的女性身份时，潜意识中是不是也会有如此相似的想法呢？

不管在西方还是东方，女性都是一个被压抑的、被遮蔽的群体，准确一点，是一个被男性所压抑、所遮蔽的群体，她们被淹没在男性话语的汪洋里，被男性话语牢牢地规范在"非礼勿视，非礼勿听，非礼勿言，非礼勿动"的泥淖里，在那里，她们没有自己的声音，一切的行动都以男性的要求为准则，以男性所订立的规范为自己的规范，久而久之，女性便成为麻木的群体，他们不知道自己的权利究竟在哪里。麻木的女性把这种被压抑、被遮蔽看作一种历史悠久的传统，成为她们潜意识的行为准则，成为她们从母亲那里继承下来的唯一遗产。她们把这种传统看成是天经地义的，也是作为一个女人一生所无可逃避的宿命。然而，这种宿命很大程度上并不能认为只是男性单方面强加的，如果只有主动施与者，而没有被动接受者，那么，两者间也就不存在我们现在在这里费尽心力来讨论的所谓的女性主义了。很显然，男女间的不平等隐含着一种"周瑜打黄盖"似的一个愿打、一个愿挨的模式在里面，它是两者间合力缔结的一项"攻守同盟",女性要想在男性为主宰的世界里生活得更好,就得遵守这个几千年来定下的盟约,而男性如果想更好地统治人类的另一半,也只有强化巩固这种盟约,在必要的时候对这个盟约作适度的修正,以便能适应新的环境、新的形势。这个群体介于可言说与不可言说之间。说她可言说,是因为她作为一个事实存在,这是一个能够被言说的事实依据;不可言说,是因为她本身作为一个弱势群体,不论是我在这里作为一个"男扮女装"的言说者,还是真正的女性主义者,一旦言说,是不是就又走入了另一种男权的窠臼?是不是又会走进另一条高高在上,以上帝般的姿态来打量女性的不平等的死胡同?"彻底且完全解放的女性,是在'他者'的位置上尽情、任意地言说的人。不幸的是,她们的理想抱负和表达方式都与无处不在的谋生和劳作中的女人毫不相干。这最为广大的一群人,本来是女性主义的原动力和归属地,现在却被这些激进的女性主义理论主体忘却了。这是否意味着女性正面临着被男性中心社会和女性主义阵营双重地'他者'化的境地?所以我们不得不承认,女性主义在理论上最自如、最精到地表达自己的时候,是她背离自己的原旨最远的时候。"①

　　对女性的言说总是少数人的事情,是那些掌握着知识或者话语权力的人在言说,更多的女性,仍然只是沉默的大多数。就算是作为女性的女性主义者,她们本身就具有在场与不在场的双重身份,作为言说者,她们是在场的,而同时由于她们是女性,在男权意识的观照下,她们何尝又不是不在场的沉默的大多数之一?这就造成了这种言说的精英化,再自以为是很平民的言说,都不过是知识分

　　① 魏天真:《后现代女性主义和后女性主义》,载赵一凡等《西方文论关键词》,外语教学与研究出版社 2006 年版,第 182 页。

子的精神意淫而已。于是，不管是男性女性主义者，还是真正的女性主义者，他们的言说都是外在性的，或许，套用下萨义德在《东方学》中的话来指称这种言说更有意思也更准确："表述的外在性总是为某种似是而非的真理所控制：如果东方能够表述自己，它一定会表述自己；既然它不能，就必须由别人担负这一职责，为了西方，也为了可怜的东方。正如法国人所说：faute de mieux（因为没有更好）。也正如马克思在《路易·波拿巴的雾月十八日》（The Eighteeth Brumaire of Louis Bonaparte）中所写："sie konnen sich nicht vertreten, sie mussen vertreten werden（他们无法表述自己；他们必须被别人表述）。"① 而同时，"西方与东方之间存在着一种权力关系，支配关系，霸权关系"②。如果我们能够注意到他在文中把东方也比喻为女性而把西方比喻为男性的话，我们在这里完全可以把"东方"置换成为"女性"。对于那些女性中沉默的大多数，她们同样无法表述自己；她们也必须被别人表述。女性成为一个被男性（也被那些自以为是知识精英的女性）打量的群体，她们是男性的观物。同时，男人也天生把女人看作是自己的创造物，是一个可有可无的私有产，一种点缀，一种装饰物，不论是《圣经》中女人是男人的一根肋骨，还是皮格马利翁自己为自己创造女神的神话，抑或刘备的"兄弟如手足，女人如衣服"的话语，无一不成为女人作为男人附属物的隐喻。

被人反复言说，并促使一些人拿起女权主义来作为反击男权的武器，这本身就说明了女性在现实面前的弱势，这本身就是一种不

---

① ［美］爱德华·W. 萨义德：《东方学》，王宇根译，生活·读书·新知三联书店1999年版，第28页。

② ［美］爱德华·W. 萨义德：《东方学》，王宇根译，生活·读书·新知三联书店1999年版，第8页。

平等。"权力制造知识"① 这种言说代表着一种权力的分配，如果我们在承认"权力制造知识"的同时，也继续承认"知识带来权力，更多的权力带来更多的知识，于是知识信息与权力控制之间形成了一种良性循环"② 的话，那么，谁成了权力与知识之外的可有可无的失语者？谁成了"庸众"？无疑，仍然是那些没有话语权的女性，仍然是那些沉默的大多数。女性主义抑或女权主义，事实上就成为知识分子为精神意淫而造就的新名词。

我想问的是，不管是谁在言说，也不管以什么方式言说，把女性比作"空白之页"，放在被解读被书写的地位，这是不是无形中又打上了男权的烙印了呢？正如苏珊·格巴在讨论了乔叟和莎士比亚文学中的女性形象话语之后所说的："这种擅自把女性贬为被读、被写的本文的做法，使人不得不思考许多女性主人公的命运。"③ 不同于文学文本，我们在现实生活中思考的不仅包含了文学文本中的女性主人公，也包含了创造这些女性主人公的女性作者；不仅包含了权力与知识之外的可有可无的女性失语者，也包含了男性眼里的所有女性——在男性眼里，尤其是在男权意识看来，那些女性女性主义者何尝又不是"被读、被写的文本"？——的命运。在这里，由于学识不逮、精力不济，我不想大包大揽地去提倡一种我一向所反对的社会学女性主义宣言，并以此去指导女性同志们如何为争得她们认为还没有得到的权利而斗争，我只想就中国现当代文学文本中的三位女主人公来谈谈我浮浅的女性认识，既然前人为文学评论的合

---

① ［法］米歇尔·福柯：《规训与惩罚》，刘北成、杨远婴译，生活·读书·新知三联书店 2003 年版，第 29 页。

② ［美］爱德华·W. 萨义德：《东方学》，王宇根译，生活·读书·新知三联书店 1999 年版，第 45 页。

③ ［法］苏珊·格巴：《"空白之页"与女性创造力问题》，载张京媛《当代女性主义文学批评》，北京大学出版社 1992 年版，第 163 页。

法性找了不少的理由，我为何不利用这种合法性来作出我对文本中女性的解读呢？毕竟，这种解读并不完全是社会学上的宣言口号，它不仅能够被我言说，能够为那些男性女性主义者言说，也能够为那些女性女性主义者言说，更重要的是：它也能够为那些没有话语权的在大众面前失语的一般读者大众，那些能够看见文学文本的失语的女性大众言说。正是基于这种言说的平等性，才确立了我在这里言说文学文本中的女性意识的合法性。这里的解读，我不打算用边沁监狱式的"全景敞视模式"，把张爱玲、杨沫、王安忆的所有作品都搬出来考究一番，或者运用各种解读方法来打量她们的作品，我只想用"点穴"的方法，集中火力对她们三位女性作者的三篇小说《金锁记》《青春之歌》《长恨歌》作出新一轮的女性主义解读，但愿我的"点穴"能够击中要害。

二

长期以来，学界谈论张爱玲，就不得不谈她的《金锁记》，而谈论《金锁记》，又不得不谈她自己所说的"黄金的枷锁"，似乎张爱玲的《金锁记》里除了黄金，别的都不再重要了。是的，黄金是重要的，但是黄金也并不一定就只是曹七巧的黄金重要，同样重要的还有她哥哥大年的黄金，同时，也还有七巧的爱和欲——当然，这个在学界的讨论已经近乎过剩了，但在这里，我仍然想对它作出我的女性主义的解读。

关注大年的黄金，我们就得关注大年和他妻子来看七巧时说的那句话："路远迢迢赶来看你，倒是我们的不是了！走！我们这就走！凭良心说，我就用你两个钱，也是该的，当初我若贪图财礼，问姜家多要几百两银子，把你卖给他们做姨太太，也就卖了。"对这句话，我们完全可以从两个向度去思考：首先，它表明了大年占有七巧财产的合理性，七巧现在的财产是大年间接给予的；其次，它表明了大年占有七巧财产的合法性，七巧不是被大年卖的，而这本来是完全可以实行的，是卖人还是嫁人，这会直接决定七巧现在在姜家的地位，就算当初是卖，也是合法的，在情理之中的，所以，推论下来，就算现在用她几个钱，也是应该的。明地里，大年是要说明他占有妹妹财产的合理性与合法性，然而，话下潜含的意思则是：在父在父做主、母在母专权，父母都不在则长兄如父、长嫂如母的父权制下，儿女（弟妹）作为父母（哥嫂）的私有产地位的牢固性，父母（哥嫂）拥有对儿女（弟妹）的绝对支配权。儿女（弟妹）在父权制下不再是作为"人"而存在，他们已经沦落到物的地步，把人物化，这应该是父权制下小字辈的宿命。儿女（弟妹）的婚姻就像物物交换一样，七巧的悲剧一生正是这种物物交换的产物。"……结婚后她们不再使用自己的姓氏，必须住到丈夫家，而且在法律上一般都认为婚姻意味着女性用家庭服务和（性）权益交换经济上的支持。"① 作为一个可以服侍骨痨在床的姜家二少爷的女人，作为一个可以生儿育女，从而达到传宗接代的目的的生物，她是有交换价值的，交换物，则是金钱与地位——尽管这种金钱和地位或许仅仅只是虚幻的存在，而从事交换的，则是父母俱亡而代其父母管理家庭的她的亲哥哥。姑且不论这种交换最终是不是等值，但就大年来看，这种交换显然是值得的，就算在当初的曹七巧看来，这种交换又何尝不值得呢？"在任何社会里，社会的衍生物可以变得十分复杂以至掩盖潜在的意图，然而付出某些价值的目的是获取同等的

---

① ［美］凯特·米利特：《性政治》，宋文伟译，江苏人民出版社 2000 年版，第 43 页。

价值；交换就是一切。在亲属制度中妇女是价值交换的对象，而从事交换的则是男人。"① 女人，也仅仅是女人，由于她迟早都是要出嫁的，也由于她不能够为自家的本姓传宗接代，于是，对生育她们的家庭来说，她们天然的就具有"无价值"的品性，成为其亲属拿出去与人交换的物品，因为她们天生就应该是属于别的男人的暂时性亲属，天生就是为别的男人而养的交换物。因为这些物同时又被称为"人"，所以她们具有作为"人"的使用价值，她们的交换价值主要是建立在想象中能够传宗接代的基础上的，而价值的实现，则有赖于交换，价值的大小，则有赖于收取男方彩礼的多少，以及所嫁之人家里财产的贫富与地位。

出嫁后的七巧，因为生育了长白、长安，也算是履行了作为物而交换出去的交换价值与使用价值，凤萧在与小双议论七巧时说的话充分体现了女人作为物与人这双重属性所体现的交换价值与使用价值，"也生男育女的——倒没闹出什么话柄儿？"在凤萧看来，是否能够生养儿女完全是与男人无关的事情，它只是女人单方面的事。作为同是女人的凤萧尚且如此看，何况是大权在握的男性?！"坐起来，脊梁骨直溜下去，看上去还没有我那三岁的孩子高哪！"就事论事，拿七巧对她嫂嫂哥哥描述的姜二爷来看，如此一个男人，就算不能生孩子，也不能怪在七巧头上吧？就连七巧自己都说："真的，连我也不知道这孩子是怎么生出来的！越想越不明白！"然而，在世人眼里，不能生孩子闹下话柄的就只会是女人。并且，他们把女人生育孩子看作是她们天生的职责与义务。说来也奇怪，"我们所处的世界，其非常明显的特征是男性占据中心地位，以及强调男性角色

---

① ［法］朱丽叶·米切尔：《父权制、亲属关系与作为交换物品的妇女》，载张京媛主编《当代女性主义文学批评》，北京大学出版社 1992 年版，第 431—432 页。

在各种性关系中的重要性。"① 偏偏在是否有生育的问题上，就撂下挑子不管了，把一切责任推得干干净净，充分体现出了大男子的英雄气概。或许，依利格瑞的那句话在这里是很正确的："上帝是绝对不动的力量，男人被局限在他所从事的工作之内，女人的责任则是满足他人自然的欲望并生育后代。"②

男人的无能，使得七巧不得不把中国传统中的守着人过活的想法转变成为守着黄金过活，比起患骨痨的丈夫来说，黄金显然更能产生出持久的威力。黄金——这一财产的代称——成为男人的替换物。作为女性被压抑、被遮蔽的性、话语的交换，作为对被压抑、被遮蔽后的补偿——在异化的环境里，它就直接等同于人——就成为女性依靠男人之后，尤其是在男人被判定为无能——这种无能的极端方式就是男性位置的空缺，甚至死亡——之后，所不得不抓在手里的替换物。而男人为此所付出的代价，在女性看来，刚好就是她们长期被压抑、被遮蔽所应该得到的，当然，不可否认，有时，这种付出与补偿是不成比例的。尽管有物作为补偿，然而它毕竟不能解决生理上的需要，套用张爱玲谈论霓喜的话来说："她要男性的爱，同时也要安全，可是不能兼顾，"为不致人财两空，"结果她觉得什么都靠不住，还是投资在儿女身上，囤积一点人力——最无人道的囤积。"③ 患骨痨的丈夫虽然安全，可惜不能给她爱——无论是精神上的还是肉体上的，三弟季泽能够给她肉体上的爱，但是又不安全，"当初她为什么嫁到姜家来？为了钱么？不是的，为了要遇见季泽，

---

① ［法］米歇尔·福柯：《性经验史》，余碧平译，上海人民出版社 2005 年版，第 323 页。
② ［法］露丝·依利格瑞：《性别差异》，载张京媛主编《当代女性主义文学批评》，北京大学出版社 1992 年版，第 382 页。
③ 张爱玲：《自己的文章》，载张爱玲《典藏全集》第 3 集，哈尔滨出版社 2003 年版，第 19 页。

为了命中注定要和季泽相爱。(这完全是七巧被情欲冲昏了头脑的瞎话!她当初嫁过来的时候根本就不认识季泽,如果把季泽换成朝禄,或许我们还会相信她没有走火入魔。——引者)她微微抬起头来,季泽立在她跟前,两手合在她扇子上,面颊贴在她扇子上。他也老了十年了,然而人究竟还是那个人啊!他难道是哄她么?他想她的钱——她卖掉一生换来的几个钱?仅仅这一转念便使她暴怒起来。"于是,转念一想,"不行,她不能有把柄落在这厮手里。姜家的人是厉害的,她的钱只怕保不住。她得先证明他是真心不是。"不是七巧不想要个人爱,而实在是怕落得个"人财两空"的结局(七巧在这里成为了既想做婊子又想立贞洁牌坊的典型代表)。经过这一番折腾,她终于明白了只有把人力囤积在儿女身上才是最保险的。虽然儿子长白在性上由于碍于伦理道德不能带给她任何满足,"这一个人还抵不了半个"患了骨痨、现在已经死去的丈夫,但是"只有他,她不怕他想她的钱——横竖钱都是他的。"——财产始终得传给儿子而不是女儿——所以不仅可以给他讨老婆,还可以给他娶小。然而女儿长安就不一样了,她是一个赔钱货,所以就得想方设法去破坏她和童世舫的婚姻,省得最后真的"人财两空",鸡飞蛋打。在这里,"升至决策地位的妇女突然之间获得了在过去数千年里曾将她们拒之门外的那些经济的以及自恋的优势,成为现存政府的支柱,现状的卫士,既成秩序的最热心的保护者。"[①] 中国社会的不进步,就在于这种多年媳妇熬成婆的人太多了。

月亮,这一中国传统文化中的阴性事物,在张爱玲的笔下,显得那么的凄凉、哀婉,在某种程度上说,它就是女人凄怆故事的象征,

---

① [美]朱莉亚·克里斯多娃:《妇女的时间》,载张京媛主编《当代女性主义文学批评》,北京大学出版社1992年版,第351页。

所以，就算"三十年前的月亮早已沉下去，三十年前的人也死了，然而三十年前的故事还没完——完不了。"——月亮沉下去了还有升起来的时候，自然，女性凄怆的故事也还得赓续，女人凄凉的身世还得继续。不管是"年轻人想着三十年前的月亮该是铜钱大的一个红黄的湿晕，像朵云笺上落了一滴泪，陈旧而迷糊。"还是"老年人回忆中的三十年前的月亮是欢愉的，比眼前的月亮大、圆、白"，"然而隔着三十年的辛苦路往回看，再好的月色也不免带点凄凉。"月亮这一阴性事物的本质仍没有改变，女人作为女人的事实存在仍然不会有多大的改变。或许，正是抱着这样的看法，张爱玲才在事隔二十多年（为什么不是三十年呢?）后，在月亮下继续讲述着这同一个命题，把《金锁记》的故事重新翻播一遍，改写为《怨女》，继续看着她那三十年前没有看完的月亮，继续讲着她那讲三十年也讲不完的故事，或许，也是永远都讲不完的故事。事实上，只要这世界还存在着男女性别的不同，这些关于女性的故事就和男性的故事一样，讲不完。在这里，张爱玲突出了她作为一个女性的自觉。

张爱玲无疑是聪明的也是矛盾的：她既不想因为自己的写作打破男人主宰这个世界的既有秩序，也不想放弃自己作为一个敏感的女性对男权社会宰制的批判，而这种聪明在写作中又使得她显得很矛盾：一面在批判男权的同时，又不可阻拦地去压抑下一代女人——长安——的欲望与幸福，非得把下一代的女人变作上一代女人的牺牲品不可！而这个牺牲品，刚好又是在与男性的对立上来表现的。这还不算，她还要把男性——长白——作为女性的标杆来对待，就是要把作为男性的长白在女人（七巧）眼里远比女人（长安）重要。或许，也正是这样一个聪明而矛盾的张爱玲，才让我们更觉得她是一个女人。

三

1949 年后的红色政治则为女性以及女性叙事提供了一种新的渠道，新的视野。作为一部被很多评论家认为的"自传"小说（事实上，尽管文本带有自传性质，但是，从文本视角来看，我更愿意把它看作是"他传"），林道静并没有获得应有的主体性，她自始至终都是依靠男人的视角才获得一个作为女人的地位。小说在开始就给我们塑造了一个被"看出来"的女性形象：

清晨，一列从北平向东开行的平沈通车，正驰行在广阔、碧绿的原野上。茂密的庄稼，明亮的小河，黄色的泥屋，矗立的电杆……全闪电似的在凭倚车窗的乘客眼前闪了过去。乘客们吸足了新鲜空气，看车外看得腻烦了，一个个都慢慢回过头来，有的打着呵欠，有的搜寻着车上的新奇事物。不久人们的视线都集中到一个小小的行李卷上，那上面插着用漂亮的白绸子包起来的南胡、箫、笛，旁边还放着整洁的琵琶、月琴、竹笙，……这是贩卖乐器的吗，旅客们注意起这行李的主人来。不是商人，却是一个十七八岁的女学生，寂寞地守着这些幽雅的玩艺儿。这女学生穿着白洋布短旗袍、白线袜、白运动鞋，手里捏着一条素白的手绢，——浑身上下全是白色。她没有同伴，只一个人坐在车厢一角的硬木位子上，动也不动地凝望着车厢外边。她的脸略显苍白，两只大眼睛又黑又亮。这个朴素、孤单的美丽少女，立刻引起了车上旅客们的注意，尤其男子们开始了交头接耳的议论。可是女学生却像什么人也没看见，什么也不觉得，她长久地沉入在一种麻木状态的冥想中。（着重号为引者所加）

　　这段话被很多评论者引用过，然而引用的目的则不尽相同。我把它引用在这里，我想说的是：我们得首先注意到林道静在文本中的无助状态，"她没有同伴"，她是"孤单的美丽少女"，同时是"寂寞"的，在车上众多男子们围绕着她的话题"交头接耳的议论"的时候，她是一个"麻木"的存在。她被孤零零地无助地抛入在了男人的包围圈里，成为了周围男人任意解读、书写的对象，这个女人和周围的人是那么的格格不入，就像一个孤身来到地球的外星人。她的"麻木"，本身就证明了一种见惯不惊的心态，换句话说，也就是对男人们天生的话语权力的一种认同。当男人以他们的眼光来看待女人时，那种天生的菲勒斯中心主义就傲慢地表露了出来，"如果女性主题置身于'男性'价值的构建之中，那么，就某一时间概念来说，女性主体就成了问题。"① 这种傲慢——至少从男人们的角度来看是这样——的表述透露出了对女人习惯的矮视——这多少也透露出了作者自己在男权传统的规训下的被压抑的自觉。我不知道杨沫是不是女权主义者，但是，作为一个女性，她在写作，这是事实，在文本中，她既突出了她作为女性的自觉，也突出了作为一个成长中的女性革命者的政治自觉。女人，只能作为男人的附属物，只能置于男人的注视下才能获得她们本来就应该获取的地位，如果林道静没有周围众多男人的"交头接耳"的议论，没有他们的注视，她是不是还能够存在？是不是还能作为一个"人"而不是物而存在？是不是还会透露出她在文本中的主体地位？我们还要问的是：如果那堆乐器旁边不是林道静，不是一个女人，而是个男人，是不是还会吸引那么多男人的眼光、那么多男人的议论？或者，这个女人不

---

　　① ［美］朱莉亚·克里斯多娃：《妇女的时间》，载张京媛主编《当代女性主义文学批评》，北京大学出版社1992年版，第360页。

是"美丽"的少女，而是一个奇丑无比的老太婆，她还会不会如此吸引人的眼球？在这里，"女人是男性注视的对象；她是以她与欲望相关的位置来界定的，而那种欲望则是通过男性的注视来表达的；她假定了男性注视在界定方面的特权，并且接纳了与之相关的身份。"① 如果我们继续追问的话，我们还得要问：为什么是女人，是林道静要拼命去追求政治上的进步？要依靠男人来指点她在政治上的迷津？为什么就不应该是男人来依靠女人指点其政治进步？这难道仅仅是因为杨沫首先是以其"自传"似的生活经验来写作？余永泽、卢嘉川、江华等人究竟是把林道静从政治文盲变成了革命的先锋队员？还是把她从处女之身想方设法变成了一个妇女？我们在文本中没有看到卢嘉川、江华等人是怎样通过比他们更"进步"的人的教育而逐步成长的，成长的只有林道静，干革命的男人都是天生的领袖，其革命能力仿佛是与生俱来的，他们只要置身于现实生活中就能走向"先进"，而林道静，这个女人，则是需要被领导被说教的，这种领导与说教本身就代表了一种话语权力，尽管尼采早就宣言"上帝死了"，但是，现实生活中的上帝并没有死，那种把女人塑造成男人的一根肋骨的观念并没有因为尼采的宣言而死去，因为是女人，所以她得接受男人的"启蒙"，因为是女人，在政治"进步"的过程中，她就得唯男人马首是瞻，后来的郭开，在评论《青春之歌》时，并不是说林道静作为一个女人在她的追求中遭了多少苦、受了多少罪，恰恰相反，他认为林道静遭的苦受的罪还远远不够，她还没有完成真正意义上的与工农的结合，事实上，他在置疑林道静这样的知识分子在获得"先进意识"的同时，也在诘问她的领导能力，如果林

---

① ［美］彼得·布鲁克斯：《身体活——现代叙事中的欲望对象》，朱生坚译，新星出版社 2005 年版，第 325 页。

道静是个男人，他是不是还会质问文本中的"小资情调"？如果林道静在文本中也自主去领导一场漂亮的群众运动，郭开之流还有没有话说？郭开的质疑，很显然的，带着一种二律悖反的逻辑。他没有把林道静作为一个革命的主体人来看待，他没有看到林道静这样的人物在文本中——甚至在现实革命中——的作用——不管这种作用是大是小，它事实上仍然是在为革命添砖加瓦，而是把她镶嵌在革命的历史序列中，作为一个革命成功后的装饰物来看的，这个装饰物可有可无，如果它存在，那么它就得是革命的螺丝钉，革命想把它怎么拧就怎么拧，想往哪里拧就往哪里拧，然而，革命似乎天生就是男人的事，它作为一个阳性实体而存在，与女人没有太大的关系，于是，革命便被置换成了男人的革命。林道静与其说是和男人结合而成长，还不如说是和政治意识形态结盟而"进步"，政治为什么必须得和女人，和性结合？而且，为什么这种结合居然表现在文学上还能成为其时对男欢女爱的故事持批判态度的主流意识形态的默许变成"经典"？

林道静在走出了以个体男人为中心的家庭生活的怪圈之后，却又一头扎进了一群男人的包围圈——革命何尝不是以男人为主体的革命？从一开始，就透露出了它的阳性特征。在阳性革命政治中，林道静也就成为新一轮改头换面的男性（政治）的附属物。从一而终的女性贞洁观在她身上消失殆尽，为了革命，也因为革命，作者为她的始乱终弃找到了合法的借口，她有了自己全新的择偶标准，然而，这种标准却又是革命化的，是政治的。表面上，这种标准是林道静的自主选择，然而在深层次上，它何尝又没有政治强权的成分在里面？所有人与她的性权和婚姻权都必须建立在政治上，建立在阶级同志的关系之上而不是建立在纯粹的男欢女爱上，性权和婚姻权统统被打上了阶级的烙印。其实，1949 年后三十年的文学作品中这样的案例又何尝只有林道静一个？在"样板戏"中，作为人的基本生理需求——性或者说性欲——被遮蔽殆尽，完全无视这一连动物都应该具有的生理需求，这算是女权还是应该算"男女平等"？女性主人公在走出家庭男权的藩篱之后，却又不得不把自己远嫁给政治，并且服务于这一新的男性主体，接受另一种男权对自己身心的摧残——尽管在文本中主人公并不一定就会认为这是一种摧残，甚至认为这就是"人"所应该具有的，是人人都应该效仿的政治准则。如果不作这样的理解，我们可能永远也不知道那个年代所确立的所谓的红色经典对当时的读者意味着什么。

我们都知道，1949 年后，在某些方面来说，政治的强力保障确实在某种程度上提升了女性的地位，当然，这种地位是政治上的，而非性别上的。"妇女能顶半边天"的说法确实很诱人，这种说法就像一块完整的面包，把男人和女人平摊在桌面上，只是这块面包似乎有种是从天上掉下来的味道。我们并不会认真去思考这种男女政治下的平等对女人又意味着什么，如果只是赋予女人和男人一样的权利，而不是在义务上也完全和男人平等，结合生理上的考虑，或许才会对女性真正的有益，然而，恰恰是，在赋予了女性与男性相等的权利的时候，也要求女性在义务上与男性平等。所谓的"妇女能顶半边天"并不是意味着妇女在权利方面的享有，而偏重的只是义务上的承担。于是，女性从一个胡同里被解放出来，又被拐骗进了另外一个胡同，只是胡同的名字不一样罢了。表现在文学上，则是像林道静——当然也包括写林道静的杨沫自己——这样的女性作为革命的螺丝钉，在革命中也得承受与男人相同的苦难，然而，没有人认为这是个强迫的苦难，不管是文本中的主人公，还是当时的读者，甚至作者自己，都把这种苦难当作是一种幸福，没有这种幸福的苦难，就不足以体现她们是新时代的英雄，就不足以体现她们在新时代里所获致的幸福。没有这种苦难，她们也没有书写或者被书写的权利，也不会体现她们才是新时代的主人。这种苦难是必需的，不管是对政治史来说，还是对过来人、对往事的缅怀来说，它可能具有社会主义性质，却就是不具有人道主义性质。或许我们可以看看左翼早期蒋光慈的著作，看看那个通过性去报复男人的王曼英的叙述，当然，从任何一个角度来说，这都不能算是"经典"的红色叙事，但却绝对开了以性来促进革命的先河，不同的是，林道静站得更高，她是在党成立之后，接受了毛泽东《在延安文艺座谈会上的讲话》以及《新民主主义论》后反观自身的结果，换句话说，是头脚倒立的结果。而王曼英就只好盲人摸象，在自身的荆棘里求索了。于是，林道静的出身就显得更高贵：她的自我献身是为了亿万劳苦大众的解放。而王曼英，则只能说是为了一己之私去报复别人。红色经典的确立就在于作者，主要是主人公是否具有宏伟的目标，是否具有解放全人类的世界眼光。当然，这种经典的确立也多少和作者叙事时是否感情豪迈有关，是否把主人公在革命中那种舍得一身剐、敢把敌人拉下马的气魄，说白了，就是是否在叙述时表现了主人公面对敌人时不顾及自身安危，是否能够烂船当作烂船拖的勇气。这一点我们对照丁玲《我在霞村的时候》里面的贞贞就能看得更清楚。如果丁玲当时不把贞贞拉回大后方治病，而是继续让她以自己的肉体为武器与日本人作战，哪怕贞贞最后得了梅毒艾滋病什么的，她也仍然会是英雄，那么，那时候的贞贞就应该是林道静了。可惜丁玲不是杨沫，要不然，我们的红色经典叙事至少提前二十年！可以说，"妇女能顶半边天"的说法在杨沫的《青春之歌》

里体现得最为充分，一个能在解放全国劳苦大众的革命——这种解放无疑包括众多的失去革命话语能力的男性——中都能够充当半边天的角色，何愁她不能在别的方面也充任半边天呢?!

或许，这就是杨沫那个时代所具有的特殊的时代烙印：人们——不管是男人还是女人——所从事的所有事业，都必须得服从一个统一的标准，这个标准既要娱神，也要娱人。在娱神中恭维神，在娱人中教化人。于是，女人不再是有自己特殊生理状态的女人，男人也不再是有自己特殊欲求的男人，他们被统统用一个字代替：人。而人，又是被献祭给了神的供品。在这个意义上，他们都不再是人，而是完全被还原为了词源学上的"牺牲"。

四

20 世纪 80 年代，随着政治寒流的解冻，新时期的女性叙事在中西语境的结合下找到了新的突破口，在中国的大地上掀起了新一轮的女性主义叙事，也涌现出了大批如陈染、铁凝、林白等女性作家。在新时期的文学中，既有写女性的，也有女性写的，然而，这些作品也仅仅只是"女性文学"，它们可能很"女性"，但是绝对不"主义"，更不"女权"。

《长恨歌》是王安忆一部杰出的"矛盾"文学作品，并且是一部杰出的矛盾的女性主义文学作品。如果我们单就前三章——王琦瑶未被李主任包养住进爱丽丝公寓前——叙述者的语气来看的话——在她与李主任的交往中，这种语气处处透露出男权对女性的宰制，把女性置于任凭男人处置的地位，最直接也最露骨的证明就是王琦瑶在问李主任关于公文的事情时，"李主任拿过她的手提包，打开来取出口红，在她手背上打个手印，说，这就是他签署的一份重要公文。"女性成为他可以随时随地签字画押就能据为己有的私有物,像这样的叙述语气在王琦瑶未被李主任包养住进爱丽丝公寓前随处可见,——我们完全可以把王琦瑶当作是西方女权主义者驻中国的代表,这个代表又是一副受男性世界压榨的苦大仇深同时又带着点激进的样子,并且是深谙女权之道的,换句话说,也就是随时准备着要控诉男性世界对她的压迫戕害的模样。然而,奇怪的是,当她住进爱丽丝公寓后,她并没有反抗李主任对他的占有,而是心安理得地顺从了李主任的安排,我们并没有看到以之前叙述者的语气推究下来应该具有的故事程序。王安忆在"上海小姐"一节中写道:"关于妇女解放青年进步消灭腐朽的说教是导演书上读来的理论,后一番话则来自他的亲闻历见,含有人生的体验,"然而,关于女权的想象又何尝不是王安忆自己从书上读来的理论?正是因为是"读来的理论"与自身"体验"的结合,才使得王安忆在文本叙事中既会有意识地去批判男权中心的意识,又会无意识地服膺于男权中心的传统观念。

在王安忆的小说里,王琦瑶是这样出场的:"王琦瑶是典型的上海弄堂的女儿。每天早上,后堂的门一响,提着花书包出来的,就是王琦瑶;下午,跟着隔壁留声机哼唱'四季调'的,就是王琦瑶;结伴到电影院看费雯丽主演的'乱世佳人',是一群王琦瑶;到照相馆去拍小照的,则是两个特别要好的王琦瑶。每间偏厢房或者亭子间里,几乎都坐着一个王琦瑶。"很显然,在王安忆的小说里,王琦瑶是一个群指,只是一个小弄堂女儿的代称。王安忆在这里显示出了她要为女人——至少是想为上海弄堂女人——立碑树传的勃勃雄心。但是,是不是所有上海弄堂的女儿都最终变成了文本中的王琦瑶(这个王琦瑶有点像孙悟空,拔一根毫毛就能变千百万个猴子出来），这却是文本之外我们得去思考的问题。换句话说，如果说王安忆在这里不是写出了王琦瑶这个女人作为一个"类"的本质，那么，我们就只能"矛盾"地去将就这个心有余而力不足的王琦瑶了。然而，事实上是，王琦瑶只有一个，如果就事论事，就算把文本中所有的"上海小姐"的称号都颁给孙悟空似的王琦瑶，也就只有三个名额，而不幸的是，只有"三小姐"才是弄堂里冒出来的。但是，我们也不能说王琦瑶这个人物就没有代表一个"类"，只是这个"类"似乎离女性太远了点。孙悟空没有把它的毫毛变成同类的猴子，却把它变成了别的与同类多少有点不相干的东西（我是说，如果完全以女性视角来看这个文本的话，当然，这样只会使我们自缚手脚，也只会削文本之足适理论之履）。但是，如果王琦瑶不是作为一个类，那么，王安忆在文本中的群指也就变得毫无意义了。

王琦瑶的发迹是从"上海小姐"开始的，在复选之初，本来是去找导演帮忙的王琦瑶，却无意中为我们引出了一段关于女权的争论，在王琦瑶看来，导演所认为的竞选"上海小姐"是"达官贵人玩弄女性"的说法是荒谬的，她的不同看法是："竞选'上海小姐'恰巧是女性解放的标志，是给女性社会地位"，把一个20世纪40年代上海的选美活动与女权主义扯上关系，如果不是作者在这里的有意为之，那么也就有些小题大做的意思了，很显然的是，她和导演的那番关于女权的争论多少有些累赘多余，就像一截阑尾，可有可无。我们不管它是否多余，也不管王琦瑶的话是否正确，有一点可以肯定的是，这次"选秀"的结果并没有如王琦瑶所说，给她带来解放、带来地位（如果我们也相信那样的"选秀"真的就是"女性解放的标志，是给女性社会地位"的话，那么，我们就有理由相信，它所产生的结果也应该是解放女性的，给女性社会地位的）。恰恰相反，它的结果是把王琦瑶变成了一只达官贵人供养的笼中的金丝雀。如果我们把王琦瑶的那番言论看成是一个女权主义者的宣言，我想也不为过分，可是具有反讽意味的是，就是这样的一个"女权主义者"，却不得不走进了自己言论的反面，这也多少是个值得人反思的问题。难道女性解放的标志就是可以随意给有钱有权人包养？难道女性地位的提高就在于把自己的住处从小弄里搬到公寓？或许，王安忆在小说文本中的一句话更能说明问题："出走的娜娜是她们的精神领袖，心里要的却是《西厢记》里的莺莺，折腾一阵子还是郎心似铁，终身有靠。"这不仅仅是上海弄堂里的女人的想法，或许，也是女性的普遍共识。同时，这句话也道出了王安忆在写作《长恨歌》时的感情基调：女性既带着对男性（权力）世界的强烈反感甚至反抗，同时又对能够带给她们依靠的男性世界充满向往。这是一种很奇怪的矛盾悖论，但是，它却又很自然地调和在女性心理行为上，既在文本之内，更在文本之外。

床是王琦瑶相伴一生的东西，这东西自从她出场后，就成为她甩不掉的背景。首先是在"片厂"看别的女人躺在床上，接着是在"开麦拉"里自己被当作新娘子坐在床上，接下来，她每经历一个男人都离不开那东西，到死的时候也是躺在床上。在这里提到床，并不是要对它作出新一轮的"空白之页"的解读，而是这床在这里可以生发出另外一种想象：它始终是和金条联系在一起的。有人在谈到王琦瑶被当作新娘子坐在床上时认为"这本身就是男性对女性书写的隐喻，而她无法做出导演规定的'娇羞的，妩媚的，有憧憬而又有担忧的'的表情，导致试镜的失败，这一方面说明她还没有从心理上做好被男性书写的准备，另一方面由此造成被书写的情节的延宕，并为以后的发展创造了契机。"① 这种说法是大可推敲的，如果没有一种外部权力——对女性来说，是来自男性世界的——的强制性介入，那么，所谓的"空白之页"和"空白之笔"又有什么区别呢？在物的层面上，它们都是同等的。是的，王安忆在写到程先生为王琦瑶照相的时候，有过这么几句话："她又不是拍惯照片的那样，有着无可矫正的坏毛病。是一张白纸，想画什么就画什么。她却也不是不大方，并不扭捏。"然而，我们必须看到这张白纸却是有着主体意识的人。如果我们把所有的女性身体都以"空白之页"来比附，而不去考虑这些女性究竟在什么环境下才能被看作是"空白之页"的话，这就完全只是为女权而女权，成为一种歇斯底里似的对男性世界的诬蔑了。就算是李主任把她放倒在床上时，也不完全是来自男人的强制，而是双方自愿的结果——尽管"李主任是权力的象征，是不由分说，说一不二的意志，唯有服从和听命"，但是很明确的是，李主任得到王琦瑶并没有依靠权力或者地位（我们应该注意，权力和地位又是和金钱紧密联系在一起的），与其说李主任得到王琦瑶依靠权力或者地位，还不如说是王琦瑶想凭借李主任来获取她的新的权力和地位。然而好景不长，随着李主任的坠机身亡，王琦瑶唯一还能守住的就是与她同时代的张爱玲所写过的黄金。而这盒金条，又是她躺在床上的时候李主任交给她的。就在第一次和李主任倒在床上的时候，作者给我们展现了王琦瑶的局部图："李主任将她的头发揉乱，脸上的脂粉也乱了，然后开始解她的衣扣。她静静地由着他解，还配合地脱出衣袖。"在王琦瑶所经历的几个与她

---

① 沈红苏：《女性叙事的共性与个性——王安忆、铁凝小说创作比较谈》，河南大学出版社 2005 年版，第 121 页。

上过床的男人中，也只有在李主任的眼里才有这样的近距离的局部描绘，而与康明逊、萨沙、老克腊的生活则根本就没有触及床上的描写，更没有给我们提供一点王琦瑶在床上的局部风情画，甚至连一点整体的印象都没有。很显然，在李主任的眼里，王琦瑶已经被他的情欲之火拆散了，与他的后继者们那种完全是因为寂寞或者相互利用而结合不同的是，他把她作为一个正式家庭之外的一处港湾，尽管是两情相悦，我们还是不能看出王琦瑶的完整性，她的完整性是在她失去金条被长脚扼死在床上之后，我们才看见"一个女人横陈床上"，这种"照相式的注视只有使身体完全静止不动才能完整地看到它"，王琦瑶的身体"只有当它已经失去生命的时候才得到最终的完整性"①，最重要的是，是在她失去金条之后，我们才得以看见一个完整的王琦瑶。这种完整性始于床上，也终于床上。

李主任留给王琦瑶装黄金的桃花心木盒让我想起了彼得·布鲁克斯的"精巧的容器"（这样的比喻或许会引起女性同胞们的误解甚至愤怒），缺钱的时候，这盒金条成为了王琦瑶的救命稻草，在女儿薇薇将去美国的时候，"王琦瑶心里犹豫要不要给她一块金条，但是最终想到薇薇靠的是小林，她靠的是谁呢？于是打消了念头。"在这里，金条成了男人的一种转喻，薇薇靠丈夫小林生活，而对于没有丈夫的王琦瑶来说，她就得靠李主任留给她的金条生活。"当王琦瑶明白嫁人的希望不会再有的时候，这盒金条就成了她的后盾和靠山。"王安忆在文本中的这句话是不是从反面告诉了我们：男人是女人的"后盾和靠山"呢？一个空盒子是没有用的，再精美的盒子——除非盒子本身就很贵重——如果里面不装上贵重的东西，比如说黄金，那么，这个盒

---

① ［美］彼得·布鲁克斯：《身体活——现代叙事中的欲望对象》，朱生坚译，新星出版社2005年版，第125页。

子对一个需要救急的人来说，又有什么用呢？在这里，李主任留给她的桃花心木盒就成为了女性及其生殖器的又一轮转喻，"在一定程度上，那个精巧的容器就是子宫，同样，它必然牵涉到珠宝箱、女人的性、她的性特征，牵涉到依据她的性而制定的社会契约——关系到所有权和传递的各种制定"①，明乎此，我们也就不难理解为什么王琦瑶要以那盒金条来换取老克腊陪她剩下的几年时间却遭到老克腊的拒绝——对于老克腊来说，那盒子毕竟是四十年前留下来的。而长脚却只是看中了盒子里面的金条，他在盗取（被王琦瑶发现后则完全变成了赤裸裸的抢劫）它时，只是"将东西取出，放进裤兜"，对那个存放金条的"容器"却并没有带走。

我们没有必要把王琦瑶抚养薇薇长大成人拿来与传统的男性养家糊口相比，以此来作为抗衡男权世界的牵强附会的口实，因为毕竟，王琦瑶抚养薇薇长大成人依靠的并不是她自己的劳作，而是靠着李主任留下的金条来作为坚强后盾。况且，就算她是靠自己的劳作养大了薇薇，我们也并不能够从文本中读出王琦瑶是以此来作为抗衡男权世界的砝码，为什么抚养孩子长大成人就不是一个女性所具有的天性呢？难道抚养孩子不应该是人正常的感情所从事的很正常的事情吗？正是基于这样的理解，我才会有一个浮浅的结论：在中国的女性文学中，只有女性，而无女权。我的意思只是为了表明，在中国，女性作家——至少在王安忆这里是这样——在写作过程中，并没有把争取女性权利作为她们写作的基调，也并没有那种自觉，在很大程度上，她们的写作在无意识中所流露出来的仍然只是作为一个女性的自觉，是她们人生生活经验的无意识表露。她们没有开出药方，

① [美] 彼得·布鲁克斯：《身体活——现代叙事中的欲望对象》，朱生坚译，新星出版社 2005 年版，第 300 页。

而仅仅是指出了女性在以男性为主宰的世界里的处境。

五

三位女性作家给我们提供了三个不同历史场景下的女性形象，也给我们提供了阅读女性的文本，很显然，女性，不管在现实中还是在文本中，都是一个复杂的文化个体，那是绝对不能用一种理论主张就能把她们概括完全的。当某些女性主义者把女性打扮成诸事都受男性钳制的受苦受难、苦大仇深的面目出现在世人面前时，我们就不得不对那些理论提出应有的质疑，并且应该对那些矫枉过正的理论保持警惕。比如说，如果我们也承认"婚内强奸"——这是很多激进的女权主义者所强调的——违法，那么，男人是不是可以为了生理的需要在外面另找女人来满足他的性生活呢？婚姻契约的制定是为了什么呢？既然结婚后对于性欲旺盛的男人，以及他的另一半——性欲冷淡或者某些时候不想做爱的女人——来说都算强奸，那么，我们又何必要结婚呢？男人在外面包养二奶或者拥有情妇在当今社会——至少在我们国家是这样——被认为是不合法不道德的，而结婚后要求性权在"婚内强奸"的论调下同样是作为不合法不道德的行为受到批判和谴责的，那么，还有什么样的"婚姻"是合法的呢？根据相关法律，我们完全可以得出这样的结论：结婚的目的之一是在男女间形成固定的性伴侣，使性在固定的两个人之间变得"合法化""道德化"。当我们把婚姻权与性权完全说成是男人（丈夫）的权利时（卡罗尔·帕特曼是这种论调的坚定支持者，她在《性契约》中就孜孜不倦地对这种她所谓的男性权力不遗余力地进行着"彻头彻尾"的批判——如果所有的女性主义者都像她那样把问题都归结到男人头上，无论对男人来说还是对女性主义者来说，都无疑是一场灾难），我们是否考虑到了性爱的相互性？婚姻的共同性？丈夫在拥有妻子的性权同时，妻子也同时拥有了丈夫的性权。当我们谈到女权时，不要总是把男性打扮成咄咄逼人穷凶极恶的模样，婚姻权和性权是双向的，把这种权利完全加在男性身上，其实并不能为女性应有权利的争取指出什么方向，那实在只是把女人作为不能言不能语不能思考，生来就仅仅只是供男人玩弄的没有自主性的物来看，它带着一种先入为主的成见，那完全是对女性作为主体的人的一种贬斥！

如果将女性争取与男性一样的社会权利称为女权，这本身就是一种对女性的压抑甚至贬斥。人——男人和女人——应该是平等的，然而，理论想象上的平等与事实上的不平等，使得觉醒的女性，当然，也包括某些男性，为了事实上的不平等而呼喊。这本身并不是要争取或者夺取一种作为女性权利的权利，而只是想要达到男女事实上的平等，追求一种理论想象上的男女平等。然而，"追求"一词本身上又区划出了男女之间的不平等，是建立在远落后于男权的基础之上的，现在的男权是一根标杆，是女人们为了她们的权利而奋斗的参照，男人们现在的权利是女人们未来奋斗的目标。"男女平等"的口号是建立在想象中的，它想象着男权到现在，到当下的这一刻为止而不再前进，它把男权想象成为一个静止不动的存在物，正是从这种想象出发，男女平等才能成为可能，但是，这种想象符合事实吗？如果不符合事实，那么，把"男女平等"作为女权奋斗的目标就永远不可能实现。如果我们只是一味地从当下出发来谈女权，那么，女人想要达到的"男女平等"就永远只是一个"想象的共同体"，我们就永远只能世世代代地将"平等"的口号喊下去。然而，单单以"男女平等"这样的口号就能解决现实问题吗？我们完全可以追问：为什么那么多的女性

（女权）主义者非得要抹去女人作为人的个体，主体的地位，取消自己作为一个有着特殊地位特殊意义的生命体，而屈尊去把自己作为人的权利和男人作比较呢？批判男权中心是必要的，但一味只把自己的权利要求与男人的权利相攀比，把男人的权利作为自己追求的标的，在无意中助长了男权意识——这种攀比事实上就是把男人现在的权利看作是比女人现在的权利更完美更优越的事实存在，这种优越感本身就是男性优越于女性的一种变体心理——的同时，也抹杀了女人作为女人的属于自己的应有特性。性别是天生的，但是，作为女人和男人这双性互动中的人，则是后天形成的。这正如我这个和汉人毫无区别的土家人一样，对自身身份的认同是靠后天习得养成的，同时，作为少数民族一样的女性概念，也是不断在他人认同和自我确证的过程中自我赋予的，同时又是一个不断自我说服与自我捍卫的过程。但是，问题可能并不在于有了更多的女性参与政治，参与和男人一样的工作，世界就会变得更加美好，问题可能恰恰在于，如果所有的女人都变成了男人，如果没有女性的那些"女性意识"与"女性化"，人类就不可能延续下去。或许，我们可以再来细细咀嚼一下凯特·米利特的话："在要求获得男女平等权利时，女权主义者实际上是在要求成为男人；这是一个可悲的精神错乱，就像男人企图获得女性属性一样。女人的抱负如果超出了做母亲的范围，那她就是在追求一种'绝不可能实现的事物'，即企图成为一个男人。如果我们认识到了这一点，'一切事情也就变得明白无误'。事实的确如此。"① 是的，事实的确如此。

---

① ［美］凯特·米利特：《性政治》，宋文伟译，江苏人民出版社 2000 年版，第 264—265 页。

第七章 抵制记忆与遗忘书写:沈从文创作心理论(上)

对于沈从文为什么要美化湘西而贬低都市社会的小说创作,孔庆东把它归结为"自卑情结",认为沈从文对于绅士和教授的讽刺,只是为了"可以满怀优越感走在城市的大马路上"①。这样的说法不是第一次,当然,也绝非最后一次。在此之前,王晓明在《"乡下人"的文体与"土绅士"的理想——论沈从文的小说文体》中就曾这样写道:"只有怀抱一套足以与都市的价值标准相匹敌的另外的标准,他才能毫无怯意地走进城市:也只有确信自己在某一方面比那些绅士高出一头,他才能安心地与他们坐在一起。而从他当时的意识范围来看,恐怕惟有对家乡的记忆才能向他提供这样的精神支柱,只有从湘西的风土人情当中,他才能提取出与都市生活风尚截然不同的道德范畴。他那渲染牧歌情调的热情,主要正是源于这样的隐秘心理。"② 无疑地,学术界关于"乡下人"与"土绅士"的划分,很大程度上解释了沈从文创作过程中对"湘西"和"都市"持两种

---

① 孔庆东:《试谈沈从文的自卑情结》,《中国现代文学研究丛刊》1989 年第 1 期。
② 王晓明:《"乡下人"的文体和城里人的理想——论沈从文的小说创作》,《文学评论》1988 年第 3 期。

截然不同的态度问题。同时，对于沈从文文体变化的理解，也可以从另一个角度解释为什么沈从文在 1949 年之后转向了服饰研究，不再从事文学创作，而不至于一元地把这一现象归结为政治原因。但是，这样的理解却不能解释在沈从文关于湘西的小说中，为什么只关注"湘西的风土人情"？而对他行伍生涯所见到的杀戮一笔带过？为什么在"牧歌情调"的背后，仍然会在《贵生》《传奇不奇》等小说中留有对某些湘西现象悲怆的批判？更不能解释为什么在他 1934 年返回湘西之后，关于湘西的小说创作就几乎停了下来，除了两部关于湘西的散文之外，更多的则是对于社会问题的思索。同时，如果说我们把沈从文关于湘西的小说统统归结为"虚构"，那么，他有关于都市的小说书写就是"纪实"吗？如果说有关于湘西的小说是"纪实"的，那么，是否存在一个统一体的湘西？所有这些问题，都需要我们走出"湘西—都市"这样的二元对立模式，否则，不仅沈从文研究会从此走进死胡同，也不利于真正走进沈从文的文学世界。

一　从反抗自卑到文学自觉

在刚刚从湘西踏入都市之初，沈从文确实是带着深深的文化自卑感走进北京的。只要我们看一下他早期发表的《公寓中》《绝食以后》《用 A 字记录下来的事》《重君》等小说，就可以看出其中"手淫"与"寂寞"是他早期文学创作中两个非常重要的关键词，这两个关键词不仅说明了沈从文其时的遭际与处境，更说明了当时的心态。

刚刚踏入都市的沈从文，不仅面临吃饭问题，也面临着精神上的孤独。想要进入大学成为一名大学生，却又屡试不第；要想靠笔杆子打出一番天地来，却又不得不忍受来自《晨报副刊》主编的言语侮辱。在举目无亲的北京，沈从文表达了自己对于周遭事物的极端不满，甚至感觉一切都已经毫无意义。在《一封未曾付邮的信》中，沈从文一提笔就写道："阴郁模样的从文，目送二掌柜出房以后，用两只瘦而小的手撑住了下巴，把两个手拐子搁到桌子上去，'唉！无意义的人生，——可诅咒的人生'，伤心极了，两个陷了进去的眼孔内，热的泪只是朝外滚。"① 尽管沈从文在后来的回忆文章中，认为当年在"窄而霉小斋"的生活"日子过得十分艰苦，却对未来充满希望"，也"从不感到消沉气馁"②，但是，沈从文后来的回忆与他当年创作明显相悖——他试图掩盖当年的痛苦回忆，就跟他当年在小说创作中掩盖军队的杀虐一样。

这种对往事的有意忽略与掩盖，正是反抗自卑的表现。这说明，沈从文自己也体会到了当年的自卑感。就如阿德勒所说，"由于自卑感总是造成紧张，所以争取优越感的补偿性动作必然会同时出现。然而，争取优越感的动作总是朝向生活中无用的一面，真正的问题却被遮掩起来或避而不谈。"③ 正是在这种深深的自卑中，沈从文在"窄而霉小斋"中一边不断地书写自己内心的苦闷，另一边对都市文化表现出极端的厌恶，同时，也把自己在湘西行伍生涯中的某些重要经历遮掩了起来，代之以粉饰湘西世界以作为自己最后的归宿："若不愿于这些虫豸们喧嚣的世界中，同人掠夺食物时，我们就一同逃到革命恩惠宪法恩惠所未及的苗乡中去，做个村塾师厮守一生。"④

---

① 沈从文：《一封未曾付邮的信》，载《沈从文全集》第 11 卷，北岳文艺出版社 2009 年版，第 3 页。

② 沈从文：《忆翔鹤——二十年代前期同在北京物美一段生活的点点滴滴》，载《沈从文全集》第 12 卷，北岳文艺出版社 2009 年版，第 252 页。

③ ［奥］阿德勒：《挑战自卑》，李心明译，华龄出版社 1996 年版，第 39 页。

④ 沈从文：《一天》，载《沈从文全集》第 1 卷，北岳文艺出版社 2009 年版，第 142 页。

身在都市，并对都市百般不满，却又不愿再回到湘西，反而祭起一面乌托邦的湘西大旗来给予自己生活于都市的勇气，这些正是他自卑的表现。有意思的是，一旦作家把这种自卑意识行诸文字，就远远超过了对于自卑感的叙述，它还以此为自己的自卑情绪找到了发泄的出口，从而重建了对于生活的勇气，因此，意识到自己自卑并将之行诸文字的过程，就是有意识遮掩、抵制某些记忆，进而反抗自卑的过程。

自卑的情绪一旦被作者意识到，并激起反抗的欲望的时候，他就会迅速转移自己的自卑感，并夸大自己某些方面的才能或优势，以此来摆脱内心的失败感，在精神胜利中寻求自慰，从而使得自卑转化为自傲。也正是这种自卑感激发出来的自傲，确立了作家的主体性。

通常认为，沈从文的自卑是从攻击都市文化体现出来的，并把他所有的小说都纳入这样一个阐释框架中，在这种阐释框架之下，我们就可以把凡是他关于湘西的小说都作为他反对都市文化的例证。这种类似于巴甫洛夫的"刺激—反射"的说法，在很大程度上来说，并不能真正理解沈从文的文学创作，它把沈从文的创作放到了一种泄私愤的处境中，显然，这种阐释虽然注意到了沈从文创作的连贯性，但是，却没有能够注意到他的创作的时代差别。这样一来，沈从文在小说与散文中对于湘西社会内在痼疾的书写应该如何解释，就变得含混不清了。他在文学创作中所表现出来的对于普遍"人性""人情""生命价值"等问题就显得毫无价值和意义，从而也就窄化了沈从文创作的意义。

这对于沈从文研究显然没有太多的助益。他们并没有注意到沈从文在写作过程中的两次转变:一次是《阿丽思中国游记（第二卷）》之于沈从文整个文学创作的意义；另一次是 1934 年因母亲病危回湘西之后创作的转向问题。

在《阿丽思中国游记（第二卷）》中，沈从文不仅为自己之后的创作定下了基调，同时也总结了之前自己的经历：

"这男子，因了一种很奇怪的命运，拿三十块钱和一个能挨饿耐寒的结实身子，便从军队中逃出，到这大都会上把未来生活找定了。一个从十三岁起，在中国南部一个小地方，作了两年半的补充兵，三年的正兵，一年零七个月的正目，一年的上士，一年又三月的书记，那么不精彩的一页履历的乡下青年，朦朦胧胧的跑到充满了学问与势利的北京城，用着花子的精神，混过了每一个过去的日子，四年中终于从文学上找到了生活的目标，……。"①

沈从文关于"仪彬的二哥"的叙述，正是自己当年的切身写照，在这里，沈从文在直面自己的过去经历中，以当前的成绩铸就了自己的信心，成功地走出了自卑。同时开始把"入伍后"的经历扩大到整个中国：

"你可以看中国人审案打板子。……他们的罪过只是他们有钱，这是与大都市稍微不同。他们身上穿的是粗蓝清布或白麻布的上衣，裤子也多用同样颜色。他们为了作错一件小事，就常常有县长处派来一个两个差人把他揪进衙门去，……认罚，就是用钱赎罪。"②

虽然沈从文这里还是写的苗乡所见，但是，这些叙述却又给人这样的感觉：他的所见与自己当年的经历毫无关系。他刻意遗忘了自己所属部队参与屠杀苗人的事实，——如果真实地去书写自己所

① 沈从文：《阿丽思中国游记（第二卷）》，载《沈从文全集》第 3 卷，北岳文艺出版社 2009 年版，第 180 页。
② 沈从文：《阿丽思中国游记（第二卷）》，载《沈从文全集》第 3 卷，北岳文艺出版社 2009 年版，第 191 页。

属部队参与杀戮湘西同胞的事实，那么，他在这个陌生的城市还有什么道德优越感可言？——而把它纳入整个中国的视野中去认识这个事件的影响，这就明显超出了一年前在《入伍后》中仅仅就事论事的阈限。这部小说同时体现出来的第三个意义是，他直接把苗族同胞的民族命运作为书写的对象。

"所有的苗人，不让他有读书的机会，不让他有作事的机会，至于栖身于大都市的机会也不许，只把他们赶到深山里面去住，简简单单过他们的生活，一面还得为国家纳粮，上捐，认买不偿还的军事公债，让工作负担累到身上，劳碌到老就死去，这是汉人对于苗人的恩惠。捐赋太重，年又不丰收，他们就把自己生育的儿女，用极小的价钱卖给汉人做奴隶，终身为主人所有，算是借此救了自己也活了儿女，这又是汉人对苗人的恩惠。……"①

对于湘西苗族命运的关注，也明显区别于之前他在《占领》《槐化镇》《入伍后》，以及《传事兵》中的中性书写，他明确表达了自己的爱憎，并把他们作为一个独立的群体展现了出来，这表明沈从文已经意识到了自己的写作立场，以及民族问题对于整个国家的意义。

在《阿丽思中国游记（第二卷）》所表现出来的三个面向中，第一个是面向引出了对于都市人事的看法；而第二与第三个面向，则直接引导了他之后关于湘西的书写。

有论者指出，《柏子》等关于湘西的小说与一个月之后发表的另一些小说《有学问的人》等被认为是"显示出这一时期创作的新变化"的开篇之作，即从早期大都局限于记述自己少年时期的家乡生活经历以及到从湘西到都市以后个人的苦闷情怀，转向了刻画"湘

---

① 沈从文：《阿丽思中国游记（第二卷）》，载《沈从文全集》第3卷，北岳文艺出版社2009年版，第264—265页。

西下层人民的人生现实与都市社会的形形色色",   "其思想和艺术的功力"   "预示着沈从文创作渐趋成熟"。① 虽然沈从文的这两个短篇小说确实存在着论者所指出的变化，但是，我们显然忽略整个《阿丽思中国游记（第二卷）》创作之于沈从文的意义：长篇小说的创作，使得他必须走出之前的个人哀怨，在叙事策略、叙事主题等方面做出宏观的把握。对于一个勤奋的小说家来说，尝试一种新的写作方式，无疑会促进他之后的创作。因此，尽管《阿丽思中国游记（第二卷）》的最后截稿日期是 1928 年 10 月 10 日，比柏子（8 月 10 日）与《有学问的人》（9 月 12 日）晚了一到两个月，但是，这部长篇小说对于沈从文之后创作的启示意义，要远远超过作为短篇小说出现的《柏子》或《有学问的人》。

"短篇《柏子》《有学问的人》，被认为是新变化的起点，预示其创作渐趋成熟。"② 这样的观点来源于我们把沈从文的创作截然视为湘西（《柏子》《萧萧》《丈夫》等）与城市（《有学问的人》《烟斗》《绅士的太太》等）的对抗书写。然而，鉴于"过去并不仅仅以在现在之中的延续而塑造现在。它促成了对现在的改造并在此过程中使自己也得到改造。"③ 因此，这种以截然对立作为划分依据在我看来是值得商榷的。我更愿意将他的《阿丽思中国游记（第二卷）》作为他创作走向成熟的标志，不仅因为这部小说"最富有政治意义"④，更重要的在于，在这部小说中，沈从文开始将湘西苗人的苦难展现在人们面前，这直接开启了他之后的湘西书写模式，从而形

---

① 凌宇：《沈从文选集（第五卷）·编后记》，四川人民出版社 1983 年版，第 387 页。
② 《沈从文年表简编》，载《沈从文全集》（附卷），北岳文艺出版社 2009 年版，第 11 页。
③ ［美］杜赞奇：《从民族国家拯救历史：民族主义话语与中国现代史研究》，王宪明等译，江苏人民出版社 2009 年版，第 75 页。
④ ［美］金介甫：《沈从文传》，符家钦译，时事出版社 1991 年版，第 107 页。

成了他对于湘西关注的文学自觉。而通常认为沈从文早期对湘西的书写动机仅仅只是满足都市知识阶层的猎奇喜好,这一观点是明显站不住脚的,因为,那至少也是沈从文为了反抗自卑而在文学取材上自觉选择的表现。那些认为沈从文的创作在于城乡二元对立书写的论者,则往往避开沈从文的这部小说不谈,这是造成误解沈从文的最大原因。

二　抵制记忆与遗忘书写

在《阿丽思中国游记》之后,沈从文陆续发表了取材于苗族传说的《龙朱》《凤子》《媚金·豹子·与那羊》《神巫之爱》等小说,接着,又发表了取材于湘西的《萧萧》《丈夫》《边城》等小说,"湘西世界"越来越清晰地浮现在读者面前。但是,在关于湘西的书写中,沈从文几乎没有把他早年在湘西的经历作为他写作的资源。只有在极少数的几篇小说中,他写到了早年的行伍生涯。而就是在他所提到的几篇小说中,士兵不再是"丘八",他们也是湘西社会自然祥和的组成部分,军队也不再是严肃的铁板一块,同样也充满着湘西特色的奇闻逸事。

在早期的关于军队的书写中,就连部队之间的攻伐,即使难免有死伤,也给读者一种游戏的感觉,"到双方的消耗数,兵士的死亡数相等时,长官便自然而然又停下攻击令来。这不是故意拿人命来相赌吗?然而服从为军人天职,这类战事,就是一直延长下去,到最年青的兵士白发苍然(幸而每战均无子弹着身)后,恐怕还是要延长下去!"[①] 当然,也有"入伍后"胡乱抓一些地方富户索要赎金的现象,但是,这些现象在沈从文的笔下都因为士兵们的人性光辉而变

---

① 沈从文:《占领》,载《沈从文全集》第1卷,北岳文艺出版社2009年版,第98页。

得温馨感人，从而掩盖了军队对于地方的恶行（《入伍后》），而连长则可以为了一个女人变换办公地点（《连长》），更有甚者，士兵还可以在军营里养鸡打发时间（《会明》），商会会长的女儿、跛脚的号兵、豆腐铺的青年也可以和睦相处（《三个男子和一个女人》）。这一切似乎都表明，湘西的军队是普天之下最与民为善的军队，至少，我们可以说，他们的存在与普通贫苦老百姓没有任何关系。

对兵不扰民的书写，在《边城》中达到了极致，"一营兵驻扎老参将衙门，除了号兵每天上城吹号玩，使人知道这里还驻有军队外，兵士皆仿佛并不存在。"[1] 用于集合队伍，冲锋陷阵的军号，在"边城"中成为打发无聊时间，用于玩耍的道具。甚至就连地方政权，也似乎与民无涉，一切都有习惯方法来解决。沈从文对于湘西社会的这种书写，不仅与同时期其他作家对于军队的描写格格不入，也与之后在《从文自传》中对军队的回忆明显扞格。军队在"边城"中不再是一种凶神恶煞、凌辱百姓的存在。就是在《长河》中，沈从文写到保安队勒索钱款的时候，也明显淡化了其野蛮的一面，队长向长顺低价勒索橘子的情节，也与当年自己亲眼所见的绑架地方绅士以勒索钱款的情节大不相同。

先前为了反抗自卑（同时也是初入文坛必要的文字训练）而刻意去书写湘西（以及在湘西的经历），转化为文学自觉的行动之后，沈从文对湘西的想象发挥到了极致，同时也屏蔽掉了当年"清乡所见"给"我的教育"，他把这种文学自觉认为是重建社会理想的努力，因此，放弃"写实"似乎也就成为理所当然的理由，"问题在分析现实，所以忠忠实实和问题接触时，心中不免痛苦，唯恐作品和

---

① 沈从文：《边城》，载《沈从文全集》第8卷，北岳文艺出版社2009年版，第67—68页。

读者对面，给读者也只是一个痛苦印象，还特意加了点牧歌的谐趣，取得人事上的调和。"① 原本是因为记忆而书写的活动，一变而为抵制记忆的遗忘书写，这也使得沈从文处于矛盾之中，既害怕面对现实，但同时又必须让现实重现，"我的作品能够在市场上流行，实际上近于买椟还珠，你们能欣赏我故事的清新，照例那作品背后蕴藏的热情却忽略了，你们能欣赏我文字的朴实，照例那作品背后隐伏的悲痛也忽略了。"② 因此，对于沈从文的"牧歌情调"，我们或许应该从另外一个层面上去理解，也就是施瓦布教授所认为的，"讲故事是为了掩盖，让痛苦、罪行和耻辱沉默，填补恐惧的空白。"③ 从他"作品背后隐伏的悲痛"去做出解释。

对于当年自己参与"清乡"的行为，沈从文无疑是怀着某种耻辱感来忏悔的，他后来在回忆当年的军旅生涯时，这样写道："我们有时也派人把团总捉来，罚他一笔钱又再放他回家。地方人民既非常蛮悍，民三左右时一个姓黄的沅道尹，杀了约两千人，民六黔军司令王晓珊，在那里又杀了三千左右，现在轮到我们的军队作这事，前后不过杀一千人罢了！"④

对于发生在湘西的这种杀戮，凌宇先生有个非常经典的论断，认为"在沈从文及其创作品格的塑造中，苗汉两个民族的矛盾和对立，作为最活跃的因素起着主导作用。"⑤ 从某种角度来说，沈从文

---

① 沈从文：《长河·题记》，载《沈从文全集》第 10 卷，北岳文艺出版社 2009 年版，第 6—7 页。

② 沈从文：《习作选集代序》，载《沈从文全集》第 9 卷，北岳文艺出版社 2009 年版，第 4 页。

③ ［德］加布丽埃·施瓦布：《文学、权力与主体》，陶家俊译，中国社会科学出版社 2011 年版，第 37 页。

④ 沈从文：《清乡所见》，载《沈从文全集》第 13 卷，北岳文艺出版社 2009 年版，第 303 页。

⑤ 凌宇：《从苗汉文化和中西文化的撞击看沈从文》，《文艺研究》1986 年第 2 期。

的创作确实有针对"苗汉文化冲突"的意味。但是，这个论断中却没有解释沈从文自己行伍生涯中所卷入的屠杀事件，也没有解释他之后的创作对这些事件的囫囵叙述。

面对杀戮痛楚的同时，在与之前军队杀戮数量的对比中，他为自己曾经待过的军队做了开脱。沈从文没有让暴力的历史沉默，但是，他也没有给他所经历过的暴力开口说话的机会，在简单的数量比对当中一笔带过，从而避免了记忆的回溯。很显然，记忆是服务于当下，并根据当下要求来生产意义的。对记忆的复述明显加入了某些人为的因素，这就意味着，某些记忆必然会被遗忘、修订，甚至重新组合。这种对于记忆的抵制就禁止了对往事的客观聚焦，并以主观描述的方式来掩盖真实生活的痕迹。

沈从文的这种"主观描述"更多地体现在对行为主体的回避上。在对于军队的杀戮问题上，他从来没有把自己当作一个行为的主体，在他所有关于军队的叙述中，他都独立于事件之外，如果这中间真的有"错误"，那也是"军队"这个空洞的能指的错误，自己是否参与其中已经不再重要，甚至，就算参与了屠戮，也是军队首领的罪过。于是，所有的事件都与自己无关，他也就不用再去承担杀戮的罪责。这样的叙述转嫁了事件的行为主体，也减轻了罪孽感。

这样，发生在湘西的暴力事件就迅速升华到了政治的高度，个体间的罪行与悲剧得以沉默、埋葬，于是，军队对地方人民的暴力历史就演变成为其时的统治阶级对于湘西，以及后来他所追认的湘西苗族的暴力史。被他揭露出来的湘西暴力史就不再停留在历史的内容本身，而是附在内容上的情感烙印。通过对记忆的抵制，沈从文转嫁了内心散发出来的精神危机——这种危机不仅会影响他立足于都市的精神优越感，同时也会影响自己的身份认同意识。而通过对记忆的遗忘书写，则正好拯救了他面对湘西的过去所散发出来的精神危机。

于是，他关于湘西的美化书写就远不是简单地为了立足于都市的现实需要，尤其是当他已经获得了"天才作家"这样的称号之后，再去认为他对湘西的书写还是为了反抗自卑，就更显得没有什么说服力了。更多地，它是出于弥补心理创伤的内在驱动：为了遮掩、遗忘那些自己曾经置身其中的罪恶。

显然，单纯从他关于湘西的小说中，我们是不能完全察觉他所谓的"苗人所受的苦实在太深了。……所以我在作品里替他们说话"① 的理想的。对于湘西苗人的苦难，除了在《阿丽思中国游记（第二卷）》中有所流露之外，像《凤子》《柏子》《三三》《萧萧》，甚至之后的《边城》《长河》中都很难找到直接的证据。相反，我们读到的则是湘西苗人们的安居乐业、自然随和。

并不是所有问题都可以用负负得正的方式来得到解答，因此，沈从文对于湘西的美化并不能证明苗族同胞的苦难，除非我们基于这样一个事实，那就是：如此淳朴的苗人，反而身受杀戮，这种情况就是一个"错误"。但是，这样的推论首先就得立足于存在着杀戮这样一个事实。如果没有这样一个事实，那么，这种推论就显然只是一种臆断。站在沈从文的立场来看，这种杀戮是存在的，但是，这种存在并没有形诸小说，成为小说写作的一个前提。

对于湘西的美化，并在各种场合突出自己湘西"乡下人"的主体地位，不仅是为了区别于都市中人的需要，更重要的是，他把自

---

① 凌宇：《风雨十载忘年游》，载《从边城走向世界（修订本）》，岳麓书社 2006 年版，第 503 页。

己与那些曾经被杀戮的同胞之间联系了起来，使自己成为弱势群体中的一分子。这样，通过湘西优美人性、人情的发掘，完成了他灵魂上对于过去事件的救赎。这使得沈从文的小说呈现出某种悖论：他的创作以揭开湘西苦难历史的名义开始，却以遮掩掉湘西的苦难历史告终。

三 从记忆回到现实

对于沈从文的创作，我们必须注意的另一个现象是，自从 1934 年他回了趟湘西之后，沈从文的小说创作就几乎停了下来。虽然在这之后还有《贵生》《大小阮》，以及《赤魇》《雪晴》，甚至还有未完稿长篇小说《长河》问世，但是，总的来说，小说创作的巅峰期已经过去，对湘西的美好想象已经不复存在——湘西神话已经破灭。呈现给读者的不再是《边城》《三三》等小说中的人情美、人性美，相反，《贵生》中那种暴戾的报复之气，已经远远超出了《边城》中的安静与祥和，而《巧秀与冬生》中对湘西宗法社会的沉痛的悲剧控诉，也远远超出了《萧萧》中那种虽然沉痛但毕竟充满喜剧色彩，多少为湘西的"牧歌"社会留了点转机的结局。这些应该如何解释？是我们今天首先需要解决的问题。

尽管新近有人已经注意到了 1934 年沈从文湘西之行的意义（翟业军：《〈湘行书简〉〈湘行散记〉新论》，载《中国现代文学研究丛刊》2013 年第 11 期），但是，由于只是着眼于他同时期的创作，而没有把他的湘西之行放到整个创作过程中来考察，这样，它的价值意义就只能局限于论者所提到的两部著作中。1934 年的回乡，可以说是沈从文文学创作的第二次转向的开始。

从元旦开始，沈从文就在《国闻周报》上边写边刊《边城》，但是，因为母亲生病，沈从文于 1 月 7 日匆匆赶回湘西，这次行程走了半个月，直到 1 月 22 日才回到老家。在这个过程中，沈从文给张兆和写了三十余封书信，报告沿途见闻，这种看似普通恋人间的情感交流方式，却在无意中让沈从文对湘西的人事与历史有了新的认识，他告诉张兆和，"这次在上面所见到的情形，除了风景以外，人事却使我增加无量智慧。这里的人同城市中人相去太远，城市中人同下面都市中人又相去太远了，这种人事上的距离，使我明白了些说不分明的东西，此后关于说到军人，说到劳动者，在文章上我的观念或与往日完全不同了。"①

同时，他还说，"我们在大城里住，遇到的人即或有学问，有知识，有礼貌，有地位，不知怎么的，总好像这人缺少了点成为一个人的东西。真正缺少了什么又说不出。但看看这些人，就明白城里人实实在在缺少了点人的味儿了。我现在正想起应当如何来写个较长的作品，对于他们做人的可敬可爱处，也许让人多知道些，对于他们悲催处，也许在另一时多有些人来注意。但这里一般的生活皆差不多是这样子，便反而使我们哑口了。"②

但是，在他之后的创作中，我们并没有看到他笔下的"军人""劳动者"与之前的表现有何不同之处，同时，除了未完稿《长河》之外，我们并没有看到沈从文所谓的"较长的作品"。与回乡之前相比，甚至连关于湘西的短篇小说都明显减少，相反，他倒是以散文的形式（《湘行散记》），不断地反思湘西社会的人与事，而到了写作《长河》的时候，他已经开始了为湘西"匪区"正名的散文《湘

① 沈从文：《过新田湾》，载《沈从文全集》第 11 卷，北岳文艺出版社 2009 年版，第 215 页。
② 沈从文：《滩上挣扎》，载《沈从文全集》第 11 卷，北岳文艺出版社 2009 年版，第 171 页。

西》的书写，到后来，则干脆离开了"湘西"的主题，转向了对于社会、人生思考的《烛虚》的写作。这说明，经过回乡旅程中对于湘西的再认识，沈从文已经明显感受到了自己臆想中的"神庙"开始坍塌，"去乡下已经十八年，一入辰河流域，什么都不同了。表面上看来，事事物物自然都有了极大进步，试仔细注意注意，便见出在变化中那点堕落趋势。最明显的事，即农村社会所保有那点正直素朴人情美，几乎快要消失无余，代替而来的却是近二十年实际社会培养成功的一种唯实唯利庸俗人生观。敬鬼神畏天命的迷信固然已经被常识所摧毁，然而做人时的义利取舍是非辨别也随同泯没了。'现代'二字已到了湘西，可是具体的东西，不过是点缀都市文明的奢侈品，大量输入，上等纸烟和各样罐头，在各阶层间作广泛的消费。"①

从湘西回到北平之后，沈从文深切地感受到，湘西已非想象中的湘西，随着时间的推移，虽然吊脚楼中的男女（《一个多情水手与一个多情妇人》）还是与先前在《柏子》中看到的一样充满人情味，但是，地方并没有因为时间的流逝而进步。这让他不得不打破他在《边城》之前对于湘西的静止想象，以现实的态度反思自己当年所经历的人和事，这样，就不仅把自己的写作与湘西，以及民族的历史记忆联系在一起，同时，也为转向社会人生的思考提供了可能。

沈从文对苗族同胞的苦难认识也在这种反思中越来越清晰。早年的所见所闻不再是停留在臆想中的诗意，它变成了通往当前思考的途径。可以说，这趟湘西之行给了他重新反思湘西人事的机会。

辛亥革命给沈从文上了最现实的一课，就是可以对苗人进行随意屠杀，而自己的行伍生涯中，清乡所见的也不过就是把苗人捉来

① 沈从文：《长河·题记》，载《沈从文全集》第 10 卷，北岳文艺出版社 2009 年版，第 3 页。

随意砍头。然而，当年的沈从文对为什么要进行这样的虐杀并不明白，很可能，那时候他根本就不会区分苗人与汉人的身份问题。

"于是我就在道尹衙门口平地上看到了一大堆肮脏血污人头，还有衙门口鹿角上，辕门上，也无处不是人头。从城边取回的几架云梯，全用新竹子作成（就是把这新从山中砍来的竹子，横横的贯了许多木棍）。云梯上也悬挂着许多人头，看到这些东西我实在希奇，我不明白为什么要杀那么多人。我不明白这些人因什么事就被把头割下。我随后又发现了那一串耳朵，那么一串东西，一生真再也不容易见到过的古怪东西！叔父问我：'小东西，你怕不怕？'我回答得极好，我说'不怕。'我听了多少杀仗的故事，总说是'人头如山，血流成河'，看戏时也总据说是'千军万马分个胜败'，却除了从戏台上间或演秦琼哭头时可看到一个木头人放在朱红盘子里，此外就不曾看到过一次真的杀仗砍下什么人头。现在却有那么一大堆血淋淋的从人颈脖上砍下的东西。我并不怕，可不明白为什么这些人就让兵士砍他们，有点疑心，以为这一定有了错误。"①

尽管沈从文看出了这里面一定有了错误，然而，在当时，他却并不知道究竟在哪儿出了错误。直到1923年，时年21岁的沈从文路过沅陵时，才第一次从父亲那里听到自己的生身祖母原来是苗族人，而自己逢年过节前往"点亮"的祖母的坟头原来只是一座假坟！或许也正是在这个时候，沈从文才把那些被随意砍杀的人与自己的亲身祖母的民族身份联系起来。现在，当他再次回到湘西的时候，他看待问题的角度就明显发生了变化：在湘西当兵的时候，身处其中的沈从文，是根本无法去考量自己的民族身份与现实之间的关系

---

① 沈从文：《辛亥革命的一课》，载《沈从文全集》第13卷，北岳文艺出版社2009年版，第269页。

的，他们之间只有虐杀与被虐杀的关系。可是现在，作为知识分子的沈从文再次回到家乡，面对家乡的历史与人事，就明显增强了他作为知识分子的社会责任意识。

在他人讲述、自我验证、体验总结的过程中，沈从文把童年的创伤性记忆发挥到了极致。童年的记忆可以说是沈从文创作的不竭源泉，正像余华所言，"童年，就像把整个世界当作一个复印机一样，把这个世界复印到了你的一张白纸上，以后你做的都是一些局部的修改了，这儿修修，那儿修修，但它的那个基本的结构就是这样了。"① 但是，以童年记忆去唤醒生活欲望，并加以表现，这对于经典作家来说，并非仅仅只是如复印机一样对原物进行临摹，对原物的临摹可能具有历史意义，但并不一定具有文学意义。"没有作品的模仿，世界就不会像它存在于作品中那样存在于那里，而没有再现，作品在其自身方面也就不会存在于那里。"② 对生活的再现也意味着某种超越现实的原则，对于沈从文来说，童年现实生活的记忆一旦得到反刍的机会，他们就会从更深层的地方去理解人类的苦难，"这也就影响到我日后五十年的工作态度，在无形中就不赞成这种不公正的政治手段。到了我能够用笔来表达自己意见的时候，我就反映这个问题。"③ 正如拉康所言："人剥削他的同类；人在他的同类身上认出自己，人以不可磨灭的心理联系关联在他的同类身上。这种心理联系延续着他的幼年的确实是特定的苦难。"④

---

① 余华、王尧：《一个人的记忆决定了他的写作方向》，《当代作家评论》2002 年第 4 期。
② ［德］汉斯—格奥尔格·加达默尔：《真理与方法：哲学诠释学的基本特征》（上卷），洪汉鼎译，上海译文出版社 2004 年版，第 180 页。
③ 沈从文：《从新文学转到历史文物——一九八〇年十一月二十四日在美国圣若望大学的讲演》，载《沈从文全集》第 12 卷，北岳文艺出版社 2009 年版，第 383—384 页。
④ ［法］拉康：《超越"现实原则"》，载［法］雅克·拉康《拉康选集》，褚孝泉译，上海三联书店 2001 年版，第 82 页。

尽管沈从文把他早年的记忆作为他思考湘西现状的起点,并以超越现实的原则来重构湘西,但是,他对于湘西的书写仍然是以遗忘亲身经历作为代价的。

在《沅水上游几个县分》中,沈从文再次写道:"二十年间的混乱局面,闹得至少有一万良民被把头颅割下来示众(作者个人即眼见到有三千左右农民被割头示众),为本地人留下一笔结不了的血债。"①

对于一个靠勤奋成长起来的作家来说,在自己的文学创作中有意忽略了自己最重要的一段(从 13 岁到 21 岁)人生经历,反而站在局外人的角度来对此做出评判,这是无论如何都有些令人感到费解的。或许,沈从文当年的军旅生涯确实只是一个旁观者,与所见到的杀戮都毫无关系,但是,作为杀戮者集团中的一员,他对于这些杀戮的反思都是后来追加上去的,在他关于军队的叙事中,我们看到的都是事实,而没有任何细节。被细节化了的都是那些与杀戮无关的事件,而在敲诈勒索地方富绅的叙述中,也因为叙述重心的游移而偏离了事件本身。这样,在面对自己步入文坛前的大部分人生经历的时候,他竖立起了一道坚不可摧的记忆屏障,这个屏障抵御并置换了他对于早年行伍生涯所留给他的创伤性记忆,从而把"我"与"杀戮者"区别开来。

结　语

记忆的屏障也意味着对于记忆的抵制,以及对于记忆的遗忘书写,而遗忘书写正是对于记忆屏障的替换,这就要求作者找到某种

---

① 沈从文:《沅水上游几个县分》,载《沈从文全集》第 11 卷,北岳文艺出版社 2009年版,第 384 页。

象征表现来置换真实心理，于是，理想中的"湘西"形象也就顺理成章地成为沈从文用来治疗心理创伤的理想途径。但是，当他在1934年重返湘西，亲眼见到湘西在"常"与"变"中所表现出来的衰颓的时候，自己一手塑造起来的湘西神庙顿时轰然倒塌。尽管后来在《长河》中试图重建湘西社会，但是，他明显已经力不从心，现实的处境似乎再也不能让作家停留在主观臆想中，再去以抵制记忆的方式来进行遗忘现实的书写。他必须得面对现实，也必须去直面自己的人生经历。于是，《边城》在这个意义上就不仅是沈从文写给"边城"翠翠们的挽歌，它同时也是写给自己的挽歌。"这个人也许永远不回来了，也许'明天'回来！"的结尾，也正对应着他重返湘西之后流露出来的心态。对他来说，之前在小说中描绘的湘西优美的风土人情，也许因为这次返乡的现实思索，再也不能使他以"幻想"来治疗自己内心的创伤，面对湘西，他再也不能超然物外。

沈从文的创作经历事实上也证明了这一点，他在1934年回到湘西之后创作的变化，正是他既要抵制记忆，却又不能抛弃记忆，完全沉入遗忘性书写的表现。也正是这种表现，宣告了他笔下关于湘西世界的终结。

第八章　抵制记忆与遗忘书写:沈从文创作心理论(下)

一　作为统一的沈从文的文学世界

以作家们的感受为绝对之是,这已成为当前学界的普遍现象,于是,研究谁就一心一意地维护谁,成为普遍常识,在这种理念下,各个作家的研究者,因为对作家的喜爱而人为地屏蔽了作家自身存在的问题,力求让被研究者尽善尽美,这种现象已经严重制约了作家研究。沈从文研究亦然,在众多的传记以及专门性研究专著中,力求拔高沈从文的"湘西世界",而贬抑"都市社会"的论调甚嚣尘上。两个世界的划分,把沈从文的创作割裂了开来,如果不是为了佐证湘西世界的美好存在,都市社会似乎就没有任何存在的价值。这样的论调是否符合沈从文创作的实际,需要我们打通这两个世界人为构筑的藩篱,把湘西世界与都市社会当作沈从文创作的一个总体成果来进行研究,否则,就很难说对他的创作具有一个清楚的认识。

一直以来,沈从文的都市文化书写都被文学史有意或者无意地忽略,甚至认为这样的创作并没有独立意义。钱理群等人的《中国现代文学三十年》中写道:"沈从文仿佛有两套笔墨,能描绘出两种截然不同的现实。当他以乡下人的眼光，掉转过来观察商业化都市的时候，便不禁露出讽刺的尖刺来。描写都市人生的小说，实际上对于沈从文并没有完全独立的意义。"但是另一方面，又认为"1935年发表的《八骏图》可说是这一类小说的力作。……作者在此篇提出的都市'阉寺性'问题，是他对中国文化批判的最有力的一点。"①这种矛盾的叙述似乎表明，这部文学史的作者们在努力试图塑造一个统一的沈从文形象所付出的努力，但却又深感无奈。他们所中意的还是沈从文的"湘西世界"，但是，诸如《八骏图》这样的小说其实已经体现出了很高的文学价值与社会意义，成为文学史绕不开的话题，所以只能以百分比的方式，把沈从文的都市文化书写归结为没有独立意义。相似的论述也表现在夏志清的《中国现代小说史》中，夏志清认为，"在沈从文描写现代都市生活的小说中，讽刺性越明显，越不成功。"②从纯文学的立场来看的话，这样的论述不是完全没有道理，但是，如果从小说史与一个作家的整体创作来看，对沈从文都市文化书写的忽略显然是有待商榷的。而苏雪林的《中国二三十年代作家》（台北：纯文学出版社有限公司1983年版）中，则在"文体作家"的框架下对沈从文的都市文化书写毫无提及。这使得沈从文这个"文化大革命"后的"出土文物"尽管在文学史上获得了本应获得的地位，但是，却同时也遮蔽了沈从文创作的丰富性。

一方面，如钱理群与夏志清等人的文学史那样有限度地承认了沈从文都市文化书写的意义，另一方面，又同时认为这种书写没有独立意义。这种现实与其说是沈从文在文学史中面临的尴尬，毋宁说是文

---

① 钱理群、温儒敏、吴福辉：《中国现代文学三十年（修订本）》，北京大学出版社1998年版，第217页。

② 夏志清：《中国现代小说史》，刘绍铭等译，香港中文大学2001年版，第175页。

学史自身的尴尬。这种尴尬一直延续至今,最好的情形是,把沈从文的都市文化书写作为湘西世界的参照物,诸如朱栋霖等人主编的《中国现代文学史》就认为,"'乡下人'的目光既在一定程度上决定了沈从文小说的题材取向,也使其小说的两类题材在对立互参的总体格局中获得了表现。它们相互对比、相互发明,前者使后者'具有了理想化的形态',而后者则使前者'真正呈现出病态'。"①这种湘西世界与都市文化互证的说法有时候还会呈现出另外一种言说方式,"沈从文的小说描写了两个世界:乡村世界和都市世界。通过两个世界的对比,对都市文化进行批判,是作者的创作动机。"②

　　无论是以湘西世界的人性美人情美来证实都市文化的堕落与衰颓,还是以都市文化的堕落与衰颓来反观湘西世界的人性美、人情美,都有可能落入双手互搏式的公说公有理、婆说婆有理的循环中,到最后可能谁也说服不了谁。建构一个统一的作家形象,并使得这个作家形象简单、明了,这是学界孜孜以求的事业。然而作家们总是并不如人所愿,因为他们自身的生活经历与感受就存在着丰富性与复杂性,因而其创作动机也就可能千差万别,简单地把沈从文都市文化创作建立在互证式的批判上,可能是相当草率的。

　　这种草率也表现在把沈从文的都市创作归结为反抗自卑的表现。王晓明的《"乡下人"的文体和"城里人"的理想——论沈从文的小说创作》(载《文学评论》1988年第3期)、孔庆东的《试论沈从文的自卑情结》(载《中国现代文学研究丛刊》1989年第1期),都把沈从文的书写定义为反抗自卑的表现。笔者本人在之前的《抵制

---

① 朱栋霖、丁帆、朱晓进主编:《中国现代文学史(上册)》,高等教育出版社2012年版,第204页。

② 韩立群:《沈从文论——中国现代文化的反思》,天津人民出版社1994年版,第157页。

记忆与遗忘书写——沈从文创作心理论》（载《文学评论》2014 年第 3 期）中，也承认他的书写是一种从"反抗自卑到文学自觉"的表现，并分析了沈从文对美化湘西世界的创作心理，却没有顾及沈从文创作的连续性与丰富性，对他的都市文化书写以及为何会出现这种湘西世界与都市文化书写的分野的创作心理没有做出阐释，这对沈从文研究来说，其实是执其一端而不顾其余的。

应该承认，沈从文的创作确实有其反抗自卑的一面，但是这种自卑源自何处？它又是如何影响沈从文的创作的？对沈从文的都市文化书写与湘西世界的书写分野有什么内在联系？这些不仅仅只是一个文学事实，更是一种文学创作现象。如果我们不能透过这种文学现象来观照沈从文的创作，也就不能看到沈从文创作的复杂性与统一性（我这里所谓的统一性，是指把沈从文的湘西世界与都市文化书写看作是同一个人的书写，不是把他的都市文化书写当作阑尾一样可有可无），而只能含糊其辞。

沈从文的都市文化书写对于文学研究者来说，可能因为个人的好恶而可有可无，但是对于沈从文自己来说，这绝对不是可有可无的小事。任何一个作家的创作，哪怕是被读者认为最不值一哂的作品，对于作者来说也可能具有相当重要的意义，它们至少是作家心里最真实的感受。正是从这个意义上来说，沈从文的创作应该是统一的，而他关于都市文化的书写也不是可有可无的。在这样一种理念观照之下，尽管我们可以从文学的经典性上去对作家的创作有所取舍，但是，从个体作家的创作上来看，这种简单的取舍就显得相当不明智。文学史可以割裂一个作家的创作，但是文学研究不可以。如果说文学史解决的是哪些作品是经典的，而哪些作品是劣质的，但文学理论则应该解决作品怎么写，以及为什么这么写的问题。同时，文学史在选择作品的时候，至少应该给出读者理由，为什么要"顾此失彼"的原因，这就又回到了文学理论问题上了。

把沈从文的创作简化为两个世界的对立，诚然是事实，但是，我们还应追问，究竟是什么原因造成了沈从文的这种两个世界的截然分野？难道真的只是为了批判现代都市文化吗？更进一步说，谁是都市文化的代表者？如果都市文化在沈从文那里真的如此不堪，为何他当年会在那么恶劣的环境下仍然要留在都市？而不是回到他笔下那如诗如梦一般的湘西世界？

二　创伤心理与抗争书写

应该说，沈从文对都市文化本身的反感并没有如我们当前学界所认识的那样严重，甚至可以说，他是满怀激情进入都市的。按照沈从文的回忆性说法，他当年是怀揣着读书的理想进入北京的。当他的亲戚田真逸问他来北京做什么的时候，沈从文的回答是："我来寻找理想，读点书。"① 然而，沈从文的这个理想却在现实面前碰得头破血流，在沈从文的回忆性演讲中，他提到了两件当年的旧事，一件是考燕京大学，另一件是孙伏园弃稿。"我后来考燕大二年制国文班学生，一问三不知，得个零分，连两元报名费也退还。三年后，燕大却想聘我作教师，我倒不便答应了。"尽管他接着说，"不能入学或约我教书，我都觉得事情平常，不足为奇。"② 事实是，事情可能远不是沈从文自己所说的那么简单，在这种"不足为奇"的事后认知中，当年可能正带给了沈从文挥之不去且念兹在兹的心理

---

① 沈从文:《从现实学习》，载《沈从文全集》第13卷，北岳文艺出版社2002年版，第374页。

② 沈从文:《二十年代的中国文学》，载《沈从文全集》第12卷，北岳文艺出版社2002年版，第380页。

创伤。

沈从文在觉得进入大学成为一名大学生无望之前，已经想过进入清华大学，只是因为清华的"入学办法""并未公开招考，一切全靠熟人。"① 之后想去中法大学，却又因为交不起膳宿费用而只能望洋兴叹。应该说，未能顺利成为一名大学生，对沈从文的打击是相当大的，甚至已经到了触及他自尊心的程度。因此才有"三年后，燕大却想聘我作教师，我倒不便答应了"的叙述。这种不便，并非因为别的原因，恰恰来源于他对自己不是一个大学生，且当年考燕大时得了零分，还被退还了报名费而受伤的自尊心。

如果沈从文的回忆性演讲中所提到的时间上是准确的（这也是众多《沈从文传》所承认的事实），那么，1923 年沈从文燕大考试失败的三年后，无论从物质上还是精神上，他都没有得到一个相对宽松的环境。在这三年中，沈从文其实仍然为生活所困。在1924 年发表《公寓中》，1924 年、1925 年发表的《遥夜》，以及 1925 年发表的诗歌、散文中，那种极度压抑的生活描写比比皆是，尽管1925 年 8 月，经由林宰平、梁启超等人的帮助进入熊希龄创办的香山慈幼院任图书管理员，但是，他的生活，他的精神并没有得到多大改善，从他的《第二个狒狒》《用 A 字记下的事》《棉鞋》等小说中可以看到，这种精神的极度压抑感并没有得到减弱。事实上，直到 1926 年，沈从文仍然还在感受到"狒狒的悲哀"（《狒狒的悲哀》），所不同的是，他已经开始意识到自己写作的精神资源——湘西。但这并不意味着沈从文就从此过上了安稳的日子，迟至 1926 年10 月 11 日创作的《此后的我》中，他还在为身体不好，不能去做

① 沈从文：《二十年代的中国文学》，载《沈从文全集》第 12 卷，北岳文艺出版社 2002年版，第 378 页。

土匪而惆怅，而在此之前的《致唯刚先生》(《晨报副刊》1925 年 5 月 12 日)，以及 1926 年 8 月 2 日发表在《晨报副刊》上的《〈第二个狒狒〉引》中，同样也在为是否继续回到部队而犹豫不决。在这样的生活环境下，如果能够变换工作环境，去燕大教书，自然是一个千载难逢的好机会。既可以摆脱居无定所的漂泊感，又不用再过着寄人篱下的生活，对一个时刻感受到"狒狒的悲哀"的人来说，要拒绝这样一份工作，确实不能简单地以"不便答应"来作为他做出决定的理由。唯一的理由，可能正如金介甫所说，"沈感到太丢面子，没有去成。"①

也正是在顾颉刚等人想让他进入燕大教书的 1926 年，沈从文写下了《重君》这样一个以毕业大学生为主人公的小说。小说中的重君，从大学毕业后做着各种美梦，醒来却照样要面对愁苦的生活，这是否给了沈从文某种心理安慰？既然成为一名大学生并不会让自己的生活变得更好，一纸文凭也改变不了和自己一样的愁苦命运，那么，是否成为一名大学生就不再是一件多么令人羞耻的事情了。从某种意义上说，《重君》的这种书写方式为沈从文立足都市注入了一针强心剂，至少也达到了某种"自欺"的目的：进入大学成为一名大学生，在毕业后的处境尚且如此，那么，从谋生的功利角度来讲，三年前的入学考试所得的零分也就不再是一件丢人的事情。然而，谋生之道是一回事，是否以一个零分老师的形象站到大学讲台上去又是另一回事。

沈从文的这篇小说显然是主观想象的结果。很可能，沈从文这样的感受更多的来自他的姐夫田真逸的谈话，"北京城目下就有一万

---

① ［美］金介甫：《沈从文传》，符家钦译，湖南文艺出版社 1992 年版，第 62 页。

大学生，毕业后无事可做，愁眉苦脸不知何以为计。大学教授薪水十折一，只三十六块钱一月，还是打拱作揖联合罢教软硬并用争来的。大小书呆子不是读死书就是读书死，哪有你在乡下作老总有出息！"[1] 但无论当时的大学毕业生事实情况如何，这样的心理描写事实上承接了沈从文初到北京时候的感受。与之前在《公寓中》《月下》《小草与浮萍》《到北海去》《遥夜》《一天》……文中的感受是一脉相承的。尤其是梦中对女性的渴望，完全可以当作是《公寓中》那种对女性梦寐以求的渴望的复制性书写，所不同的是，《重君》拉长了那种渴望，也深化了自己的渴望。更何况，就算是出于事实为依据，这样的描写显然也只是极少数的个案。这使得我们有理由认为，《重君》这样的小说在某种程度上具有修复他未能进入大学学习的心理创伤的功能。

在沈从文的内心世界中，其实一直为自己不能成为一个大学生而耿耿于怀。当唯刚（林宰平）以《大学与学生》来对沈从文的《遥夜（五）》作出回应的时候，沈从文说，"可惜为并不是个大（中也不）学生。……我虽不是学生，但当先生说'听说是个学生'时，却很自慰。想我虽不曾踹过中学大门，分不清洋鬼子字母究竟是有几多（只敢说大概多少个吧），如今居然便有人以为我是大学生；既有人以为我是大学生，则果有能力返到旧游地时，便很可扛着大学名义搏去，不必再设法披什么灰衣上身了。"好在"写文章不是读书人专利"[2]，这使得沈从文尽管以未能进入大学成为一名大学生为憾，但也不再醉心于此。作为知识技能的大学生涯被沈从文置

---

[1] 沈从文：《从现实学习》，载《沈从文全集》第 13 卷，北岳文艺出版社 2002 年版，第 374 页。

[2] 沈从文：《致唯刚先生》，载《沈从文全集》第 11 卷，北岳文艺出版社 2002 年版，第 39 页。

换成了通过学习之后谋求生活的一种手段，在这种情况下，是否拥有大学学历就不再是人生的必要经历，抱着想要寻找理想、读点书的目的来到北京城的沈从文也就此可以放下考试得到零分的耻辱感。可以说，此前姐夫田真逸的谈话以及现在被大学教授当作大学生的经历，在某种程度上把沈从文因为从未能进入大学学习的自卑情绪中解救了出来。但在同时，在沈从文的潜意识中，已经把"写作的专利"与"读书人"（也即受过专门教育的知识分子）对立了起来。这种对立所带给沈从文的影响，在他之后的创作中越来越明显地表露了出来。

对于沈从文的都市文化书写，《重君》这篇小说是应该受到重视的。如果说他的《槐化镇》开启了沈从文的湘西书写的闸门，让他找到了自己写作的精神资源的话，那么现在，《重君》则打开了沈从文审视知识与学历的阀门。

三　抵制创伤记忆下的"读书人"

当萧选青让沈岳焕表字崇文的时候，沈岳焕当时可能并没有意识到这个表字对他未来人生的意义，及至当他到达北京，在小客店的旅客簿上写下"沈从文二十岁学生湖南凤凰县人"[①] 的时候，他才把自己的名字确切地与自己的未来出路联系在一起。从文，即意味着要先做一名大学生，这是沈从文当年最为原初的想法。然而，迟至 1926 年 5 月 6 日发表《还愿——拟楚辞之一》的时候，我们还能看到，这个最开始一心想要脱离军籍进入大学校门的湘西人，还在用着"小兵"的笔名来发表文章。沈从文第一篇以小兵署名的文

---

① 沈从文：《一个转机》，载《沈从文全集》第 13 卷，北岳文艺出版社 2002 年版，第 365 页。

章是 1925 年 10 月 24 日在《晨报副刊》上发表的《扒虱》，这时候，是在林宰平发表《大学与学生》五个多月之后。从时间上来看，沈从文此时不仅不再把当兵与学生两种身份对立起来，反而已经开始慢慢地接受自己的军人出身，把两者放到一个平等的位置上了。

认同自己的军人出身，不仅为沈从文之后不断回到湘西世界，书写自己的从军经历，以及湘西的风土人情打下了感情基础，同时也把自己彻底地与接受专业教育的学生知识分子对立了起来。这远不只是为了建立一种精神上的共同体，而是为了把自己与大学生，与经受过专业训练的知识分子划开界限。这样做的原因并非因为那些人曾经伤害过他，而仅仅只是出于一种酸葡萄心理。尤其是当他在回忆起姐夫田真逸对他的谈话，以及林宰平在《大学与学生》中提到的大学生问题，这使得沈从文非常坦然地面对自己曾经孜孜以求的大学生身份问题。更为关键的问题是，当他发现，作为大学教授的林宰平误把自己与大学生放在一起的时候，小兵和学生之间的鸿沟一下子就荡然无存了：原来自己这个小兵并不比大学生差多少，甚至还有超越当前大学生的地方。尤其是当所有问题最终落实到生存这个根本性问题上的时候，学历，以及由此产生的职业区别，就不再成为一个不平等感受的根源，这使得沈从文迅速找回了失落的自信。

自我认同于自己的小兵身份，同时又自我认同超越了大学生群体，进而扩展至整个接受过专业知识训练的知识群体，使得沈从文既认同自己的军人出身，又以超然事外的态度来书写自己的从军经历；既置身于知识界，但又以不是知识分子同时又超越于知识界的态度来批判自己曾经崇敬的群体。

心理创伤一旦被修复，知识分子群体便被拉下了神坛。如果说

《重君》中沈从文笔墨的重点在于大学毕业生的生存处境,恋爱只是生存处境中的一大难题而已,那么,慢慢地,男女学生们就整天只为爱与欲发愁了,《蜜柑》中的三角恋为大学生活中的无聊奠定了基调,同时也为日后写《八骏图》展开对教授群体的围攻打下了基础。在沈从文看来,大学生进入大学并非为了学习科学文化知识,男子为了升官发财,女子为了能够学习恋爱好以后嫁个好人家。"在此我们知道一个中学生所想的是什么事,毕业,升到大学去;男子入四维大学,女子入闺范大学;男子学政治经济好做官,女子学跳舞好美,这是自然的,正当的。但是还有一个正当的想头是什么?是恋爱。"① 沈从文对大学生的批评最为用力的是关于他们的恋爱,而对恋爱的批评中,他又集中于描写男子们的心痒难耐而在行动上又畏畏缩缩,只能靠《爱的法宝》来作为他们尝试如何去爱的行动指南。

对大学生的不满必然导致对学校以及大学教授们的不满,这似乎是绑在一块的蚂蚱一样顺理成章的事情。沈从文为大学取的校名显露了他对大学教育的不齿。所谓四维大学,最直接的出处就是《管子·牧民》:"国有四维,一维绝则倾,二维绝则危,三维绝则覆,四维绝则灭。倾可正也,危可安也,覆可起也,灭不可复错也。何谓四维,一曰礼,二曰义,三曰廉,四曰耻。"② 以礼义廉耻来培养大学生当然没有问题,问题是,当这些学校的学生表现出无礼无义无廉无耻的时候,这个大学的存在本身就陷入了万劫不复的深渊;而女子闺范大学的存在,则完全成为新时代的旧事物。如果我们再把他命名的"培满"中学联系起来,这些大学的存在就显得更有意

---

① 沈从文:《乾生的爱》,载《沈从文全集》第 1 卷,北岳文艺出版社 2002 年版,第 206—207 页。

② 李山译注:《管子·牧民》,中华书局 2009 年版,第 4 页。

思。民国之前是清朝，所谓"培满"，在沈从文看来，不过是培养封建帝制时期的人物罢了。难怪沈从文会说，"培满这类学校原就专为造就让人爱的年青女子！"① 而所谓的艺术学校，"这真可以说是糟蹋时间同金钱的一件事。……成天在钢琴边弹奏顶粗俗的曲子，就觉得这真不但是糟蹋了自己，也同时糟蹋别人的空间了。"②

有谁能够想到，多年之后，蒋介石会以"礼义廉耻，国之四维"来提倡"新生活运动"？前后对照，无异于一个笑话。然而，沈从文的初衷并不在于完全以这种对青年学生的嘲讽来表达自己曾经的羞耻，也并非完全以此来表达自己这个未能进入大学校门的文学青年获得了与学生们相等地位的精神胜利，而是实实在在落实到了自己的情感体验上。事实上，沈从文对女子的看法，与其说是来自他对学生的观察，毋宁说来自他自己的感悟。对原本就多情的沈从文来说，情欲得不到满足，是与生存得不到满足一样的痛苦，自从经历了沅州的"女难"来到北京之后，他对女性的呼唤更是跃然纸上。一旦独处，那种渴望就会诉诸笔墨，到最后发展成为手淫。1928年7月13日的日记中写道："一事无作只是心中涌着一些东西。说是十天把生活的方向转动，如今是怎样的尽了力？在这十天中，只是躺在床上流汗把日子度过的了。其间作了两次坏事，是白天。人却似乎不怎样疲乏？可是更坏的是莫名其妙竟对于房东女儿动了心。"③

性欲问题已经变得与生存问题一样重要，是否有爱并不重要。

---

① 沈从文：《看爱人去》，载《沈从文全集》第1卷，北岳文艺出版社2002年版，第219页。

② 沈从文：《善钟里的生活》，载《沈从文全集》第3卷，北岳文艺出版社2002年版，第442页。

③ 沈从文：《不死日记》，载《沈从文全集》第3卷，北岳文艺出版社2002年版，第409页。

情欲的冲击，显然已经使得沈从文到了近乎忘我的程度，但是，不能得到满足的现实又使得他加倍地表现出对女人的不满，进而至于对整个接受着教育的知识群体的不满。这两者在沈从文的笔下得到了极富张力的表现。到了《八骏图》《有学问的人》之后，沈从文对知识群体的批判节节升高，开始通过自己的想象并超越于自己的内心体验来建构自己所面对的群体，成了类乎庄生梦蝶的精神写作：他已经开始活在了他想象的世界里了。这些"有学问的人"们各各以其虚伪的道德感来应对自己的性本能，知识精英们在面对欲望的时候，只能"阉鸡"似的进行精神意淫，每个人都有着一种"近于被阉割过的寺宦观念"。①

把自己的性欲问题与大学知识群体联系起来，并由此而把自己的性欲问题不断投射到知识分子群体身上，这其实和沈从文当年的处境是密切相关的：还有什么场所比大学里的女学生更为集中的吗？而当这种集中了众多女性的场所并非自己所能跻身其中的时候，这样，对大学中男性知识分子的嘲讽也就势必在所难免。

沈从文并不是一个内省的作家，这使得他的创作与陀思妥耶夫斯基这样的哲理性作家有很大的不同，他是靠激情和人生经验来写作的。这使得他的文学创作更多地指向自己的内心世界，除开人生经验，他很难在文学上有更深更宽的开拓。但他同时也深深地知道，仅仅只是一己的体验，很难获得读者大众的认可，于是，他必须自圆其说，希望能够把自己的人生经验放大成所有读者的社会经验，并以此来掩盖自己精神上和肉体上的反应表现在写作中的局限。越到后来，便越是渴望从这种人生局限中提炼出社会性的普遍意义。

---

① 沈从文:《八骏图·题记》，载《沈从文全集》第8卷，北岳文艺出版社2002年版，第195页。

"从'五四'到如今，廿年来由于这个工具的误用与滥用，在士大夫新陈代谢情形中，进步和退化现象，都明明白白看得出。其属于精神堕落处，正由于工具误用，在受过高等教育的公务员中，就不知不觉培养成一种阉宦似的阴性人格，以阿谀做政术，相互竞争。这相互竞争的结果，在个人功名事业为上升，在整个民族向上发展即受阻碍。同时在专家或教育界知识分子中，则造成一种麻木风气。"[1]

沈从文从来没有认为他批判了这个世界，也就是批判了他自己。因为他不是一个经受过专业知识训练的知识分子，但他同时又以写作而跻身于这一群体，使得他变成了一个既是，但同时又不是的"跳出三界外，不在五行中"的独立个体，这个个体便是他批判知识群体的力量源泉。他所渴望的"再造文明"，因为受到自身的学识修养的束缚，其实也就成了无本之木。沈从文选中的"精神文明"绝非一般意义上的文化知识，相反，他对知识阶层的抨击让人觉得毫不留情，知识分子在他笔下不再是五四新文化运动以来所表现在现代文化史上的精英形象，而是一群形象猥琐，"雄身而雌声"的"阉宦"[2]，他甚至把当前国家的混乱局面也归结到知识分子头上，"从五四起并不是国民党来提纲挈领，完全是一二十个大小书呆子各凭所见所信，形成的一种重造憧憬，就眼目所及的一些书籍和国际流行出版物，参考学习，铺敷个人的信念。而且一切进行，如谈解放中的'非孝''非孔'，动机与基础，又差不多都建立在一个天真稚气直觉情感上，正等于从一片新开垦或竟仅仅自由圈定的黑土上，毫无计量随意将'否认过去和当前'的种子撒去。年青人的纯洁脑子，正唯其像东北黑土，凡是撒下去的种子都无不在阳光雨露交替

---

① 沈从文：《长庚》，载《沈从文全集》第 9 卷，北岳文艺出版社 2002 年版，第 39 页。
② 沈从文：《长庚》，载《沈从文全集》第 12 卷，北岳文艺出版社 2002 年版，第 36 页。

中向上生长。因之到了一个相当时期,就见出野草怒生的情形。"①
然而,如何重造文明?这对沈从文来说,却是一个浮现于理想之外
的遥远星辰。

四　都市文化对湘西世界的启示

在既往的研究中,无论是文学史还是其他的各色研究,都把沈
从文的作品理解为"湘西世界"与"都市文化"的对立式书写,这
给我们造成了一种错觉,即:沈从文似乎只是为了在都市中获得某
种批判都市文化的能力,才一直坚定地立足于都市的。但问题的另
一面是,学界同时又注意到了沈从文在都市社会所遭受的心理创伤,
并把这种创伤理解为他有关于都市文化小说创作的动力,为了反抗
自卑,沈从文才开始了他的都市书写。沈从文的自尊心并没有我们
后来的研究者所强调的那么强烈,他其实一直在为如何生存,如何
更好地生存,保存自己而挣扎,而奋斗,却从来无心为了自己的那
点自尊而内省过。无论是先拒绝燕大的教职,后来又主动写信给胡
适谋求教职,还是他的不断写作,挣钱养家糊口,还是 1948 年遭到
郭沫若等人的批判而割腕自杀,他都在为这个最基本的目的而奋斗。
自卑感首先要建立在强烈的自尊之上。一个自尊心并没有那么强烈
的人,怎么可能会生出那么多的自卑?

必须把沈从文后来的自杀未遂看着是他生命历程中的一环,把
他的写作当作他生命情感与行为处事的一种表现,否则就很难理解
这个人的一生。显然,沈从文的自杀行为并不在于一种意识到自己
落伍后表现的"自绝于人民",更非是对之前创作的反省,而仅仅只

———————————

① 沈从文:《芸庐纪事》,载《沈从文全集》第 10 卷,北岳文艺出版社 2002 年版,第
242—243 页。

是迫于形势造成的精神压力。自杀行为的动机之所以重要，就在于它清楚地告诉我们，如何争取活下去，自始至终都是沈从文最为看重的问题。他的自杀行为并不具备多少形而上的意义，之所以想死，完全是因为想要活下去。它与自尊还是自卑都没有多少关系。

王晓明认为，"只有服膺于一套足以与城市的价值标准相匹敌的另一种标准，他才能毫无怯意地走进城市；也只有确信自己在某一方面比那些绅士高出一头，他才能安心地与他们坐在一起。而从他当时的意识范围来看，恐怕唯有对家乡的记忆才能向他提供这样的精神支柱，只有从湘西的风土人情当中，他才能提取出与都市生活风尚截然不同的道德范畴；他那渲染牧歌情致的热情，主要正是源发于这样的隐秘心理。"① 这样的论断首先是把沈从文与城市知识分子对立起来，进而把"湘西世界"与都市文化对立起来。从逻辑推理上来说，这样的论断没有一点问题，可问题是，在现实生活中，沈从文并没有把自己与那些城市知识分子对立起来过。要知道，在沈从文走投无路的时候，他写信求助的正是在北大教书的郁达夫，而在之后的日子里，林宰平、徐志摩、顾颉刚等人更是或多或少给了沈从文很大的帮助，到了 1928 年，沈从文还写信给胡适，希望能够到中国公学去教书，诸如此类的事情我们可以看出，把沈从文的都市书写看作是反抗知识分子的精神压迫，显然是违背常理的：从沈从文对他们的感情来看，也显然是不符合实际的。他对城市与湘西的两重书写，其实也只是因为，他在城市里没有得到满足的欲望，必须得到平衡，所以才有湘西的人性，才有湘西男女的粗犷。

然而，就算如此，当我们面对"湘西世界"与"都市世界"的

---

① 王晓明：《"乡下人"的文体和城里人的理想——论沈从文的小说创作》，《文学评论》1988 年第 3 期。

时候，这种二分法也呈现出严重的人为偏见："湘西世界"真的如学界所标榜的那么美好吗？这需要我们比照这两者的"真实"情况来认真分析。我这里所说的真实，不是指社会现实，而是就沈从文文学文本中的"真实"。沟通这两个"真实"的桥梁是沈从文对女性的态度。

在《不死日记》中，沈从文写道："女人是瓶子，是罐子，凡在其底贴上了字条，写着'为我所有'字样，便有了这女人了。一些人，是不问这瓶罐愿意与否，设法将这东西底子翻露，勉强贴上这一类字条，而使女人承认她自己属于某某的。能干人则虽明知这瓶底业已有别人贴过字条，却将那新字条贴到那字条上去，终于把这女人又引归自己有的。要这些瓶瓶罐罐作主，说谁是它主人，这无从办到。瓶罐的口与心是为容受水或烧酒白糖用的，女人的心则只为容受男子爱情而有；女人的口那不过是最适宜于擦得绯红，接吻一样东西罢了。"① 在学界，我们一直坚持认为沈从文对都市文化的批判，就是对都市知识分子"侍宦""阉寺"人格的批判。这显然是毫无保留地接受了沈从文自己言说的结论，但问题是，沈从文自己那么认为，我们是否就应该必然那么接受？再则，沈从文对都市人生的认定在多大程度上分享了他自己的切身经历与感受？最后，当沈从文在《都市一妇人》《绅士的太太》等小说中开启他对都市女性生活方式的批判的时候，又在多大程度上分享了沈从文自己的观点？前面两个问题我在前文已经谈到，现在我要专门就女性问题来讨论沈从文的"湘西世界"与"都市世界"两者间的区别。

把女人器物化，作为一个不具备理性、任由男子霸占的物体，

---

① 沈从文:《不死日记》，载《沈从文全集》第 3 卷，北岳文艺出版社 2002 年版，第 405 页。

这一方面自然反映出了沈从文在都市世界里情欲未能得到满足的环境下，因爱生恨的心理状态，但也同时暴露了沈从文对待女性的观念：除了满足男人的欲求之外，女人近乎一无是处。如果说我们把沈从文对知识群体的评价认为是理所当然的，那么，我们又应该如何来评价沈从文这种女性观念？然而很遗憾，学界似乎对沈从文的女性观一点也不关心，如果这不是来自一种与沈从文类同的男权观念，那么，我们又有什么理由对沈从文的这种女性观念视而不见呢？

沈从文的这种女性观念并非仅仅只是针对都市社会，事实上，在学界一味认同的"湘西世界"里，同样暴露无遗。《雨后》中，不识字的四狗"进入"有文化的女性身体的故事，在某种程度上正好成为沈从文浇胸中块垒的载体。如果我们结合沈从文在《不死日记》中对女性的感受，那么，《雨后》这个小说文本可以说是一个具有强烈隐喻性的文本。"四狗"这个名字不仅意味着他是一个"乡下人"，与知识女性的野合同时也象征着他对知识群体精神上的主导地位。因此，这个女性也就不只是一个性别，而是同时承载了女人与知识的复合体。于是，正如小说中的女主人公自己所说，"女人敢惹男子吗？"① 这个进入女性身体完成野合的"乡下人"，不仅在两性关系中占据了主导地位，同时也犹如一根打入文化阶层的楔子，以性的方式把知识群体牢牢地钉在自己的身体下面。

在"湘西世界"，这种连女性都意识到的赤裸裸的男权主义并非孤例。沈从文的书写证明：湘西世界并非所有人的王道乐土，它只是男人的天堂。女人的快乐是建立在男人快乐的基础上的。萧萧被

---

① 沈从文：《雨后》，载《沈从文全集》第3卷，北岳文艺出版社2002年版，第275页。

花狗引诱怀孕后，花狗逃走了，只留下萧萧一个人面对自己未知的命运；如果萧萧生下的孩子不是男孩，而是一个女孩，那么，等待这个女人的命运将是何其悲惨！而萧萧之所以能够逃脱被批判的命运，与"都市一妇人"划开界限，恰恰得益于她与小丈夫的无性生活，这种无性生活在沈从文看来当然是一种对人性的压抑，而湘西的人性，很大程度上正建立在这种性欲的满足之上。这成为一面对照都市知识群体"阉鸡"性格的镜子。湘西男人的快乐，以及为学界所津津乐道的那点优美人性，正是因为有着"戴水獭皮帽子的朋友"，"当他二十五岁左右时，大约就有过一百个女人净白的胸膛被他亲近过。"① 而堪称支撑了沈从文湘西理想的《边城》中，翠翠这个"天真活泼"的"小兽物"，却成为大佬与二佬的赌注，当他们在并没有征得翠翠同意的情况下，决定以唱山歌（二佬以大佬和二佬自己的身份轮流给翠翠唱）的形式来争取翠翠回应的时候，如果翠翠不小心把代表了大佬身份的歌声当作二佬，二佬就得退出这场爱情争夺，二佬在让渡自己爱情的权利的同时，也得让渡翠翠的爱情。在这个过程中，翠翠不过是一件可以转让的物品。两个自以为是爱着翠翠的男人，却从来没有考虑过翠翠自己的想法。更有甚者，是《三个男子和一个女人》中那种对死者极不尊重的"恋尸"行为，不仅没有受到鞭挞，反而被学术界认为是"人性"的展现，"这种结合表面看似肮脏、猥亵、违反人性的，但在事实上却是对扭曲自然人性的社会制度所规定的人物命运的真正超越，是爱与美在畸形状态下的实现。"② 从女性的立场来看，"湘西世界"显然是沈从

---

① 沈从文:《一个戴水獭皮帽子的朋友》，载《沈从文全集》第11卷，北岳文艺出版社2002年版，第223页。

② 王继志:《沈从文论》，江苏教育出版社1992年版，第226页。

文在都市社会欲求不满的情况下的产物，它是一个属于男人的湘西。这个世界在精神上弥补了沈从文在都市社会中情欲得不到满足的缺憾。

结　语

应该说，沈从文的"湘西世界"与"都市世界"并非两个完全对立的世界，这两个世界并非神经分裂症患者的产物，而是具有某种连贯性、一致性；"都市世界"也并非沈从文可有可无的作品，而是承载了他自身欲求不满的创作心理。以知识群体作为批判对象的书写，并不能简单地归结为是对"都市文化"的批判，知识群体是代表不了所有的都市文化的，至少，沈从文自己也相当清楚，因为在他寄居在北京的时候，本以赚钱为目的的旅店老板就有过承受不了房客长期拖欠房租而关门倒闭的事情，从这一点来看，"人性"这个东西并非为某个区域所独有，更非为某籍人士所独占。而都市社会中的知识群体对于性爱的幻想，原本就与湘西世界那些野性勃勃的男人并没有本质上的区别。所谓的"侍宦""阉寺"性格，也并非完全是出于懦弱与无能——要知道，沈从文早期在进入都市生活后，面对女性也不敢表白，而是靠手淫艰难度日。——它不过只是因为接受文化教育之后，潜意识中不得不顾及的礼义廉耻。沈从文对这一现象的不满，其实正折射出他未能进入大学成为一名大学生，接受专业知识训练的深深自卑。

第九章 自由的限度:《边城》再解读

对于《边城》中的婚姻爱情关系,凌宇先生在其《从边城走向世界》一书中谈道,"在翠翠和傩送之间,站起了那座碾坊,一种物化的人格力量。在它上面,凝聚了封建买卖婚姻的本质。"①在这里,凌宇先生首次提出了他的"封建买卖婚姻"说。沈从文百年诞辰之际,他再次撰文重申了这一思想,认为"车路—马路、碾坊—渡船两组意象的对立与冲突,在本质上便是苗汉文化的对立与冲突",因为"走车路"的媒人提亲被认为是汉族地区的"封建婚姻形态",而"走马路"以歌传情则被认为是"苗族社会中一直保存并延续至今的原始婚恋形态"。而碾坊,是"买卖婚姻的象征——团总女儿以一座崭新碾坊作陪嫁,其收益,顶十个长工干一年;而渡船,则是'一个光人',即除了人之外,一无所有。——《边城》在骨子里,是一场苗汉文化冲突的悲剧。"②这种对碾坊的象征性解读得到了学界的广泛响应,严家炎先生在其《中国现代小说流派史》一书中几乎全盘接受了这种观点,认为

---

① 凌宇:《从边城走向世界》,生活·读书·新知三联书店1985年版,第243页。
② 凌宇:《沈从文创作的思想价值论——写在沈从文百年诞辰之际》,《文学评论》2002年第6期。

《边城》："透过种种误会和偶然机缘，在原始淳朴的民情这一背景上，深切揭示了悲剧的真正原因在于另一种与此不调和而又难以抗拒的力量——封建买卖婚姻的力量：团总女儿作为陪嫁的那座碾坊，毕竟胜过破旧的渡船，因而成为翠翠与傩送幸福结合的不可逾越的障碍。通过这一出湘西小儿女不能自主地掌握命运的人生悲剧，作者寄托了民族的和个人的隐痛。"[①] 黄修己在他主编的文学史中，对凌宇的观点有所发展。他认为"原始的民族性与封建宗法关系交织在一起，而金钱关系也必定冲击着原来相对封闭的民族生存环境和人们的心灵""翠翠和傩送爱情悲剧的根源正在于原始的、纯真的民族道德观念，包括爱情婚姻传统观念与客观现实的矛盾，这里边不仅存在封建宗法关系，而且资本主义关系正渐渐侵入"，因而"民族古老传统受冲击正急剧销蚀、崩溃"。[②] 刘洪涛先生在其《〈边城〉与牧歌情调》一文中也认为："现实因素对田园景观的渗透，在《边城》中表现为碾坊所代表的金钱交换关系对纯洁爱情的破坏。""在第十九节，碾坊和渡船再次交锋。沈从文在此处将中寨团总女儿与二老婚事还原成赤裸裸的金钱关系"。[③] 基于此，本章试图从碾坊意象入手，通过辩难梳理碾坊在《边城》中的作用，进而考察"边城"的自由形态。

一 碾房：象征还是诱惑

不能否认，沈从文的某些作品确实反映了凌宇先生所说的"苗汉文化冲突"，如创作于1929年前后的《月下小景》《神巫之爱》

---

① 严家炎：《中国现代小说流派史》，人民文学出版社1989年版，第220页。
② 黄修己：《20世纪中国文学史（上卷）》，中山大学出版社1998年版，第342—343页。
③ 其原文是沈从文把这种关系还原的，但是，从我后面的论述里，我们就会看到，与其说这是沈从文还原了这种金钱关系，倒不如说是我们后来的评论者追加上去的。

和 1932 年的《凤子》，但是，具体到 1934 年的《边城》，说其"在骨子里，是一场苗汉文化冲突的悲剧"，似乎就有了问题，或者我们至少可以说，碾坊不能作为这一冲突的象征来解读。笔者认为，在《边城》中，碾坊不是索取物，而是赠予物。首先，碾坊不是作为婚姻成立与否的前提条件介入的，而是伴随着（在二老与团总女儿婚姻成立的条件下）婚姻的陪嫁妆奁，并非以提亲用的聘礼出现在文本中。且文本里熟人和老船夫的对话也明显认可碾坊是陪嫁物①。其次，傩送是男人而非女人，就算我们不用考虑性别问题，团总也没有要求先把二老"娶"过去，再把碾坊给船总顺顺。由是观之，确认"碾坊，是买卖婚姻的象征"似乎言过其实。

在文本中，碾坊与渡船并无"买卖婚姻"的象征意义，而只是诱惑的大小。要渡船与要碾坊没有高低优劣之分，而只有财富的多寡之别：都是作为结婚时与女方一起的陪嫁物出现的。傩送对爱情的选择，无关涉陪嫁物。② 我们完全可以假设一下：把翠翠和团总女儿的身份互换，如果翠翠是团总女儿，而团总女儿换成老船夫的孙女，在同样以一座新碾坊作为嫁妆的情况下，傩送会想着要碾坊还是渡船？按照《边城》里傩送对翠翠以及翠翠对傩送的感情逻辑来看，傩送要的只是翠翠这个人，而附带着人的陪嫁品并不重要。如果我们承认这一点，那么，把碾坊看作"封建买卖婚姻的本质"似乎就有待商榷了。走"车路"还是走"马路"固然突出了两种民俗在面对爱情时的冲突，但是，如果在两情相悦，双方家长也不是极

---

① 沈从文：《边城》，载《沈从文全集》第 8 卷，北岳文艺出版社 2002 年版，第 104 页。

② 此语有文本为证。在《边城》中，中寨来顺顺家要回信，顺顺问及二老意见时，二老说道："爸爸，你以为这事为你，家中多座碾坊多个人，你可以快活你就答应了。若果为的是我，我要好好去想一下，过些日子再说它吧。我尚不知道我应当得座碾坊，还应当得一只渡船；因为我命里或只许我撑个渡船！"参见沈从文《边城》，载《沈从文全集》第 8 卷，北岳文艺出版社 2002 年版，第 139 页。

端"专制"① 的情况下，最多也就只剩下路数的不同而已。更进一步说，如果说"车路"靠媒人提亲是汉族的婚姻模式，碾坊是买卖婚姻的象征性证据，那么，在《龙朱》里面，作为具有正宗苗族血统背景的龙朱在经过唱歌互通情意之后，同样以"三十只牛三十坛酒下聘，作了黄牛寨寨主的女婿"，又是不是买卖婚姻呢？"三十只牛三十坛酒"的数量和一座碾坊的价值究竟相差多少？再有，在小说第十节里，作者就借人之口反复强调娶王乡绅家女儿与娶老船夫的孙女在物质上的所得并不会有什么区别，"别说一个光人；一个有用的人，两只手敌得过五座碾坊。""横顺人是'牛肉炒韭菜，各人心里爱'，只看各人心里爱什么就吃什么，渡船不会不如碾坊！"② 或者，五十步的渡船与一百步的碾坊，我们究竟应该对谁作出批判？我们完全可以不用考虑团总或者船总是否具有汉族血统，因为《龙朱》中黄牛寨寨主的女儿就是花帕苗，两个苗族的年轻人尚需以下聘的方式结合，以此反观《边城》，把碾坊说成是"买卖婚姻的象征"，并以此推出这是一场苗汉文化冲突的悲剧，就显得有些拔高问题意识的嫌疑。或许，我们还可以找另外一座碾坊来作为参照物，在小说《三三》中，"一个堡子里的人，都愿意得到这糠灰里长大的女孩子作媳妇，因为人人都知道这媳妇的妆奁是一座石头作成的碾坊。"在这里，碾坊照样是作为"妆奁"出现的，三三家的碾坊与团总家的碾坊并没有任何质的区别。妆奁之物只是作为一种风俗习惯而存在，这在《三三》中写得很明白："按照一乡的风气，在女人未

① 在《边城》中，双方的家长也并不能让我们看出"专制"的端倪来，从文本中，我们也多少能够看出双方家长的"民主"性。这一点凌宇先生自己也是很清楚的，在《从边城走向世界》里，他就认为："在翠翠与傩送的主观精神方面，没有虚假、动摇与情感更移，也不存在双方家长的强行干涉。"（第241页）因此，就小说文本逻辑来看，就算走了"车路"，双方家长也应该考虑到自己孩子的"利益"，况且，大老二老最终选择的是走"马路"。

② 沈从文：《边城》，载《沈从文全集》第8卷，北岳文艺出版社2002年版，第108页。

出阁以前,有展览妆奁的习惯,一寨子的女人都可来看",可见,团总家的碾坊也只是一种妆奁,是一种婚娶中的风俗使然,而并非就是一场婚姻买卖。这个连翠翠自己也清楚:"碾坊陪嫁,稀奇事情咧。"碾坊在文本中固然重要,但绝对不至于重要到成为买卖婚姻的本质的地步。但是,我们要如何去认识它的重要性呢?

碾坊的出现,对傩送跟翠翠的爱情来说,也就仅仅充当了情与利取舍的试金石而已,它的出现,不是对婚姻自由构成了挑战,而恰恰是对婚姻自由的考验。同时,碾坊在很大程度上,也代表了自由的本身:它的介入本身就代表着一种自由。它的介入,不仅证明了以渡船为代表的船夫孙女有恋爱的自由,也证明了以碾坊为代表的乡绅女儿同样有恋爱的自由——不管其陪嫁的是一座碾坊抑或一座金山,都应该有她追求自己婚恋的自由。在小说第十节里,王乡绅的女儿是"自己来看船"的,她不是遵照某种父母之命,也不是遵照某种媒妁之言,也就是说,她是自主的而非封建包办的,她本身既不是权力的牺牲品,也不是金钱的附加物,而是作为一个人"来看人"的。那种以"碾坊所代表的金钱交换关系对纯洁爱情的破坏"的言论实际上是谋杀了代表着更多财富的家庭子女在婚恋上的自由,以碾坊代表着婚姻买卖的本质的言论,实际上是剥夺了拥有更多财富的家庭子女们在自由上的权利。就是帝王家的子女,我们也应该承认他们有自己爱的权利,这不是财富的多寡所能够剥夺的。

当我们关注碾坊,认为它代表了物质力量,是苗汉文化冲突的象征的时候,恰恰忽略了二老的选择自始至终都是自由的;同时,我们也忽略了老船夫与顺顺在这场恋爱过程中,都是充当了自由人的角色,如果说船总顺顺有不满于二老与翠翠结合的时候,他也只是站在一个与二老平等的立场来给予建议的，而非强制性的，就是王乡绅，在文本中也没有以钱或者以势压人，去逼迫二老娶他家女儿，这三个家庭的家长，都给子女的婚恋关系留下了他们自由选择的空间。

碾坊只是一种诱惑，一种以物质财富的堆积来达成对情感精神上的诱惑，它或许可以使原本在两者间存在的爱情发生偏移甚至位移，但是，爱情本身作为一种情感自由意志，它是不能买卖的。没有别人不自由而自己自由的自由，那种自由只是一种霸权的自由。因此，对碾坊的意象，似不应作夸大。在《边城》里，自由不仅是老船夫家翠翠的自由，同时也是二老，是王乡绅家女儿的自由。自由，或者更确切一点，爱情自由，不是我们人为划定的一个范围，它不仅应该存在于穷人间，也应该存在于代表了所谓财富的碾坊中间。它不是穷苦人的专利，任何人都不能垄断它。

二 婚姻：自由的选择

暂且不管评论家是否存在着对文本的"误读"，如果我们换一个角度，稍加一点注意的话，我们就会发现，那些对"封建买卖婚姻"产生厌弃、认为金钱关系破坏了纯洁爱情的言论，其实都是建立在一个先在的标准之下的：他们都在不同程度上捍卫着某种作为人的自由。

在沈从文的笔下，湘西是一个自由的王国。这从沈从文小说中所表达出来的湘西儿女的情爱描写中可见一斑，例如其情欲自由支配的野合（《夫妇》《雨后》……），法律制度尚不及于湘西而自然流露的，于当今社会看来是与世俗道德律令背道而驰的情爱自由（《柏子》《三个男人和一个女人》……），《边城》尤其如此。在这个地方，"两省接壤处，十余年来主持地方军事的，注重在安辑保守，处置极其得法，并无变故发生。水陆商务既不至于受战争停顿，也不至于为土匪影响，一切莫不极有秩序，人民也莫不安分乐生。这些人，除了家中死了牛，翻了船，或发生别的死亡大变，为一种不幸所绊倒，觉得十分伤心外，中国其他地方正在如何不幸挣扎中的情形，似乎就永远不曾为这边城人民所感到。"① "边城"是一块自由的飞地，他们那里的纠纷不是靠以官方面目出现的权力来解决的，而是靠"高年硕德的中心人物"顺顺出面来调解，完全是一种民治自为的环境。

这种自由也表现在学界对沈从文笔下"人性"论述中，"在沈从文心目中，人性的发展，应该顺其自然之道，包括灵与肉的个性，应该能够自由地张扬。"② "沈从文所要恢复的人性自由"是"立足于这个民族的现代与未来，将民族文化——心理结构中的美好素质输入于现代文化的重建中，弥补和缝合现代文化的裂痕"。③ 尽管后来有人做翻案文章认为"看重人的自然属性而轻视乃至排斥人的社会属性和精神属性"的做法导致了学界盲目的沈从文"人性"健全说，这样就"赤裸裸地表现了对社会性精神性的排斥而将人的自然属性等同于健全人性"。正是以此来反观，"沈从文的作品不是表现了人性的优美健全，恰恰相反，他的作品表现的是人性的贫困和简陋!"④ 如果我们不是站在非此即彼的立场来看待这两种截然不同的人性论的话，我们就会清楚地看到，不管是对沈从文笔下的人性持

① 沈从文:《边城》，载《沈从文全集》第 8 卷，北岳文艺出版社 2002 年版，第 73 页。
② 吴立昌:《"人性的治疗者":沈从文传·自序》，上海文艺出版社 1993 年版，第 3 页。
③ 赵学勇:《沈从文与东西方文化（修订版）》，兰州大学出版社 2005 年版，第 192 页。
④ 刘永泰:《人性的贫困和简陋——重读沈从文》，《中国现代文学研究丛刊》2000 年第 2 期。

赞赏还是反驳的观点，其核心之处都在于沈从文笔下的湘西主人公的人身自由之上。赞赏的人说，他们是自由的，所以人性也就很美；反对的人说，那太自由了，自由到没有节制，自由到不是我们现在这个社会的律令所允许的，所以人性就简陋和贫困了。其实，在这个争论上，两者间或许都过于把"自由"作为武器来看待了，事实上，自由应该是一种存在，它不是手段。自由是一种状态。在沈从文的很多以湘西为背景的小说中，自由是一种天然存在，它不是通过法令来维持的，而是一种民间自为的状态。这也就是刘洪涛先生所说的"排斥人的社会属性，强调人的自然属性，认为在一个人身上，重要的不是他所从属的那个阶级、民族、时代，而是与生俱来的性、本能"的"非理性"①，具体到《边城》，就正如文本所说，"若照当地风气，这些事认为只是小孩子的事，大人管不着；二老当真喜欢翠翠，翠翠又爱二老，他（船总顺顺）也并不反对这种爱怨纠缠的婚姻。"在这里，"爱情、婚姻及两性关系具有较充分的自由。"② 当然，这种自由只有在"边城"里才能看到，在沈从文关于都市的作品里，就只能看见"阉寺性"人物了——这种自由是沈从文赋予"湘西世界"的特产。

在那些对沈从文的"湘西世界"的人性赞赏有加的文章里，甚至在那些认为沈从文笔下的人性是贫困和简陋的文章里，自由都不是一种先验的存在，也就是说，自由是为了突出其"人性"而人为附加上去的，而不是文本本身所表现出来的。这就使得我们在关注湘西的人性的时候，有意无意地忽视了其自由在文本中的地位，也忽略了自由在现实中的地位。在"边城"这样一种自由环境的前提

---

① 刘洪涛：《沈从文小说新论》，北京师范大学出版社 2005 年版，第 28 页。
② 凌宇：《从边城走向世界》，生活·读书·新知三联书店 1985 年版，第 213 页。

下，我们得以去审察沈从文笔下人物的人性，那么，其表现出来的人性状况所体现出来的意蕴，贫困也好，丰富也罢，就不再是我们讨论的主题，而应该把以人性来通达自由之路的小说内涵作为我们讨论的重点。那些被认为体现了"人性美"的事物，只是这种自由状态的一种显现方式而已。既然沈从文的"人性"体现的是自由，那么对人性的其他限定性用语，都仅仅只是为了突出其自由之下的人性。自由摆在那里，不管你以什么样的人性来限制修饰它，它都在那里，实实在在地存在于沈从文的小说里。因此，自由，也只有自由，才是我们最应该关注的主题。

在整个婚姻抉择中，二老是自由的，不管他选择了碾坊还是渡船，他都有选择与不选择的自由，同时，文本的描写也给予了他这样的自由。他不是一个役于物的人，也不是一个役于人的觉新式的物，他是一个完全具有主体性的人。他没有听从父亲的建议去选择碾坊，也没有因为面对兄弟相争的女人而遵从长幼之序退出竞争，而是主动地以唱歌的方式来解决爱情的归属权问题，没有受到人与物的强制，大老死后，二老面临着自我设置的兄弟与爱人间的二元决断，如果在这个时候选择留下并与翠翠结合，无疑会掉入自我设置的兄弟之义的感情陷阱，事实上，二老也正是掉入了这样的陷阱里，加上"得不到翠翠理会"，才赌气出走的，但是，不管他是出走还是留下来与爱人长相厮守，都是二老的自由选择，离家出走也是他自由选择的结果。对二老来说，在这个二项选择中，他有选择任何一项的自由，或者，也有都不选择的自由，从哲学的层面上来说，不选择也是一种选择。他可以有其他的任何选择。

但是，"自由作为一个人的定义来理解，并不依靠别的人，但只要我承担责任，我就非得同时把别人的自由当作我的自由追求不可。

我不能把自由当作我的目的，除非我把别人的自由同样当作自己的目的。"① 从这一方面来说，二老的选择就是不自由的，他的选择必须在考虑到他人的时候，才是自由的。面对翠翠的爱情，二老是心知肚明的，唯一不能理解的是翠翠对他的逃离，他不会明白一个少女的心思，也就由此而加深了他对老船夫的隔膜。事实上，二老的最终出走也同时意味着：在对翠翠的爱情与对哥哥大老的感情纠葛中，面对死去的哥哥，二老从心里有种负疚感，这种负疚感使得他不能再继续选择翠翠，他以出走来赎罪。我想说的是：是二老的最终行动让我们看到了他对两个人间感情的深浅。至少，在这个文本中，在哥哥已经死去的情况下，他的出走对于哥哥来说是无关的，并不会产生任何善的或者恶的影响。唯一产生了影响的，只是那个与风烛残年的祖父相依为命的翠翠。一旦二老离家出走成为必然，也就意味着他作出了选择，最终的出走则意味着他行动的落实，这时，翠翠的所守望的爱情也就只能变成悲剧。照萨特的理论②，"只有我的自由能够限制我的自由。""我们在使他人的实存回到我们的考虑之中时看到，在这个新的水平上，我的自由也在他人的实存中发现了它的限制"③，也就是说，自由是有限度的，它存在相对性，甚至充满悖论，他人的自由是我的自由的基础。从这样的角度来看，翠翠的爱情就只能停留在她自己的幻想里，尽管她在面对大老与二老的爱情选择中是自由的，然而，这种自由因为二老的出走而成为了二老的自由选择所套在她身上的枷锁。

---

① ［法］萨特：《存在主义是一种人道主义》，周煦良、汤永宽译，上海译文出版社 2005 年版，第 28 页。

② 当然，我在这里不是要以存在主义理论来解读《边城》，而只是想以他理论中的某些普世性的东西来看待我们这个世界。

③ ［法］萨特：《存在与虚无》，陈宣良等译，生活·读书·新知三联书店 2007 年版，第 636 页。

　　二老的出走与否，也正如他可以选择渡船或者碾坊一样，是自由的。或许，正是在这个立场上，我们才会把这个充满悲剧的结局认为是由"一连串误会"[①]引起的，而没有去责备男女任何一方。故事的结局在充满等待的氛围中落幕，也正是对二老自由选择的某种期待。然而，撇开这种作者主观上的期待来看，恰恰是二老在他的自由抉择时没有考虑到翠翠而漠视了她的自由，因此，二老的自由也就成为一种大男子主义的自由。不能认为二老的自由是一种承担责任的自由，恰恰相反，它是一种逃避责任的自由。

三　阻隔：爱情的流产

　　如果我们非要在《边城》中找点封建买卖婚姻本质的话，或许，适当关注一下大老的言行就更有意思。在小说第十节里，为大老做媒的人反复提醒老船夫说，只要"人家以为这事情你老人家肯了，翠翠便无有不肯呢。""人家也仍然以为在日头月光里唱三年六个月的歌，还不如伯伯一句话好"。这里的"人家"毫无疑问是指向大老的，媒人在这里借"人家"之口转述了大老的话。而老船夫则反复更正说"一切由翠翠自己做主"。虽然我们不能剑走偏锋就此断定大老能够替代之前碾坊在评论界的位置，但是，翠翠和二老的爱情结局却确实跟他有关：是他的介入使得老船夫不断地去猜测翠翠究竟喜欢大老还是二老，也由此引发了二老一家的误会；是他的死最终决定了二老的出走，才留下了这曲挽歌。与此同时，如果把"走车路"认为是汉族的婚姻形态，并以此作为"苗汉文化冲突"的依据，那么，在这里我们就不能解释为什么老船夫会主动对来替大老打探

[①]　刘洪涛：《沈从文小说新论》，北京师范大学出版社2005年版，第132页。

口风的人说"车是车路，马是马路，各有各的走法"这样的事实，也不能解释与二老一奶同胞的大老一开始要"走马路"找媒人向老船夫提亲这样的事实。这样一来，对二老与翠翠婚姻关系造成破坏的，就不仅仅是碾坊，还应该加上作为汉族身份的大老。按照凌宇先生等人的观点，我们是否可以推出二老与团总一家均具有汉族血统？只是如此一来，二老与翠翠的婚姻就无所谓遭到了外来力量的破坏：它从一开始就遭到了破坏，他们间的爱情一开始就体现了"苗汉文化冲突"。可是，按照同样的逻辑，这样的爱情我们还能称为爱情吗？

在"走车路"受阻之后，大老和二老以"走马路"来解决这场爱情"撞车事故"，这本来就隐含着某种悲剧性的结局：如果翠翠不小心把代表了大老的情歌当作了二老自己的歌声而选择了大老作为回应的对象呢？按照二老与大老的约定，二老就得退出，二老这样的决定很难说考虑到了翠翠的自由，他把爱情当作可以让渡的权利来看了，两个人的决定是私下的，并没有征得翠翠的同意，他们替翠翠作了决定，假定翠翠也同意他们这样的决定，换言之，在这个时候，翠翠是作为不在场者被搁置一边的，她只与婚姻结果有关，而与爱情过程无缘。她缺席了这场属于自己爱情的谈判。这也是对翠翠自由意志的隐性剥夺。他们间的兄弟之义是以牺牲翠翠的爱情来作为前提的。以此来观之，翠翠和二老的爱情悲剧也是偶然中的必然，与碾坊的介入并无必然联系。

当两个人对爱情的争夺都以二老的歌声来决定的时候，这种公平的竞争也就带上了随机性。我不敢妄加揣测沈从文在这时是否想到了一种公平的自由，所以让二老的歌声以梦的形式出现在翠翠那里而不为其所知，但是，就结果来看的话，效果确实达到了：翠翠没有听到二老的歌声——同时也是大老的歌声，她没有做出任何选择，因为，如果这时候她做出选择，她的自由就会严重受损，同时，大老的自由也会在这种"勇气与义气"的掩盖下受损。不管翠翠选择的是代表大老的歌声，还是选择代表了二老自己的歌声，她在本质上选择的都只是二老一个人的歌声。正因为只是一个人的歌声，所以才是没有办法选择的。沈从文是对的，他让翠翠处于梦中，而自己则偷梁换柱地代替了翠翠悄无声息地做出了选择：一种没有选择的自由选择。

事实上，抛开大老与碾坊不论，二老和翠翠的爱情悲剧在一开始就埋下了伏笔。从翠翠与二老见面的第一刻起，两人就在相互的不理解中消耗着自己的感情。当二老邀请翠翠到楼上去等她爷爷的时候，翠翠却认为二老是不怀好意。并且，当翠翠在朦胧中意识到自己爱上了二老以后，连最开始能够产生误解的对话也中断了，她和二老之间的爱情隔着了一层幕布，不管是二老夜晚唱给她的情歌，还是过渡时想要的见面，都被翠翠有意或者无意之间错过。在湘西，至少，在沈从文笔下的湘西，山歌是两者间沟通的手段之一，然而，二老在夜里的山歌成了翠翠的催眠曲，由于翠翠并不知道这回事，他唱给翠翠的情歌就成了单相思的独语自白。理解是在对话中形成的。二老对翠翠的爱情表达没有得到相应的回应，在行动对话这样的沟通行动受阻的情况下，理解就变得不可能。"没有对别人的理解就不会有爱，没有相互承认就不会有自由。"[1] 二老的离去，也事实上证明了两者间没有达成相互承认的爱，于是，两个人间的爱就成了封闭的而非对话交流式的。刘西渭认为"《边城》是一首诗，是

---

[1] ［德］尤尔根·哈贝马斯：《信仰和知识——"德国和平书业奖"致辞》，载李惠斌主编《全球化与现代性批判》，广西师范大学出版社 2003 年版，第 199 页。

二老唱给翠翠的情歌。"① 确实，二老是给翠翠唱了情歌，但是也就仅仅只是唱给了翠翠的情歌而已。正如巴赫金在讨论陀思妥耶夫斯基诗学的问题时说的："存在就意味着进行对话交际。对话结束之时，也是一切终结之日。"② 在感情的沟通与理解上，二老所唱的情歌做了无用功。而翠翠，则成了那些用蜡塞住耳朵以躲避塞壬歌声诱惑的古希腊水手——虽然她也知道那样的歌声很诱人，也是她想听的，可是她什么也没有听到。"梦"在这里成为了类似于德里达在《二部讨论》里所讨论的"处女膜"一样的东西：既成为一种保护性屏障，也成为双方可能达成沟通理解的障碍。原本可能相互沟通达成的理解在翠翠的梦里中断。我在这里用了"可能"，而不是"可以"，原因就在小说的第十节里。当爷爷问翠翠如果有人在对溪高崖对她唱歌她该怎么办时，翠翠的回答也明显不能让祖父满意：她只愿意听对方唱下去，却还没有想到懂歌里意思的程度。究竟是心智不成熟还是羞涩所致，这并不重要，重要的是，他们间的相互沟通只是停留在一种可能性上，他们的爱情其实先天就存在着缺陷。

二人的最后结局，也跟翠翠自身有很大的关系。这不仅表现在翠翠对二老夜里的情歌毫无所知，也表现在她的行动中。翠翠每从二老的眼皮下逃离一次，她所面对的爱情也就后退一步。由于羞于表达，翠翠的爱情受到了自我的限制，成为有所局限的自由。这种爱情天然的是有缺陷的。对于自己的爱情，不仅面对自己的爱人羞于启齿，就是面对自己祖父谈及自己的爱情的时候，也是要么"不作声""有意装听不到"，要么走掉。而与她竞争的团总家女儿则明

---

① 刘西渭：《〈边城〉与〈八骏图〉》，载刘洪涛、杨瑞仁编《沈从文研究资料》（上），天津人民出版社 2006 年版，第 201 页。
② ［苏联］巴赫金：《巴赫金全集》第五卷，李兆林等译，河北教育出版社 1998 年版，第 340 页。

显主动得多，虽然小说中没有明确告诉我们她的心理活动，仅仅把她当作一个配角来写的，但是，我们至少知道，在赛龙舟的时候，她是自己去"看人"的，仅仅就这一个细节，也足以说明她对自己的爱情是积极的，以此反观翠翠和二老的爱情结局，我们就会感到，如果没有奇迹出现，他们的爱情悲剧几乎就是必然的。她和作为自己的代言人的祖父没有真正意义上的对话交流，翠翠与祖父的对话是一场没有说清楚的对话，"没说清楚的对话依然是一种虚假的对话，是一种次要的交流，与失声同义。"① 这使得祖父最开始在猜测孙女的爱情时，竟错把大老当作了自己未来的孙婿。她的自由爱情只有通过老船夫之口才能得到表达，可是，一个只凭想象的老年人，在多大程度上能够真正明白、理解年轻人的想法呢？翠翠从来就没有清楚地告诉她的祖父她究竟喜欢谁，这也就使得祖父只能靠猜测在大老和二老之间为她挑选合适的夫婿。对于祖父来说，重要的或许不是大老和二老之间的区别，比如说像有人归结的大老的世俗或者二老的诗性，而是在翠翠自己喜欢的前提下，能够有一个可以在自己死后照顾好翠翠的男人。

当他明白翠翠的爱情对象时，老船夫对孙女爱情自由的表达在二老那里却变成了误解。误解产生于不理解，产生于交流的不畅。唯一能够消除误解的就是自由的对话交流，可是由于老船夫的含蓄，一切的补救又总是弄巧成拙，不管是与二老的对话，还是与顺顺的对话，都显得扭扭捏捏，无用而多余，以致得不到二老一家的理解。"老船夫对于这件事情的关心处，使二老父子对于老船夫反而有了点误会。"也正是这种双重误解，这种对话交流的不畅推动了悲剧的最

---

① 〔法〕雅克·德里达：《文学行动》，赵兴国等译，中国社会科学出版社 1998 年版，第 76 页。

终形成。

等到老船夫死后，翠翠自由表达爱情的传话筒也就随之完结。老马兵接替了翠翠保护人的位置，就连翠翠是否应该住到二老家去，也是老马兵"为翠翠出主张"。翠翠在对自己的终身大事上，始终表现出一种受限的自由。可是，如果翠翠始终对自己的爱情保持缄默，这个老的马兵又能充当她多少年的传话筒呢？况且，他是否也会如自己的祖父一样，继续在双重误解中期待她的爱情呢？这样的爱情结局是否会循环下去呢？

余　论

行文至此，我们或许可以顺便追问：这样的自由交流不畅原因何在？事实上，如果我们细心一点，就会发现，这甚至可能并不是翠翠和二老，或者碾坊与渡船之间的问题，而是沈从文自己在写作中出了问题：我们完全可以不用去考虑沈从文在文本之外对湘西文化、风俗以及个人品性的近乎天然自由的论述与描写，比如那种以情歌对唱互诉衷情，彼此相爱后随时随地都可以做点"呆事"的民风民俗并没有体现在这对湘西小儿女身上，单单就在《边城》中，小说第二节里所提供给我们的"边城"背景在后面的行文中就并没有很好地体现出来，那种连妓女都能够敢爱敢恨的个人品性在随后的行文中消失殆尽。换句话说，人物是生活在环境之外的。完全可以说是沈从文人为地把他们的自由给抹杀了。翠翠和二老的爱情结局，是生活环境与人事错位的必然结果。不过在这里这都不是主要的，因为我们不能用实证的态度去思考文学的问题。

"这个人也许永远不回来，也许明天回来！"这样的结局与其说是针对二老的回来与否，倒不如说是针对翠翠那有所缺陷的自由而论的，针对那因自我限制的自由表达所造成的无助爱情而言的。因此，与其说是碾坊的介入谋杀了翠翠与二老的爱情，倒不如说是二老的大男子主义式的自由以及人与人之间对自由的限度把握不准而造成的人间悲剧。

第十章　肉体的政治意识形态化：
《青春之歌》再解读

　　从某方面来说，《青春之歌》是一部与其时的革命叙事相背驰的小说。《青春之歌》在发表之后，就引来了郭开的一篇文章：《略谈对林道静的描写中的缺点——评杨沫的小说〈青春之歌〉》，文章第一条是就小说中的"小资产阶级情调"嫌疑发难的。这种"小资产阶级"行为在郭开看来首先就表现在描写了林道静的"浪漫情调"和与余永泽的"离奇的爱情"上。但是作者并没有就此把一部被后人称为"红色经典"的小说写成一部言情小说。个中原因，就因为作品牢牢地把握住了政治这根弦。杨沫把在风雨飘摇社会动荡中的林道静的肉体牢牢地与政治结合了起来，更准确地说，是与"党"这么一个既抽象而又具体的事物结合了起来。

　　作为一部被很多评论家认为的"自传"小说（事实上，尽管文本带有自传性质，但是，从文本视角来看，我更愿意把它看作"他传"），林道静并没有获得应有的主体性，她自始至终都是依靠别人的视角才获得一个作为女人的地位。小说在开始就给我们塑造了一个被"看出来"的女性形象：

　　清晨，一列从北平向东开行的平沈通车，正驰行在广阔、碧绿的原野上。茂密的庄稼，明亮的小河，黄色的泥屋，矗立的电杆……全闪电似的在凭倚车窗的乘客眼前闪了过去。乘客们吸足了新鲜空气，看车外看得腻烦了，一个个都慢慢回过头来，有的打着呵欠，有的搜寻着车上的新奇事物。不久人们的视线都集中到一个小小的行李卷上，那上面插着用漂亮的白绸子包起来的南胡、萧、笛，旁边还放着整洁的琵琶、月琴、竹笙，……这是贩卖乐器的吗，旅客们注意起这行李的主人来。不是商人，却是一个十七八岁的女学生，寂寞地守着这些幽雅的玩艺儿。这女学生穿着白洋布短旗袍、白线袜、白运动鞋，手里捏着一条素白的手绢，——浑身上下全是白色。她没有同伴，只一个人坐在车厢一角的硬木位子上，动也不动地凝望着车厢外边。她的脸略显苍白，两只大眼睛又黑又亮。这个朴素、孤单的美丽少女，立刻引起了车上旅客们的注意，尤其男子们开始了交头接耳的议论。可是女学生却像什么人也没看见，什么也不觉得，她长久地沉入在一种麻木状态的冥想中。

　　我们奇怪的是：如果是作为"自传"，那么，主人公应该是居于中心位置的，不管是叙述视角还是叙述对象。但是这里的林道静却根本就没有获得这些应该有的"待遇"，她是以"被看"与"被议论"的身份出场的。李杨先生在他的《抗争宿命之路》中写道："林道静的个人生活主要是一种爱情生活，作品显然在试图创造一个20世纪中国女性的主体性，这种主体性只能被创造出来，也就是说林道静只能通过那些男性的愿望和目光来认识自己的存在。"[①] 从某

---

　　① 李杨：《抗争宿命之路：社会主义现实主义（1942—1976）研究》，时代文艺出版社1993年版，第60页。

方面说，他的这种看法是很到位的，但是，她的这种主体性似乎并没有"被创造出来"，就算她入党之后，她的主体性也一直没有没有获得。在"一二·一六"游行前，"道静在深夜里被徐辉唤醒来。徐辉告诉她第二天的行动计划，北大的工作她全部交给道静来负责，她便急急忙忙赶到别的学校去了。"而对于林道静来说，她幸福的红晕也只是因为，"党交给他去完成的任务，一件件都按照计划完成了。对于一个党员来说，还有比这更为幸福的事吗？……"，行动计划是徐辉告诉她的，而徐辉刚好又代表了党，在这里，谁是主体已经一目了然了。有人认为，"在小说最后一部分中，江华说：'我们北平学校的学生应该领导群众斗争'，这说明知识分子已经成为了历史文化的主体。因为他们的思想是自我改造、自我超越的。所以他们对革命的认识更深，所以他们可以占领历史文化的主体位置。"① 很显然，评论者在这里是站在历史的原场来看待当时知识分子地位的，以知识分子自觉改造自我以参与革命为准绳来把握他们其时的运命，以其时的"主流"，亦即是否参与"革命"，是否成为"革命"进程中的一个推动分子来衡量的。应该说，这是一种比较严谨的治学态度，但是，是不是总体的趋向就能够完全概括出个体的走势？在总体的评价里面，是不是就一定能够完全地包含各个特殊的个体存在？这还是一个问题。站在今天的立场来看，如果我们是为了给知识分子定位或者美化他们在现实生活中的地位，这话无疑能够给不了解当年中国国情的人以很大的想象空间，但是，结合文本来看的话，从林道静的表现，还有杨沫对林道静活动的修改这一过程来看的话，我倒更愿意相信是林道静与杨沫这"双重主人公"主体的丧失——知识分子话语权

① 李杨：《抗争宿命之路：社会主义现实主义（1942—1976）研究》，时代文艺出版社1993年版，第58页。

的丧失,而代之以则的阶级话语权的获得。或许,卢嘉川代表党的言说更能让我们看清楚知识分子的地位:"半封建、半殖民地的中国知识分子能有什么出路? 今天,我们首先就要求得中华民族的解放,然后才有我们个人的出路和解放……",把个人的一切利益纳入国家这个集体的大框架里,国家集体利益凌驾在个人利益之上,前者利益的实现是后者利益实现的前提和基础。可惜的是,不知道是作者杨沫还是她笔下的人物卢嘉川喜欢幻想,1949 年后,在相当长一段时间内,我们并没有看到那种预许给他们的知识分子的"出路和解放",如果我们站在杨沫写作《青春之歌》这个时间点以及其时的社会环境来思考问题的话,无疑,这种幻想则几近于一种"反讽"了。

"这是组织原则——共产党员是不允许有私人情感的。"戴愉对晓燕说的这句话,何尝不是所有共产党员都得遵守的原则? 林道静在定县组织学生反对收留自己的校长王彦文的时候,不正是从这样的角度来考虑问题的吗? 如果不是这样的原则,我觉得,她带头反对一个于自己有恩的人,于情于理都说不过去。只有站在集体主义,站在阶级的而不是私人的立场这么一个层面上,或许我们才会接受这样一个类似于"农夫和蛇"的故事。没有自己的思想感情,没有自己的自主权利,这是不是叫具有"主体性"? 综观一下林道静的文本中的经历,其所有的活动都在追随男人的政治活动中展开,只是追随的这些男人的终极指向被形象化为党的化身了,她的活动随着认识的"提高"而越来越附属化,在成为男人的附庸的同时,也成了党的附庸。或许,借用一下俄罗斯思想家别尔嘉耶夫讨论涅恰耶夫的《革命手册》时的谈话更能让我们看清这样的革命的本质:"革命者不应该有自己的利益,自己的事情,个人感情和个人关系,任何自己的东西甚至名字都不应该有。所有的人都应该把利益、思想、热情统一到革命上来,为革命服务的一切行为都是道德的，革命是区分善恶的唯一标准。为了唯一的目的需要牺牲大量的东西。这是禁欲生活的原则。在这种原则下，现实的个人实际上成为被压抑的，他被以上帝——革命的名义剥夺了生活的全部内容。"① 涅恰耶夫的革命手册与杨沫所认为的革命手册唯一不同的是，杨沫笔下的林道静没有禁欲，至少没有禁性欲，然而，也正是因为这一点，使得《青春之歌》在体现正统红色之余，又表现出了"万红丛中一点黄"来，在其时的叙事环境里，突显了一种异质色彩。这也多少为她后来受到来自庸俗社会学的批评埋下了伏笔。但是，就算这样，我们也不能判定《青春之歌》就是"不干净""不卫生"的，相反，恰恰是有了这么一点异质性色彩，更加突显了小说文本在其时的政治环境下的干净度与卫生度，因为，杨沫已经把林道静的感情完全规范进了革命叙事之中，使林道静作为一个革命的追随者与被改造的对象，把爱情、性这样的完全的个人隐私统统纳入到革命的宏大叙事之中，正如余岱宗先生所说，"在革命的感召和自觉地改造之后，林道静终于将自我整合进纪律化的革命精神秩序中去。"② 既然一个人的隐私都具有了革命的性质，那么，我们便不应该再怀疑主人公的革命的彻底性了。

林道静的生活斗争经历，实际上就是一种寻找母亲的历程。母亲在林道静那里是既抽象的，又具体的，从小失去母爱的林道静，在经历过与余永泽"失败"的爱情之后，一步一步地逼近了她心目中的母亲：党。当她写道"妈妈———喊这个名字，就像喊那永远忘不了的林红同志一样，我全身都感到温暖、感到力量。虽然她只有三十三岁，

---

① ［俄］尼·别尔嘉耶夫：《俄罗斯思想》，雷永生、邱守娟译，生活·读书·新知三联书店 1995 年版，第 118 页。

② 余岱宗：《被规训的激情》，上海三联书店 2004 年版，第 274 页。

比我大不了多少。"的时候,当她写道:"'亲爱的妈妈,我一定要完成任务。'""我们的工作是艰苦而又困难的。人手少事情多,我又做抄写、又做交通,又要替人洗衣服缝破烂——因为我们的经费是困难的。有时我忙着写了一天一夜,肚子里只吃了点窝头,一到半夜常常觉得头昏眼花。这时妈妈总是陪在我身边,只要一看到她那安静慈祥的眼睛,看到她那衰弱的不应有的细碎的皱纹,我就忘掉了饥饿,忘掉了疲劳,立刻又勇气百倍地工作下去"的时候,当她明确地对着刘大姐喊"妈"的时候,我们是不是能够很轻易地就想起了《党啊亲爱的妈妈》这首歌的歌词?妈妈和党在林道静那里是合而为一的,母亲即党,党即母亲。虽然,她只是面对刘大姐一个人这么叫着"妈妈",可是,在小说中,刘大姐已经很明显地与党这么一个形象重叠了。在林道静一生的三个男人中,正是通过与工人成分的共产党员江华的结合,她才停止了肉体的流浪与漂泊。在她加入共产党之后,林道静也就找到了属于她的家,找到了她心目中的妈妈。但是,入党后的林道静也仍然没有获得自己的主体性,事实上,她也不可能获得主体性。入了党,就只能有集体,而不可能再有个人利益,并且,这样的要求在艰苦的阶级斗争的年代里就显得更为重要。试想一下,把个人完全融入集体之中,一切行动都得服从组织的安排,这样的个人还会不会有主体性?在这里,与其说林道静是一个活生生的人,倒不如说她是一个符号,一个政治的符号。福柯说得很好:"在肉体与其对象之间的整个接触表面,权力被引进,使二者啮合得更紧。权力造就了一种肉体——武器、肉体——工具、肉体——机器复合。这是要求肉体仅仅提供符号或产品、表达形式或劳动成果的各种支配方式中走得最远的一种。"[①]　如

---

① 〔法〕米歇尔·福柯:《规训与惩罚》,刘北成、杨远婴译,生活·读书·新知三联书店2003年版,第173页。

果我们结合《青春之歌》刚刚发表就遭到郭开的政治戴帽而不得不重新修改，加上林道静下农村锻炼的情节来看的话，《青春之歌》已经不是杨沫的个体创作了，而是明显地戴上了政治意识形态的面纱。林道静的肉体也就不单是个体的肉体，而是政治化了的肉体，她与谁的结合都得符合政治要求、政治标准。

毛泽东在《在延安文艺座谈会上的讲话》里说过："拿未曾改造的知识分子和工人农民比较，就觉得知识分子不干净了，最干净的还是工人农民，尽管他们手是黑的，脚上有牛屎，还是比资产阶级和小资产阶级知识分子都干净。"① 这句话似乎成为了我们看待知识分子的至理名言，不仅我们一提到知识分子就拿"资产阶级"或者"小资产阶级"来作为他们的政治标签，而且，在 1949 年后，这样的标签也成为知识分子的一大"紧箍咒"，无论是"利用小说反党"还是后来的知青上山下乡，都与知识分子拉上了关系。中国的知识分子实在是些冤大头，越有知识越被认为是落后的，至少，在政治上被认为是落后者，是需要被改造的对象，诚如宋剑华先生所说："随着无产阶级政治革命运动的逐渐走向深入，知识分子与平民大众之间的社会关系却发生了根本性的位置变异：原先的思想启蒙者（知识分子群体）变成了被启蒙者，而被启蒙者（平民大众群体）则变成了启蒙者。"② 有无知识，或者说是否接受过阶级教育成为了我们判断一个人是"先进"还是"落后"的重要尺度，只是，这种判断的结果与现实呈现出一种逆向的悖论。实际上，毛泽东《在延安文艺座谈会上的讲话》就为知识分子成为"被批判"的角

---

① 毛泽东：《在延安文艺座谈会上的讲话》，载《毛泽东选集》第三卷，人民出版社1991 年版，第 851 页。
② 宋剑华：《百年文学与主流意识形态》，湖南教育出版社 2002 年版，第 175 页。

色定了调，自此至 20 世纪 70 年代末，知识分子都是作为"不干净"的角色而存在的，知识分子天生就是"小资产阶级"，就具有动摇性的特征，让他们必须进入"牛棚"受到改造。中国的知识分子从此就被强行拉上了政治意识形态的战车，"你是资产阶级文艺家，你就不歌颂无产阶级而歌颂资产阶级；你是无产阶级文艺家，你就不歌颂资产阶级而歌颂无产阶级和劳动人民：二者必居其一。"① 毛泽东在"延讲"中的这种逻辑推演，发展到了后来只有光明、没有黑暗的纯歌颂的"大跃进"文学，只有工农兵为主题而无知识分子的地步，在文本中如果有知识分子出现，也只能作为被批判的"小资产阶级"出现，也只能表现他们是如何进步靠近共产党寻找"出路"这么一个层面上，于是，知识分子从 1949 年前的"我控诉"（最典型的如巴金）到 1949 年后——解放区的知识分子甚至更早，可以上溯到"延安讲话"发表的那天开始——的"控诉我"，在这么一个时间段内，中国的知识分子几无宁日。这一点在郭开的《略谈对林道静的描写中的缺点——评杨沫的小说〈青春之歌〉》中得到很好的体现，郭开对杨沫的创作提出了三点批评："一、书里充满了小资产阶级情调（关于这一点，我们必须得看到，郭开在他列举的带有小资情调的事项中，爱情是首当其冲的，这是不是告诉了我们：在其时全国山河一片红，红色革命叙事就是要把人作为"螺丝钉"一样的物来书写的环境下，还存在着那么一点点人性的东西呢？同时，我们也奇怪地看到：郭开只反对林道静与"小资产阶级"知识分子余永泽的婚恋，却并没有提到她与卢嘉川、江华之间的感情，如果说郭开在这里不是坚持的"双重标准"，那么，我们就有理由相信，

---

①　毛泽东：《在延安文艺座谈会上的讲话》，载《毛泽东选集》第三卷，人民出版社1991 年版，第 873 页。

他所谓情感的小资与否，完全是看追求"进步"的知识分子所选择的对象是否为坚强的革命者。——引者），作者是站在小资产阶级立场上，把自己的作品当作小资产阶级的自我表现来进行创作的。"①"二、没有很好的描写工农群众，没有描写知识分子和工农的结合，书中所写的知识分子，特别林道静自始至终没有认真地实行与工农群众相结合。"②"三、没有认真地实际地描写知识分子的改造过程，没有揭示人物灵魂深处的变化。尤其是林道静，从未进行过深刻的思想斗争，她的思想感情没有经历从一个阶级到另一个阶级的转变，到书的最末她也只是一个较进步的小资产阶级知识分子，可是作者给她冠以共产党员的光荣称号，结果严重歪曲了共产党员的形象。"③我在这里不厌其烦地引用了这么一大段话，目的只是让读者看看当时的主流是如何评价这部小说的。郭开的论点说白了就是他觉得杨沫在文本中还没有把知识分子放到足够低的地位上去，甚至有抬高知识分子地位的嫌疑，对知识分子的"控诉"还不够深刻。他所提到的"小资情调""知识分子与工农结合""歪曲了共产党员形象"这三点，无一处不能在"延安文艺座谈会上的讲话"中找到相应的凭据，很显然，郭开的落脚点不是在作者如何描述知识分子身上，而是在如何表现了党这么一个层面上，郭的"歪曲了共产党员形象"的论述，事实上是在质疑知识分子成为共产党员的合法性。通观中华人民共和国成立后的小说文本，我们就会发现，"人民创造历史"的论述已经悄然变成了"党领导人民创造历史"，问题是：谁又在领

---

① 郭开：《略谈对林道静的描写中的缺点——评杨沫的小说〈青春之歌〉》，载洪子诚编《二十世纪中国小说理论资料》第五卷，北京大学出版社 1997 年版，第 301 页。

② 郭开：《略谈对林道静的描写中的缺点——评杨沫的小说〈青春之歌〉》，载洪子诚编《二十世纪中国小说理论资料》第五卷，北京大学出版社 1997 年版，第 303 页。

③ 郭开：《略谈对林道静的描写中的缺点——评杨沫的小说〈青春之歌〉》，载洪子诚编《二十世纪中国小说理论资料》第五卷，北京大学出版社 1997 年版，第 305 页。

导党？这样的追问让我们看到了一种"金字塔式"的革命文学叙述。"党领导人民创造历史"，作为小资产阶级知识分子的林道静，是否具有领导人民创造历史的可能？是不是有这样的能力？郭开也正是从这样一个出发点去批评杨沫没有写出知识分子与工农阶级的结合的，也正是这样一种追问，成为他"歪曲了共产党员形象"的一大理由。这样的观点并非郭开一个人有，作为无政府主义者（至少，在1949年前他是一个无政府主义者）的作家的巴金在1958年写的《旧知识分子必须改造》的文章中就说："旧知识分子要经过认真改造，丢掉个人主义的包袱，才能够解决为谁服务的问题，才能够在社会主义建设事业中尽一点力，才能够在就要到来的文化革命中尽一点力，才能够找到光明的前途。"① 不管巴金这里所说的话是出于内心自觉，还是迫不得已，我们都能够看出对知识分子展开批判的"山雨欲来风满楼"的架势。作为知名作家的巴金尚且如此，一般的小字辈就更是可想而知！虽然郭开这种评价并非唯一的话语，其后不久何其芳就发表了《〈青春之歌〉不可否定》反对郭开的观点，但是，何其芳仍然认为"郭开同志根据的原则都是正确的"，只是犯了"教条主义"的错误②，从杨沫后来修改《青春之歌》来看，应该说，作为其时的主流意识的还是以郭开为代表的一方。其实，明眼人只要一看郭开对杨沫的批评，就会或多或少看出他是活学活用了毛泽东的文艺思想。"权力制造知识（而且，不仅仅因为知识为权力服务，权力才鼓励知识，也不仅仅是因为知识有用，权力才使用知识）；权力和知识是直接相互连带的；不相应地建构一种知识领域

---

① 巴金：《旧知识分子必须改造》，载《巴金全集》第19卷，人民文学出版社1993年版，第19页。

② 何其芳：《〈青春之歌〉不可否定》，载洪子诚编《二十世纪中国小说理论资料》第五卷，北京大学出版社1997年版，第319页。

就不可能有权力关系，不同时预设和建构权力关系就不会有任何知识。"① 权力为知识的开辟与履行保驾护航，而同时，"知识带来权力，更多的权力带来更多的知识，于是知识信息与权力控制之间形成了一种良性循环。"② 在新政权下，与政权配套的论述无疑具有不容否定的话语权力。经过郭开的一番评点后，杨沫在小说中"增加了林道静在农村的七章和北大运动的三章。""这些变动的基本意图是围绕林道静这个主要人物，要使她的成长合情合理、脉络清楚，要使她从一个小资产阶级知识分子变成无产阶级战士的发展过程更加令人信服，更有坚实的基础。"③ 小说的修改算是满足了知识分子与农民的结合的时代要求；而她最后与江华的结合，则象征性地满足了与工人结合的要求，因为江华的成分是工人。林道静周围那么多的男人，而她最终却与工人成分的江华结合，这难道仅仅是偶然？知识分子与工农结合才有出路并不是一句空洞的口号，在这里，他们的结合既有精神上的因素，更是一种肉体在政治上的归属。与其说把自己的肉体交给了工人阶级出生的江华，还不如说，林道静是把自己的一生都交给了党。在这里，"肉体也直接卷入某种政治领域；权力关系直接控制它，干预它，给它打上标记，训练它，折磨它，强迫它完成某些任务、表现某些仪式和发出某些信号。这种对肉体的政治干预，按照一种复杂的交互关系，与对肉体的经济使用紧密相连；肉体基本上是作为一种生产力而受到权力和支配关系的干预；但是，另一方面，只有在它被某种征服体制所控制时，它才

---

① ［法］米歇尔·福柯：《规训与惩罚》，刘北成、杨远婴译，生活·读书·新知三联书店 2003 年版，第 29 页。

② ［美］爱德华·W. 萨义德：《东方学》，王宇根译，生活·读书·新知三联书店 1999 年版，第 45 页。

③ 杨沫：《〈青春之歌〉再版后记》，载洪子诚编《二十世纪中国小说理论资料》第五卷，北京大学出版社 1997 年版，第 355 页。

可能形成为一种劳动力（在这种体制中，需求也是一种被精心培养、计算和使用的政治工具）；只有在肉体既具有生产能力又被驯服时，它才能变成一种有用的力量。这种征服状态不仅是通过暴力工具或意识形态造成的，它也可以是直接实在的力量的对抗较量，具有物质因素，但又不包含暴力；它可以被计算，被组建，被具体地设想出来；它可能是很微妙的，既不使用武器，也不借助于恐怖，但依然具有物质结构。"[①] 福柯的这段言说或许对比起江华与林道静的那段话来看更有意思：

　　"静，我长这么大——二十九岁了，第一次，跟你好是第一次。除了小时候，我妈妈像你这样……所以，我很愿意用我的心、我的感情来使你快乐，使你幸福……但是，对不起你，我心里很不安，我给你的太少啦。"

　　煤球炉子冒着红红的火苗，李槐英送给道静的一盆绿色的天冬草倒垂在桌子的一角上，道静的小屋里今天显得特别温暖，特别安谧。

　　听了他的话，她又欢喜又不安地摇着头。

　　"你说到哪儿去了？难道我们的痛苦和欢乐不是共同的吗？你以为我对你会有什么不满？不对，我是很幸福的。从来没有这样幸福过。"她喘了一口气，苍白的脸，沉静而温柔，"我常常在想，我能够有今天，我能够实现了我的理想——做一个共产主义的光荣战士，这都是谁给我的呢？是你——是党。只要我们的事业有开展，只要对党有好处，咱们个人的一切又算什么呢？"

---

　　① ［法］米歇尔·福柯：《规训与惩罚》，刘北成、杨远婴译，生活·读书·新知三联书店 2003 年版，第 27—28 页。

很显然，在林道静的眼里，"党"的形象已经与江华相重叠了，爱江华即是爱党，嫁给江华就是嫁给了党，把自己的未来托付给江华，其实质也就是把自己托付给了党。在这里，没有个人，只有党，个人的肉体也是党的，林道静不仅仅是把自己的精神交给了党，而且，把肉体也作为政治生活的一部分交了出去。林道静的肉体在与江华结合的那一瞬间，就完成了肉体与政治的完美结合。是啊，"只要对党有好处，咱们个人的一切又算什么呢？"个人的一切是无所谓的，有所谓的只有党这个抽象的实体。

或许，解读一下林道静接受江华求爱的心理会更有意思，也更能够看清楚政治对私生活的影响。当江华（卢嘉川的接班人?）对林道静说："道静，你说咱俩的关系，可以比同志的关系更进一步吗？"在这里，我们完全可以想象江华说这话时候的情景，战战兢兢，欲言又止，一副手足无措的样子：把感情的事说出来吧，又恐于革命有害（与其时的意识形态相抵触?），不说出来吧，憋在心里又实在太难受。而林道静的回答则是高度革命化的："这个坚强的、她久已敬仰的同志，就将要变成她的爱人吗？而她所深深爱着的、几年来时常萦绕梦怀的人，又不是他呀……可是，她不再犹豫。真的，像江华这样的布尔什维克同志是值得她深深热爱的，她有什么理由拒绝这个早已深爱自己的人呢？"很显然，林道静在这里接受江华的求爱并不是因为两情相悦，并不是出于爱，而是出于一种志同道合后的阶级革命友谊，迫于政治的需要，将自己交付给自己的战友。处于这样的关系中的两性爱情，是不是还应该称之为"爱情"？这是一个很大的问号。在明明知道自己爱着的是另外一个人的情况下，却还是义无反顾地选择了"他者"，林道静在这里处于一种"不得不爱"的场景之中，可以说杨沫在这里给足了"革命"的面子：就算林道静不爱江华，但是她能不爱革命吗？敢不爱革命吗？恩格斯在讨论现代的性爱的时候说:"性爱是以所爱者的对应的爱为前提的；从这方面说，妇女处于同男子平等的地位，"如果我们对恩格斯的话做一点反向思考，那么，鉴于林道静答应江华的求爱并不是因为自己对应的爱的缘故，我们是不是可以认为，林道静在这场关系中并没有获得与"布尔什维克同志"江华的平等地位？而仍然只是一种从属的关系？"对于性关系的评价，产生了一种新的道德标准，人们不仅要问:它是婚姻的还是私通的，而且要问:是不是由于爱和对应的爱而发生的？"① 应该说，这种对性关系的评价标准，不仅是"封建的或资产阶级的"，也应该是人类普遍的一个衡量尺度。这是很能够激发人的想象力的:江华是不是姓江在这里已经不重要了，重要的是，他是和林道静处于同一战壕的战友！林道静在她（杨沫？）那个革命的年代里，只能嫁给与她处于同一战线的革命战友，只能嫁给"革命"，而不是别的任何阶级，此外便别无他途，如果有，也是"伪革命"的或者"反革命"的。据此，我们才能理解为什么林道静不和余永泽安守下去，而选择了随时可以"抛头颅洒热血"的革命者卢嘉川，最后又答应了一个自己并不爱的革命者的求爱。"如果说只有以爱情为基础的婚姻才是合乎道德的，那么也只有继续保持爱情的婚姻才合乎道德。"② 林道静和余永泽是因为相爱而在一起的，而最终却又各奔东西，就"革命"而言，林道静是"合乎道德的"，也正是从革命的角度来看，读者才会原谅林道静这种始乱终弃的陈世美的做法。有趣的是，在文本中，爱还是不爱一个人，

---

① ［德］恩格斯:《家庭、私有制和国家的起源》，载中共中央马克思恩格斯列宁斯大林著作编译局编《马克思恩格斯选集》第 4 卷，人民出版社 1995 年版，第 75 页。

② ［德］恩格斯:《家庭、私有制和国家的起源》，载中共中央马克思恩格斯列宁斯大林著作编译局编《马克思恩格斯选集》第 4 卷，人民出版社 1995 年版，第 81 页。

它首先取决于"革命"的一方，谁最革命，谁就有占有别人的爱的特权，不"革命"或者"革命"的程度不够深的人，就只有服从比自己更"革命"的人的安排，林道静之于余永泽，卢嘉川、江华之于林道静，在婚爱的天平上，莫不出现一种支配与被支配的关系。"婚姻仍然是阶级的婚姻，但在阶级内部则承认当事者享有某种程度的选择自由。"① 就林道静而言，她的婚姻对象只能是同一阶级内的，然而在阶级之内，她也没有选择的自由。如果说有，那这个自由也是在文本中最能代表"布尔什维克"的"战士"江华给的。所以，就算不是江华，也会有一个"河华"或者"海华"出现，来填补卢嘉川留下的空白，完成他的未竟事业。这个未竟事业既包含着对林道静肉体的占有，也包含着继续革命，以肉体来推动革命叙事的继续前进。

虽然李杨先生的《抗争宿命之路》与杨厚均先生的《革命历史图景与民族国家想象》都从各个层面对小说文本的"民族国家想象"做了或多或少令人信服的论证，但是，与其说这是杨沫的民族国家想象，倒不如说是后来知识分子们的想象更为恰当。问题在于，如果我们把描述20世纪二三十年代的革命故事作为一种"民族国家想象"，那么，巴金描写无政府主义运动的"革命三部曲"与"爱情三部曲"又当作何解？同是造旧社会制度的反，难道我们能够仅仅因为领导者不一样就说它们不具有相同的"想象"？但是，如果我们承认了巴金笔下的主人公也是一种"想象"的话，那么，"无政府主义"这个词又当作何解？退一步说，就算"重要的不是话语讲述的时代，而是讲述话语的时代"。那么，新中国成立之后，作为一个独立的国家实体，它已经具有了国家主体性，但是，林道静却并没

---

① ［德］恩格斯：《家庭、私有制和国家的起源》，载中共中央马克思恩格斯列宁斯大林著作编译局编《马克思恩格斯选集》第4卷，人民出版社1995年版，第79页。

有获得相应的主体性，相反，倒是使她变成了主体性的消失。如果我们把林道静的成长看作"民族国家"的隐喻，那么，林道静这块秤砣是不是足够称得了"民族国家"之重？是不是能够背负"民族国家"这么一个深重的"想象"？或者说，他们的这种想象是不是得到了应有的落实？更进一步讲，如果我们把"民族国家想象"作为"现代性"在文学中的表征，那么，这种表征完全可以把时间前移，越过1919年这样一个人为的时间界限。难道像"洋务运动""公车上书"这样的事件就不能算是对"民族国家"的想象？难道政治上的"现代性"是说现代就现代起来的吗？如果没有民众的接受心理，就算有外界的强制推动，获得的"现代性"充其量也只是个"伪现代性"；如果我们把"人"的主体性发现作为现代性来考察，那么，这种考察显然不应该起始于五四，它上可推至晚明李贽的言论。任何一种关于"现代性"的言说，其本质都是中国传统的，只是言说方式是西方的。由于西方经济政治的强势，造就了其强势的话语言说，从某个方面来说，现代性本身就是西方性，它是以西方为标准来衡量来作为参照系的，但是，这并不代表中国的现代性就是西方现代性的一个组成部分，然而，我不得不悲哀地面对这样一个事实：它确实是西方的言说对象。

纵观1949年后三十年的文学创作，其基本基调就是如何把个体纳入集体，如何把个人命运与党，与国家制度下运作的权力机制相联系起来的创作过程，是一个如何把"人"政治意识形态化，使肉体承载政治教条的过程。诚如我前面所说的：肉体的政治意识形态化过程。而《青春之歌》中的林道静的成长经历，更是这种先精神、继而肉体皈依政治意识形态的具体体现。

第十一章　通过"柳青现象"反观
"赵树理方向"

在中国现代文学向当代文学转型的过程中，赵树理是一个绕不开的话题，他的横空出世与急遽衰落，在其时具有必然性。这种必然性我们通常会放到政治意识形态之下理解，这当然具有合理性，甚至可以说是主要因素，但是，如果我们把他与同是以农民形象塑造和农村题材写作著称的柳青进行对比，就会发现，赵树理的这种现象除了意识形态的因素之外，其实与文学的艺术性原则也有极大的关系。

尽管如赵学勇等先生所言："在中国当代文学史上，还没有一个作家的文学史地位像柳青一样大起大落，也没有一部作品像《创业史》一样备受推崇和横遭贬黜。当代文学所经历的辉煌与曲折，所承受的荣耀与阵痛，所肩担的责任与悲情，似乎最终都要浓缩为一个作家和一部作品——柳青《创业史》现象。"[①] 但是，在十七年文学史上，这样的大起大落其实远不止柳青一人，甚至可以说是一种普遍性存在，柳青不是孤例。若是论文学现象的大起大落，可能也

---

① 赵学勇、王贵禄：《经典的剥蚀："柳青现象"的文学史叙事及反思》，《当代文坛》2011 年第 4 期。

没有人比得上"赵树理方向"了。

一 《三里湾》：不合时宜的转型

无论是认为"'文艺座谈会'以后，艺术各部门都得到了重要的收获，开创了新的局面，赵树理同志的作品是文学创作上的一个重要收获，是毛泽东文艺思想在创作上实践的一个胜利"① 的周扬，还是提出"为了更好的反映现实斗争，我们就必须更好的学习赵树理同志！大家向赵树理的方向大踏步前进吧！"② 的陈荒煤，抑或是赵树理本人，都不会想到，刚过三年多时间，这个方向就走向了没落：1951 年初，按照他自己的说法，中宣部见他不是一个领导人才，便把他调到了部里做文艺干事，专职读书，"胡乔木同志批评我写的东西不大（没有接触到重大题材），不深，写不出振奋人心的作品，要我读一些借鉴性作品，并亲自为我选定了苏联及其他国家的作品五、六本，要我解除一切工作尽心来读。"③ "胡乔木亲自为赵树理选定了契诃夫、屠格涅夫等俄罗斯伟大作家的作品以及《新民主主义论》《在延安文艺座谈会上的讲话》《列宁论文艺摘录》等理论著作"。④

由"毛泽东文艺思想在创作上实践的一个胜利"的"赵树理方向"一变而为进中南海庆云堂闭门学习毛泽东著作，这在事实上颠覆了之前文艺界对赵树理的肯定：胡乔木对赵树理的要求是基于他

---

① 周扬：《论赵树理的创作》，载复旦大学中文系赵树理研究资料编辑组《赵树理专集》，福建人民出版社 1981 年版，第 191 页。

② 陈荒煤：《向赵树理方向迈进》，载复旦大学中文系赵树理研究资料编辑组《赵树理专集》，福建人民出版社 1981 年版，第 202 页。

③ 赵树理：《回忆历史认识自己》，载《赵树理全集》第六卷，大众文艺出版社 2006 年版，第 468 页。

④ 戴光中：《赵树理评传》，南京大学出版社 2013 年版，第 262 页。

之前创作的一个定论，那么，"赵树理方向"显然是一个有待重新评价的方向。因此，若是论到"大起大落"，或许赵树理比柳青更有典型意义。

柳青的《创业史》一问世就迎来了一股评价热潮，虽然评论界对梁生宝与梁三老汉的形象评价不一，但都没有否定《创业史》的文学价值，这殊为不易，因为当时的评论界就人物形象这一"有意味的形式"所应承载的历史内容、审美情感曾进行过激烈的讨论。就在这一年，围绕着《青春之歌》的人物形象问题，郭开就明确指出了《青春之歌》存在的三大"罪状"：一是"书里充满了小资产阶级情调"；二是"没有很好地描写工农群众，没有描写知识分子与工农的结合，书中所写的知识分子"；三是"没有认真地实际地描写知识分子改造的过程，没有揭示人物灵魂深处的变化"。总结起来，就是"严重的歪曲了共产党员的形象"。①

是否与工农结合，是否正面塑造了共产党员形象这样的问题一度成为判断一部小说是否具有存在价值的前提要件。对于本来就是描写农村生活的柳青来说，虽然不存在多少知识分子与工农结合的问题，但是，小说也描写了作为代表的共产党员郭振山对互助组的拆台行为，却并没有引起诸多评论者的注意。引起论争的正是文学艺术上的问题而不是意识形态上的问题，严家炎对梁生宝形象的"三多三不足"的概括，即"写理念活动多，性格刻划不足（政治上成熟的程度更有点离开人物的实际条件）；外围烘托多，放在冲突中表现不足；抒情议论多，客观描绘不足。"② 与之前郭开对《青春

---

① 郭开：《略谈对林道静的描写中的确定——评杨沫的小说〈青春之歌〉》，载洪子诚编《二十世纪中国小说理论资料》第五卷，北京大学出版社 1997 年版，第 301—305 页。

② 严家炎：《关于梁生宝形象》，《文学评论》1963 年第 3 期。

之歌》的批评相比，严家炎在意的不是作家是否贬低了共产党员的先锋性，而恰恰相反，是对其先锋性人为地拔高。

对于社会主义现实主义文学的创作来说，艺术问题也是政治问题。严家炎对梁生宝形象的质疑，显然是从日常生活常识，从文学作为"人学"的人性角度出发来进行探讨的，但是，随着柳青本人以及其他对政治理念持绝对信仰的评论界的驳斥，严家炎最后不得不修正自己的观点，"什么形象重要并且应该提倡，这不取决于某个具体作品中人物艺术描写成功的程度。我们必须从社会主义文学担负的促进人们革命化这个使命出发去考虑问题。"表面上来看，严家炎这一"修正主义"式的回应似乎表明，艺术形象的高低并非评价一部作品优劣的标准，但关键问题仍然在于，"文学能否更好地完成以共产主义精神教育人民、促进人们思想革命化的使命。"[①] 认定了这一点，那么，就可以套用之前何其芳评论《青春之歌》的说法，"梁生宝形象不可否定"。

闭门读书的赵树理可能自始至终都想不明白1949年之后他所面对的尴尬处境，一个自认为是在"讲话"之后成长起来的作家，一个被重点扶持起来的"方向"，却还要回过头去重读《讲话》，这多少有些令人匪夷所思。如果此刻我们把赵树理的落寞与柳青所受到评论界的热捧对比起来，或许能够发现一些端倪，尽管这些端倪既是政治上的，但同时也是艺术上的。

对《创业史》中人物形象认知上的争议，其实也正说明了柳青在书写梁三老汉的时候，无意识中把一个贫农的发家致富思想，——我们当然可以站在意识形态上认为这种思想就是与实现共产主义

---

① 严家炎：《梁生宝的形象和新英雄人物创造问题》，《文学评论》1964 年第 4 期。

理想相背离的小农意识、私有制思想甚至是试图走"资本主义道路"——抛开意识形态上的东西来说，这些想法无疑是贫农们的内心里最真实想法，从本质上来看的话，发家致富，这可以说是中国农民根深蒂固的思想，吊诡的是，无论是单干还是走互助社农业合作化的道路，其根本目的都在于此，这是他们不断前进的动力。显然，梁三老汉所持有的想法不是孤例，郭振山、郭世富（《创业史》），马多寿、袁天成、范登高（《三里湾》）等人何尝不是抱着与梁三老汉相同的观念？尽管这样的观念与其时的主流意识相悖，但是，却是实实在在而又普遍性地存在。既然赵树理和柳青所书写的题材都大同小异，为什么《三里湾》的出版没有如《创业史》一样受到重视呢？

事实上，我们应该把《三里湾》看作是赵树理创作转型的一个标志。无论在创作主题还是在对英雄人物的塑造上，它都与之后的《创业史》具有很大的共性。所不同的是，赵树理在《三里湾》中侧重于人民内部（袁天成与范登高都是共产党员）的矛盾书写，而柳青的《创业史》虽然也写了村主任郭振山、富农姚世杰等人对农业互助合作社的阻碍作用，但更加注重贫下中农们走互助合作而创业发展。表面上看，《三里湾》确实与其时所谓的"中国农村的社会主义高潮"紧密相连，但是，赵树理并没有能够理解胡乔木当年让他闭门读书的苦衷，更没有能够理解当时的社会风尚。对于正要放手发展农村社会主义的国家来说，农村建设问题并不是如赵树理所看到的那样仅仅只是存在着的一堆新问题，而应该是一个我们整个国家的形象，也正因如此，《创业史》才得到了评论界的充分肯定。梁生宝郭县买稻种、进山割竹等白手起家的创业行为，被当作民族国家由贫致富的象征。在这里引用杰姆逊的话可能不太合适，但却又正如他所说,"第三世界的文本,甚至那些看起来好像是关于个人和利比多趋力的文本,总是以民族寓言的形式来投射一种政治:关于个人命运的故事包含着第三世界的大众文化和社会受到冲击的寓言。"① 梁生宝身上承载的绝不仅仅只是一个合作化运动带头人的责任,而成为整个民族国家走向的象征。如果抛开其时农村经济政策是否从根本上促进了中国经济的发展这一话题不谈,这样的作品配得上史诗性的称号。

而反观赵树理的《三里湾》,则完全不具备这种民族国家想象的成分。虽然小说中写到了知识分子马有翼、共产党员袁天成、"糊涂涂"马多寿等人的"革命"行为,但是显然,作为共产党员的袁天成与范登高并没有带动互助组的生产,这样的事例虽然在《创业史》中也有郭振山这样的案列,但是,支部书记王金生却并没有表现出梁生宝一样的"创业"气魄。而赵树理自己对《三里湾》的认识,小说对两条路线斗争的书写明显多于"创业",重点在于扭转党员及部分中农对农业互助组的认识,在事实上更加显得这部小说与当年的社会发展方向格格不入。很显然,在即将步入放卫星"大跃进"的年代里,以亩产成千上万斤粮食来论英雄的农业社会,社会主义农村里仅仅有王金生这样的党员显然不够,要把一个"穷棒子社"变成又富又强的国家形象,这就呼唤着要有像梁生宝一样具有排除万难、争取一切胜利的具有实干主义精神英雄人物的出现。

在《〈三里湾〉创作前后》中,赵树理写道:"自一九四二年减租减息(土改的初步)开始后,就出现了初级形式的互助组织。可

① 詹明信:《处于跨国资本主义时代的第三世界文学》,载〔美〕詹明信著,张旭东编《晚期资本主义的文化逻辑》,陈清侨等译,生活·读书·新知三联书店 2003 年版,第 523 页。

是在革命由新民主主义走向社会主义的时候，领导这地方的农业工作者也曾有过一段觉着工作不太顺手：第一、在战争时期，群众是从消灭战争威胁和改善自己的生活上与党结合起来的，对社会主义前途的宣传接受得不够深刻（下级干部因为战时任务繁重，在这方面宣传得也不够），所以一到战争结束便产生了革命已经成功的思想。第二、在农业生产方面的互助组织，原是从克服战争破坏的困难和克服初分得土地、生产条件不足的困难的情况下组织起来的，而这时候两种困难都已经克服了，有少数人并且取得向富农方面发展的条件了；同时在好多年中已把'互助'这一初级组织形式中困难增产的优越条件发挥得差不多了。如果不再增加更能提高生产的新内容，大家便对组织起来不感兴趣了。第三、基层干部因为没有见过比互助组更高的生产组织形式（像农业生产合作社这样半社会主义性质的组织，在这时候，全国只有数目很少的若干个，而且都离这地区很远），都觉着这一时期的生产比战争时期更难领导。"①对于要求用革命的现实主义与革命的浪漫主义相结合来表现农村社会主义建设的文艺政策来说，赵树理这种把困难看作首要问题的说法显然是不合时宜的。尽管周扬在《建设社会主义文学的任务——在中国作家协会第二次理事会议（扩大）上的报告》中一如既往地力挺赵树理，但是也同时对《三里湾》的描写并不完全满意，"作者对于农民的力量的这一方面似乎看得比较少，至少没有能够把这个方面充分地真实地表现出来。"②巴人在随后的评论中也首先指出，"在我国农村社会主义运动的高潮蓬勃地到来的时候，赵树理的《三

---

① 赵树理：《〈三里湾〉写作前后》，载《赵树理全集》第四卷，大众文艺出版社 2006 年版，第 374 页。

② 周扬：《建设社会主义文学的任务——在中国作家协会第二次理事会议（扩大）上的报告》，《文艺报》1956 年第 5、6 期。

里湾》的出版，是深合时宜的；同时，对我国创作说来，也是一桩难得的收获。"① 然而，事实上，赵树理并没有去写这种到来的高潮，而是写"新的社会主义群众运动"到来的前奏，使得《三里湾》压根就没有踩在时代的鼓点上。

二　被曲解的"方向"

社会主义现实主义文学的根本要求，就是要在革命的浪漫主义原则下，与革命的现实相结合，表现党如何英勇地领导人民从一个胜利走向另外一个胜利。这一点，早期的赵树理做到了。在《小二黑结婚》《李有才板话》《李家庄的变迁》《孟祥英翻身》等小说中，赵树理把农民诉不完的共产党恩情表现了出来。如果没有共产党的领导，小二黑是不可能与小芹结婚的，李有才也是不可能回到阎家山，铁锁也不可能回到李家庄，孟祥英也永远翻不了身，党为人民的未来指明了方向。但是，在《三里湾》中，赵树理为读者设计了一个画家老梁，这个知识分子平时都躲在一边，就像隐伏在群众中的特务分子一样没有什么活动。可正是这么一个可有可无的人物，而不是王金宝或者其他共产党员为三里湾的发展指明了方向。他的三幅画把三里湾的现在、明天以及社会主义时期表现了出来。及至今天，评论界也没有发现这个画家在《三里湾》里的作用，这对于赵树理来说，无疑是幸运的——尽管老梁以他的画作鼓舞了三里湾的农民们参与社会主义建设的士气，可如果按照当年的左倾逻辑，他又无疑是一个应该接受批判的典型。

其实赵树理并非没有意识到自己写作中的某些问题，在《〈三里

---

① 巴人：《〈三里湾〉读后感——为〈中苏友好报〉而作》，载复旦大学中文系赵树理研究资料编辑组《赵树理专集》，福建人民出版社 1981 年版，第 442 页。

湾〉写作前后》中，他把自己写作上的缺点归结为三点，"一、重事轻人。"这就使得他"常常写出一大串人，但结果只有几个人写得周到一点，把其余的人在故事中用下就放过去，给人一个零碎的印象。""二、旧的多新的少。""对旧事物了解得深，对新人新事了解得浅，所以写旧人旧事容易生活化，而写新人新事有些免不了概念化"。"三、有多少写多少。"于是，"往往因为要去速效，把应有而脑子里还没有的人和事就省略了"①。在这样的问题之下，如果还要坚持"赵树理方向"，显然已经不能满足农村社会主义建设高潮的需要了。

赵树理所指出的三个缺点，在提倡社会主义现实主义创作方法的文艺界，无疑都是致命的。这些缺点显然不能满足塑造社会主义新人的要求，更不能以史诗的气魄去展望未来。而之后不久围绕着《青春之歌》林道静，以及《创业史》中梁三老汉与梁生宝形象的争论，事实上印证了社会主义现实主义小说不能重事轻人，而必须以人物形象的刻画为重点。赵树理的《三里湾》试图把自己的创作纳入"共同文体"② 当中，但却又在无意中露出了他的尴尬——在新形势下，虽然这部小说是 1949 年后第一部描写农业合作化的作品，可其中流露出来的问题，显示出他还是没有跟得上时代的步伐。而之后的《"锻炼锻炼"》，同样延续了《三里湾》的思路，正如董之林所言"50 年代末《"锻炼锻炼"》所遇到的尴尬，与 40 年代《小二黑结婚》出版的情景相似，不同点在于，40 年代他选择的作品方式与五四新小说不同；50 年代他的小说又与一般'社会主义现

---

① 赵树理：《〈三里湾〉写作前后》，载《赵树理全集》第四卷，大众文艺出版社 2006 年版，第 383—384 页。
② 刘纳：《写得怎样：关于作品的文学评价——重读〈创业史〉并以其为例》，《文学评论》2005 年第 4 期。

实主义'模式不尽一致。"① 然而，他的尴尬处境并非突然出现的，而是早在解放区的时候就已经埋下了伏笔。

赵树理常常把自己的创作称为"问题小说"，"为什么叫这个名字，就是因为我写的小说，都是我下乡工作时在工作中所碰到的问题，感到那个问题不解决会妨碍我们工作的进展，应该把它提出来。"这里存在着一个赵树理式逻辑，那就是，"不解决他们这种是非不明的思想问题，就会对有落后思想的人进行庇护，对新生力量进行压制。"② 这其实仍然是"重事轻人"的另一种说法，这种逻辑其实就是负负得正式的思维，把黑暗势力揭发出来，就等于歌颂了光明。这样，无论是为赵树理赢得名声的《小二黑结婚》《李有才板话》《李家庄的变迁》，还是之后的《三里湾》或《"锻炼锻炼"》，虽然最后的结局都是黑暗势力受到惩罚或经过批评教育之后转变为新型人物，正面人物获得了胜利，但是不可否认，对黑暗势力的揭发让读者感受到小说的重心并不在于鼓舞读者的士气，而是充分体现出"人间正道是沧桑"，以及没有救星就永远别想翻身的困难。现在，救星已经在东方升起，然而，随着救星升起的不是从一个胜利走向另外一个胜利的一马平川，反而是一个接一个问题的九曲回肠，这样的文学创作又怎么能够承担起鼓舞读者士气的责任呢？更何况，赵树理的"问题"意识原本就是一个需要考量的意识。在新政权确立之前，类似于《小二黑结婚》中那种对"封建落后思想"的批判于落后农民无恙，但是，当新政权已经成立，类似于《三里湾》中那种对落后党员的批评则对农村社会主义建设的高潮有伤。歌颂、

---

① 董之林：《关于"十七年"文学研究的历史反思——以赵树理小说为例》，《中国社会科学》2006 年第 4 期。

② 赵树理：《当前创作中的几个问题》，载《赵树理全集》第五卷，大众文艺出版社 2006年版，第 303—304 页。

暴露与革命的现实主义、浪漫主义相互混杂，在歌颂等同于革命浪漫主义、暴露类同于现实主义的时代，"赵树理方向"存在的问题就是太把问题当问题了。

其实，"共同文体"在很大程度上来说都是"共同问题"，作为在民众中间寻求政治合法性的书写，赵树理所选择的"方向"无疑是正确的，但是，这种正确在事实上是不够的。尽管赵树理的创作被认为是毛泽东《在延安文艺座谈会上的讲话》（以下简称"《讲话》"）之后文艺界的一大收获，但是，这个"方向"在一开始就存在着潜伏的危机。这个危机首先就来自人们对"讲话"理解的偏差。

无论是周扬还是陈荒煤，都把文艺大众化作为评价赵树理的一个重要标准。周扬认为，"他是一个新人，是一个在创作、思想、生活各方面都有准备的作者，一位在成名之前已经相当成熟了的作家，一位具有新颖独创的大众风格的人民艺术家。"① 而陈荒煤在要求文艺界向赵树理学习的三点要求中，除了第一点政治性与第三点革命功利主义之外，第二点就是"生动活泼的、为广大群众所欢迎的民族新形式"②。周扬和陈荒煤对赵树理的评价显然是基于《讲话》，无论是对政治性与革命功利主义的强调，还是对文艺大众化的要求，都是以《讲话》作为准绳的。而这三者之中，最为看重的则是大众化。如果说政治性与革命功利化问题本身就是蕴含在革命话语中的事实性存在的话，那么，大众化问题则并非属于一个政治性话题，虽然自20世纪30年代开始，文艺界就一直在提倡文艺大众化运动，但是这一运动收效甚微，在赵树理之前，尚不能找到一位作家像赵

---

① 周扬：《论赵树理的创作》，载复旦大学中文系赵树理研究资料编辑组《赵树理专集》，福建人民出版社1981年版，第179页。

② 陈荒煤：《向赵树理方向迈进》，载复旦大学中文系赵树理研究资料编辑组《赵树理专集》，福建人民出版社1981年版，第200页。

树理一样，如毛泽东在《讲话》中所要求的那样，选择学习群众的语言，让群众能够听得懂看得懂的创作方式。

但问题恰恰也出在这个大众化上面。毛泽东在阐释大众化的时候说，"什么叫大众化呢？就是我们的文艺工作者的思想感情和工农兵大众的思想感情打成一片。"① 显然，学习群众语言只是一个方面，仅仅只是语言上与工农兵大众接近，就并非一个完全值得肯定的"方向"，而更为重要的是要在思想感情上与工农兵大众的思想感情打成一片。事实上，《小二黑结婚》虽然"在一九四三年发表之后，立刻在群众中获得了大量读者，仅在太行一个区就销行达三四万册，群众并自动地将这故事改编成剧本，搬上舞台。"② 但是，这并不能说明赵树理的思想感情就与工农兵大众的思想感情打成了一片。

赵树理在群众中受到欢迎，并非证明他创造了"新鲜活泼的、为中国老百姓所喜闻乐见的中国作风和中国气派"③ 的作品，而仅仅只是，赵树理小说的故事性更适合口耳相传。群众并不在乎作家是否塑造了高大全式或者思想有多深沉的人物，他们只要求好玩（这一点，我们完全可以以赵树理本人以及文艺大众化运动中文艺界对五四新文化运动以来文艺脱离群众的理由为证），而三仙姑、二诸葛一类的人物刚好给他们枯燥的生活带来了一点笑料。《李有才板话》则以板话的形式，使得小说更易于接受和传播。赵树理的这些小说虽然为群众所喜闻乐见，但是，无论从文学的历史还是从讲话之后"党的文学"来看，都是与"中国作风和中国气派"风马牛不相及的。

---

① 毛泽东：《在延安文艺座谈会上的讲话》，载《毛泽东选集》第三卷，人民出版社1991年版，第851页。

② 周扬：《论赵树理的创作》，载复旦大学中文系赵树理研究资料编辑组《赵树理专集》，福建人民出版社1981年版，第179—180页。

③ 毛泽东：《反对党八股》，载《毛泽东选集》第三卷，人民出版社1991年版，第844页。

在其时的文艺界，真正被认为具有中国作风和中国气派的仍然是如鲁迅《阿Q正传》一样的作品（巴人《中国气派与中国作风》、艾思奇《旧形式运用的基本原则》），是《三国演义》《水浒传》这样的作品（何其芳《论文学上的民族形式》），这些作品显然不是赵树理的创作"方向"。

赵树理的小说以其插科打诨式的叙述赢得了读者大众，但在感情上却始终与读者大众隔着相当大一段距离。这种感情不在于小说语言上流露出来的是否为读者所接受或理解，而在于作者是否感同身受了作品中人物的思想感情，或者说，是否将自己的感情融入作品人物中去。或许是我们已经习惯了五四新文学运动以来所建立的更透露出人性关怀的作品，所以在赵树理的小说中，尽管充满着诙谐风趣的故事性，但我们却读不出赵树理自己的身影。小说里面的人物不像梁三老汉或者梁生宝那样，更不用说像鲁迅、茅盾或者沈从文笔下那样给人一种真实感。重故事而轻感情投入的做法，使得小说在叙述过程中平面化问题特别严重。读过他的小说，我们虽然对三仙姑、二诸葛、吃不饱、小腿疼等人物的名字印象深刻，但是，这些人物却并没有给我们留下多少阐释的空间，这些人物就像舞台上的群众演员，你可能记住了他们的某些语言，但除了这些语言之外，连人物形象都是空洞的。人们常说，一千个读者就有一千个哈姆雷特，但是在赵树理的小说中，就算有一万个读者，也读不出几个三仙姑、二诸葛来。而反观五四新文学运动中的小说，比如说鲁迅小说中的阿Q、狂人，比如沈从文小说中的翠翠，都是值得我们反复品味的。虽然有文章曾指出《福贵》与《阿Q正传》的传承性（默涵《从阿Q到福贵》），但是，这种传承性毕竟是有限的，除了某些与阿Q相似的经历之外，在福贵身上却很难再找到多少与阿Q一样的阐释空间。赵树理的小说无须我们品味，他笔下的人物只要一开口我们就能够记住他们，我们无须去思考什么，作者已经把想说的话都说完了。

这中间其实涉及一个普及与提高的问题，毫无疑问，赵树理的小说是普及的典范，但却不可能达到提高的目的。在《讲话》之后，我们必须把普及与提高放到意识形态之下来考虑，普及与提高都不是无目的的。"除了直接为群众所需要的提高以外，还有一种间接为群众所需要的提高，这就是干部所需要的提高。干部是群众中的先进分子，他们所接受的教育一般都比群众所受的多些；比较高级的文学艺术，对于他们是完全必要的，忽视这一点是错误的。为干部，也完全是为群众，因为只有经过干部才能去教育群众，指导群众。"①"普及"与"提高"都源于两种不同的需要，一种是针对人民，另一种是针对现实的需要。就其时的文艺政策来说，这两种不同的需要其实都可以归结为现实的需要。这就使得文学必然要以牺牲"人民"的需要来屈就现实。如果我们用毛泽东的这段话来审视赵树理的小说，那么，不可否认的是，他的小说很难达到提高干部的目的，甚至可以说，要提高群众的认识都是相当困难的。

在赵树理的小说中，多半表现了底层人物坐等解放的形象。小二黑与小芹（《小二黑结婚》）、李有才（《李有才板话》）、孟祥英（《孟祥英翻身》）、铁锁（《李家庄的变迁》）、小晚和艾艾《登记》……这些翻身得解放的农民无一不把自己的救星指向党。如果是在发动革命的初期，这样的书写当然没有问题，甚至能够起到很好的宣传作用，但是，当一个政权趋于稳定的时候，这样的宣传就显得还仅仅只是停留在初级阶段，群众的这种依赖心理显然不再是促进社会变

---

① 毛泽东：《在延安文艺座谈会上的讲话》，载《毛泽东选集》第三卷，人民出版社1991年版，第863页。

革的有生力量，相反，可能会阻碍工作的进一步开展。

群众并没有因为得到教育而自发地产生一种解放性力量，这一点不仅被赵树理忽略了，可能同时也被周扬和陈荒煤等人所忽略了。赵树理这个"方向"的被树立，被看重的主要是他的普及性以及大众化的一方面，而《讲话》中所要求的提高这样重要的政治性问题恰恰被忽略了。在《讲话》发表后越来越一体化的文学政治环境中，尤其是当新政权建立之后，提高可能就远比普及重要得多。"严重的问题是教育农民。"① 在赵树理的小说中，我们很难看到具有教育农民的功能，这甚至包括《三里湾》，教育农村干部的功用可能远比教育农民的功用来得猛烈。而在柳青的《创业史》中，虽然梁生宝的形象同样经不起过多的阐释，但是至少有一点我们必须承认，从政治的功用上来说，梁生宝无疑是一个引导农民坚定地走互助合作化的典范，梁生宝这个农民已经作为这个世界的主人站起来了，他不仅具有解放自己的力量，同时也具有领导其他群众站起来的潜质。就这一点来说，"赵树理方向"其实一开始就是一个被曲解了的"方向"，是一个只见树木不见森林的"方向"。

三 "扭曲事实"与社会主义再教育

赵树理的大众化是有意为之的，其目的只是要在知识分子精英话语与农民话语之间做出选择，正如他自己看到的一样，"五四以来，中国文艺界打开了新局面，但是过去这种新的作品还只能在知识分子中间流行，广大群众依旧享受的是原来享受的那些东西。这样一来，中国过去就有两套文艺，一套为知识分子所享受，另一套

① 毛泽东：《论人民民主专政》，载《毛泽东选集》第四卷，人民出版社1991年版，第1477页。

为人民大众所享受。"因此，"我写的东西，大部分是想写给农村中的识字人读，并且想通过他们介绍给不识字人听的"①，基于这样的想法，他的创作就必须得考虑受众的接受心理，哪些是农民百姓"喜闻乐见"的东西？哪些又是他们所不能接受的东西？哪些方面值得书写？而哪些事实又必须改写？就提上了他写作的议事日程。

对现实生活中"小二黑"的改写显然就不是因为与群众打成一片的大众化考虑，而完全是一个满足于中国式理想认知的大团圆心理。这个真实的故事发生在新政权已经建立了四年的太行辽县（今左权县）政府驻地的村子里，一个只有十九岁的美男子叫岳冬至，是村里的民兵小队长，父亲给他养了个九岁的童养媳，岳冬至不满意，而与一个叫智英祥的活泼漂亮的姑娘自由谈了恋爱，智英祥在此之前被母亲包办婚姻许配给了一个四十多岁的阔商人。已婚的村长和另一个已婚的青救会秘书也同时喜欢智英祥，都想把她据为己有，只是因为智英祥单单喜欢岳冬至，使得村长与青救会秘书迁怒于岳冬至。有一天下午，村干部叫他去开会，整夜没有回家，后来发现被几个村干部打死后吊在牛棚里。有论者认为，"原故事的结局，赵树理觉得太悲惨了，既然反封建的东西，赵认为应该给正面人物找下出路，照那个原来的结局，正面人物是被封建习惯吃了的，写出来不能指导青年人和封建习惯作斗争的方向。"② 这样的说法一直延续下来，黄修己的《赵树理评传》（江苏人民出版社 1981 年版）同样沿用了这一说法，后来的研究中虽然很少再有人推断赵树理改编原故事结局的原因，但都在"反封建"的名目下达成了共识。

---

① 赵树理：《〈三里湾〉写作前后》，载《赵树理全集》第四卷，大众文艺出版社 2006 年版，第 377 页。

② 董均伦：《赵树理处理〈小二黑结婚〉的材料》，载复旦大学中文系赵树理研究资料编辑组《赵树理专集》，福建人民出版社 1981 年版，第 338 页。

　　这样的认识其实大可值得商榷。首先，现实中的事实虽然确实存在着包办婚姻的因素，以"自由恋爱"为主题固然能够作为"反封建"的一大理由，但问题更为关键的是，岳冬至被打死的事件，起因本身并非因为什么"封建习惯"，而是因为争风吃醋。故事的改编，使得本来应该作为教育农村干部的典型案例变成了教育农民群众，引导农村青年在新政权下自由恋爱的话题。其实，小说家完全可以把这个故事的结局设计成另外一种模式，比如坏人受到惩罚，大仇得报，这同样是可以为群众所接受的一种叙事方式，但赵树理却偏偏选择了让"小二黑"活着，还与自己的心上人结合的模式，这中间隐藏着什么样的创作心理？是值得我们细究的。

　　"扭曲事实"当然是文学创作中必要的一种手段。如果仅仅把赵树理"死人写活"的创作当作是为了给青年人与封建势力的斗争指明一个方向的话，那么，这种方向就是一个大可质疑的方向。鲁迅的《伤逝》、张爱玲的《倾城之恋》等小说同样是写一个自由恋爱的问题，并且更为深刻地反映了这个问题，因此，在五四运动已经过了二十余年之后再来讨论自由恋爱，显然已非当年的恋爱了。更何况，小芹的"我不管！谁收了人家的东西谁跟人家去！"的宣言也远没有子君的"我是我自己的，他们谁也没有干涉我的权力！"来得猛烈。因此，如果一定要指出《小二黑结婚》的中自由恋爱所带来的社会效果的话，与其说是活着的小二黑给青年人指明了方向，不如说是区长的存在给大家指明了方向。

　　如果我们把《李有才板话》中的阎恒元、广聚、小元，《李家庄的变迁》中的李如珍、春喜，《登记》中的村民事主任、区上的王助理员等农村干部与《小二黑结婚》中的兴旺金旺兄弟联系起来的话，或许对《小二黑结婚》的阐释天平就会向农村干部问题上面倾斜。

这显然是一把双刃剑，一旦我们把赵树理的农村干部问题作为一种现象来解读的话，《小二黑结婚》这样一个在"讲话"之后结出的硕果显然就偏离了"讲话"的方向。

其实，就算我们把《小二黑结婚》牢牢地控制在"方向"范围之内，也不能就此认定这就是大众化努力的"方向"。在周扬肯定赵树理的创作之后，史纪言在《文艺随笔》中这样写道："赵树理同志的《小二黑结婚》和《李有才板话》，虽然经过彭副总司令和李大章同志的介绍，然而几年以来，并未引起解放区应有的重视。记得我曾和一个同志说过《小二黑结婚》还不错，然而对方的回答，却是'赵树理对解放区的了解也很有限'。"①

因此，应该说，就赵树理小说的发行量来说，确实存在着一个庞大的群众读者群，但是，这些读者群是否都真正喜欢赵树理，尤其是在知识分子阶层，可能要打一个相当大的问号。尽管赵树理在读了《讲话》之后，认为毛主席批准了他的写法，但是，毛泽东却从来没有谈论过他，这显然是一个一厢情愿式的认同。相反，在《讲话》发表前两年的《新民主主义论》——这也是后来胡乔木开列给赵树理的读书清单之一，倒是一再肯定鲁迅的地位，"鲁迅是中国文化革命的主将，他不但是伟大的文学家，而且是伟大的革命家和伟大的思想家。……鲁迅的方向，就是中华民族新文化的方向。"②

"中国作风和中国气派"显然不是赵树理这样的"普及"作家所能承担的，在《讲话》中，毛泽东认为，"普及工作若是永远停止在一个水平上，一月两月三月，一年两年三年，总是一样的货色，

---

① 史纪言：《文艺随笔》，《文艺杂志》1947年1月。
② 毛泽东：《新民主主义论》，载《毛泽东选集》第二卷，人民出版社1991年版，第698页。

一样的'小放牛',一样的'人、手、口、刀、牛、羊',那么,教育者和被教育者岂不都是半斤八两?这种普及工作还有什么意义呢?"① 把赵树理放到普及作家的行列,其实并不仅仅因为他农民式的语言,更多的在于他对传统小说叙事模式的沿用。不管是《小二黑结婚》还是《李有才板话》,抑或是《登记》《三里湾》,赵树理其实都没有逃出"坏人当道——好人遭殃——高一级领导站出来领导大家翻身得解放"的故事套路。这样的故事结局虽然能够大快人心,但却也抑制了群众的革命积极性——既然群众到最后都可以通过某个"青天"的出现而获得终极解放,他们又何必冒着生命危险去参与革命的进程?

而更为重要的问题则是:与五四知识分子一样,赵树理的创作其实也是一种"殖民"式的创作,一种改换了叙事模式与叙述语言的"殖民文学"。当他口口声声地说他是为中国那些看不懂文字的绝大多数农民而写作的时候——就正如马克思在《路易·波拿巴的雾月十八日》中所说的,"他们不能代表自己,一定要别人来代表他们。"② ——是否就真的代表了农民的真实想法了呢?从史纪言的转述与他本人对岳冬至事件的改编来看的话,这个为农民立言的作家,可能恰恰以农民代表的身份,掩盖了农民的真实诉求。青年们要求自由恋爱固然是一大渴望,但这个渴望自五四时期就以娜拉们的出走形式给青年们指引了一条方向,不管这个方向究竟是康庄大道还是一个死胡同式的骗局。更何况,赵树理在小说中并没有为这种"反封建"式的自由恋爱指明出路,——经由区长处理的"自由恋

---

① 毛泽东:《在延安文艺座谈会上的讲话》,载《毛泽东选集》第三卷,人民出版社1991年版,第862页。

② [德]马克思:《路易·波拿巴的雾月十八日》,载《马克思恩格斯选集》第一卷,人民出版社1974年版,第693页。

爱"也实在算不上是"自由恋爱"的最佳结局。找政府告状的老汉可能并不会想到什么自由恋爱，他更为在意的是如何伸张冤屈，如何为自己死去的侄儿报仇的问题。从这个层面来说，赵树理的小说创作只是在语言上进行了改装，使之更接近农民的认知，而在作为一个作家的情感态度上，他与五四时期的其他作家并没有多少区别。然而，他却又存在着比五四时期的作家们更为严重的问题：赵树理抛弃了五四新文化运动悲悯苍生的立场。鲁迅对阿Q虽然怒其不争，但同时也有哀其不幸的一面。而赵树理则完全没有哀谁不幸的冲动，他对人物缺乏根本的同情。对三仙姑、二诸葛等人的情感态度，也只是站在人物的头顶上来打量他们，看他们的笑话，使得人物形象非常平面化。在鲁迅的小说中，我们读到的是一股悲凉的气息，而在赵树理的小说中，我们读到的则是嘉年华似的狂欢气息。鲁迅之所以为鲁迅，被称为民族魂，就是因为他从内心深处爱着这个民族和苍生，哪怕是在批判中也表露出了自己最真实的情感。而赵树理笔下的人物，对落后者往往是嘲讽轻侮式的取一些绰号：三仙姑、二诸葛、吃不饱、小腿疼、糊涂涂、范登高……无论是对这些落后人物，还是对那些进步人物，他都缺乏理解式的同情。可以说，我们是靠那些绰号而不是靠人物形象记住了赵树理笔下的人物。他只是想用技巧把五四知识分子贵族精英气质与农民阶层的立场融合起来，而这恰恰导致了赵树理小说文本中情感态度的分裂。

或许，我们可以把同样"扭曲事实"的《创业史》中的梁生宝形象拿来做一对比。《创业史》中的梁生宝，虽然是拔高了的《皇甫村的三年》中的王家斌形象，与梁生宝一门心思要领导互助组走共同富裕比起来，王家斌曾经动心思买地的形象明显更符合农民的思想。尽管这个被拔高了的梁生宝形象从一开始就受到了质疑，但是，就其时的文艺政策与社会思潮来看，这个人物与王国藩的"穷棒子合作社"一样，无疑更能体现"我们整个国家的形象"，因此，学术界对梁生宝的质疑，不是站在意识形态的立场，而是站在对人物刻画的文学立场。更为重要的是，尽管梁生宝形象是一个被拔高了的形象，但是这个人物却又或多或少地代表了其时先进人物的形象。柳青对梁生宝倾注了他所有的感情，他对梁生宝激情式的叙述中，饱含了他对主人公的真诚理解，这当然也是对信仰的真诚感悟。相反，我们在赵树理的小说中是读不出这种真诚的，因此，如果说论到教育意义，赵树理显然就不及柳青。

在赵树理的小说中，对人物的理解式同情远不及他对读者的说教式教育。当人们已经"当家做主"，农村建设的社会主义高潮已经来临的时候，对农民的那种漫画式嘲讽显然已经不合时宜，社会主义现实主义文学所要求的教育意义，已经不再是对三仙姑、二诸葛、吃不饱、小腿疼这样的丑角进行嘲讽就可以完成的，它必然要求如梁生宝式的已经经过教育之后成长起来的，能够独当一面的社会主义新人。

余 论

按照《讲话》的精神，人民的需要是文艺存在的根本价值所在，这也是大众化讨论的根本问题所在，但是，我们对文艺大众化的理解也可以有多种维度，"大众"在赵树理这里始终是"平民百姓""底层人士"等语意界限内的所指，他自觉地将"知识分子"和"大众"区分为两个价值主体，并将知识分子自觉地进行了摒弃式的处理。对大众的区分是否仅仅只是表现在语言的表述上或文学的主人公身上？这或许是赵树理自己都没有能够深入思索的问题。要知道，

正是"知识分子"自己将这两个主体区别开来的。我们必须清楚的
是，知识分子同样是大众中的一员，同样属于"人民"的范畴。更
进一步说，如果说以农民为主体的书写仅仅停留在教育农民的层面
上，那么，对于《讲话》中所提出的"手是黑的，脚上有牛屎，还
是比资产阶级和小资产阶级知识分子都干净"①的工农大众来说，无
疑是不能满足他们的光辉形象的。中国当代文学的现代性品格本身
融入了文学的政治意识形态性内涵，必然要求文学对这一内涵作出
合理性的阐释。因此在当代文学的体制化压力下如何找到一条"人
民的文学"道路，是赵树理努力尝试但又未能解决的叙述困境。这
可能不只是赵树理一个人面临的困境，它甚至是跨入新中国以后所
有知识分子面临的问题。

　　如果说"赵树理方向"本身在很大程度上意味着一种大众化的
普及的话，那么，柳青则以农民的现身说法，完成了从普及到提高
的社会主义入门教育。随着时代的进步，无论《创业史》中那种私
有制即罪恶的观念如何显得与当前的观念格格不入，但在其时，柳
青显然比赵树理更具有方向性的气质。

　　当然，作为一种政治性写作，任何一种"方向"都会因政策的
变动而跟着失去"方向"，这是迟早的事情。就文学自身的存在价值
来说，没有任何一种文学方向是确定不移的。更何况，就文学的审
美功用来说，根本就不可能存在一个一成不变的"方向"。陀思妥耶
夫斯基有他自己的审美方向，卡夫卡同样有卡夫卡的文学标准，虽
然"共同文体"在某个时期内成为文学界努力的方向，但并不意味
着文学叙事上的相互遵从与模仿。任何人都只是时间锁链中的一环，

---

　　①　毛泽东：《在延安文艺座谈会上的讲话》，载《毛泽东选集》第三卷，人民出版社1991
年版，第851页。

都会受到教养与学识的局限，没有谁能够保证他的作品就是不朽的，很多年之后，如果我们还能在文学中读出经典的力量，那只是因为我们在文学中看到了人类自身的局限性，从中读出了我们自身的处境。然而，遗憾的是，从赵树理的小说中，尤其是在被确定为"方向"之前的小说中，我们很难从中读出这样的意味。随着政治力量的转变和政策的变动，更加快了这种"方向"的失落，如果政治写作不紧跟政治的话，任何方向都只是过眼烟云。

第十二章 疾病下的虚构：重返 80年代看《虚构》

一 我不是那个叫马原的汉人

《虚构》这部小说已经被成百上千地评论过，"我就是那个叫马原的汉人"自马原书写以来，评论界便一遍又一遍地改写着那个叫马原的故事，"马原的叙述圈套"也在吴亮的广播宣传下成为谈论马原的一个基本常识，人们不厌其烦地在叙事学上做功夫也做足了功夫，而今，谈论马原就必须谈论他的叙事、"虚构"能力甚至是"后现代"！似乎不这样去谈论马原就停留在了原始社会。我们以为这才叫文学，可我们不知道这种"非政治化"评论的立场本身就是政治化的。关于"非政治化"，伊格尔顿有过非常经典的论述："认为存在着种种形式的'非政治的'批评，这其实只是一个神话，一个更加有效地促进了文学的某些政治用途的神话。'政治的'与'非政治的'批评之间的差别只是首相与君主之间的差别：后者通过假装不搞政治而促进某些政治目的的实现的，前者则是直言不讳的。"①

"非政治化"并不能真正抵达"纯文学"本身，"我们根本不以

① ［英］特雷·伊格尔顿：《二十世纪西方文学理论》，伍晓明译，北京大学出版社2007年版，第211页。

生活的反应而是以最私人化的最无规律的感觉去理解社会整体的理性，对此理性而言还有什么更美好的赞美呢？如果我们在乐善好施的温情迸发之中就能如体验美味一样直接地体验我们与他人的关系，我们还需要那些无机地把我们联系起来的笨重的法律和国家机器吗？"①伊格尔顿这句话不仅仅对文学创作者适用，它同样适用于评论界。"文学，就我们所继承的这一词的含义来说，就是一种意识形态。它与种种社会权力问题有着最密切的关系。"② 文学是审美意识形态的书写活动。然而，我们的评论界则恰恰希望能够用形式上的一美去遮住内容上意识形态之百丑，殊不知，这种对意识形态的盲视正是对重点所在的遮蔽。从这方面来说，《虚构》这部小说无疑没有被真正阅读过，其文本本身就提供了社会学分析所需要的一切条件：从严格意义上来说，小说内部阅读所揭示出来的权力关系结构，也就是"那个叫马原的汉人"所经历并发生于其中的空间结构，成了作者本人所置身于其中的社会空间关系结构。

"我就是那个叫马原的汉人，我写小说。"小说的开头并不是指向小说文本本身，而是自我指涉，如果我们考虑到作者讲的是一个关于麻风村的故事，以及小说的词句并不是无主的言语的话，那么，这种自我指涉就显然具有某种不可取代的作用："汉人"首先表明了自己的大民族身份，相对于那些住在玛曲村不会说汉话的麻风病人来说，这更是一种健康者的身份。只有首先建立一种主体地位，才能把他者标示出来，才能去说别人的疾病缠身甚至于是对社会有害的危险物。同时，"我写小说"又消解了前面一句话的真实性——如

① ［英］特雷·伊格尔顿：《审美意识形态》，王杰等译，广西师范大学出版社 2001 年版，第 1 页。

② ［英］特雷·伊格尔顿：《二十世纪西方文学理论》，伍晓明译，北京大学出版社 2007 年版，第 21 页。

果我们认同小说在某种程度上就是"虚构"的话。如果作家马原在这里消解的不是一个汉人身份的话，那么，他至少是在消解着把自己当作健康者，而把麻风病患者看成是对社会有危害的人这样一种敌我关系。所以，不能把小说中的马原作为自传体的自我投射，实际上，他应该被看作一种自我对象化与客体化的过程，既是自我的分析行为也是社会的分析行为。基于此，讨论马原小说叙述的"惯技"是否就是"弄假成真，存心抹煞真假之间的界限"。并以此去证实"他实在是一个玩弄叙述圈套的老手，一个小说中偏执的方法论者"① 就显得毫无意义。事实上，这个"马原"并不神秘，我们完全可以把小说中的马原改名，这并不影响文本的意思，甚至也不会影响那些叙事主义论者的观点。问题是：如果我们一定要坚持叙事主义的立场的话，那么，我们最好首先去证明全世界只有一个人叫马原，且这个马原就是那个德里达意义上签名《虚构》的作家马原。

二　疾病之下玛曲空间的形成

比起叙事主义者，我更相信"这是个关于麻风病人的故事"。玛曲村是小说赖以存在的社会空间，这个空间"是国家指定的病区，麻风村。"这个村就像一个世外桃源被隔离起来，"他们虽然和我们同时生存在这个星球上，各自的世界却是不通的——他们是弃儿。"隔离造成了这个区域内人与地之间属性的荒谬组合，使得玛曲村在法律上仍然是这个国家的应有领土，然而，生活在这里的人却又明显地非我族类，不再是这个社会的公民，玛曲村的居民们处在既是

---

① 吴亮：《马原的叙述圈套》，《当代作家评论》1987 年第 1 期。

又不是的荒谬位置上。麻风病在小说中具有任何叙事所不能替代的作用。在 20 世纪 80 年代对付麻风病,我们注重的是从内部消灭它,这种空间意识是内在化的。对存在于内部的疾病,他们采取的措施是隔离,再从隔离起来的空间内部去消灭它。

在小说及现实生活中,麻风病显然被当作一种低贱病、贫民病。它的出现与居住条件、饮食卫生有关,至少小说中透露出来的信息是这样。患病者也是出身低贱之人,他们的存在可有可无,生无所益,死不足惜,一种先在的价值判断首先就隐含在文本中。对于这些人,只要把他们隔离起来,不要让他们去威胁社会,任其自生自灭就好。

只有把麻风病看作传染性疾病,设置隔离区才能显示出它的意义。把病人当作对社会有害的危险品隔离起来,隔离不仅意味着个体与社会关系的分离,也意味着精神的孤独,语言的消失,在成为弃儿的同时,也成为一群失语者,他们是被人为地夺去话语权的他者。这种失去话语权的他者地位不仅改变了麻风病人的社会地位,也改变了他们的行动,对于绝大多数麻风病人来说,"她们都是单个行动,不声不响地进进出出,就像哑剧中的配角演员,也像幽灵……我甚至想到连她们的灵魂都是孤独的,如果她们真的有灵魂的话。"尽管他们也说话,但在马原看来,他们都是在做哑剧表演,还只是"配角"。这种哑剧表演意味着话语权的丧失。作家在这里把玛曲这个空间置入了异社会的境地,也把玛曲人放在了异度空间里。他们相对于正常社会的人来说只是一群戏子在表演。如果灵魂是正常人才配拥有的事情的话,那么,对麻风病人灵魂存有的质疑无疑区别出了两种人在本质上的不同。爬山的爬山,转经的转经……很难说得上彼此之间有与正常社会一样的交流。就连那个读过书与马原有过交媾的女人,双方之间的对话都显得语无伦次。是的,"没有人知道谁为什么爬山,没有人知道谁为什么转经，没有人知道谁为什么晒太阳。"这样的文本叙述我们还可以无限制地开列下去，比如说，没有谁知道为什么交媾……为什么交媾呢？女人的回答是："男人没别的事可干，女人也一样。让你说，不干这种事他们干什么？"整个玛曲村处在麻木无聊状态中，这使得作家马原都忍不住抛开主人公马原的身份溜出来公开发表他的意见，他借用了句所谓哲人的话评论说，"人到无聊时比什么都可怕"，无聊成为时间过剩、生命多余的表现。这种无聊使得人闲置起来，它不仅表现出一种生活上的无所事事，更表现出一种社会的多余，由于无所事事而又需要物质生活，这种多余事实上就成了社会的负担，从而构成了对社会的危害。于是，这些麻风病人的生死在无聊两个字面前变得一文不值。"无聊"代表了社会对他们的所有价值评估。作者在这里把麻风病人推到了一个非常荒谬的境地：没事可干的人只有不停地性交，于是，像小个子这样有生殖能力的男人就会到处留情，遍地是种，可是这些孩子一生下来就被人为地打上了必须被隔离起来的麻风病人的烙印。刚刚生下来就落入了社会为他们设计好的自生自灭的陷阱。生命力，以及与此相关的繁殖力带来的是世代的失语，在这个地方长大的人，永远也不可能获得一种社会话语权，他们只能永世无聊下去。正如小说所言："这种生存环境无疑是培育痴呆症最适宜的土壤。"小个子男人旺盛的繁殖力很难说就不会培养出"都说话。她们很少说话，没有什么可说的"，或者"矮的想说说不出，高的能说不想说"的下一代来。这也成 80 年代众声喧哗与精神清污并举下的真实生活状态。

在玛曲村空间里，我们完全可以把所有的在场者都认为是失声的哑巴，我把这种集体性的在场，但又失去言说能力与话语权的哑巴现象称为"玛曲现象"。这种现象不仅仅为玛曲独有，翻开新中国成立后的历史，我们都能够找到这样的人群，比如说沈从文这样的被剥夺了写作与发表言论权利的"桃红色"作家。与马原写作《虚构》时距较近的 1983 年"清除精神污染"运动，接下来的"朦胧诗案"……每次运动都会制造出新的玛曲现象，显然，他们都是被当作某种传染性疾病被处理掉。很难说这种玛曲现象不是造就马原进行"虚构"的一个重要原因。

三 "哑巴"现象与权力空间的构成

在这种玛曲现象下面，还有一个伪装的哑巴军官。在马原没有到玛曲前，一直以哑巴的姿态出现在世人面前。马原的到来，让他在私底下重新变成了可以正常说话的人。这是一种渴望回到社会，与外界沟通交流并渴望被认同的行为，然而，马原不是救世主，和他开口说话也就意味着给自己精神上带来不必要的焦虑，意味着自己脱离了那个哑巴群体，可是，限于自己的国民党军官身份，这种脱离哑巴群体的行为并不能带给他解放，相反，这一行为意味着双重隔离：既不能再获得玛曲村那些哑巴群体的认同，也不能得到村外世界的接受——不仅因为他在玛曲村住了几十年，可能已经染上了麻风病，也因为其国民党军官身份。

在生死抉择面前被迫哑巴化，这是国民党军官在新社会的活命哲学。正如他试探马原时所言："过了几十年，我想看看现在的人。什么都跟从前一样，没变……"是的，一切都没有变，怕死的依然怕死。在交出自己的所得物，有时候甚至是自由思想——与活命之间，几十年来，人们选择的依然是活命。这不仅是马原在哑巴的枪口下被迫交出随身携带的食物，也是这个国民党军官为什么要在玛曲装聋作哑几十年的真正原因，没有人拒绝活命，就像 1949 年之后沈从文放下自己钟爱的文学，成为文学上的哑巴，另立生活门径一样。

真实身份的暴露，把哑巴推入绝境的同时，也把马原推到了窘境中。对哑巴来说，马原是个他者，他的自杀告诉马原，他们不是同类人，马原不能走进他的世界，同样，哑巴也不能接受马原的世界。在可以自由进出玛曲村的马原面前，由于长期生活在麻风村，哑巴缺乏那种叫作健康的东西，更缺乏那种叫作无产阶级的身份，也不能保持住自己国民党军官的身份，现在，他也不能保持住自己哑巴的身份，他没有保持自己本来面目的禀赋，也就不会得到任何形式的社会身份认同。这使他有别于玛曲村的其他人，那些麻风病哑巴们只要不逾越自己被框定的界限，就永远不会产生身份认同的焦虑，他们就永远可以活在那个哑巴世界里。不需要思考什么，只要墨守一切既定规则就行。活下去，或者说参与生活，"就是愿意进入被社会认可的这个或那个社会游戏，愿意进行最初的投资，这种投资既是经济上的又是心理上的，包含在对严肃游戏的介入中，社会世界就是由严肃的游戏构成的。这种对游戏的信仰，对游戏价值及其赌注的信仰，首先表现为严肃，乃至严肃的精神，即这种严肃对待一切事物和所有被社会指定为严肃的人的倾向"。[①] 每个活着的人都需要在心理上去认同自己的身份，并把自身的行动牢牢地框定在这个身份所能允许的范围内，这既是社会的要求，也是自身能够容身活下去的前提。作为国民党军官的哑巴现在既想超越自己固有的身份，而又没有最初的投资，无疑很难为新社会的游戏规则所认同，等待他的除了自杀似乎就找不到别的出路。马原则不一样，他虽然也有个身份认同问题，但他在进入玛曲之前就已经被外面的群体所认同了，"我是汉人"就意味着一切，他可以不需要麻风病人的

---

① 〔法〕皮埃尔·布迪厄：《艺术的法则：文学场的生成和结构》，刘晖译，中央编译出版社 2001 年版，第 18 页。

认同，他来到这里就像上帝一样，高高在上地打量这个群体，如果他不去刻意强调自己的无产阶级身份的话，他可以中立地去看待这些人，以及发生在自己身边的事，做出一切都与己无关的纯审美姿态。当然，如果他真的想要去找点素材来虚构他的故事的话，就得接近那些人，去认同那些哑巴。

麻风病由于其长期性，所以应该如苏珊·桑塔格讨论结核病一样，看作一种"时间病"，但是，在中国，由于患者被集中隔离起来，它就更应该被看作一种空间上的疾病。任何疾病在政治上都仅仅只会被看作空间上的，而不是时间遗传下来的结果。疾病只与空间有关，那么，把会产生疾病的某一空间隔离起来，就像极权政治封锁某些新闻不让它散布一样。这不仅有利于其他空间的稳定，不受这种疾病的影响与传染，也有利于慢慢地消灭它，使社会重新恢复正常的秩序。"疾病源自失衡。治疗的目标是恢复正常的均衡——以政治学术语说，是恢复正常的等级制。"① 鉴于哑巴军官与麻风病人长年居住在一起——不管他是自愿，还是被迫——他事实上与麻风病人的处境毫无二致，并且在某种程度上他的身份已经与麻风病同源了，不管是在新社会下的自我认同，还是被人为地他者化。"我早就从你们的世界里退出来了。那个世界是你们的。"这种身份认同感恰恰对应了一种社会权力的重新划分，以及一种社会秩序的重新建立。

另一个悖论在马原叙述进入玛曲的时候凸显了出来，"我相信医生绝对不会想到我的入侵。"显然，在医生看来，马原的到来无异于另一种疾病入侵，是本来应该被隔离于这个空间之外的。这种疾病的到来可能能有对现存秩序颠覆的威胁。于是，疾病意象在这里被用来作为

---

① ［美］苏珊·桑塔格：《疾病的隐喻》，程巍译，上海译文出版社2003年版，第68页。

表达对既存社会秩序的焦虑，而健康则成为相对而言而非不言自明的东西。在现代社会的政治寓言下，健康本身变成了一种颇具争议的东西，在此地被认为是健康的东西，到了彼地，则会因为空间的变化，以及与之相匹配的权力发生变化，就可能被认为是不健康的了。连健康本身在现代政治权力的操控下都变成了一种不确定的东西，更何况疾病了。其实，类似于健康这样的真理标准本身是不会有任何变化的，问题仅仅是，我们在什么样的权力笼罩下来认识它。

进入玛曲村被认为是入侵，进去之后出来又害怕被隔离起来（"我不希望那些认真的人看了故事，就说我与麻风病患者有染，把我当妖魔鬼怪。我更怕的是所有公共场所对我关闭，甚至因此把我送到一个类似玛曲村的地方隔离起来。"），为了避免像哑巴一样被双重隔离，马原把这部小说归结为"虚构"。承认自己做了个白日梦，在这里，马原不仅道出了他为什么要把一个完全可以称得上现实主义的故事讲得虚无化的原因，也无意中给我们提供了另外一个关于疾病的隐喻——把一个与麻风病患者接触的人"当作妖魔鬼怪"。《金枝》中的接触巫术在麻风病面前再次凸显了它的魅力。就连接触病人的人都被妖魔化了，何况真正的麻风病人？这个社会不是把麻风病仅仅当作一种疾病来治疗（很难把这种隔离称作治疗，就病人所说，尽管换了两个医生，她却没有见过而言，玛曲村并不是一个治疗麻风病的场所，而仅仅是把麻风病人与社会隔离起来的地方），更多的，是当作吃人的妖魔鬼怪来对待，这种成见使得玛曲村的麻风病不仅被看作一种不治之症，而且是一种令人感到羞耻的病，这种羞耻感主要来自一种社会性的道德判断。于是，麻风病患者不再是被我们拯救的对象，我们只要把他们集中在一起，像牧羊人放羊一样，不要让他们来破坏我们的正常秩序就行了（这在所谓的健康者看来，就是麻风病患者所应该遵循的道德）。他们是一群活该沦落进地狱的妖魔，不值得我们为之付出什么，他们的存在，只会带给我们更大的麻烦，甚至有被这样的妖魔鬼怪吃掉的威胁。没有比这种被社会确认为道德上的他者更恐怖的事了，他们不仅在肉体上应该被隔离封闭起来，其言行、思想也应该与社会隔离。与之相应：如果作家的写作打破了"人"与那些"妖魔鬼怪"之间应有的界线，如果写作带来了正常社会秩序的混乱，写作就应该被社会禁止，作家也就应该被投入玛曲一样的麻风村里隔离起来（这并不是没有先例）。如果作家在叙述故事时不想以那些被看作"道德上"有问题的人群的代表面目出现，如果作家不想被打入被隔离的队伍行列里去，那么，他（她）故事的讲述就必须是符合社会道德的，作家的叙事也必须是遵循社会道德的叙事。这使得"虚构"叙事成为平衡作家内心的道德——而非社会性道德，与现实之间的唯一法则。这样，如果我们还要坚持形式与内容二分的话，马原的小说就成为了现实主义的形式主义文本。

四　文学创作与玛曲空间的形成

"当时我们有一个武器，就是'形式即内容'，反复强调形式变了内容就变了，以这种方式避开政治对文艺的直接干预，使文学观念的更新变成了一种在文学'内部'讨论的'专业问题'。在八十年代……那不单纯是文学观念和文学技巧问题，那里有意识形态，有文化专制主义。因此大家就用强调'怎么写'来冲决'写什么'，来打破对文学的专制"①。在新的社会准则下，文学要进入文学场就

---

① 李陀、李静：《"漫说"纯文学》，《上海文学》2001 年第 3 期。

必须满足这个准则，它有一个政治上的文学准入度问题，它要求去除文学中可能存在的"精神污染"，由于异化，性、人道主义等一向就被看作西方资本主义制度下的产物，对这些的描写自然就必须排除在其时的文学场之外，传统的现实主义创作方法显然不能满足那些既想书写属于西方资产阶级制度下的东西，又不愿意看到自己的书写被当作精神污染被清除掉的现实需要，正是这种现实的要求，使得大量的先锋作家不约而同地呈现出"虚构"创作倾向，比如残雪、格非等。"虚构是一个意向性行为，也就是说，它具有一个认知的和意识的指向，目标是它无法描绘出其真意何指的某物。"① 这也就导致了在文学创作中如布迪厄所言的结果，"把虚构当真实，因为他们无法拿真实当真，他们让人想起，我们用来衡量一切虚构的'现实'，不过是一个得到普遍保证的集体幻象的对象而已。"② 正是这样，玛曲空间无疑就具有了与其时的政治空间相对等的地位。这也就是为什么马原在小说结尾要把这个故事处理成为一个"梦"的原因——以虚构中的玛曲空间来对应现实政治空间的同时，又以"虚构"的名义来取消小说在现实政治空间里存在的痕迹。

写作变成了文学与权力之间的谈判，在相互妥协达成一致的情况下，文学就会得到权力的承认，写作也就会因为权力的承认而进入主流文学史，如果写作超过了权力所允许的限度，文学就注定只能成为地下活动者，成为主流意识形态文学史中的失踪者。很难说，马原们的虚构叙事与当前某些人在网络"反低俗"运动中给名画穿衣有本质区别。当时的"清除精神污染"活动本身就如玛曲村的麻风病一样，

---

① ［德］沃尔夫冈·伊瑟尔：《在虚构与想象中越界（代序）》，载［德］沃尔夫冈·伊瑟尔《虚构与想象——文学人类学疆界》，陈定家等译，吉林人民出版社 2003 年版，第 8 页。

② ［法］皮埃尔·布迪厄：《艺术的法则：文学场的生成和结构》，刘晖译，中央编译出版社 2001 年版，第 18—19 页。

深深地烙上了某种隐喻意义。或许，"没有比赋予疾病以某种意义更具惩罚性的了——被赋予的意义无一例外地是道德方面的意义。任何一种病因不明、医治无效的重疾，都充斥着意义。首先，内心最深处所恐惧的各种东西（腐败、腐化、污染、反常、虚弱）全都与疾病画上了等号。疾病本身变成了隐喻。其次，藉疾病之名（这就是说，把疾病当作隐喻使用），这种恐惧被移置到其他事物上。疾病于是变成了形容词。"① 然而，就如马原侵入玛曲村一样，当一种占主导地位的权力把它所不愿见到的东西异化为疾病的时候，那些被异化了的疾病同时也在以同样的眼光审视它所面对的权力。"八十年代的文学虽然强调形式变革，但那时对形式的追求本身就蕴含着对现实的评价和批判，是有思想的激情在支撑的，那是一种文化政治。"②

这种"叙事"模式本来就是对其时的文艺政策的无声的抗议，是一种另类的启蒙，然而，马原们的由现实主义向虚构叙事模式的集体转向，却导致了受话者理解上的困难，到现在我们很多理论家在谈论先锋文学的时候都仍然停留在形式层面，仍然停留在"先锋""叙事"上，而忽略了或者说根本就不理解这种叙事，以及所叙之事究竟意味着什么，更遑论其时的读者大众了。启蒙在当时几乎是毫无效果的。没有谁去注重那些疾病，那些场景究竟意味着什么？马原们的"先锋叙事"变成了一种"哑巴叙事"，人们只看见他们嘴巴的开合，却看不到这种嘴巴开合背后想说的话语，也不会理解他们所想表达的真正意思，玛曲空间也就仅仅只能作为一个小说虚构的事发地出现在大众视野里。

---

① ［美］苏珊·桑塔格：《疾病的隐喻》，程巍译，上海译文出版社 2003 年版，第 53 页。
② 李陀、李静：《"漫说"纯文学》，《上海文学》2001 年第 3 期。

第十三章　抗战电影的民族主义叙事

　　战争作为一种非常态的人类既存方式，是人类生存的莫大灾难，同时又是人类文艺创作的不竭之源。对战争正义一方的颂赞、对非正义方的讨伐、对战争带来的破坏性后果和苦难的揭示与反思，是文艺作品的重要题材。电影与战争题材的结合形成电影中一个重要的类型——战争片。对观众而言，战争片不仅仅是一种视觉奇观，也是他们认识战争、思考战争的重要途径。抗日战争是中华民族的一场浩劫，同时也被定义为是中华民族百年屈辱史上首次全面胜利，中国的战争片正是由反映抗战起步的。抗战电影在战争中、战争后分别扮演了不同的角色，发挥了不同的功用。而其中有迹可循的，是抗战题材电影一脉相承的民族主义表达。

　　按照安德森的表述，民族"是一种想象的政治共同体——并且，它是被想象为本质上有限的，同时也享有主权的共同体"，"它是想象的，因为即使是最小的民族的成员，也不可能认识他们大多数的同胞，和他们相遇，或者甚至听说过他们，然而，他们相互联结的意象却活在每一位成员的心中。"① "民族被想象为一个共同体，因

────────────

① ［美］本尼迪克特·安德森：《想象的共同体：民族主义的起源与散布》，吴叡人译，上海人民出版社 2005 年版，第 6 页。

为尽管在每个民族内部可能存在普遍的不平等和剥削，民族总是被设想为一种深刻的、平等的同志爱。最终，正是这种友爱关系在过去两个世纪中，驱使数以百万计的人们甘愿为民族——这个有限的想象——去屠杀或从容赴死。"① 从这一维度来观照民族主义在抗战电影中的表达，可以发现，在不同的历史时期，这种表达呈现出不同的面目，折射出中国社会的变迁，显示出其含混性和丰富性。

一 1949 年以前：激发民族认同

电影最开始只是作为一种资本输入而进入中国，是伴随资本主义殖民扩张而来的文化产品。其后在资本寻求利益最大化的过程中，逐步实现电影在中国的人才本土化、制作本土化，最终形成了中国的电影产业。这一历史时段，中国战火不断，武昌起义、辛亥革命、北伐战争、南昌起义、皇姑屯事件等，中国的电影人却对这些足以影响中国历史的重大事件采取回避态度，这与当时中国电影语言不够成熟不无关系；此外，在动荡的生活中，当时的电影观众花钱观看影片，很大一个目的，便是在电影提供的短暂逃避中忘却现实生活的种种沉重，寻求一种精神避难所。为了迎合观众，电影人也就最大限度发挥电影的娱乐功能而不及其余。

然而，客观上，民族主义思想在中国渐已扎根，孙中山提出了"民族民权民生"的三民主义并实质上通过"排满"实现了政权的转移，取得了辛亥革命的胜利，但这一民族主义究其实质是传统而非现代意义的民族主义意识；且在民权空无、民生困顿的前提下，口号上的"民族"并未充分造就人们的民族认同。中华民国已经建

---

① ［美］本尼迪克特·安德森：《想象的共同体：民族主义的起源与散布》，吴叡人译，上海人民出版社 2005 年版，第 7 页。

立，一部分国人却还停留在天朝帝国的幻想当中，并以袁世凯称帝、溥仪成立伪满洲国作为实体呈现，这个时期并未形成中华民族的民族自我意识的自觉。即使在五四时有了"外抗强权，内除国贼"的口号，对于多数中国人而言，身边的战乱频仍并没有危及他们的基本生存，也没有让他们在战争中看到一个更美好的光明前景，只要外面的战事于己无关，就照样能够"躲进小楼成一统"，反映在电影生产领域，在一定程度上就形成了战争表达的缺席。反观世界电影史，同一时期已经出现了青史留名的战争片：《一个国家的诞生》和《战舰波将金号》。即便如费孝通先生所言，"中华民族作为一个自觉的民族实体，是近百年来中国和西方列强的对抗中出现的，但作为一个自在的民族实体则是几千年的历史过程所形成的"①，然而，直到 20 世纪 30 年代日本人的枪声惊醒国人，中华民族的民族认同才渐趋高涨。数以百万计的中国军人，以挽救民族危亡的名义挺身而出，甘愿为一个民族去从容赴死。电影的战争题材终于为这一认同所驱动，伴随国人奋起抗战，中国电影也产生了一个新的类型——战争片。

"一·二八"事变后，上海各电影公司纷纷摄制抗日题材影片，如《战地历险记》《上海之战》《共赴国难》《淞沪血》，新闻纪录片《抗日血战》《上海浩劫记》等。1936 年，由欧阳予倩、蔡楚生、孙瑜、周剑云、费穆、李萍倩、孙师毅等人发起的上海电影界救国会宣告成立，其宣言包含坚持领土完整、收复失地、摄制宣传民族解放影片等要求，标志着中国电影进入"国防电影"的阶段。1937 年，抗日题材影片《壮志凌云》上映；1938 年，抗日题材影片《保

---

① 费孝通：《中华民族多元一体格局》，中央民族学院出版社 1989 年版，第 1 页。

卫我们的土地》《热血忠魂》和《八百壮士》上映，随后几年更是集中出现了《孤城喋血》《中华儿女》《保家乡》《好丈夫》《东亚之光》《胜利进行曲》《塞上风云》等一批抗日影片。抗战胜利后，另有《八千里路云和月》（1947）、《一江春水向东流》（1947）、《松花江上》（1948）等作品问世。

从这一时期抗战电影体现出的民族主义来看，其诉求在于激发民族认同，鼓动国人奋起抵抗外族入侵，维护中华民族的领土和主权的完整。以赛亚·伯林认为，"导致民族主义发生的通常是创伤感，是某种形式的集体耻辱。"[1] 电影制作出来并放映给居住在不同地区的不同人看，正是让他们认识到这种异族在我中国国土上的横暴所带来的民族耻辱感，让他们了解到我国民正奋起反抗的就是他们共同的敌人，这样虽然人们"不可能认识他们大多数的同胞，和他们相遇"，但通过电影的宣传，却产生了"他们相互联结的意象却活在每一位成员的心中"这一实际效果，进而在民族主义的感召下，让更多的人投入抗战的洪流。

两个民族的战争，不止发生在军事上，也发生在文化上，电影这一文化生产领域成为各势力争夺对象。中国电影制片厂和中央电影摄制厂是当时最主要的官办电影制作机构，在抗战来临之时，吸引了大批进步电影人加入。八路军则成立了"延安电影团"。而日本也在被其占领的长春建立了"满洲映画株式会社"，为其时亚洲最大的电影制作基地，是日本对华文化侵略的重要机构，开始时主要拍摄宣传日本侵略政策的电影。1937—1945 年，"满映"共拍摄了 200 余部为侵华战争进行宣传的故事片及大量纪录片。各方都认识到电

---

[1] ［英］以赛亚·伯林：《扭曲的人性之材》，岳秀坤译，译林出版社 2009 年版，第 248—249 页。

影的重要性，日伪以之粉饰侵略行为，国共以之激发民族认同抵抗侵略，电影成为各方争夺文化话语权的重地。

抗战时期的电影以纪录片居多，这也呼应了二战其他战场的状况。如苏联的《在苏联的 24 小时战斗》《在莫斯科下大败德军》，美国的《我们为什么要战斗》等影片对鼓舞盟国军民的士气起到了重要作用。中国电影制片厂摄制了《抗战特辑》《电影新闻》等，报道了卢沟桥事变后的抗战动态，如台儿庄战役、敌机轰炸武汉、武汉会战等，其中还介绍了八路军在平型关的战斗；中央电影摄制厂在抗战开始后也陆续拍摄了反映抗战的纪录电影，如《东战场》《抗战九个月》《克服台儿庄》等。同在后方的西北厂也摄制了著名纪录电影《华北是我们的》，介绍了华北战场，包括晋东南抗日根据地的情况。中国的电影人把纪录片作为反抗侵略的武器，体现出鲜明的民族主义特性。

战争期间，由于时局动乱，资金和器材来源不稳定，故事片的产出不多，且多有纪实的倾向。上海抗战中，我方军队坚守四行仓库的事迹催生了《八百壮士》，《胜利进行曲》取材于湘北会战，《孤城喋血》取材于姚子清营长死守宝山城的悲壮故事等。被誉为"第一部反映民族团结的进步电影"的《塞上风云》，在民族主义表达上有着深入的推进。影片背景是七七事变以后，汉族青年丁世雄流亡在内蒙古，和蒙古族朋友浪桑商讨抗日的问题。浪桑的妹妹金花喜欢上了丁世雄，引起了她的未婚夫迪鲁瓦的嫉妒。日本特务长趁机挑拨丁迪间的关系，又逮捕了金花和浪桑。最终，迪鲁瓦的妹妹使他明白了真相，众人一起去救浪桑和金花，打死了特务长，但金花不幸死去。如果说"共同的文化、历史、传统、语言、宗教，有的还加上'种族'，以及领土、政治、经济，所有这些东西各以不同的分量组成一个实体，就是所谓的'民族'"的话①，虽然蒙汉两族有着不同的语言、传统，但自古蒙汉一家，当文化、历史、传统、领土、政治、经济等都面临一个外来民族的掠夺或毁坏，电影机器所要做到的就是劝服各族人民在国难当头的时刻、一切内在矛盾都可以而且应该放下，一致对外，此影片也力图表现这一点。加上拍片临近结束时摄制组险与日军遭遇而得新四军解救，更为电影的民族主义叙事抹上了一层传奇色彩。

《一江春水向东流》并非直接反映抗战的影片，但以一个中国家庭因抗战而致的家破人亡的命运，说明日本的侵略把中国百姓的生活推入痛苦的深渊，也反映了其时社会的阴暗。影片运用了成熟的电影语言，如广为称道的平行蒙太奇，月圆之夜张忠良与新欢在后方重庆饮酒嬉戏，上海的母亲妻子孩子则痛苦难熬，盼着张忠良回来，带给他们幸福的生活。影片也顺应了民族审美习惯，"月亮"意象一向具有的思念之义，在推进影片叙事、铺设情感基调上有着重要作用，传统审美意象与作为现代文化的电影实现了完美的结合，成为中国电影的经典之作，连创当时上座纪录新高。作为抗战结束之后的作品，《一江春水向东流》已不具备充分的激发民族认同的含义，但民族主义内韵犹存，当张忠良之母痛哭"我们还活着，活着在受罪，无穷无尽的罪"，不仅意味着对人性与生活的言说不清，也在一定程度上蕴含了对于一个不再受罪的人性美好的新世界的现代中国的想象与展望。

电影作为以动作语言为主的艺术，当需要发挥其宣传功能时，也是一种最简洁有效的视觉宣传方式。它不仅避免了普通百姓不识

---

① ［美］哈罗德·伊罗生：《群氓之族：群体认同与政治变迁》，邓伯宸译，广西师范大学出版社 2008 年版，第 222 页。

字以及各地语言不统一所带来的接受障碍，更以其画面的简单明了，直截了当地让观众把握自身的处境与遭遇：要么奋起反抗以求自保，要么就如电影中所呈现的，身受日寇杀戮。在这个特殊时期，在电影中宣扬民族主义，团结一切可以团结的力量参与抗战，以求整个中华民族的独立是必要的。同时，在客观效果上，它不仅仅是一种宣传，现在看来，正是这些最基本的累积过程，当今关于抗战的电影才得以走出其时最原始的宣传功效，一步步走向成熟。

二　20 世纪 80 年代以前：聚合国家意识

可以说，毛泽东的《在延安文艺座谈会上的讲话》确立了之后中国文艺发展的新方向，鉴于"任何阶级社会中的任何阶级，总是以政治标准放在第一位，以艺术标准放在第二位的"①。因此，"对于敌人，对于日本帝国主义和一切人民的敌人，革命文艺工作者的任务是在暴露他们的残暴和欺骗，并指出他们必然要失败的趋势，鼓励抗日军民同心同德，坚决地打倒他们。"② 尽管在 1949 年前，由于条件的限制，毛泽东的这种文艺思想很难在电影中被贯彻执行，然而，它的影响在中国的文艺政策上是深远的。1949 年后，电影人开始运用这一理论，为之前的抗战电影补上了迟到的一课。

1949 年以后，新的政权亟须建立其在政治、经济、文化各方面的权威，政治上三反五反、军事上抗美援朝、经济上三大改造，一轮一轮的运动接踵而来；而在文化上，新生政权更需要文学艺术作品来歌颂党的领袖、英雄人物、英勇事迹，用文学艺术作品来反映

---

① 毛泽东：《在延安文艺座谈会上的讲话》，载《毛泽东选集》第三卷，人民出版社 1991 年版，第 869 页。

② 毛泽东：《在延安文艺座谈会上的讲话》，载《毛泽东选集》第三卷，人民出版社 1991 年版，第 849 页。

党的观点，向老百姓宣传乃至是灌输他们"应该"接受的思想，借此建构政权存在的合理性、合法性。在操作层面，民族主义表达依然是一种有效的策略。军事上的"抗美"、经济上的"超英赶美"可以视为通过树立敌对的英美（其他民族）形象，从而激发民众的民族情绪，促进民众认同新生国家，达到稳固政权的目的。党领导下的文艺创作，当然也需要与政权/政治相配合的宣传作品，通过同样的方式，实现对新政权独一无二、至高无上地位的强调，把民众聚合在雅斯贝斯所谓的"国家意识"之下，形成对政治共同体的群体想象。

电影作为一种"意识形态支架和工具"（博德里语），当然不能逃脱国家意识形态的干预，鉴于电影在老百姓接受上较少障碍，其宣传功能实际上得到更深的强化，在捏合民众对民族政权信仰的效果上更加明显。尤其本时期电影明显的国家身份：国家投资、国家背景的制片厂制作、国家的发行放映渠道，让电影不可避免地成为国家的宣传机器。"观者与其说是与再现之物认同，不如说是与安排景观使其可见的那个东西认同，正是那个东西迫使观者看到它所看到的东西。"① 抗战电影要着力表现的是共产党放手发动群众，壮大抗日力量，领导群众与日寇进行艰苦卓绝的斗争，不断取得胜利的历程，并要讲述毛泽东军事思想在这场战争中的指导作用，电影中的民族主义被有效整合到国家意识形态当中。这一阶段我们熟悉的抗战电影有《平原游击队》《铁道游击队》《地雷战》《地道战》《苦菜花》《小兵张嘎》《鸡毛信》《狼牙山五壮士》《中华儿女》《回民支队》《新儿女英雄传》《赵一曼》等。在这些电影里，

---

① ［法］让·路易·博德里：《基本电影机器的意识形态效果》，载李恒基、杨远婴主编《外国电影理论文选》，生活·读书·新知三联书店 2006 年版，第 563 页。

如陈思和在其《中国当代文学史教程》一书所言，战争中养成的两军对阵思维形成了"二元对立"的艺术模式，表现在艺术创作里，就形成了两大语言系统："我军"系统和"敌军"系统。具体到表意策略，我们可以看到，两大系统的存在方式，依然是一种民族主义的表达，而这种表达也无不呈现出聚合民众于国家意识之下的功能意义。

抗战电影中的"敌军"系统首先自然是日本"鬼子"，其次是伪军。身为入侵者的日本鬼子，其丑恶是一目了然的，其凶恶和残暴是不言自明的。在影像造型上他们面目狰狞，行为残暴，同时又头脑简单，愚笨可笑，貌似凶悍的鬼子往往被耍得团团转。他们说着叽里呱啦的鬼话，要不就是"花姑娘的大大的"之类让人发笑的伪劣中国话。他们装备精良，但只是被当作运输大队长，把精良的武器以花样翻新的失败方式送到我军（八路军）手中，正如《游击队歌》里的唱词所言：没有吃，没有穿，自有那敌人送上前；没有枪，没有炮，敌人给我们造。如此，这些异族侵略者被塑造为一个非人类，"鬼子"这个词形象地表达了中国人对他们的认识。尽管从词源学上考察，"鬼子"一词原本为对异族的蔑称，哈罗德·伊罗生在《群氓之族》中指出，"所有非我族类，多数以'鬼子'称之，而鬼子居于中国下方的地底世界，只有文明人才住在中国。"① 然而，既然附上一个"鬼"字，鬼的恐怖可怕，鬼的面目不清，也就都附在了侵略者身上；鬼不仅是与人相对的，终归也是惧怕人、惧怕光明的，鬼/鬼子的一切邪恶在人民的正义之前必会溃不成军、消失殆尽。这一时期的抗战电影当中，鬼子之为"鬼"的特征是如此明显，

---

① ［美］哈罗德·伊罗生：《群氓之族：群体认同与政治变迁》，邓伯宸译，广西师范大学出版社 2008 年版，第 87 页。

以致我们完全意识不到那是一场苦苦争夺八年的战争,战争过程不仅好玩,胜利的结果也来得轻松,打日本鬼子不过是一场仪式化的捉鬼游戏,因为结局已定,整个战争过程就几乎成为一种狂欢式的表演。《地雷战》对这一认识作了高度凝练的呈现:日本鬼子被党领导下的广大民兵戏弄得狼狈不堪,最终在村口书写"镇妖石"大字的石头下被轻松全歼。敌军系统的伪军/汉奸在抗战电影中是一个尴尬的存在,并同样是脸谱化的:形象猥琐,对日本鬼子唯唯诺诺,在老百姓前飞扬跋扈,当面对我军的英雄人物时,先是色厉内荏,然后是被吓得脸无人色,缴械投降(如《平原游击队》李向阳进城一场戏)。他们的血缘、语言是本民族的,却在利诱下投靠了异族,无论在民族主义叙事的电影中,还是在一个真实的民族国家现实之内,这种身份的游移注定了他们的下场——他们不仅要接受诅咒,也必然会被毁灭。在电影中,伪军/汉奸是死得最容易、最无价值的,这无疑表现了民族主义叙事对他们背叛行为的唾弃与惩罚。

此时抗战电影的叙事无不传达出国家意识形态的要求,电影只需要体现出对一个政治共同体(中国共产党领导的新政权)的认同,敌人是无须真实和清晰的,说电影中的敌人是存在的毋宁说是想象的。这个想象的敌人的产生只是为了完成民族主义(在这里实则是国家主义与爱国主义的代名词)叙事,使这一叙事有着一个若有若无的对立面/他者,通过他者的树立,来阐明本民族(中华民族)处理与其他民族(在此为实施侵略行为的大和民族)关系的态度和准则(大刀向鬼子们的头上砍去)。而在观影过程中,观众通过对电影时空的接受,也愉快地参与了本民族历史和现实的构建,参与感促进了认同感,"在爱国主义的礼拜堂里面——民族主义宗教的最高形式——信徒可是领有执照、经过允许的,不管国家的对错,相信就好了"。① 于是，民族主义得到高扬，国家意识得以进一步的强化。

至于"我军"系统，首要的是英雄人物。英雄人物的创造无不体现了 1968 年以后奉为信条的"三突出"原则：在所有人物中突出正面人物；在正面人物中突出英雄人物；在英雄人物中突出主要英雄人物。这是一种革命叙事中的英雄金字塔，观众只能仰望塔尖，而塔底下的地基，由于深埋地下，也就使得观众无缘识荆，历史在这个时候成为由几个英雄组成的抽象片段。英雄人物在影像造型上和鬼子一样易于辨认：浓眉大眼，体格适中（不胖不瘦），英俊潇洒，气宇轩昂。《平原游击队》中的李向阳、《铁道游击队》中的刘洪、《地雷战》中的赵虎、《地道战》中的高传宝莫不如此。他们文武双全，足智多谋，是广大抗日百姓的主心骨；威名远扬，甚至鬼子军官听到他们的名字都胆战心惊（《平原游击队》）。这一创作原则鲜明体现了国家意识形态所要求电影的表达方式：既然以"突出"为要旨，电影的主要目的也就在于对党的领导及领袖的英明的赞颂、对英雄人物或者传奇人物的塑造，抗日战争、日本鬼子不过是电影借以"突出"的背景，战争的残酷和敌人的残暴被消解，成了一张电影的幕布，幕布是无关紧要的，幕布上面活跃的英雄才是需要关注的中心。战争、敌人存在的目的，是激起观影者的民族愤恨，幕布上，我方军民在党化身的英雄人物的带领下狠狠地打击了敌人，他们不是全军覆没就是落荒而逃。于是，对党的拥护、对英明领袖的崇拜得以激发和维系，国家意识顺理成章推向高潮，民族主义表达和意识形态再生产相联手，共同制造了新一轮的认同想象。

我方阵营中有一类特殊的人物：女性。本时期抗战电影中的巾

①　［美］哈罗德·伊罗生：《群氓之族：群体认同与政治变迁》，邓伯宸译，广西师范大学出版社 2008 年版，第 231 页。

帼绝对不让须眉，纷纷参加抗战，有的还是有名的抗日英雄（如《赵一曼》）。既然有男女之别，必然有男女之情，况且爱情是文艺作品永恒的主题，电影也不可能逃离这种存在。然而，在聚合国家意识的要求下，男女之情不能不让位于宏大的革命话语，在政权刚刚建立的时代，表现"枪杆子里面出政权"以及"枪杆子"如何取得政权并让老百姓享受到幸福的新生活，远比风花雪月的个体享受更为重要。电影中的女人于是不得不成为男人一样的女人，而完全不是劳拉·穆尔维所说的"流血的创伤的承担者的形象"，她们大多性别特征不明，说话干脆利落，行动干净利索，和男人一样奔跑在原野抗击入侵者。即便不能不涉及男女爱情，导演也使用了巧妙的手法。《地雷战》中赵虎向玉兰索要头发制造地雷，玉兰不明所以矜持不与，赵虎趁玉兰不注意，偷偷拔了两根就跑。无疑两人间有着朦朦胧胧的男女感情，拔头发一场戏就是一场明目张胆的打情骂俏。但这个场景置于造地雷打鬼子的大环境中，头发这指称个人与爱情之物，却与地雷这一指称战争和民族之物产生了直接的联系，千钧系于一发。观众认同了这场戏，也自然认可了背后的寓意：个人/小家让位于民族/国家。爱情遂与战争完成了置换，大叙事与小叙事形成了完美的融合。电影在对观影者窥视欲望的满足中，实现了国家意识形态规定的表达方式。

此阶段抗战电影聚合国家意识这一诉求，在电影音乐中有着集中而明显的体现。《平原游击队》片尾唱到"勇往直前，战马飞奔红旗卷，任何敌人敢侵犯，定叫它有来无还，毛主席率领我们勇往直前"，《地雷战》片尾唱"埋起地雷端起枪，漫山遍野摆战场，坚决消灭侵略者，保卫祖国保家乡"，《地道战》主题曲"地道战"唱"侵略者他敢来，地上地下一齐打，侵略者他敢来，四面八方齐开战，全民皆兵，全民参战，把侵略者彻底消灭完"，《苦菜花》主题曲"苦菜花开闪金光"唱"苦菜花儿开闪金光，朵朵鲜花映太阳，受苦人拿枪闹革命，永远跟着共产党"，等等。这直接成为对国家意识形态的迎合和图解。民族主义与国家主义在这里呈现出胶着状态，也就是说，民族主义在促成新生国家之后，政党政治下的国家主义又开始反哺民族主义。这时候，再度宣扬的民族主义也就等同于国家主义，它所要达到的是为爱国主义的目的服务；而同时，宣扬爱国主义，宣扬国家主义，则必须要靠民族主义这块招牌撑腰，没有这块金字招牌，民众的国家意识就无以聚合。这时候，电影中的民族主义需要让观众们确信：电影中的主人公们所做的一切，都是为了整个民族，其他任何主张、任何理论都解决不了问题，只有跟从他们，这个民族——鉴于每个中国人都是中华民族中的一员，所以，也可以说每个人，每个国民——才能得救。于是，历史在这里就被描述为单向的直线进程，社会进步简单地被社会达尔文主义所取代，它抹杀了社会进步中构成现在形态的其他因素。正如我们看到的，作为一种意识形态工具，抗战电影在宣扬我党我军丰功伟绩之时，也必须把国民党政府指认为只反共、不抗日的腐朽政府，旧政权被渲染为不合理/不合法的，推翻它的新政权理所当然就具备了其合理/合法性。《平原游击队》中区委书记对着日本军官断喝："东三省不抵抗的是谁？是国民党蒋介石！你看看我们是谁？共产党、毛主席领导的人民和军队！你就是把你全国的师团都调来，也照样把你们全部消灭！"国民党在抗战时期所做的历史贡献在很多抗战电影中无形地被"破坏统一抗战"的罪名一笔勾销。一种悖论式的"真理"就在这个时候出现了：历史既然决定了"我们"是胜利者，那么，历史也就得由"我们"来写，这样，真理就掌握在我们手里，我们可以既是运动员又是裁判员。上帝只与"我们"同在。然而，在一个新生政权已经成立的情况下，这样的电影除了达到深化宣传、教会人民爱国爱党之外，究竟还有多大的审美功效？似乎应该打上一个大大的问号。当我们还在着力宣扬这样的民族主义的时候，事实上就已经不再是一个民族主义的问题了，它变成了一块跳板：我们正在借宣扬民族主义这样一个非常时髦的词汇，来达到重构新的意识形态的目的。抗战叙事中的电影艺术（如果还能被称为艺术的话）正在为新一轮的意识形态所蚕食，它变成了既成历史的某种证明。然而，历史无须证明，历史只需要反思。

三 20世纪80年代以来：为了忘却的记忆

随着抗战的硝烟散去，承载并延续中华民族抗战记忆的使命，在很大程度上交给了相关文艺作品。如果说1949年之后，一大批以抗战为题材的文艺作品（主要是小说和电影），在完成意识形态宣传的同时也担当了这个使命，那么新时期以来，当文学"失却轰动效应之后"，在这场战争的亲历者与见证者也远去之后，新生一代对于抗战的印象趋于模糊和陌生，延续抗战记忆的使命就更多地让渡给了影视作品。此外，在中国这样一个民族国家，认识到那个时代"数以百万计的人们甘愿为民族——这个有限的想象——去屠杀或从容赴死"，对于巩固今天的人们"相互联结的意象"依然还有其相当的必要性。

新时期至今，抗战电影的代表作有《一个和八个》《血战台儿庄》《铁血昆仑关》《吉鸿昌》《一盘没有下完的棋》《南京大屠杀》《七七事变》《晚钟》《战争子午线》《黄河绝恋》，以及21世纪以来的《紫日》《鬼子来了》《东京审判》《南京！南京》等。此时抗战题材电影开始描写正面战场的国民党抗战（《血战台儿庄》《铁血昆仑关》《七七事变》《吉鸿昌》），战争与人性的纠缠开始被探讨（《一个和八个》《将军与孤女》《鬼子来了》《南京！南京》）。产生了合拍片（《地狱究竟有几层》《拉贝日记》），题材也更加丰富，慰安妇题材、狙击手题材、谍战题材等涌现出来，对战争的表现更为全面了。

《血战台儿庄》1986年上映，影片正面表现了国民党军队浴血奋战保卫国土的英勇事迹，再现了战争的惨烈，场面浩大，可谓是中国战争片的巨制，上映后在国内外都有强烈的反响和良好的口碑。影片对日本军队的表现也力求避免脸谱化，电影中日军极为强悍，装备精良，战斗力强——正因为这一点，我们才需要苦苦抗争八年之久——这与历史真实是比较符合的。2005年完成的《太行山上》无疑是一部主旋律电影，尽管影片出发点在歌颂我军领导人，阐释毛泽东军事思想的英明，以及在这一思想指导下的游击战争取得的成就，但也没有回避其时国共联合抗战的真实历史。原因很简单，如今的观众不可能再去仰慕高大全的英雄人物了，他们需要认识真正的历史和真正的人，哪怕主旋律电影，也不得不作出一定程度的妥协。至于多少沿袭十七年套路的《举起手来》《巧奔妙逃》《老少爷们打鬼子》等电影，与其说是抗战片，不如说是穿了一身抗战衣裳的喜剧片，对人们认识理解战争毫无助益。

值得关注的是，80年代以后，女性在抗战题材电影中的戏份大大增加，成了叙事的重要元素和推动力。战争没有让女人走开，究其原因，一则在人人奋起抗日的年代，女人也逃脱不了战争，这本就是历史真实。二是电影回复到经典的民族叙事：将国家或民族描述成神圣女性。女性在电影中，此时多作为一个受难者形象呈现，要么受辱，要么死亡。女性作为家/国的隐喻，她的受辱就是民族的受辱，女性作为美的化身，她的死亡是最大的悲剧。把美的东西撕毁给人看，正是要人们了解战争最残酷的所在，从而记住战争，记住民族的创痛，这也正是抗战片之延续民族记忆诉求的体现。这诚如詹明信所言："第三世界的文本，甚至那些看起来好像是关于个人和力比多趋力的文本，总是以民族寓言的形式来投射一种政治：关于个人命运的故事包含着第三世界的大众文化和社会受到冲击的寓言。"①

《一个和八个》是第五代导演的出山之作，影片无论在表意、镜头、灯光、画面上，都有意反叛传统，效果可谓石破天惊。最令人震撼的场景在结尾处：老土匪把最后一颗子弹射进眼看要受到日本人侮辱的卫生员身体，自己旋即被日本人枪杀。这颗子弹要保全的无疑是一个民族的尊严。作为美的化身的卫生员之死，也让人们深深思考战争的非人道和人性善恶的纠缠不清。《黄河绝恋》有近似的表现：宁静扮演的安洁随时在胸前挂着一枚手榴弹，欧文问她原因时，她说，"我是一个战士，也是一个女人……在死亡和被俘之间作选择的时候，我们女人只能选择死亡"。女性的个体性只有在面对死亡时才是客观的，而在寓意上，早已为民族国家的想象所取代。

然而电影毕竟处于意识形态生产领域，尽管随国家的意识形态控制尺度变化，1949 年前、十七年的抗战电影到新时期以来的抗战电影，在表达方式、审美倾向、追索深度上都出现了较为明显的改变，但这并不是一种本质的改变，或者说，是在基本立场不变之上

---

① ［美］詹明信：《处于跨国资本主义时代中的第三世界文学》，载［美］詹明信著，张旭东编《晚期资本主义的文化逻辑》，陈清侨译，生活·读书·新知三联书店 1997 年版，第 523 页。

的一种态度变化，在宏观把握上的微观调整。《夜袭》展现了抗战英雄陈锡联著名的"夜袭阳明堡机场"战斗。夜袭机场的战略意义，是间接支援国民党军队忻口战场，国共联合抗日再次得到表现。富有意味的是，影片设置了一个国民党《中央日报》的女记者郭晓娟随八路军采访，并为陈锡联的英雄气概所打动，产生了爱意，最后在陈面临危难之际救了他，自己却中弹死去。《夜袭》宣传中标称自己为"非主旋律"影片，但观众却不难品味出其"主旋律"的隐喻：郭记者（国民党）对陈锡联（共产党）由不信任到认可，最后是彻底的臣服，并以自己的死（离去）成全了一个英雄。观影者不仅经历了战斗的激烈与残酷刺激、儿女情长的暧昧与缠绵，也在无意识中接受了这一意识形态的终极胜利。

反之，如果电影的这种调整超出了国家意识形态的控制尺度，则会受到官方权力的惩罚，《鬼子来了》虽然获得柏林电影节大奖却不能公开上映，正是一个明显的例子，原因在于电影送审时被认为没有表现中国人民抗战反而表现他们的麻木、美化了日本侵略者，换句话说也就是电影缺乏有力的民族主义表达。姜文本身却将这部影片作为一种对记忆的留存，并在一个访谈中引述鲁迅的话说"为了忘却的纪念"。《鬼子来了》表现的是，挂甲台村的村民善良又愚昧，他们忍辱负重与鬼子生活在同一片天空，最终却惹来一场意想不到的杀戮。电影问世后争议纷纭，但无论如何，它提供了解读那场战争的一个独特视角：从反思国民性开始。在当下的抗战电影生产格局中，《鬼子来了》确实算得上是提供了一份关于抗战的另类记忆。

80 年代以来，电影已经被推向了市场，除了受官方意识形态和电影生产体制的约束，当下抗战片还得面对艺术性的挑逗和商业性的引诱。诸如《南京！南京》《风声》等电影，影片在宣传过程中炒作或被炒作为话题，民族主义本身也变为一种商品，和电影当中受难的女性一起成为面向观众的展览。像《南京！南京》，由于题材敏感，电影历经艰难才得以面世，影片的色彩、场景、视角、寓意都力求突破，可以看出还学习了《辛德勒的名单》等著名"二战"题材电影，但是电影当中那一车拉过街的女人躯体，难道真没有对观众窥视欲的满足吗？因此，当下的抗战电影，如何在商业、艺术与政治的夹缝当中更好地生存，既有票房保证，又有艺术质量，为我们的民族真诚地记住那一场悲剧，同时鼓舞全民族精神，激发全民族反思战争、反思人性，乃是一个弥久常新的话题。在这一点上，苏珊·桑塔格的话或为我们提供了启示："电影应被视为一种生命体，而不仅仅是对某种状态或遭遇的客观写照；如果电影只是某个历史的或当代的事件，那么随着时间的流逝，它就会被未来的事件超越。"①

以此反观我们的抗战电影，究竟有几部是具有生命气息的"生命体"呢？如果说抗战时期电影里的民族主义为了激发民族认同，是激情式的表达；1949年后的民族主义为了聚合国家意识，是狂欢式的表达；那么到了新时期，电影的胸怀开始宽广，视野开始阔大，以前少见的对于战争本身、对于战争与生命关系的思考开始产生，许多抗战电影力图还原那场战争的真实与残酷。然而，如何还原？还原到什么程度？更进一步说，仅仅是还原历史，这跟历史教科书又有多少本质区别？如果没有充分挖掘属于个体的生命体验，而一味关注宏大叙事，靠战争背景的壮观场面来赚取观众的眼球，这样

① ［美］苏珊·桑塔格：《戈达尔》，载《激进意志的样式》，何宁等译，上海译文出版社2007年版，第190页。

的电影又有多大的生命力呢？在这方面，我们或许应该把目光投向全球范围内为数众多的优秀"二战"电影，学习那些严肃而真诚的创作，从不同角度对这场战争作深深的思考，用富有批判性的影像语言讲述对这场战争的认知。而不是简单地发出"中国可以说不""中国不高兴"的井底蛙声。然而，另一个问题也顺带浮出历史地表：为什么我们的关于抗战的电影不能达到一个高度呢？在没有更好理由的情况下，我们只能认为，主要原因仍然在一个狭隘的民族主义立场问题。民族主义既是抗战电影的历史叙事的成功所在，同时也像一道紧箍咒，成为它的局限性所在。

结　语

在抗战电影中表现民族主义，这并无不是之处，至少，在关系到一个民族危亡的时刻，在面对暴政的时候，宣扬一种民族主义，把个人融入集体，从而谋求个体的解放，是非常必需的。然而，时过境迁，如果我们在抗战电影中还是以民族主义为纲，当我们跟电影里的主人公们一样睁着仇恨的眼光去面对当年的侵略者的时候（事实上，直到今天，如果不是因为日本的经济发展惹人眼红，估计也没有几个中国人会喜欢这个曾经无恶不作的邻国，这不能不归功于我们从小接受的抗战电影的教育），不可避免的，我们的人性也正在民族主义的旗号下或多或少地跟当年的军国主义分子一样遭到了扭曲。如果一部电影或者一件艺术作品要走出这个民族，成为人类共有的艺术品，仅仅只有民族主义立场显然是不够的，在深层次上，至少，它还应该关注些人类共同关注、共同拥有的东西，这不仅是一个与世界接轨的问题，还是一个艺术作品之所以为艺术作品的问题。

在 21 世纪的今天，当和平成为这个时代的主题，我们再回首翻检之前的抗战电影的时候，我们不得不发现一个普遍存在的问题：关于抗战的电影作为艺术却淡化了其艺术的身份，除了简单的技术革命之外，在其表达的精髓上，不管是战时还是战后，民族主义跟政党政治下的国家主义一直纠缠不清，大行其道。如果没有对战争带来的人类痛苦——首先是个体人的痛苦的反思，它与普通的宣传鼓动又有多大差别？电影艺术中的民族主义就像一把双刃剑，它可以凝聚人心，但是，当它成为一种过度表达的时候，却也破坏了艺术本身，把自身与世界隔离了开来。就像不能流通的物品不能称为商品一样，不能与世界交流的作品也不能算是真正的艺术作品。如果我们确信艺术仅仅只是政治的一个组成部分，没有它自身存在的合理性与合法性，那么，此路并无不通；可是，如果我们相信艺术除了具有意识形态性之外，还应该具有与人类共通的审美特性，具有人文关怀的特质，具有艺术之为艺术的特殊性的话，那么，就有必要对这种民族主义做出反思。否则，我们的电影艺术想要超越这个民族，走向世界并与之对话，就只能是福克纳所言的充满着喧哗与骚动的痴人说梦了。

第十四章　创伤记忆与孤独诗学：
王性初诗歌论

　　谈到 20 世纪 80 年代的诗坛，北岛、舒婷、海子是一代抹不去的记忆，但说起诗人王性初，却鲜有人知。他就像诗歌史上一个被遗失的孩子，这并不是因为王性初在诗歌史上不重要，事实上，正如荒林所说，"他是美华诗歌界一个特殊存在，在某种意义上，他的那种完全个性的创作方式在海外诗坛非常有代表性。"① 然而，这个具有"代表性"的旅美诗人，在当前学界却没有得到应有的重视，究其原因，不外乎有两点，一是华文文学本身在学术界所受到的歧视，曾有人戏言，古代文学研究界看不起现代文学研究，现代文学研究界看不起当代文学研究，当代文学研究界看不起港澳台文学研究，而港澳台研究界的只能看不起华文文学研究。虽是戏言，但也多少可以看出被研究对象的等级秩序。在这样一种学术氛围下，王性初被忽略就显得理所当然；第二个原因则在于，80 年代后，中国诗歌遍地开花，尤其是到了 21 世纪后，诗人不再是一种稀缺资源，甚至可以毫不夸张地说，走在大街上随手扔块砖头，都可能砸中一个诗人，

---

　　① 　江少川：《诗人是命运的独木舟——旅美诗人王性初访谈录》，《世界文学评论》2014年第 2 期。

在这种环境下，生活于海外的诗人要想在大陆功成名就，可能远不如虹影那样可以把小说改编成电影，从而产生传播效力的小说家了。

当前对王性初诗歌作品的研究主要集中在从创作视角方面研究，如施建伟、王玲玲在《一个孤独的寻梦者——评王性初的〈月亮的青春期〉》（《华文文学》2001 年第 3 期）中借助叔本华、尼采的悲剧理论，从审美意识领域解读王性初的作品；熊国华在《美华诗坛的"独行侠"——论王性初的诗》（《华文文学》2006 年第 2 期）中提出王性初诗歌受到"朦胧诗"风格的影响，并在此基础上继承与发展；闫丽霞则在《生命的旅程——简评旅美诗人王性初诗歌中的三个意象》（《海内与海外》2007 年第 7 期）中抓住了王性初诗歌中的三个常见意象，即死亡、幻梦、漂泊，对诗歌作品进行分析。显然，无论是就质来说，还是就量来说，对王性初的研究可以说还处于起步阶段，有待继续深入的地方，比如，为什么他的诗集名多以观照自己的内心为取向？诸如《心的版图》《孤之旅》《行星的自白》《初心》；为什么他的诗多以死亡作为意象，却又表现出一种乐观向上的情感基调？这些问题都需要我们深入阐释。

一　创伤记忆与死亡意象

王性初曾这样解释他对诗的理解："诗的孕育在于真情实感。每个人在人生历程中，一定会遇到许多痛苦、挫折、不幸，等等，在内心留下了创伤，把这些'心灵创伤'以文字的形式书写下来，用各种意象表达出来，这也许就是诗。"① 尽管，对于诗的定义早已有之，但是，对于诗人自己来说，什么样的诗才是他所认为的诗，却

---

① 　林升文：《诗歌，超越创伤才动人肺腑》，《福建日报》2016 年 11 月 29 日第 12 版。

是各有主张的。对于王性初来说,诗存在的价值与意义,就在于通过诗歌书写,疗救自己的心灵创伤,从而给予自己再次直面生活的勇气。"诗歌就是在一层层的心灵创伤中孕育,诗歌成为我医治心灵创伤的安慰剂。在书写自身的心灵创伤的同时,释放了内心的苦楚,也让心灵创伤在书写中回归到自己的精神家园,在那里得到安息。人人有各自不同的心灵创伤,那么,人人可以在心灵创伤中,找出一种适合自己书写的最佳形式,而诗歌书写是其中之一。"① 从整个文学理论来说,王性初的这个说法其实也是文学创作的重要源泉之一,无论是小说家鲁迅、沈从文、老舍,还是诗人冉冉②,都充分地证实了王性初的这个观点。只是王性初把创伤体验扩展到了人生所有的苦痛经历,而死亡,正是他所刻骨铭心的体验之一。

王性初常常提及许多不同的死亡意象,诸如死亡、末日、停尸场、死刑、尸骨、地狱等。这些意象在诗人笔下随处可见,甚至连作者本人也未曾察觉,这与作者因为童年阴影而形成的创伤意识不无关系。

王性初在《初心·序》中,追溯了他自己诗歌书写的三个源头,一是"早年丧母"所留下的"不可磨灭的心灵创伤";二是"体弱多病",童年开始一直到大学都在"过敏性支气管哮喘"中度过,大学毕业后不久即被诊断为"晚期恶性淋巴癌";三是童年在公园看枪毙犯人留下的童年噩梦③。

从小体弱多病,经历死亡威胁,最后在医生死马当作活马医的

---

① 林升文:《诗歌,超越创伤才动人肺腑》,《福建日报》2016 年 11 月 29 日第 12 版。

② 参见拙著《鲁迅的创伤记忆及其创作心理》,《齐鲁学刊》2018 年第 3 期;《抵制记忆与遗忘书写——沈从文创作心理论》,《文学评论》2014 年第 3 期;《中国当代少数民族女性诗歌研究》,人民出版社 2016 年版。

③ 王性初:《诗的孕育与心灵创伤——回顾我的诗歌书写》,载《初心·序》,文汇出版社 2016 年版,第 3—4 页。

无奈之举中，起死回生，体验到生命的无常，或许正给予了诗人对生死观念的淡然，所以可以从容面对。在《都市停车场》中，诗人写道："见缝插针的拥挤掐住了/喉咙脖子窒息了气管/流线型骷髅性感着身躯/这个儿摆成积木的拼图/五颜六色的行尸走肉/循着进进出出的闸门/停放硬如冷铁的肌肤/停放砰然作响的心肺/停放流动的液体停放气管的排泄物/行走的僵尸每天孵化无数喜剧/也无时无刻制造无数噩耗/动感的演员驾驭着分分秒秒/也无法控制落幕的哀恸/大大小小地上地下的乌龟壳/以四肢剪断安息日的寸寸光阴/用钞票偿还复活的每一方尸位/活得潇洒活得腻味/死在未知死在无畏"。

要对这首诗进行深入解析，就不得不提到兴起于 20 世纪 70 年代末 80 年代初，伴随着文学全面复苏而出现的一个新的诗歌艺术潮流——朦胧诗。诗人王性初就继承朦胧诗的特点，将都市停车场比作医院停尸场，看似在写停车场的拥挤不堪，但是却用了"喉咙、脖子、骷髅、肌肤、心肺"这些与生命意义相关的词语。"停车场"是现代化的象征，诗人通过看到拥挤不堪的停车场，思绪却猛然被拉到了曾经危在旦夕的医院，停车场停放的一辆辆汽车犹如医院躺着的一具具等待施救的病体，五颜六色的车身好比身患各类杂症的病人。这些被安放在各个狭窄车位里的汽车就像一具具无能为力的行尸走肉，任人处置：进进出出于各类大大小小的医院，摆放好快没有温度的身体，听着还在努力跳动的心跳声，这是生命的迹象，也是死亡的意象。各式各样的汽车每天会经历着不同的喜悲，这一切都是由驾驶者在控制，就像医院里的医生，竭尽全力操作着各种手术仪器救死扶伤，但仍无法避免生命自然运行的规律。人就像物品一样随意被安放，在惨白的病房里等待的是希望与绝望。

在常人看来，"停车场"是都市现代化的象征，是个人财富的一种标志。而在诗人的眼里，看到的却是死亡，是医院，是停尸场。如果没有早年生死攸关、躺在病床上的经历，就很难将这样一种都市繁华与医院停尸场联系在一起。一个经历了生死的人才会看淡生死，一个经历绝望的人才会忽略绝望。所以诗人才会在诗的结尾得到一个升华个人情感的人生感悟："活得潇洒活得腻味，死在未知，死在无畏。"永远不知道明天和意外哪一个先来，不如就活在当下，活在眼前。管他距离死亡有多远，仍然高唱我歌，潇洒过好每一天。将疾病、死亡看作一种经过涂鸦的生活方式，"色彩缤纷成幻影／线条组合成玲珑／只是漂泊四方随意撒泼／依稀呈现细胞的轮廓／／杂乱无章的秩序／千变万化的安排／鸦涂出了无数宽容／生活生活：生而活着"（《有一种生活方式叫：涂鸦》）。如果没有切身之痛，没有直面苦难的勇气，就不会把剩下的生命时间当作利润一样的存在。早在此之前出版的《孤之旅》诗集中，王性初就将这种涂鸦式"撒泼"与"宽容"表达了出来，"将前程抵押将命运交给那个亡灵"（《一个行将死亡的下午》）。而更为具体的则是《初心》中的另外一首诗《我的图腾》，"我不知道归西的路／我不知怎么走它的方向／我更不知路的形式与花样／只知一路潇洒而平常／／是空难是疾病是车祸／是突然是拖延是判刑／诗的图腾与灵魂同享欢乐／爱的延续和友情同归于尽／／没有遗憾没有牵挂／没有遗嘱没有告别／已经苟活了多少日子／今天的结局堪称完美／／躺在生命的席梦思上／祝福自己有个幸福的解脱／撒手前去寻找我的天堂／我的块垒我新写的诗歌"。

　　癌症虽然痊愈，但留下的创伤仍在继续，只是以另外一种方式呈现：从死神手里赚取的这些日子，虽然表面上是一种"苟活"，但对于凡人来说，何尝不是"堪称完美"的结局？

　　除了内在因素影响而形成的这些常见的死亡意象词外，还有部分很特殊的表达死亡意象的词：枪口、靶心、准星。这些在生活中很难想到的意象，在王性初的诗集中，被诗人多次运用。究其原因，一是美国是一个没有禁用枪支的国家，诗人长期留美，在生活中或多或少都能见到这些东西；二是源于诗人童年记忆：小时候在公园看枪毙犯人，在心灵留下阴影，成为了噩梦。现实与记忆的遇合，在恰到好处的时间地点，激发了诗人特殊意象的运用。"寄出一张张蘑菇云的请柬／带来一束束准星的玫瑰花／捧上一杯杯滴血的冰淇淋／以及漫天枪林弹雨的庆祝焰火"（《世纪末日的一次派对》）。

于热闹中体会孤寂，在狂欢中看到悲凉，这正是诗人诗歌的别具一格之处。将圣诞节举行的一场宴会当作世纪末日的一次派对，从一张张制作精美的请柬上，诗人看到的是因剧烈爆炸而产生的蘑菇云；从一束束精挑细选的玫瑰花上，诗人看到的是枪炮瞄准位置的准星；一杯杯色味俱全的冰激凌，诗人看到的却是滴血的杯子；在漫天绚烂烟火中，诗人看到的却是枪林弹雨。身处盛大狂欢节中，诗人并没有融入其中，相反，在这里诗人却联想到了与这场盛宴无关的东西：枪支与战争，流血与死亡。已经融入诗人生命的回忆，不需要刻意地准备，那些童年阴影是一直伴随着诗人的，活在每一个角落缝隙，稍有一丝思想上、视觉上的触击，这些已经历经岁月的记忆仍会立刻如潮水般涌来。

正如诗人自己所说："总结了自己诗歌中充斥'死亡意象'的几处源头：早年丧母；体弱多病（甚至患过癌症）；童年阴影；情感挫折等等，我将'诗的孕育'归结为'心灵创伤'所致。因为心灵有了死亡的创伤，才孕育了诗。从另一角度看，颂歌、赞美诗也是心灵创伤的折射。为何歌颂光明？因为有过黑暗，故而珍惜光明、讴歌光明，并期望黑暗不再来临。正如经历了严冬的寒冷，才渴望春日的温暖。因此，创伤是光明与黑暗的两面。我也曾讴歌过时代，歌颂过英雄。但即使如此，往日心灵的创伤却潜意识地统治了我的诗歌地盘，'死亡意象'成了我诗歌调色板上运用最多，出现频率最高的色彩。"①

随着时间的推延，创伤记忆会渗透进人们的主观解释、认知模式、行为模式等方方面面，从而将创伤稀释，当然，从另外一个角度讲，也是在不经意间巩固，加深这种记忆。这就很好地解释了诗人诗中的多处死亡意象描写，展现的正是作者内心的创伤阴影，是心中永远无法忘记的记忆。但是，通过诗歌的形式表现出来，其实又何尝不是一种情感的自我宣泄？将平时难以言说的感受写进诗中，在这里，从创作心理学上来讲，也是疗愈创伤的一种重要方式。

可以说，诗人既讲述着自己的创伤，同时又超越于创伤之上。诗人将诗歌写作看成是生命的快乐之源，高于生死之上。抑或者是说，经历生死大劫过后的诗人发现，诗歌是自己唯一的精神依托：不论将要去往何方，不再去管明天是福是祸，不再对世间牵挂流连，余生短长都是一种幸运，潇洒平常与诗相伴，即使即将离开也是一种幸福。诗歌是诗人浸入骨髓的一种依赖，让一直萦绕在诗人心上的孤独感得到适当地排解，打开诗界大门，涌上心头的都是一些平常难以向人表达的思绪情思，而写诗就不仅仅只是一种回忆，也是对创伤心灵的修复。将诗歌看作"我的图腾"，心路另辟蹊径得到释怀，看淡人世常态。创伤在给诗人留下痛苦回忆的同时，也给诗人创作提供了养料。

---

① 江少川：《诗人是命运的独木舟——旅美诗人王性初访谈录》，《世界文学评论》2014年第2期。

二　孤独的诗学

王性初的诗集多以反映内心的孤独作为书名，如《独木舟》《月亮的青春期》《孤之旅》《心的版图》《初心》《行星的自白》等，"孤独者"似乎成为了诗人的代名词。读王性初的诗集，从诗歌出发去走近诗人，可以发现，诗人是孤独的，但是诗人的孤独，并不只是外在环境下的孤独，而是一种源自内心情感无法得到排遣，在生活中又无人能理解和分担的一种孤独。这种孤独感既有童年丧母留下的阴影，又有常年客居海外等多种因素影响。

事实上，在即将离别大陆前往美国的时刻，诗人就已经预见了之后的生活境况，在《远方，有一只独木舟》一诗中，诗人就不无悲怆地写道："所有人都离开这个码头匆匆又匆匆/说是去远方淘金去实现生命的诺言/好吧目送一个个岁月瀑布似的岁月/别忘了小舟有一颗漂泊的心。"（见《心的版图》，作家出版社 2005 年版）从写作手法上来看，这首诗明显带有意识流的特征，这种发源于乔伊斯、伍尔夫的小说笔法是迄今为止所见的唯一用于诗歌创作的表达方式，但是，在很大程度上，诗人并非出于一种艺术手法的创新，而是对未来漂泊不定的内在隐忧，就像他在《无矢无的之别》中所写的，"辞别却无矢无的/明天就要去远行"（见《心的版图》）。或许，诗人之所以为诗人，就在于他们那敏感的触觉，能够准确预测到命运的走向，这正如海德格尔所说，"在贫困时代里作为诗人意味着：吟唱着去摸索远逝诸神的踪迹。因此，诗人就能在世界黑夜的时代里道说神圣者。"①

———————————

① ［德］马丁·海德格尔：《林中路（修订本）》，孙周兴译，上海译文出版社 2008 年版，第 245 页。

随着"无矢无的"的远行的到来,远离故土变成了现实,乡愁终于如期而至。"说到乡愁,也许是古今中外所有诗歌中永恒的主题。当然我的诗歌内容也不能例外。但是,即使是相同或相近的乡愁体验,不同的人、不同的诗,也有着千差万别的表达。在《月亮的青春期》中,有很多诗篇,流露出我心中挥之不去的思乡情怀。而这种乡愁,特别是在更深夜静、寂寞无助时,更为浓烈与揪心。毕竟与那块生于斯、长于斯的故土,即使离别了,仍然有着千丝万缕的血脉相连。这种相连,她是亲情的,更是文化的;她是地理的,更是岁月的。"① 的确,乡愁是游子永远绕不开的话题,不同的诗人笔下孕育的,又是一番不同滋味的乡愁体验。羁旅漂泊在外的人,来到一个陌生的地方,面对陌生的环境、语言、文化、饮食,总会升起浓浓的乡愁,同时,遇见以前在家乡见到过的事物时,一种熟悉感又会或隐或现地扑面而来,这往往就会产生触景生情之感。同样,在王性初的诗集中,异国怀乡的情感在诗人的诗中随处可见,无论是适逢中国传统节日:端午节、中秋节或春节、元宵节,还是遇上他乡的狂欢节、圣诞节,思念之情总是悄然爬上心头,对诗人来说,清晨喝一碗平淡无奇的白粥,那也是家乡的口味,遇上北京的雾霾,那也是朦胧得可爱,无意间轻拾起一片海边的鸟羽,那也能思绪万千。"掐指头半载已过/夜的河床每每枯竭/梦是河底之鱼/溜掉的溜掉/死去的死去/至今无梦/无梦之夜是黑色的白天/于是/夜夜祈梦无梦/无梦之夜非夜/又想起那时节/夜的河床每每泛滥/常有美梦与噩梦溢出/伴随着呓语笑语/在河底歇斯底里/反觉有趣/有梦之夜是白天的黑色/可知否/夜夜藏在梦里/梦梦匿于夜中"(《寻梦者》)。

① 江少川:《诗人是命运的独木舟——旅美诗人王性初访谈录》,《世界文学评论》2014年第 2 期。

身处异国已过半载，躺在床上的诗人细数着离别的时日，心中还在牵挂着大洋彼岸的家乡，渴望从梦中能够走近熟悉的故土，奈何这些"河底的鱼"不是溜掉就是死去。每天晚上祈祷着梦快些来吧，无梦的夜晚犹如白天，无梦的夜晚都不应当算作夜晚。可惜，梦总是求而不得，只能辗转反侧回想着以前做梦的日子，无论做着好梦也好，噩梦也罢，关于家乡的记忆或好或坏悉数归来，在梦里或哭或笑都觉得是一种趣味。可有人知道，那些夜夜藏匿于梦中的秘密？

这首诗写于诗人留美半年之时，从时间上来讲，时间是冲淡记忆的良药。可是细读诗人这首离开家乡半年的诗或者说通观他旅美后的所有诗集，不管是刚入美国还是已经留美几十载，诗人在诗中怀乡之感只增无减，即使在诗人描绘他国所见所闻所感时，也能从诗中读出丝丝思念故土的滋味："故乡遥远在视野之内/一座白色的信仰/很虔诚很坚定很危险/……来去是信仰的回归/回归是信仰的故乡。"（《清晨的教堂》）按时参加虔诚的祷告，仿佛在这座白色的教堂里，向上帝诉说心中的信仰，上帝就能助他见到日思夜想的故乡。"不是候鸟的鸟类/披着一身可人的黑/当然还有那可人的聒噪/以及可人柔软的长舌/总以为你的不祥是一种吉利/用一嘴口水避祸于异乡/……选择离去是黑色的翔/九万里长途伴一路心颤/太荒谬太危险太刺激太堕落/乌鸦从此漂白了一身黑"（《返回家园的乌鸦》）。在诗里，诗人为一向被称为不祥鸟的乌鸦正名，黑色的羽毛是可人的，聒噪的声音与柔软的长舌也是可人的，即使是向世人预示不祥（中国民间将乌鸦视为凶鸟），在诗人眼里，在异乡能够遇见也是一种吉祥，一种幸运。诗人由此而联想到自身：异乡终不是久留之地，选择归去才是最好的归宿，哪怕是路遥车慢，前途艰险。

　　和传统的"日有所思，夜有所梦"的说法不同的是，弗洛伊德在《梦的解析》中指出的那样，每每思念成疾、过于关注的事物并不会出现在梦中，相反是一些在白天被意识边缘化的东西更容易出现在梦里。这就很好地说明了诗人夜夜祈梦无梦的缘由：对家乡思念过度。对诗人来说，从空间上已经远离了家乡，但是心里的牵挂并没有离开，在现实中无法实现的事情，诗人想借梦实现，所以夜夜祈梦，但事与愿违，祈梦无梦。梦之于人有好坏之分，人们更倾向于沉醉于好梦之中而反感噩梦，但诗人对于故乡的思念已达到极致，甚而至于觉得无论是好梦还是噩梦，都希望能获得一些关于故乡的消息，哪怕是有关于曾经不好的回忆，只要是与故乡有一丝相关联，都愿意在梦中遇见。

　　"独在异乡为异客，每逢佳节倍思亲。"诗人平日里的思乡之情本已郁结于心，尤其是到了佳节时期，思念之情尤为深刻。而这是只有同处于相同文化源头下的人，才能体会到这些传统节日蕴含的特殊意义。这些节日就像一根无形的纽带，连接着漂泊异乡的游子，每当节日到来，并没有相同感受的人聚在一起庆贺佳节，一种孤独感也就油然而生，"端午的阳光很端午／踟蹰到端午的超市／精挑细选一串端午粽子／重新温习一张历史黄页／颗颗粽子穿着绿色寂寞／穿着初夏穿着记忆穿着异国风味／忧伤地望着木然的人群／木然地失去往日的记忆／端午只是端午的端午／一具裹着历史的僵尸"（《五月五日的开篇》）。

　　端午节到来，诗人在超市精挑细选了一串象征端午节日的粽子，尘封的历史记忆也由此被打开。看着这些和诗人同样出现在异域他乡的粽子，诗人仿佛也看到了这些粽子的孤独，裹着异国的绿色，带着异国的风味儿。提着粽子站在来来往往的路口，一起注视着木然的人群，往事顷刻间被现实击倒，关于端午的记忆不再，关于端午的历史也不再。诗人将个人情感寄托于粽子，"颗颗粽子穿着绿色寂寞"，其实并不是粽子本身知道寂寞，而是诗人感到了孤独。诗人本身魂牵梦萦的家乡，只能靠"历史的黄页"来复现，只有靠粽子来寄托。到了节日时节，异乡异客之感越来越重，没有人关注今天的日子为何特殊，没有人理解为何要在农历五月初五吃粽子，也没有人共同分享节日的喜悲。对于漂泊异乡的诗人来说，周围的人群是木然的，记忆也随之失去颜色，最后也不得不发出感叹：端午也只是端午罢了。就像到了家家户户张灯结彩的元宵节，诗人也只能独自望着一轮挂在天空的圆月，从记忆中搜索一些关于元宵节的信息：秧歌龙舞、元宵米酒。缥缈的思绪终归要回到现实，诗人也只能无奈折服于身处的孤寂："今夜是元宵/呵今夜是元宵"（《月亮的青春期》）。

三　孤独之于生命的意义

如果说童年经历的阴影造就了诗人诗歌中死亡意象和创伤意识，异乡漂泊流浪加深了诗人童年时期就已形成的孤独感，那么综合诗人整个生活经历，这些不好的回忆，都让诗人形成了对人生意义独特的体会。回忆是痛苦的，但是没有回忆的人生更为苦涩。纵观王性初的诗歌创作，诗人将所经历的创伤，以及感受到的孤独，以锋利冷峭的语言文字展现了出来。但展现创伤并不苦痛于创伤，书写孤独而不沉湎于孤独，相反，在经历这些创伤后，诗人获得了更为乐观的生活态度。

感恩生命，潇洒活着。在经历过亲人的生死离别、也有过亲身的生死体验之后，诗人的心态也在随之发生着变化。在诗人眼里，往事确实难忘，在不断纠缠于诗人往事记忆中的同时，也无形中形成了诗人新的生命观：看淡生死，潇洒活着。"我回来了/在生命的漫长之途/五次三番三番五次/亲吻我的父母/我心中爱的归属/直至有一天/我回不来了/在生命的尽头/咽气前吐出了三个汉字/我爱你我爱你我爱你"（《生命尽头的三个汉字》）。

童年阴影在诗人心灵留下的是一块活伤疤，活跃在不经意间的情感刺激处，但这些创伤已与诗人密切融合，成为诗人创作的灵感来源。就像闫丽霞对王性初的诗作评论所说的一样："他热爱死亡，但不沉湎于死亡，而是力求超越死亡，来获得对生命的珍视与尊重。"① 所以诗人热爱死亡，但并不是置身于痛苦之中。最痛苦的事不是忘不掉受过的伤、经历过难忘的坎坷，而是沉湎于过去伤痛，无法自拔，不愿走出创伤。在经历病痛折磨过后，诗人并没有显得消极悲观，意志消沉，反而是怀着一颗对生命的感恩之心而活着。"我"回来了，是带着爱意的归来，过去的伤痛就让它过去吧，"拒绝呻吟拒绝嘶哑拒绝挣扎的痉挛/拒绝变形而失真的嘴脸/呼吸着人的尊严走到最后/最后的尊严是完美的结局"。回来后的"我"，感恩父母，感激所爱，享受人间真情的温度，享受充满爱意的一生。所以直到有一天回不来了，心中也不会带着遗憾离开，一路潇洒与平常，看淡离合悲欢，坦然接受生命的开始与结束，"轻轻地用句号编织告别的花圈"（《愿望的归宿》）。当生死已经不再成为诗人最主要的关注点，那么生命就可以开启无限种可能：赏温哥华的雨（《温哥华的雨》）、看六月的彩虹（《六月的彩虹》）、品下午的图书馆（《下午的图书馆》）……做喜欢的事情，所以在诗人的诗中，不是只有阴

---

① 闫丽霞：《生命的旅程——简评旅美诗人王性初诗歌中的三个意象》，《海内与海外》2007 年第 7 期。

影之下快要窒息的喘息，也有放开束缚后的坦然无畏。正如刘登翰所言，"他一直保持着一个旅人的身份，怀一颗孤独和漂泊的心观察和思考，努力越过表象的缤纷，进入生命内里。……浪迹天涯，缤纷大千给他的灵感刺激，不是异国情调，而是人生思考。"①

诗歌是诗人的图腾，是诗人宣泄情感的窗口。刘登翰认为，王性初"孤独的源头最初源于怀乡"②。原有的心灵创伤加上移居海外的异乡孤独感，深深地影响了诗人的诗歌创作。

"中国城比肩接踵的脚印/中餐馆脍炙人口的菜单/太平洋海岸上饥渴的眺望/博物馆兵马俑身上的盔甲与蹄声/哦，我的相思呵/华文报纸的字里行间/墨香着我的相思/华语电视的欢声笑语/泛滥着我的相思/华人脸上的阡陌皱纹/镌刻着我的相思呵/华夏子孙的心田血脉/奔腾着我的相思/二千零一夜的时时刻刻/是白昼盼望着暮色的静谧/二千零一夜的分分秒秒/是晚霞步来后梦的寻觅/相思的二千零一夜/是一封封家书的煎熬/二千零一夜的相思呵/是一次次越洋电话的跋涉/二千零一夜的相思/是我离别故土的全部/相思的二千零一夜呵/是我家乡的日落与日出/初一相思在恭贺新禧的祝福里/除夕相思在阖家团圆的圆桌中/每一个黎明都是我相思的起跑线/每一个夜晚都是我相思的马拉松"（《相思，第二千零一夜》，写于来美后的第五个生日）。

现实与内心的格格不入，喧闹与相思总是针锋相对，在诗人的诗里常常发生。诗人毫不吝惜对故乡的相思之情，哪怕是在朋友欢聚共庆生日的日子里，诗人的心中仍然为故乡留下一片思念的净土。

---

① 刘登翰：《一个孤独旅人的繁富世界——序〈孤之旅〉》，载［美］王性初《孤之旅》，中国文化出版有限公司 2005 年版，第 6 页。

② 刘登翰：《一个孤独旅人的繁富世界——序〈孤之旅〉》，载［美］王性初《孤之旅》，中国文化出版有限公司 2005 年版，第 6 页。

站在大洋彼岸遥望故乡，铺满摩肩接踵脚印的中国是诗人渴望踩上的土地，色香浓郁的中国餐馆，只是想想就让人垂涎欲滴，华夏五千年的古文明更是在心底声声召唤……因此，诗人不忘初心，不忘家国，华语报纸上、华语电视中都有诗人致力传播中国文化的身影。

于情感断裂处才会产生诗意，正如诗人这般沉浸在忘我的相思中，忘记了生日，忘记了喧闹，才在这欢快的气氛中想到了读家书时的煎熬、接到越洋电话的珍贵、新年的祝福和除夕夜的大团圆。故乡是诗人情感泛滥的发源地，提起故乡，一种"欲语泪先流"的画面感油然而生，而常见游子的异乡孤独感，是在无助时才会想到曾经养育自己的故乡，以及热情助人的乡亲父老，但在王性初的诗歌里，更常见的是身处繁华之地，却又"心远地自偏"。诗人游历世界各地，却始终放不下回中国后所经过的每一寸土地：静静流淌的涵江、上海的南京路、早餐的食谱、北京的雾霾、十字路口的三角梅、古镇的一条木凳……并非这些景观物象特殊到一眼就能吸人眼球，而是诗人的眼睛不愿意放过任何一个经过的角落：每一个角落都承载着对故土的思念。

结　语

"性初者，不忘初心也"，这是王性初对自己名字的解释。一切文学创作的产生源于作者本身所感所悟，只有理解了作者的创作"初心"，才能真正理解作者的作品。

在诗人王性初的诗歌中，心灵的创伤形成诗歌书写的灵魂，思国怀乡形成了诗歌孤独的源头。正是这些特殊的经历，让诗人对生命也有了新的认识。在王性初的诗歌创作中，死亡意象在诗人笔下肆意泛滥，但并没有形成诗歌单色调的情感抒发；对故乡的炽热情感使得诗歌里字字饱含相思，但感到孤独并没有深陷孤独深渊难以自拔，在这些孤独感背后，反而形成了一种生命意义上的升华。创伤意识和孤独感支撑着诗人的整个诗性世界，但这并不意味着诗人的内心是灰暗、消极、颓废的，相反，诗人想通过自身历程告诫读者，珍惜今天，珍惜生命，擦干身上的血迹，拥抱生活。通过诗歌创作，王性初修复了童年以来的创伤记忆，以及远离故土带来的孤独感，从而缝合了记忆与现实生活之间的鸿沟。

第十五章　百年少数民族女性
新诗与族群认同

百年新诗的发展，除了由文学史上耳熟能详的那些诗人所构成的主流之外，还有众多的支流，共同促成了今天新诗的繁荣局面。就少数民族女性诗人而言，她们的普遍性成就可能不及汉族诗人，甚至也可能不及同族群中的男性诗人，这使得她们甚少被关注；同时，在新诗百年发展史中，尽管在现代作家中有冰心、林徽因、郑敏这样的女性诗人出现，但不可否认的事实是，女性诗人，尤其是少数民族女性诗人的大量涌现，是在 20 世纪 80 年代之后的事情，这种起步较晚的现实，更使得我们在讨论百年新诗、总结百年新诗的成败得失时，会有意或者无意地忽略这一群体。这种忽略可能并不会影响到文学史的书写，却可能遮蔽百年新诗发展过程中的多样性与丰富性。

一

不止一个人说诗歌应该属于女人。藏族女诗人桑丹说，"有些人，特别是某些女人，天生更能适应在诗歌的河流上行走。"① 回族

---

① 桑丹：《生命中的美丽——梅萨侧记》，载黄礼孩、江涛主编《诗歌与人——中国当代少数民族女诗人诗选》2005 年总第 11 期。

女诗人马兰则说，"女人天性更接近诗歌。诗歌可以属于女人。"①
而壮族女诗人黄芳则把这种说法推向了极致，并为这种说法给出了
明确的理由："实际上，女人天生就更适合做诗人。因为她们更敏
感，更细腻，更善良，也更富于诗意。"② 这些对女性写作的肯定背
后，究竟有着什么样的初衷？她们的书写与男性书写之间会形成什
么样的张力？难道女性写作不是天经地义的事情吗？为什么说诗歌
可以属于女人或者更适合女人？尤其是在反思新诗百年的时刻，她
们这样的立场对当下诗歌具有什么样的启示？可能是我们当前必须
面对的问题。

马兰所谓的"诗歌可以属于女人"，是因为"以前都是男人在
写女人的性，现在女人总算自己写自己了，这满好的，不是太多，
而是还不够多"③。马兰把女性诗歌写作的合理性建构在女性对性的
书写上，认为这是平衡男女两性书写的最好理由，也是女性对男性
书写女性性行为的反拨。从某个层面来说，这种观念在百年新诗的
发展史上无疑是一大进步，它把女性体验的主体性置于书写的历史
话语中。任何男性都不可能完全代替女性去书写她们的性体验，这
当然是不争的事实，但是，若是就此把当代女性诗人存在的合理性
仅仅归结为对性体验的书写，则显然缩小了她们存在的价值。对众
多的女性诗人来说，诗歌写作还有更多的存在价值。她们不仅可以
为自己的身体写作，还可以为自己的精神写作，更深层意义上，她
们还为自己的"良心"写作。

---

① 沈睿、马兰：《戏剧生活——马兰访谈》，载黄礼孩、江涛主编《诗歌与人——中国
当代少数民族女诗人诗选》2005 年总第 11 期。
② 黄芳：《生活在母语之外》，载黄礼孩、江涛主编《诗歌与人——中国当代少数民族
女诗人诗选》2005 年总第 11 期。
③ 沈睿、马兰：《戏剧生活——马兰访谈》，载黄礼孩、江涛主编《诗歌与人——中国
当代少数民族女诗人诗选》2005 年总第 11 期。

　　少数民族女性诗歌虽然如中国的民族一样呈现出众多的文学形态，但是，从根子上来说，我们还是可以从性别与族群两个方面来对她们的创作进行一个全景式的扫描。无论是性别还是族群意识，我们都不应该把它们固化，认为是与生俱来的，而应该看作后天养成的，是在"自我"与"他者"的关系中建构出来的。树立这样的观念有利于我们在发展的视野下去认识少数民族女性诗歌，不仅认识她们的过去，也更有利于预测她们的未来。

　　从这种发展的视角去认识少数民族女性诗歌创作，不仅要关注她们对性别角色扮演的认识，也要关注她们对族群认识的发展，不仅是族群之间，还包括族群内部代际间认识的发展。

　　但是，无论是性别认同还是族群认同，都不是一个统一的概念，人与人之间的认识是有差异的。要以一个具有"共同体"的概念来统辖各种现象，这无异于痴人说梦。从这个层面上来说，性别认同抑或族群认同都只是一个相对的概念，因此，以这两个概念来认识百年少数民族女性诗歌，在很大程度上不是为了建构一个"想象的共同体"，而是要在这个想象的共同体中去发现它们的差异性。

　　在消费文化、快餐文化、文化全球化日益深入现代生活的今天，各民族间的文化差异性正逐渐消失，文化同质化现象越来越严重。一方面，少数民族文化风情作为与汉文化不同的存在，在满足想象性猎奇的基础上被接纳，在这个过程中，少数民族文化也可能呈现出主动迎合的状态，主动接受着汉文化的融合与同化。尤其是在经济时代，随着所有民族都把重心转移到经济建设上去，众多的少数民族为了生计进入城市生活，这种文化同化现象就更加呈现出加速度的发展形态。在经济面前，任何民族都不会有什么本质区别。正如黄礼孩所说，"在所谓'相互同化、融合、一体化'的全球意识下，少数民族传统的生活方式也正在改变，朝着多元化、现代化的方向发展，很多纯朴的思想和肃穆的审视已被全球性的商业化所侵染。"① 对于少数民族而言，我们总是抱着矛盾的态度，尤其是身为少数民族的一员，这种矛盾心态就更为明显：一方面，我们希望少数民族能够尽快现代化，享受到现代生活所带来的福利，改变他们经济上所面临的贫困与落后的面貌；另一方面，对于任何试图改变少数民族现状的行为，我们又带着深深的疑惧，唯恐变化太快，我们的灵魂跟不上这变化的节奏。还是借用黄礼孩的话来说，"有时，我们希望少数民族生活发生更大的变化，同时又希望那仅有的净土不被污染。而一切已被异化得逐渐忘掉原来的模样了。这是我们的困惑和创伤，同时这也是崇尚科学技术和理性主义的西方人的困惑。科学技术带来触目惊心的突飞猛进，物质文明发展迅速，生活理念日新月异，但依赖科技并不能帮助人类获得和谐与幸福，并没有阻止战争，没有阻止恐怖主义，没有阻止人口急速增长，没有阻止生态环境的恶化，没有消除贫富悬殊"。②

或许，黄礼孩所勾勒出来的一切，包括我自身生发出来的疑惧，都可能只是现代知识分子无中生有的产物，可能正是建立在"想象"之上的共同体。把少数民族文化当作全人类最后的精神避难所，这是有厚古薄今的嫌疑的。且不说各少数民族之间文化、信仰所呈现出来的多样性与复杂性，事实上，就算退回到原始社会，人类也不可能避免相互间的战争与杀戮，把所有的问题都归结到现代经济社会对少数民族文化的浸染，这是不公正的。这样的论断只是关注到

---

① 黄礼孩：《被忽略或被忘却的少数民族女性诗歌》，载黄礼孩、江涛主编《诗歌与人——中国当代少数民族女诗人诗选》2005 年总第 11 期。

② 黄礼孩：《被忽略或被忘却的少数民族女性诗歌》，载黄礼孩、江涛主编《诗歌与人——中国当代少数民族女诗人诗选》2005 年总第 11 期。

了少数民族文化与族群之外文化之间的冲突与差异，而没有关注到族群内部之间的冲突与差异。任何一个族群共同体，都不是通过族群内部自然而然获得的，而恰恰是在与外族之间的竞争和冲突中发展起来的。

在关注少数民族诗歌创作的时候，我们可能不能囿于少数民族这样一种狭隘的民族话语，而应在更为阔大的视野中来把握。否则，少数民族文学就真的只是作为多民族话语的一种补充和点缀，从而失去了她们应有的生机与活力。在百年少数民族女性诗歌中，这方面较为突出的是藏族诗人唯色。与唯色具有相似性的是蒙古族女性诗人葛根图娅，她对蒙古草原、海子的消失，对沙漠、戈壁的出现所表现出来的失望与失落，对回不去的家园的疼痛感，同样表现出少数民族遭遇现代性之后的精神困境（《初狩的猎物》）。所不同的是，她没有把这种家园的消失作为一种政治事件，而是在现代化进程中所展现的那种不可名状的焦虑感。

而更多的少数民族女性诗人的写作，则表现出对文化同化的顺从甚至于享受这种同化所带来的快感，诸如满族诗人匡文留（《西部女性》《第二性迷宫》《匡文留抒情诗》）、娜夜（《娜夜诗选》《睡前书》《女性的沙漠》）、王雪莹（《我的灵魂写在脸上》《另一种声音》《倾诉》）、苏兰朵（《碎碎念》）、张牧宇（《我不能更深地叫醒月光》）、回族诗人从容（《从容时光》《隐秘的莲花》）、沙戈（《梦中人》《沙戈诗选》《尘埃里》），蒙古族诗人萨仁图娅（《当暮色渐蓝》《第三根琴弦》《成吉思汗诗传》）、娜仁琪琪格（《在时光的鳞片上》）、苏笑嫣（《脊背上的花》），土家族诗人冉冉（《暗处的梨花》《从秋天到冬天》《空隙之地》《朱雀听》），侗族诗人柴棚（《碎碎念》）等。就绝大多数少数民族女性诗人而言，她们已经不再在民族的夹缝中获得诗意表达的空间，而是在已经被同化了的民族语境中来表达自己的情感。

更多时候，少数民族女性诗人对族群的回望只是她们在都市生活中寄寓乡愁的一种方式，比如娜仁琪琪格对拒马河、大凌河、香磨村的书写，德昂族诗人艾傈木诺（《以我命名》《莕草遥遥》）对德昂村寨的书写，满族诗人王雪莹对辽西的回望，等等。从族群认同到具有地域性的乡土认同再到都市文化认同，少数民族文学正经历着一个与这个命名相背离的过程。

少数民族女性诗歌的书写不可能逆转现代性生活所带来的一切弊端，对她们的研究也不可能纠正我们当前所遭遇的一切现代化困境。我们显然不能认为可以把所有当前遭遇的问题都依靠维持少数民族文化的"淳朴"特性来解决，并把它当作拯救世界的最后救命稻草。但是，我们可以通过对少数民族文学的研究中来做出某种比较。具体而言，少数民族女性诗歌既不是武器，也不是盾牌，它就是它存在的状态。对于读者来说，没有谁会相信少数民族文学能够在当前时代包治百病。我甚至只能认为，它是最无用的、最后的表达方式。

但是，少数民族女性诗歌作为一个文学门类，我们必须认真关注它，不仅因为它是百年新诗繁荣发展历程中的一个不可或缺的支流，同时，它也与汉文学一起构建了我们的文化，更重要的是，作为一个民族人，我们应该知道民族文化的来龙与去脉，这与是否需要振兴民族文化无关，而只是单纯认识论上的东西。每一种文化都不应该被遗忘与被忽视，他们都有得到表达的权利与机会，这是任何强势文化都不能遮蔽与代替的。

二

民族主义的族群问题显然是一个现代的产物。在现代，有意识地倡导民族主义的可能首推孙中山所提出的"驱除鞑虏，恢复中华"的口号，尽管这个口号随后被"五族共和"所取代，但是，"革命即排满"的思想还是盛极一时。当然，民族主义的出现并不意味着所有民族都会以族群作为单位自觉站队，白族现代女性诗人陆晶清就是一例。

在陆晶清的诗文创作中，我们很难找到她对族群认同的证据。在她的诗集《低诉》中，我们看到更多的是她面对个体生命所表现出来的无言的感伤。正如有论者所观察到的："收入诗集《低诉》的27首诗歌中，除《梦魇》外，几乎所有的作品都渗透出或浓或淡的感伤情绪。"熊辉指出："其中直接表现生命孤独无助和生活飘渺虚幻的有18首，占整个作品的2/3，充满了强烈的生命感伤和难以言说的时代创痛。"① 事实上，这样的情况并非仅仅只体现在《低诉》这部诗集中，就潘颂德、王效祖编撰的整部《陆晶清诗文集》来说，这种个体性感伤情调也是其主要基调。在五四新文化运动的刺激下，诗人所感受到的个体性情感显然凌驾一切。孤身一人的漂泊感让她首先想到的是思乡情绪，而非族群认同。陆晶清的诗，正是对孤独的情感宣泄："民十一年秋我考取女高师，由云南万里迢迢到北京读书，初进学校时因为人地生疏和思家的缘故，愁苦到万分！每天除上课和预备功课外总是偷偷的躲着哭。后来在夜间作自习时听到有几位同学念诗，启示我找得了排遣的办法。"② 这种孤独漂泊的个体

---

① 熊辉：《陆晶清：新诗史上不该被忘记的白族女诗人》，《民族文学研究》2009 年第 2 期。

② 陆晶清：《我与诗——〈市声草〉序》，载《陆晶清诗文集》，四川大学出版社 1997 年版，第 117 页。

性感受一直伴随着陆晶清。事实上，她到老年时也仍然没有族群身份的自觉，在 1980 年中秋节写的《中秋节——中秋杂咏之一》中，思乡情绪仍然主导着一切。

当陆晶清在北京读书的时候，"有许多外省的同学，博学的教授，都常对我询问些奇怪的关于云南的问题，他们简直把云南目为另一个国家"。这使得"我曾深恨不幸生长在云南，甚至有时候须得对人解释我们云南人的饮食起居并不像野兽一样的问题"[①]。从陆晶清的叙述中，我们不难推定一个事实，外省人对云南的的误读是对一个地域的误读，是所谓"现代"与"前现代"之间差异的误读，它并没有涉及民族优劣的问题。换句话说，外省人对陆晶清的认知并不是建立在族群差异上的。更何况，她从小所接受的文化本身并没有多少属于白族文化的成分，而是在前朝后代五古七绝的吟诵中长大的（《我与诗——〈市声草〉序》）。这使我们有理由得出这样的结论："自我"的身份认同是建立在"他者"的视角之下的。这也很好地说明了陆晶清的诗歌创作并没有体现出族群表达的身份意识。

而纳西族女诗人赵银棠则为以上结论提供了一个佐证。尽管赵银棠早年的生活一直局限在云南，但是，她却与陆晶清一样分享了时代带来的冲击，流露出感时伤事的基调。起始于 20 世纪 40 年代的诗文创作，让她不断地回到玉龙雪山下的纳西族群，然而，这种回归并非她与生俱来的想法，而恰恰是因为郭沫若的影响。"诗呀文呀，你可以写，你可以用你们那里的玉龙山、金沙江作背景，反映本地群众生活，边写、边学、边提高，你去写吧。"[②] 正是在郭沫若

---

① 陆晶清：《昆明余影》，载《陆晶清诗文集》，四川大学出版社 1997 年版，第 155 页。
② 赵银棠：《亲切的墨迹难忘的教诲——怀念郭沫若同志》，载《玉龙旧话新编》，云南人民出版社 1984 年版，第 51 页。

这句话的影响下，赵银棠整理、出版了《鲁般鲁饶》《纳西古歌》等以纳西族为书写对象的诗稿以及《创世纪》《卜篮术的故事》等东巴神话与民间文学作品。无论郭沫若对赵银棠的鼓励是出于对民族文化的自觉坚守，还是出于对异族文化的想象性猎奇，从她之后对纳西族文化的搜集整理来看，这种"他者"对于建构"自我"身份的重要性仍然可见一斑。

五四一代的少数民族女性诗人，在动荡不安的岁月里，她们首先思考的不是族群的归属，而是个体性情感体验与社会的发展走向，书写人生愁苦的陆晶清与走向文学创作之前的赵银棠试图前往延安的行为很好地说明了这个问题。而这种现象并非孤例，壮族女性诗人曾平澜的创作同样体现出"去民族化"的色彩。《平澜诗集》中所体现出来的，正是五四时期文学主流中经常看到的那种渴望女性解放、苦闷与感伤的情绪，以及在此基础上所体现出来的现实主义战斗精神。或许我们可以说，时代并没有给予少数民族诗人们考虑族群身份问题的时间和空间，但另一方面，更为可能的则是，族群认同本身就是一个政治上的概念，只有当我们明确界定了"自我"与"他者"，明确区划出某一族群的身份时，这个族群的人才可能有意识地去认领这一身份。

在民族划分之后相当长的时间段里，少数民族诗歌被建构进民族国家文学中，成为其重要组成部分。1973 年，中央民族学院编辑的《颂歌声声飞北京——少数民族诗歌选》由人民文学出版社出版，这本由将近四十位少数民族诗人撰写的小册子，完整地把其时的少数民族意识形态统一了起来。歌颂党、歌颂毛主席、歌唱军民团结，成为该书的主旋律。它以政治的话语来规范了少数民族诗歌创作的思想主题，而其时的文化生态也铸造了这样的成果。

　　这是一种政治文化认同，因此，虽然该书确实是少数民族诗人的创作，但是，却恰恰又是一部消解少数民族文化的诗选。正如吉登斯所说："民族主义情感平常无疑是以一种分散的方式被体验和被表达的，当它们在某种环境里被强烈地唤起的时候，则往往有一个领袖会以某种方式成为这些表达的焦点。"①在政治高压的年代，当人人自危，"在个人本体的安全感被惯例的破裂或普遍化的焦虑置于危险境地这类情境中，就会产生对象认同的各种退步性形式。个人可能为领袖人物的影响所左右，对他们的认同基于相对强烈的情感依赖。"②如果我们把所有的民族统称为中华民族，就像战争年代的《义勇军进行曲》所唱的"中华民族到了最危险的时候"，如果这时期的少数民族诗歌还可以被当作少数民族文化的一种表达，那么，在 20 世纪 70 年代文化生态下，少数民族文化被阉割、变形，在追求同一化的造神运动中，民族文化被意识形态所取代。这是一种奇怪的悖论，为追求或者尊重民族与文化的多样性，就必须把其他民族从汉民族中独立出来，而为了应对民族分裂，各少数民族文化又必须要被民族国家所借重、整合。在塑造民族的进程中，最为突出也最为成功地把"中华民族"凸显出来，如安德森的理论所描述的，我们通过报纸、广播电台、电视等各种媒介，把各个民族的想象紧密联系起来，而对于各少数民族的民族情感，则只能由他们自行发展，追求同一远甚于追求差异。

　　作为一部少数民族诗选，《颂歌声声飞北京——少数民族诗歌选》却没有选入柯岩（满族）的作品。这当然不是出于民族意识的有无或

---

　　①　[英]安东尼·吉登斯：《民族—国家与暴力》，胡宗泽等译，生活·读书·新知三联书店 1998 年版，第 262 页。

　　②　[英]安东尼·吉登斯：《民族—国家与暴力》，胡宗泽等译，生活·读书·新知三联书店 1998 年版，第 263 页。

者多少来进行选择的，甚至也不完全是从文学上的价值与意义来进行选择的，当然也肯定不是因为柯岩的族群意识，在柯岩的诗歌中，我们完全找不到一点点属于满族的文化气息。把该书所选择的诗歌与柯岩的诗放在一起，我们就可以发现这个诗选所体现出来的政治意义。这并不是说柯岩的诗歌就没有体现出政治上的价值与意义，事实上，柯岩的诗歌在她所属的那个年代里，正是以其所体现的政治意义见长。无论是《小兵的故事》（1956 年）、《最美的画册》（1957 年）、《大红花》（1957 年），还是《我对雷锋叔叔说》（1963 年）、《讲给少先队员听》（1965 年），抑或是后来选入中学语文教材的《周总理，你在哪里》（1978 年），都无一例外地紧跟时代的步伐。只能说，从某种程度上而言，柯岩的诗歌还远远没有达到政治意识形态要求的"高度"。这种情况说明，在极端的年代，哪怕是少数民族文学，也会有政治层级关系，越是站在政治层级的制高点，越容易被政治文化收编。

与争取民族解放战争时期的族裔认同不同的是，"文化大革命"后的中国当代少数民族更容易从民族国家的文化认同中超脱出来，进而反观自身，形成新的文化认同。这种文化认同在很大程度上表现为一种文化上的自觉。就如冯娜（白族）所说："我很少主动意识到自己的'少数'身份，也许是因为生于并长于少数民族众多的省份——云南。这是一块一层山一层人的神秘土地，每一层山里的人都几乎会拥有几种不同的语言。当我们说话、歌唱，先天的高亢音色和多声部的和音在这片土地上回响，就像西域大地上延绵不绝的山脉，高低起伏参差错落。当我们用各自的母语亲切热烈地呼喊和应答，就会知道对面的山峦、山坳全部就是本族的地界。"①

---

① 冯娜：《在汉语中还乡》，载娜仁琪琪格主编《诗歌风赏——中国当代少数民族女诗人作品选》，长江文艺出版社 2014 年版，第 138 页。

在与周遭世界中人和物的交流中，我们确定着谁是我们的族类，它不仅界定了对方的身份，也确定了我与他们之间的关系与距离，确定着自己的身份认同。这种身份认同不是与生俱来的，而是后天习得的。它不仅需要周围人群的接受，同时也需要"自我"对"他者"的接受、体认。这种接受与体认必然要通过语音、习俗等来实现。仅仅如本尼迪克特·安德森所说的那样，"资本主义、印刷科技与人类语言宿命的多样性这三者的重合，使得一个新形式的想象的共同体成为可能"①。依靠想象来建立"我"与他人之间的关系，在对外的民族战争时期是可能的，因为那个时候，他们有共同的敌人，但是，在和平时期，这种依靠想象建立起来的民族身份认同就会变成一把双刃剑：一方面，依靠报纸、杂志甚至广播电视建立起来的想象可能确实能够唤起我们共同的情感；另一方面，一旦我们把这些媒介所宣扬的事情与身边发生的事情相对照的话，我们就会发现，很多报道与我们并没有多少实质性关系。在这种时候，单纯靠想象建立起来的共同体就会出现裂痕，这会促使他们转向新的族群认同，更严重的时候，甚至会出现同一族群的不同地域认同，就像昆明（陆晶清）与丽江（冯娜）一样。

提倡族群认同而不是民族主义认同，在于民主主义所凸显出的强烈的意识形态性，以及它与民族国家、与政治权力之间的紧密联系。对于文学研究来说，使用族群而不是民族主义的提法，不仅在于更少地远离政治，同时因为，在中国，除了极少数的几个少数民族之外，很少有真正的民族主义。虽然各少数民族确实具有自己的民族特色，但是，绝大多数少数民族并没有政治上的诉求。根据吉

---

① ［美］本尼迪克特·安德森：《想象的共同体——民族主义的起源与散布》，吴叡人译，上海人民出版社 2005 年版，第 45 页。

尔·德拉诺瓦，安东尼·吉登斯，埃里克·霍布斯鲍姆，本尼迪克特·安德森等人的民族主义理论，民族主义是通往民族国家的桥梁，在中国，少数民族很少有诉诸政治上的行动，考虑到这一点，我们才把他们对民族的认同定义为族群的认同。尽管有研究者指出："所有的民族以及它们的民族主义的根子上都是'族群的'。而且尽管有时候民族可能超越原有的族群，在一个更为广阔的政治共同体中与其他族群合并，但是它依然从对其独特的祖先和历史的信念中获得动员的力量。"[1] 但是，我们必须具体问题具体讨论。史密斯所谓的由超越族群而建构的民族主义政治理论在特定的时期是可能的，比如说孙中山所提出的"五族共和"，以及当面对日本侵略时，我们就以"中华民族"来统辖居住在这片土地上的所有族群，并以此作为民族建国的基本政治旗号。但是，当我们实现了五十六个民族"共和"之后，在资本全球化的今天，这种民族主义理论是否还能统辖所有的族群思想，则是有待商榷的。可以说，资本的全球化流动正在销蚀着传统的民族主义理论思想。

三

对少数民族女性的族群性关注，不是为了分离少数民族与汉民族，而是为了解决这样的问题：我们从哪儿来？到哪儿去？这不仅是一个关乎我们的出生地的问题，它还是一个文化还乡的问题。

在少数民族文学中，族群认同同时还意味着另外一种悖论：身居其中的人很少有谁意识到他们与族群之间的关系，只有抽身离开这个族群，他们才会回首故乡，寻求族群文化的支援。在现代文学

---

① [英] 安东尼·史密斯：《民族主义：理论、意识形态、历史》第二版，叶江译，上海人民出版社 2011 年版，第 111 页。

中，沈从文就是一个绝佳的例子。早年身处湘西的沈从文，并没有意识到自己与湘西少数民族之间的关系，在他的行伍生涯中，他甚至还参与了屠杀苗民的行动，在他的《从文自传》中，到处充满着对苗民血腥的杀戮，这个时期，他并没有建立起他的族群认同，只有当他孤身一人前往北京闯荡的时候，他才发现，这种认同感对于一个孤独的个体的重要性，这个时期，他写下了大量以湘西作为背景的故事，以湘西的人性美、人情美来作为他衡量都市文化的一根准绳，并从中寻求一个"乡下人"立足都市的正当性与合理性：他（沈从文）所带给都市的道德与文化正是拯救颓废没落、虚伪可憎的都市文化的救命稻草。中国社会如果还要重生，那么，类似于《边城》中老船夫的那种朴素的人性之美就必须得到阐扬，换句话说，尽管他意识到自己卑微的"乡下人"身份，但是，这种"乡下人"的意识并非一种耻辱，而是一剂针对都市文化男盗女娼、虚伪无耻的强心剂。他离开湘西之后大量的湘西叙事告诉我们，族群认同必须借助外力才能实现，它是一种心理上的认知。正如席慕蓉（蒙古族）所说："'血源'是一种很奇怪的东西，她是在你出生之前就已经埋伏在最初的生命基因里面的呼唤。当你处在整个族群之中，当你与周遭的同伴并没有丝毫差别，当你这个族群的生存并没有受到显著威胁的时候，她是安静无声并且无影无形的，你可以安静地活一辈子，从来不会感受到她的存在，当然更可以不受她的影响。她的影响只有在远离族群，或者整个族群的生存面临危机的时候才会出现。那个时候，她就会从你自己的生命里走出来呼唤你。"①

---

① 席慕蓉：《源——写给哈斯》，载席慕蓉《我的家在高原上》，上海文艺出版社1997年版，第146—147页。

因此，对少数民族女性诗人而言，族群认同在很大程度上只是个体的事情，虽然它的背后紧密地联系着一群人，但是，如果她置身于这群人之中，她就不会感受到个体与群体之间的关系。必须要在与"他人"的对比中，"我"才能找到属于"我"的族群，以及"我"与众不同的地方。"自古，蒙古女子能够担当参与政治、军事、狩猎、祭祀、放牧等男性的角色，又承担培育智慧英勇的后代的责任，所以她们在族群中得到的尊重是非他族女子所比拟的。所以，我自小就不好奇，奶奶为什么可以去主持祭祀火神，甚至祭祀年神等祭祀仪式。而这样的概念，是我长大后接近不同族群的人们才接受到的信息。"① 族群认同是一种心理学上的现象，它是基于对共同性的符号和信仰的理解。当然，对于背井离乡的诗人们来说，我们也可以反过来说，在对不同的符号与信仰的理解中，寻求一个共同体，在这个时候，族群的共同体就是靠想象来完成的。通过这样的族群认同，我们区分并界定了"自我"与"他者"之间的关系。

随着现代交通工具的改进，消费社会已经侵入每一个村野，同时也把各地的人相互搬运，民族融合、民族同化加剧。乡土意识产生的"原乡"情结就远比民族认同更为强烈，就如冯娜所体认的那样，民族身份的认同只是建立在前现代关于农耕时代镜像的回望与想象之上的，"如今，我们熟练地使用汉语交谈、交易，也用汉语思考、写作。即使在以少数民族风气为噱头的旅游城市里，我们无法通过人们的面容、衣着、神情将那些原生的'少数'从拥挤的人群中辨认而出。现代生活以它千篇一律的节奏消磨和消弭着人们所剩无几的乡愁。乡愁是不需要共同语言作为铺垫的，这个时代，只要

---

① 哈森：《科尔沁草原上的查干萨日》，载娜仁琪琪格主编《诗歌风赏——中国当代少数民族女诗人作品选》，长江文艺出版社 2014 年版，第 137 页。

边远地域和异质文化用自己的语言发声，无孔不入的商业文明就会立刻将其裹挟成一种粗暴的乡愁仪式，被消费。"①

在这样一种现实处境之下，少数民族文化认同与背井离乡的"乡愁"紧紧地纠缠在一起，为少数民族文化的族群认同打入了另一根楔子。

这样的现象或许不是冯娜所独有，额鲁特乌银（蒙古族）也有过类似的观念："我不会歌吟长调，那么就以绵长的文字，来抒写吧。我经常梦见我的蒙古，内心的柔情难以言表。可能是源于一种莫名的怀念，这是一份毫无所求的依恋。这份爱让我温暖，也使我流泪。这种蒙古梦的飞翔，没有任何的理由。"②

尽管当代少数民族女性诗人已经远离了自己的母语，但是，她们还是能够在回望故乡时寻找到内心的温暖，故乡成为他们心灵最后的栖息地。我们不必把所有的诗人都当作暗夜里持灯的使者，就像海德格尔在《诗人何为？》中所说的："在贫困时代里作为诗人意味着：吟唱着去摸索远逝诸神的踪迹。因此，诗人就能在世界黑夜的时代里道说神圣者。"③ 他认为："诗人的天职是返乡，惟通过返乡，故乡才作为达乎本源的切近国度而得到准备。守护那达乎极乐的有所隐匿的切近之神秘，并且在守护之际把这个神秘展开出来，这乃是返乡的忧心。"④ 对于远离故土的中国当代少数民族女性诗人来说，在想要做持灯的使者之前，她们还必须先找到一个能够照亮

① 冯娜：《在汉语中还乡》，载娜仁琪琪格主编《诗歌风赏——中国当代少数民族女诗人作品选》，长江文艺出版社 2014 年版，第 138 页。
② 额鲁特乌银：《诗歌，是心灵的事情》，载娜仁琪琪格主编《诗歌风赏——中国当代少数民族女诗人作品选》，长江文艺出版社 2014 年版，第 156 页。
③ ［德］马丁·海德格尔：《林中路》，孙周兴译，上海译文出版社 2008 年版，第 245 页。
④ ［德］马丁·海德格尔：《荷尔德林诗的阐释》，孙周兴译，商务印书馆 2009 年版，第 31 页。

自己的灯，因此，与其说她们是带领读者返乡，不如说是寻找自己的心灵故乡。这种返乡是通过族群文化认同来实现的。

在现代"技术统治"的社会，人们越来越失去归属感，说得极端一点，就如福柯所言，"人将被抹去，如同大海边沙地上的一张脸"①。在这样一种现状之下，诗人们就必须在现代生活中寻求身份认同，因为，"身份可以成为在当代生活中赋予人们出路和隶属感社群的标记，而这样的身份才是值得我们去创造的"②。于是，族群身份问题被众多少数民族女性诗人提上了议事日程，有时候，就算她们已经遗忘了母语，甚至压根就不知道母语是什么，也要把这个族群想象出来创造出来。"我一直无法确认自己作为白族的后裔，不仅因为我身上有复杂的多民族血统，也因为我无法开口说出流利的白族话。在藏族聚居地出生、度过童年；在纳西族聚居地度过青少年时期；在另一个母语文化（粤语）极其强大的地域生活；这些生命印迹让我感到巴别塔无法建成，它也不必建成，我们在塔底寻找到栖息地，在这里我们守护着各自蓬勃跳动的心。重要的是，无论是语言，还是其他形式，我们能够体认同样的悲伤和狂喜，同样的苦难和荣耀，同样的爱、信仰和美。"因此，"哪怕我们容颜已改，乡音不存，我们还是能通过相似的频率，精确地回到熟悉的呼吸吐纳中，回到我们的故乡"③。对于现代人来说，族群认同不是面向"自己人"的认同，而是面向族群之外的人的身份认同，是族群之外的

---

① ［法］米歇尔·福柯：《词与物——人文科学考古学》，莫伟民译，上海三联书店2001年版，第506页。

② ［美］劳伦斯·格罗斯伯格：《身份和文化研究：这是全部吗？》，载［英］斯图亚特·霍尔、保罗·杜盖伊编著《文化身份问题研究》，庞璃译，河南大学出版社2010年版，第121页。

③ 冯娜：《在汉语中还乡》，载娜仁琪琪格主编《诗歌风赏——中国当代少数民族女诗人作品选》，长江文艺出版社2014年版，第138页。

人给予了"我"把"我们"联系在一起的机会。当有人问柏桦（傣族）是否真的是傣族人的时候，她回答说："我妈妈是原汁原味的傣族，我身上流淌着她的血液，你说我假得了吗？""傣族村寨和父老乡亲带给我幸福和温暖，回到城市，回到钢筋混泥土的樊笼，一颗心总感到寂寥、彷徨……神的孩子，孤独的诗人，被神时时恩宠，赐予灵感之光；又被神时时放逐，忍受心灵煎熬。一支笔，一杯茶，坐拥孤城，坐陷愁海，黑夜是我慈爱的父亲，也是我无法缝补的伤口。在一个个没有看客的黑夜，诗歌成了我向安宁之岸摆渡魂魄的舟楫，岁月的忧伤在分行文字中得到了释放、提升。"①

当面对"他者"时，族群和故乡是用来认同的，而当诗人们面对自己时，族群和故乡就是用来怀念的。事实上，考虑到国民劣根性以及乡土中国的小农意识，一旦长期置身于自己的族群社会中，我们的感受可能就不再是如柏桦所说的那样幸福和温暖了。只有远离自己的文化，我们才能以外来的视角打量自己的文化，才能对它做出评判。因此，"自我"也必须借助于"他者"才能成为一个主体。

因此，是否记得母语，或者说是否拥有族群的母语，对现代少数民族诗人来说并非一条必要的身份标记。"我相信很多说壮语的人，并不曾见过更不可能看得懂真正的壮文。父亲编导的壮戏，其实是用汉字的发音来代替壮语。"② 壮族女诗人黄芳在强调自己的壮族身份的同时，就把民族语言中言与文之间的尴尬揭示了出来。

---

① 柏桦：《在水之湄，诗意栖居》，载娜仁琪琪格主编《诗歌风赏——中国当代少数民族女诗人作品选》，长江文艺出版社2014年版，第191页。
② 黄芳：《多年后》，载娜仁琪琪格主编《诗歌风赏——中国当代少数民族女诗人作品选》，长江文艺出版社2014年版，第88页。

四

在言与文的分离之外，少数民族女性诗人更为尴尬的是生与身的分离。这种尴尬的处境甚至会带给诗人们某种负罪感。"我始终是尴尬地活着。我们，单薄的个体生命，一直在向时代屈服。时代给了我们一个出生地，时代和社会经济的发展又让我徒有草原儿女的虚名。直到今天，时代同样给了我一个京城人的身份。但永远挥不去的还是那份异乡感，始终做不到准确地把握，且深感内心的不属于。那么又属于哪里呢？这同样是很难说清的问题。诗歌会给我们一个笃定的身份吗？直到今天，我依然不能虚假地怀念草原，它只是我现实生活的神圣光环，我所能给予的始终是遥远的敬爱，这是我最真实的情感。"① 蒙古族女性诗人夏花的这种两头不是岸的感叹，道尽了少数民族女性诗人在都市文化中身份认同的心酸与尴尬。

书写是一个反复寻找、确认自己身份的过程。在现代生活中，对于知识分子来说，可能远不只是面对自己的内心那么简单，他们创造了各种主义，并试图以这些主义把最广大的人群尽可能地联系在一起，从而构成他们言说的基本对象，必要时，这些主义不仅是对抗其他主义的武器，更是他们在漂泊不定的环境中寻求精神依归的重要途径。正如王雪莹所说："我以漂泊者的姿态出现在我的诗歌里；而我的诗里写尽怀念和离愁，也写尽热爱与珍惜。"②

既然族群身份在漂泊的生活中逐渐变得模糊不清，那么，还乡

---

① 夏花：《转身遇见乡愁，如此尴尬》，载娜仁琪琪格主编《诗歌风赏——中国当代少数民族女诗人作品选》，长江文艺出版社 2014 年版，第 211 页。

② 王雪莹：《沿着诗歌的道路还乡》，载娜仁琪琪格主编《诗歌风赏——中国当代少数民族女诗人作品选》，长江文艺出版社 2014 年版，第 219 页。

就成为她们面对都市生活的最后避难所。"我是被放逐的，有一颗漂泊不定的灵魂，这一生都在寻找精神的归所，茫然始于最初，仿佛在幼小的时候，或者比这还要早。"这使得诗人感觉"我总是游离于群体之外，我在这里，我早已不在这里"①。远离族群的诗人，在都市里重新发现了自己的根，而这个根，不再是族群，更多的是生育了自己的故乡。面对混乱无序的现代生活，人们总是在都市生活与故土族群之间来回摇摆，一方面，为了更好的现代生活，他们需要走出故土，在外打拼；另一方面，漂泊无依的都市生活又迫使他们把精神寄托在遥远的故乡。对故土、族群的回望，反映了现代人在混乱无序、陌生的都市面前的焦虑与恐慌，为了对抗这种失控状态下的混乱与焦虑，对抗已然习惯的传统乡土生活规则的式微，诗人们试图以诗歌来作为沟通现代与传统、都市与乡土、陌生人与族群之间的桥梁，并企图以此竖起壁垒和屏障，并通过诗歌努力去保存、修复那些族群与乡土记忆中留下的精神支柱，离开了这些支柱，诗人就会失去与过去关联的可能，也无法看清通往未来的道路。

然而，对于那些离开少数民族聚居区进入城市文化中的第二代诗人们来说，这种对族群的尴尬体认很快就会消失。对苏笑嫣（蒙古族）来说，她不会再有母亲娜仁琪琪格似的情感体验，没有颠沛流离的感受，父母就在身边，无须再去记挂母亲笔下的辽西、拒马河、大凌河、香磨村、草原，甚至不再去思念母亲的母亲，那些与母亲相关的记忆不再是她的记忆，她的文化之根在都市，而不是在辽西，族群对她来说是外在的标签，乡土对她来说是一个陌生的词汇。她的时光正被都市文化所同化。"初秋的午后阳光正好适合/煮

---

① 娜仁琪琪格：《在诗歌中安放下我的草原》，载娜仁琪琪格主编《诗歌风赏——中国当代少数民族女诗人作品选》，长江文艺出版社 2014 年版，第 229—230 页。

一壶咖啡摆一盘点心安静地/放置好自己什么都不去做/甚至话也不说事也不想//像重组一只老旧磨损的机器把/那些锈蚀斑驳的零件拆卸维护/从它们加速运转开始到现在已有些年头/越来越快的日子童年的摩天轮/不知何时就变成了发狂的风车//现在这午后属于我的/阳光是我的安静是我的恬淡是我的/这生活的慢与细腻也是我的/把闹钟和照片一起挂在晾衣绳上吧/湿漉漉的时间和记忆都需要晒晒太阳"（《初秋的午后》）。童年的摩天轮、风车，现在的咖啡、点心，这些具有小资情调的物象已经取代了母亲笔下的族群与乡土记忆。或许，在某种层面上来说，身份认同其实也就是一种文化记忆的认同，一种生活习惯的认同。

族群的乡土观念不仅仅产生于传统习俗，也在现代社会身份认同的过程中保持了活力，同时满足了人们获得一种必要身份的需求。然而，身份认同却如一把双刃剑，正如我在前文提到过的一样，没有"他者"的存在就不会有"我们"这一共同体。当少数民族女性诗人们在都市文化中转身面向自己的族群寻求精神支援的时候，表面上她们是在都市文化面前确认自己的少数民族族裔身份，但是，在客观上，她们却是为了得到都市生活的接纳，为了更好地融入都市生活而已，她们以族群认同来确保自己少数民族族裔身份的过程，不过是以之作为自己立足于都市文化的依据罢了，对族群身份的认同，恰恰是为他们对于都市文化的认同提供心理依据。这一点，与站在都市文化面前却大肆抨击都市文化，而大谈湘西文化的人性美人情美的沈从文并没有太大差别。

在千篇一律的可复制的现代生活中，诗人们寻求族群认同的心理，在很大程度上正是追寻故乡的足迹、寻找诗意栖息地的过程。这样说不是为了提倡一种海德格尔式的存在主义文学，而是就当代女性诗人们的生存现状，就她们与族群、与故土之间的文学想象而言的。通过这样的文学想象，她们把现存的生活处境展现在了读者面前：从少数民族聚居地走向现代城市化生活的她们，只有通过精神上的一次次返乡，才能一次次发现自己从何处来，而当她们面对现实的时候，这种从何处来的精神返乡，却又恰恰使得她们精神无依。在这样一种现状之下，无论她们对自己的族群，对自己的故土作什么样的阐释，其终极指向，都意在告诉着我们，她们将往何处去的现代难题。这不仅是当代少数民族女性诗人们的难题，也是现代人所必须面对的共同难题。

第十六章　消费社会下的文学批评研究

一　理论消费下的文学批评

随着机械复制时代的到来，文学成为本雅明所谓的"可技术复制时代艺术作品"，文学研究也随之变质：它不再是随着研究者个人的兴趣而跟进的研究，却变成了一项为着消费而加工的手工制造物。在这方面，典型的理论便是罗兰·巴特在《文本理论》中提到的文本即编织物。他认为："文本是文学作品的现象表层，是进入作品并经安排后确立了某种稳定的且尽量单一意义的语词的编织网。"① 他把文学文本看作"一件编织物（文、织品及编物，是同一件物品）"②，如果仅仅从他的定义来看文学的话，我们就会对文学即形式持毫不怀疑的态度：尽管我们可以选用不同的编织手法，但是，用于编织的材料可以一成不变。根据这样的推论，文学成了语言上花样翻新、以零度写作来演练技术手法的试验场。

文学文本既然成了一种技术的组装活动，它就可以被随心所欲地拆解，重组，而无须顾及文本写作者的自我主体性的参与，与之

---

① ［法］罗兰·巴特：《文本理论》，载［法］热拉尔·热奈特《热奈特论文选·批评译文选》，史忠义译，河南大学出版社 2009 年版，第 163 页。
② ［法］罗兰·巴特：《S/Z》，屠友祥译，上海人民出版社 2000 年版，第 263 页。

相应的文学阅读也就成了一种技术演示，巴尔扎克的《萨拉辛》也就当仁不让地成了这种理论下的活体解剖，被尸解成为五百六十一个编织的"线头"。现时的文学批评研究正逐渐成为只要掌握相关的理论，而无须研究者主体性精神参与的纯技术性操作——总有一种理论能够适用于自己当前面对的文本。文学批评研究不再是研究者的有感而发，不再是从文本自身出发来研究文本，而是从理论入手，用理论来套文本，最后再回到文本。文学的研究过程成为理论的消费过程，同时，充满悖论的是，研究者的审美个性也在这个过程中被理论机械地消费掉。表面上我们是消费的主体，而实际上，这个主体却在不知不觉中被异化为消费的客体，变成了无意识的欲望机器。

时下的所有事物都变成了可供消费的欲望体。就连我们人类自身的身体都被异化为一种消费品，"在消费的全套装备中，有一种比其他一切更美丽、更珍贵、更光彩夺目的物品——它比负载了全部内涵的汽车还要负载了更沉重的内涵。这便是身体。"① 各种理论文本也不例外，争先恐后地加入了消费行列。鲍德里亚在《消费社会》一书中论及消费社会物品的变化时谈道：

> 物品在其客观功能领域以及其外延领域之中是占有不可替代地位的，然而在内涵领域里，它便只有符号价值，就变成可以多多少少被随心所欲地替换的了。因此洗衣机就被当做工具来使用并被当做舒适和优越等要素来耍弄。而后面这个领域正是消费领域。在这里，作为含义要素的洗衣机可以用任何其他

① ［法］让·鲍德里亚：《消费社会》，刘成富等译，南京大学出版社 2009 年版，第 120 页。

物品来替代。无论是在符号逻辑里还是在象征逻辑里，物品都彻底地与某种明确的需求或功能失去了联系。确切地说这是因为它们对应的是另一种完全不同的东西——可以是社会逻辑，也可以是欲望逻辑——那些逻辑把它们当成了既无意识且变幻莫定的含义范畴。①

　　这一描述中的物品和需求恰好应和着时下的精神（文化）消费领域——一个全面"精神生理歇斯底里"的世界。我们发现，理论某种程度上正作为物品在"市场"——一种消费的领域——待价而沽，成为某些人"当做舒适和优越等要素来耍弄"。以理论支撑的文学批评，理论的功能和外延价值得到认可（尽管有异化的可能），批评文本作为编织物的诉求有了理论的装饰而堂皇公示，如果对理论的"消费"过度或失去张力，就不得不注意避免陷入"欲望逻辑"的境地。如果我们承认理论进入了消费领域，理论消费可以安然贴上标签的话，那么，我们不得不反思理论消费下的文学批评如何卸掉抽象符号的妆容，而呈现批评的力量。苏珊·桑塔格在《静默之美学》一文中开篇名义："每个时代都必须再创自己独特的'灵性（spirituality）'。（所谓'灵性'就是力图解决人类生存中痛苦的结构性矛盾，力图完善人之思想，旨在超越的行为举止之策略、术语和思想。）"② 把理论作为"灵性"的积淀才应是批评家们在"消费"过程中关注的重点，这就如同摄影，重要的不是手持的相机商标是"牛头"还是"狗头"，而是相机背后的人。

---

① ［法］让·鲍德里亚：《消费社会》，刘成富等译，南京大学出版社2009年版，第120页。
② ［美］苏珊·桑塔格：《静默之美学》，载［美］苏珊·桑塔格《激进意志的样式》，何宁等译，上海译文出版社2007年版，第5页。

不可否认，掌握一些理论会开阔我们的研究视野，但是，当今的很多理论成为了我们用于职称晋升、保持学科带头人地位而撰写论文的门面，熟练地翻译或者掌握某种西方理论，就可以类似于圈地运动一样独占鳌头，并以此作为进入问题研究场域的门票，这是中国新时期以来的一个重要态势。今天，任何理论在被引用的时候，都脱离了书籍本身而成为一种符号，这时，我们对所购买的物（书籍）的消费转而变成了对符号的消费。诚如鲍德里亚所言："人们从来不消费物的本身（使用价值）——人们总是把物（从广义的角度）用来当做能够突出你的符号，或让你加入视为理想的团体，或参考一个地位更高的团体来摆脱本团体。"① 一个研究者引用或者使用某种理论，因为他属于或者至少渴望属于这种理论阶层，能否掌握这些理论并且在研究中熟练地运用这些理论，是考量一个研究者是否"与时俱进"，属于哪一个阶层的象征性资本，它是衡量一个博士是否博学，一个导师是否具有引导学生学习的重要视觉标准。一个研究者书桌上是否放着几本时髦的理论著作，被认为是这个研究者是否具有学术水平的重要视觉杠杆。研究者和这些作为象征资本的理论双向互动，组成了相互倚重爬升的螺旋体。理论在被消费的同时，也消费着研究者自身。

随着今天国外文学理论的不断翻译，以及我们对各种理论的消费，当今的文学研究成为了理论武器的试验场，各种理论都可以同台竞技，在同一个文学文本里面跑马，一千个读者就有一千个哈姆雷特在今天真正变成了现实。这没有什么不妥，不妥的只是我们在运用这些理论的时候放弃了自己的知识分子立场，把自己单纯地变

---

① ［法］让·鲍德里亚：《消费社会》，刘成富等译，南京大学出版社2009年版，第41页。

成了一个消费的个体。

文学研究不是一场赶时髦的 T 型台上的走秀活动，这种活动只是一场你来我往各领风骚三五天的展示性消费，是一场研究活动中的理论走秀。不管是倡导一种回到中国本土的研究，还是倡导一种面向西方的文本解读，都无一例外地会打上理论消费的烙印。事实上，不管是哈罗德·布鲁姆的"憎恨学派"① 之讥，还是今天我们被要求回到本土，谈论西方不是为了改造中国的言论，都预设了他们对理论消费的不满，然而，充满悖论的是：一旦我们都去尊崇布鲁姆的审美理论，或者都去尊崇当今学界提出的回到中国，以中国的方式研究中国，这是不是又变成了另外一场理论消费呢？

二　理论资源的凭借：从甘阳说起

甘阳先生的新论恰好印证了我的担忧。2009 年，曾为"现代西方学术文库"主编的甘阳先生撰文，声称要"用中国的方式研究中国，用西方的方式研究西方"，因为"任何直接地到西方找一种学说来解决中国问题尝试，都是非常肤浅的。所谓什么'文化研究'，这种那种花样翻新的名词，都是不妙的，都不是好研究。"所以，他"比较感兴趣的是中国可以产生大规模地对于西方的研究，而不是拿西学来改造中国"。他指出，"我们的麻烦在于，每次我们都直接从西学的新潮来处理我们的东西，这样做的后果就导致了我们显得没有传统，没有学统。我们在不断地骛新猎奇的时候，其实是被引得摸不着北。"最后，他谆谆告诫中国的学者说，"不要脑子里成天想

---

① ［美］哈罗德·布鲁姆：《西方正典》，江宁康译，译林出版社 2005 年版，第 14 页。

着怎么来治中国，中国不需要你们治。本来就不是为治中国的病所生产出来的药，你非要拿来治中国的病，这不是庸医嘛。"① 这种上帝的归上帝、孔子的归孔子的看似公正平衡的办法不失为"天朝帝国"时代最为稳健的办法，当然，也是鲁迅所谓的"暂时坐稳了奴隶的时代"② 的最为稳当的方法。但是，这绝对不是全球化时代的21世纪的研究途径。确实没有一样西方的药是因为中国人而生产的，当我们用中药医治感冒的时候，西方人确实是在用西药医治他们的感冒，但是，为什么我们就不能用西药来医治我们的感冒？同是肺癌，在西方人用他们的药物能够把人医治好的情况下，我想，没有一个中国患者会不愿意用西药来救命而眼睁睁等死。是的，中国是不需要我们治，可是你为什么又要研究西方呢？西方似乎也照样不需要你治，并且，想治还治不上。

甘阳先生的言论其实就在于以民族主义的立场来看待中国问题，事实上，从民族主义的角度切入问题，也是自20世纪80年代以来对五四新文化运动中"激进"与"保守"论争的一个侧面回答。我们都清楚，五四在很大程度上就是希望以西方的理念来改造中国，最具影响力的就是"德先生"跟"赛先生"的输入，陈独秀等人当年输入这些西方理念并非是为了"以西方的方式研究西方"，而恰恰相反，他们是为了以西方的方式来研究中国，从而达到精神独立、思想自由、个性解放，进而重塑大国形象的目的。我们现在可以批评他们当年的功利主义式的激进，但是，无可怀疑，我们现在也正受惠于他们的这份遗产，才得以保留住我们那本来就不多的个人精

---

① 甘阳、王钦：《用中国的方式研究中国，用西方的方式研究西方》，《现代中文学刊》2009年第2期。

② 鲁迅：《灯下漫笔》，载《鲁迅全集》第一卷，人民文学出版社2005年版，第225页。

神空间。然而，共和国六十年来我们取得的成绩，尤其是改革开放三十年来我们以 GDP 增长来衡量一个国家所谓的综合国力，从而凸显出我们现在的强大这样一种暴发户心态，使得我们的民族主义心态开始回潮，同时，这种回潮也是跟主流意识形态宣扬的五四精神的精髓——爱国主义结合在一起的，从而出现了甘阳先生式的中西互不相关、各自为用的闭关言论。很显然，要否定五四新文化传统，最好的办法就是祭起民族主义的大旗，以所谓的"中国方式来研究中国"，全面否定以西方文化（理论）来研究中国问题的思想理路。事实上，如果仅仅把五四精髓狭隘地归结为爱国这样一种民族主义思想，这就不是在传承五四精神，而是在借传承之名扼杀五四精神。借用徐迅先生的话说："民族主义话语无非是某种权力的语言载体而已，而民族主义则是争夺社会资源的方式。"①

　　具体到文学研究中来，我以为，文学以及文学理论从来都是文化的一个重要组成部分，文学中的"文化研究"正是对自己所归属的领域的认同。文化既具有区域性，同时也具有人类性，正是基于此，我们才会认为，卡夫卡的小说既是奥地利的文学，同时也是全人类的文学。一个爱好文学的人不会介意他是一个奥地利人就不去阅读它。我们在阅读一种文学的时候，事实上也就间接地在阅读着一种文化，而我们对文学的研究，也就间接地是对一种文化的研究。我们的文学研究从来就不是一项"专门化"的事业，"专门化"只会有损于这项研究。这诚如萨义德所言："在研究文学时——文学是我的特别兴趣——专门化意味着愈来愈多技术上的形式主义，以及愈来愈少的历史意识……专门化也戕害了兴奋感和发现感，而这两

①　徐迅：《解构民族主义：权力、社会运动、意识形态和价值观》，载李世涛《知识分子立场——民族主义与转型时期中国的命运》，时代文艺出版社 2000 年版，第 35 页。

种感受都是知识分子性格中不可或缺的。"① 因此，认为"文化研究""都不是好研究"实在流于武断。因此，我坚决不把甘阳先生的文章看作自我深刻反思的结果（如果他真的经过了反思，那么，我也只能把他的反思当作一种老年人暮气沉沉下对年轻人的反动），而更愿意当他是某种规训之后的改"过"自新，以背叛年青时代的只是信仰为代价，来换求另一种权力知识体系的认同。他的那种看似以过来人的身份对学界后生晚辈的谆谆教导，就犹如美国人开着航母到南海说不允许任何国家在南海问题上使用武力一样。

德勒兹认为，"哲学总是注重概念，搞哲学就是试图发明和制造概念。"② 事实上，不独哲学是这样，我们的任何一门人文科学都是这样，都需要不断地更新名词，并赋予这些新的名词以意义和价值，并以此推动着这门学科的发展。但是，当我这样为创造新名词辩护的时候，并不是说凡是西方新创造的新名词我们都可以借鉴过来为我所用，也不是说凡是新名词都应该受到追捧，使用新名词也要看语境，看它是否与我们现在所面对的现实相匹配。事实上，我们现在很多搞"文化研究"的人，在"前沿"借助西方理论酣畅淋漓地阐释现代中国的问题，而忘记了自己"身份"的比比皆是，最简单的事例就是，在一个连现代性为何物尚没有一个定论的时候，我们很多的"文化研究者"就开始大谈中国的后现代性了。从这个层面上来说，甘阳先生批判"骛新猎奇"的学术风气倒是很有见地。

围绕这样一个话题，于 2010 年 1 月 10 日在海口召开的"第二届全国当代批评期刊建设与当代文学走向学术研讨会"上，在场的

① ［美］爱德华·W. 萨义德：《知识分子论》，单德兴译，生活·读书·新知三联书店 2002 年版，第 67 页。
② ［法］吉尔·德勒兹：《关于〈一千个平台〉的谈话》，载［法］吉尔·德勒兹《哲学与权力的谈判》，刘汉全译，商务印书馆 2005 年版，第 29 页。

诸多期刊主编对甘阳的言论作出了积极的响应，意在提醒我们文学研究要回到中国，回到感悟阅读时代的中国。然而，当我们处在一个并非完全闭关锁国的时代的时候，文学研究何以会处在一个闭关锁国的环境？有编辑言辞激烈地批评了当代文学研究中动辄以西方理论为导向的研究态度，并认为作为中国人对自己的文化一知半解，是做不了多么精深的中国学问的，这导致了现在的很多文学研究毫无美感可言而味同嚼蜡。可是，在我看来，毫无美感可言的文学研究论文并不是外国文论在中国留下的祸根——如果我们在引进这些理论的时候对这些理论的利弊没有自己的权衡，那只能证明我们自身出了问题——而恰恰是研究者自己生搬硬套，是我们这项完备的学术研究套路惹的祸。西方文论不是这项研究出现问题的替罪羔羊，这就和甲午海战中中国从西方获得的武器不能成为这场海战失败的真正原因一样。事实上，到现在，从西方获得武器以强壮我们的军队仍然是我们所谓科技强军的一大策略。对自己的文化一知半解固然有问题，但是，也不能要求每个学者都一头扎进故纸堆吧？任何研究毕竟都得直接或者间接地联系现实，也就是必须得和甘阳先生所反对的对中国有用联系起来。

然而，这种盲目排外的思想，这种对国粹的崇拜使得他们忘了一个基本的常识，一个刚好与盲目自大认为国外有的东西我们老祖宗早就有过了的相反的常识：在我们有的东西别人也有的情况下，如何去取长补短，才不至于做井底之蛙，学夜郎自大。

同时，一个不幸的后果是，认为文学研究的论文越来越艰涩难懂，需要把文学研究当作有文学气的事业来做的想法似乎在"耶鲁四人帮"之一的杰弗里·哈特曼的《荒野中的批评》一书里明白无误地表现了出来，而对审美研究的倡导，则在哈罗德·布鲁姆的阐释其影响的焦虑的一系列著作中得到大力体现。更为不幸的是，布鲁姆的研究理论就是着眼于弗洛伊德的理论改造而成的。看来美国的文学研究者们也存在着不对的地方：没有回到美国本土。今天，当我们要求研究西学只是为了了解西方，"而不是拿西学来改造中国"①，当我们要求我们的文学研究回到中国本土的时候，我们就再次把自己从世界人的位置上孤立了出来，而不是独立了出来。

把文学研究的立场拉回中国是对的，但是，要求把文学理论也拉回到中国，则毫无疑问地走向了另一种偏至。如果我们是一个真正的中国人，那么，不管你穿长衫留长辫脚缠三寸，还是西装革履大头皮鞋，都不会掩盖住黄皮肤黑头发的中国人特征。换句话说，只要我们的问题意识是在中国，只要我们着眼于中国自身的问题，那么，就不愁传统不在，学统不存。其实，他们要求的学统的真正名称应该叫"血统"，他们要求的学统只是一种血统纯正论的表现而已。关于这点，我们完全可以套用鲁迅谈及"革命文学"的说法："我以为根本的问题是在作者可是一个'革命人'，倘是的，则无论写的什么事件，用的什么材料，即都是'革命文学'。"② 其实，甘阳先生式的"忧患意识"，也正是他在 20 世纪 90 年代一篇文章里所反对的"政治市侩主义"和"'知性保守主义'心态"③，我们完全可以借其十余年前的认识来给予回应："就我们而言，我们根本就不'忧患'在经过现代化说造成的全面变迁之后中国人还是不是中国人、中国文化还是不是中国文化，因为在我们看来，不管这种变迁

---

① 甘阳、王钦：《用中国的方式研究中国，用西方的方式研究西方》，《现代中文学刊》2009 年第 2 期。

② 鲁迅：《革命文学》，载《鲁迅全集》第三卷，人民文学出版社 2005 年版，第 568 页。

③ 甘阳：《反民主的自由主义还是民主的自由主义——90 年代中国思想批判》，载罗岗等《90 年代思想文选》第二卷，广西人民出版社 2000 年版，第 451 页。

是多么剧烈、多么深刻，它都是中国人自己在变、中国文化自己在变，是中国人自己在改造自己，中国文化自己在发展自己，所以不管变迁之后的未来与变迁之前的过去会是如何的面貌全非、大不一样，它都是中国人自己的发展，中国文化自己的制造，因而内在地构成了中国人或中国文化自己'传统'的一部分。"① 把文学理论拉回中国，如果我们不是停留在优美、壮美等文学研究中，就算停留在王国维的《人间词话》上，也毫无疑问间接接受了外国文学理论的影响。况且，当我们说"知人论世"这样的古代文论的时候，难道不是正契合了西方的意识形态批评吗？同时，当我们回到中国用中国的方式研究马克思主义的中国的时候，开创这个马克思主义的传统，这个马克思主义的学统似乎也并不在中国，马克思主义是世界的马克思主义，而并不仅仅只是中国一个国家的马克思主义。我们要如何才能把这两者清楚明了地标示出来呢？依附于传统，或者妄图复活传统，借传统文化之名而拒绝融合新知，这就意味着不仅是在与当前的历史对抗，而且也意味着与自己当前的同胞对抗。谁也不能独霸真理，除非你是看不惯萨达姆就要出动军队喊打的小布什。

更进一步说，是否一定要划定一个框架来束缚我们的手脚？古代杀人用刀砍斧锯，民国之后借用了西方的技术改用枪毙，现在很多国家则是实行安乐死。同是杀人，仅仅只是方法不同而已。时代在前进，社会在变迁，如果有一天，我们觉得药物毙命的效果太过人道，还想回到血淋淋的时代，我们可以重新使用古代的各种刑器。当然，文化上的演进并不如器械上的进化，文化是一个累进的过程，而器械则是一个单线前进的过程。然而，不管如何累进，也不能成

---

① 甘阳：《八十年代文化讨论的几个问题》，载甘阳主编《八十年代文化意识》，上海人民出版社 2006 年版，第 23 页。

为我们闭关锁国目盯自身而不及其余的借口，这个累进过程不只是一个区域内的累进，不是唯我独尊单边主义似的累进，而是一个相互学习借鉴的累进，一个没有文化流动性的社会是无所谓创新的，也是无所谓民主和自由的：一口大小有限的水井作为某些特殊等级的人群的特殊资源已经足够了。

有必要推翻"存在即合理"这样一个黑格尔似的"公理"，这个公理是基于对强权的臣服，这是一种坐稳了奴隶位置的犬儒主义态度。从人类的历史渊源来看的话，存在的恰恰是不合理的：如果一切都合理了，那就无所谓进步了。进步的观念正是对一劳永逸的黑格尔式论断的合理否定。树立一种怀疑精神，这是人完善其自身的必要条件。政治正确只能证明其时选择的自我利益的正确性，从长远来看，这种所谓的历史主义恰恰是非历史的。事实上，政治正确正是我们今天有预谋的理论订货的基本宗旨，我们的理论在很大程度上成了政治正确的牺牲品：要么可以用于一种社会制度的维护，要么就是沉在象牙塔底作无关痛痒的句法分析，走向所谓的审美而无法自拔。在这个问题上，复古或许是既可以躲开来自左和右的攻击，又可以保存自己知识分子光环的最佳选择。长远来看，"用中国的方式研究中国"并不是一项长远的战略，其最佳命名应该是拉康所谓的"随机理论"。①

三　知识分子立场在消费社会下的伦理考量

仇外和排外的心理除了显示出我们的心胸狭窄之外，对我们的发展实在并无益处。稍加斟酌，我们就会发现，其实这种心理的矛

---

① ［法］雅克·拉康：《精神分析学中的语言和语言的作用和领域》，载 ［法］雅克·拉康《拉康选集》，褚孝泉译，上海三联书店 2001 年版，第 299 页。

头所向并非问题的重点所在，在这里，我们或许可以重新启用一个以阶级斗争为纲时代所惯用的词语：立场，亦即一个知识分子的立场。我不认为获得一个博士文凭就算是知识分子，也不认为出了几部著作、为大众媒体所关注就是知识分子，知识分子的定义在今天必须重新予以界定，这个光荣的称誉只能颁发给那些具有社会良知，保持着正义的天平，为着社会的公义而呼告的人。我们说我们都是社会的人，也就是说我们都要参与到社会活动中来，政治掮客们靠说谎、欺骗来建设他们所鼓吹的理想世界；经济学家们以其经济理论的运作来建设他们的世界；文学家们以其文学创作来建构他们所想望的世界……他们都各行其是，而作为具有批判意识的知识分子，如果他们不以自己对这个世界存在的问题的发现，不以对现行不合理的地方的发现与批判来体现出社会的公义，而是一味地躲进象牙塔认为这个社会不需要人们改造，他们将靠什么来建设这个世界？如果知识分子不保有这样的立场，他们就注定只是一些自由漂浮的伪知识分子，而他们所运用的理论，也就只能是为消费而消费的消费品。我们为外国文学理论在文学研究中的运用而辩护，并不能作为我们以其理论为武器来随意挥砍文学的理由，对外国文学理论的运用只是我们用来认识我们的文学，以及我们身处的这个社会，而不是用来作为我们寻求职称晋升，由五斗米的供养升到八斗米就可以折腰从而自由漂浮的垫脚石。

然而，不幸的是，当今我们运用于文学研究中的外国文论正在一步一步地沦为为消费而消费的消费品，文学研究正在沦为叠床架屋似的理论演绎，知识分子的立场正在逐步淡出自己的领地。可是，如果没有一个作为知识分子的立场，就算我们的研究回到了中国，用中国的方式来研究了中国，就算我们有了自己的传统，有了自己的学统，谁又敢保证这个传统，这个学统就是纯正的？就是为人民大众所愿意接受的？谁又敢保证我们的感悟阅读就不至于沦为新的理论消费行为？

虽然我们同意文学就是一种审美活动，但是，我们显然不能偏执如哈罗德·布鲁姆那样把关注文本中的意识形态研究讥讽为"憎恨学派"，纯粹的审美意义上的经典显然是一种自欺欺人的说法，伊格尔顿在《二十世纪西方文学理论》以及《审美意识形态》等书中早已令人信服地指出了文学中意识形态的无处不在性。诚如蔡翔先生所言："如果真有'文学本身'，那么，这种所谓的'文学本身'，也正是意识形态或者意识形态冲突的一种'场合'。"① 文学如果不关注现实，那么，它还能关注什么呢？它赖以存在的理由是什么呢？文学如果关注现实，为什么我们不能从理论上去认识它所关注的现实呢？更进一步说，如果我们的文学研究者躲进象牙塔里不问世事，文学研究的功用何在？批评者何为？或许，问题并不在于以什么样的理论来看待文学，而在于我们在文学文本中看到了什么，在于我们是否以一个知识分子的立场来勇敢地承担起社会进步的责任。尤其是在中国这样一个具有她自己特色的国度里，除非作家们是一群僵尸，否则，文学就不可能是纯粹审美的。既然如此，文学研究中关注文本的意识形态、关注女性地位等就不是我们必然付诸口诛笔伐的把柄，它们应该具有与审美研究相等的地位。

事实上，文学研究越来越与文化研究联系起来，这是社会关系复杂化，是人的充分社会化，是人参与社会的必然结果。审美本身也会随着社会文化的改变而改变，不可能有一成不变的审美，也不

---

① 蔡翔：《何谓文学本身》，载王晓明《二十世纪中国文学史论·下卷》（修订版），东方出版中心2003年版，第465页。

可能有万人同一的审美经验，倡导一种同一的审美经验本身就是一种霸权，一体化本身就意味着文学的消亡，它会在一种一劳永逸的机械反应中使文学研究走向僵化，衰亡。如果没有研究方法上的不断更新作为新鲜血液，甚至会有取消文学研究本身的可能。倡导审美经验一体化的过程就是修造一架 Procrustes 铁床的过程。一旦这架铁床运转起来，被吞噬的就不只是我们的理论，还有我们研究者自身。要让床铺适合自己，就需要我们不断地创新，包括吸收借鉴来自各方面的理论方法，根据自己身体的长短胖瘦，自己为自己量身定做能够舒适安寝的床，并使这架床能够和谐地安置在一个房间内，这样才能充实我们的研究，也才能使我们的研究在这个社会彰显出它自己的意义。

雅克·德里达在他的一次访谈中说道，"文学是一种允许人们以任何方式讲述任何事情的建制。文学的空间不仅是一种建制的虚构，而且是一种虚构的建制，它原则上允许人们讲述一切。要讲述一切，无疑就要借助于说明把所有的人物相互聚集在一起、借助于形式化加以总括。然而要讲述一切同时也要逃脱禁令，在法能够制定法律的一切领域解脱自己。"[①] "在西方，处于比较现代形式的文学建制是与讲述一切的授权联系在一起的，无疑也是与现代民主思想联系在一起的。不是说它得其所哉地依赖于民主，而是在我看来，他与唤起民主、最大限度的民主（无疑它会到来）的东西是不可分割的。"[②] 这个法则不仅仅应该是西方所独有，他应该是一条普世的文学艺术法则。如果文学真的是这样一种奇怪的建制，那么，在原则

---

① ［法］雅克·德里达：《访谈：称为文学的奇怪建制》，载［法］雅克·德里达《文学行动》，赵兴国等译，中国社会科学出版社 1998 年版，第 3—4 页。

② ［法］雅克·德里达：《访谈：称为文学的奇怪建制》，载［法］雅克·德里达《文学行动》，赵兴国等译，中国社会科学出版社 1998 年版，第 4—5 页。

上，一个完全自由、民主的社会就已经来临，至少，一个言论自由的社会就摆在我们面前。虽然，消费社会的时代让我们看到了消费品明码标价的"阳谋"，然而，我们不应该忘记，哪儿有光亮，哪儿就有阴影。文学毕竟只是一个虚构的建制，其真实的一面仍然还需要我们去澄清，如果作为文学研究者的我们都不去澄清那些隐含在虚构中的真实，那么，我们还指望谁来给我们指点那些隐藏在"阳谋"中的"阴谋"呢？这不是西方理论中的后殖民话语，也不是萨特的"介入"理论，而是包围在我们身边最实在的现实，也是知识分子赖以安身立命的最大理由。如果文学不关注人自身，如果文学研究者不关注自身所置身于其中的现实，而是打着"研究西方"的幌子，一头扎进西方的黄金梦里出不来，那么，你以什么来参与社会，并促进社会的发展呢？为什么要求我们大规模地去研究西方，却不要我们改造我们的社会？如果中国不需要自己的研究者治，那么，谁还有资格来治？这是一个非常奇怪的言论，如果你想认识西方，你可以直接移民，身在中国，却目盯西方，中国是不需要我们治，可西方似乎也不需要一个外国人治吧？这种奇谈怪论实在让人匪夷所思。"写作总是为了赋予生命，为了将禁锢的生命解放出来，为了开辟逃脱的路线。"① 面对文学这样一个奇怪的建制，文学研究是不是也应该是对这种奇怪的建制的反应？是不是也应该聚集在这个建制之下，以民主、自由和公义的名义，以朱利安·班达在《知识分子的背叛》中或者爱德华·萨义德在《知识分子论》中的立场，把自己的写作赋予具有社会活力的生命，从而开辟一条通往自由的逃脱线路，并以此对消费社会下的文学研究说不？而不是仅仅

---

① ［法］吉尔·德勒兹：《关于〈一千个平台〉的谈话》，载［法］吉尔·德勒兹《哲学与权力的谈判》，刘汉全译，商务印书馆 2005 年版，第 29 页。

以所谓的"用中国的方式来研究中国"这样一个方法论问题来掩盖问题的实质。

理论资源只能体现研究者的思想基点和评论素养，它跟其出身西方还是东方并没有什么必然的关系，不管是洋枪还是土炮，关键在于这种武器是否适用，在于拿在手里的人，他的指向在哪里。知识分子的担当意识才是研究者在这个消费时代应当秉持的重要品性，我们的文学研究应当以一个知识分子的身份和立场，对抗消费时代的异化，确立研究的主体性，在对文本进而对社会作出自我评判时，凸显知识分子的道德担当。面对这样一个消费社会下的文学批评研究，问题并不在于我们用一种观念去取消另外一种观念，或者用一种研究方法去取代另外一种研究方法，而在于我们是否以一个知识分子的立场，对这个社会作出我们自己的选择与判断。

第十七章 "当代文学史":在尴尬中如何叙述文学的历史?

我在这个题目的问号后面,首先,想要指认的是这样一个文学史命名的非学理性问题;其次,是在这样一个命名的前提下,文学史写作中所面临的矛盾性问题。本章将以洪子诚先生的《中国当代文学史》为中心而兼及其他展开讨论,原因在于:这部著作是个人写史之作,因此也就更容易体现出著者的史学态度和治史方略。在对这部被学界公认为最具里程碑意义的当代文学史的解读中,通过一种再解读的方式,去反思当代文学史的写作思路,希望借此能够对这一文学史的写作提供点参考。

一 质疑与探索:呼唤一种新的史学命名

任何一部文学史都希望做到共时与历时的结合,然而,既是"当代文学史",就不可能达到历时与共时的结合。"当代文学"这个命名只具有共时性,而不具备历时性。就"当代文学史"这个概念而言,它并不能涵盖一个历时的序列。我们不用去找太多的理由来支撑这样的论点,而只需反问一个问题,就足以让我们面对这个命名时感到哑口无言,这个问题是:如果真有 2012 年地球毁灭的话，那么，假如毁灭后地球上还残存有中国人，他们创作的文学难道就不是他们那个时代的"当代文学"吗？因此，这个命名并非为我们现时代所独有，这至少说明了这个命名的非严谨性。

对任何一部以"当代"来命名的文学史来说，它都不能达到作为"史"的稳定性。作为史家，都能说出一些分期的理由，比如，朱寨在其主编的《中国当代文学思潮史》中开篇就说："《中国当代文学思潮史》的'当代'，在这里是一个特指的时间概念。从社会历史来说，它是指一九四九年十月中华人民共和国的建立到一九七八年十二月中国共产党十一届三中全会的召开这段时间。"① 他认为 "'当代文学'的命名，主要是为了与其前后相衔接的'现代文学'和'新时期文学'相区别。"② 当代在这里不是对现在、当前意思的强调，而是特指一段时期。当著者以"当代"的名义来指称这段文学思潮历史的时候，无形中就割断了这个"当代"之前的文学传统（如果有的话），最典型的是，这个"当代"没有能够统一解放前的左翼文学史，这就使得一个以政治分期来衡定文学分期的思潮史呈现出某种内在的矛盾性。更进一步说，当他们把 1978 年之后的思潮取名为《当代文学新潮》的时候，新潮之后又该如何以一个学理性的概念去命名？诚然，中国的当代文学是与政治合谋共生的，但是，它仍然应该具有某些文学自身所特有的属性，况且，就算是以政治分期来作为标准，我们也不应该以"当代"的名义，只注重中华人民共和国成立后的大一统局面，而忽略此前的左翼文学传统。

同时，以五四文化图腾来演义当代文学的做法——这种做法的另外一个翻版是把当代文学看作现代文学的自然延伸——并不能令所

---

① 朱寨主编：《中国当代文学思潮史》"前言"，人民文学出版社 1987 年版，第 1 页。
② 朱寨主编：《中国当代文学思潮史》"前言"，人民文学出版社 1987 年版，第 3 页。

有人都信服，且不说五四那代人对五四的看法言人人殊，就是今天，我们对五四的理解也莫衷一是，每个人都可以从中拆解出一个属于自己的"五四"，作为时间的"五四"是确定的，而作为事件的"五四"则是那么的真切，而又是那么的虚无缥缈，仿佛触手可及，却又永远只是一个文化幻象，一个人为塑造的丰碑偶像。所以，以当代文学嫁接五四新文化，其政治意义就要远大于文学史的意义。

根据洪子诚先生在《中国当代文学》中的考证，"'当代文学'概念的生成，不仅属于文学史学科体制的范围，因而需要从文学运动开展的过程和方式上去考察。"但是，由于当时"有'资格'和能力为文学确立'全局性'规范，对文学进行'选择'的，只有左翼文学力量"①。因此，洪著的《中国当代文学史》"上篇主要叙述特定的文学规范如何取得绝对的支配地位，以及这一文学形态的基本特征"。② 这是从文学生产的体制上去探讨当代文学的合法性与合理性，论者理所当然地把这种政治合法性移接到了文学史的写作过程中，二者相互参证以达到文学与政治的最终和解，是这段文学史著作的显著特征。因此，也就难免给人一种把文学史当作了政治史或思想史注脚的感觉。只要这个政治构架存在，那么，这个文学史就会无限期的"当代"下去。正如洪先生所言："'当代文学'则指50年代以后的文学"③，它代表着中华人民共和国成立以来的文学发展时间。或许，以任何名词来命名这段文学史都是可以的，但是，由于20世纪50年代以后的文学没有一个确定的下限，这就导致了类似于"体制化""一体化"这样的关键词不能涵盖80年代以后的

① 洪子诚：《中国当代文学》，《南方文坛》1999年第1期。
② 洪子诚：《中国当代文学史》（修订版）"前言"，北京大学出版社2007年版，第4页。
③ 洪子诚：《中国当代文学史》（修订版）"前言"，北京大学出版社2007年版，第1页。

文学史叙述，郜元宝先生一语中的地指出："下限问题不解决，似乎不会太影响洪先生对五十—七十年代文学的叙述，但肯定会严重影响他对'八十年代以来的文学'的把握，导致他说不清'八十年代以来的文学'的性质，也说不清'八十年代以后的文学'与五十—七十年代文学的内在联系，而这最终还是会影响他对'当代文学'（包括五十—七十年代文学）的整体把握。"① 同时，这也就意味着每一部文学史成书之后都会有新的作家名单加入这种文学史的竞争之中，就会有更优秀的作品出现，而每一部优秀作家作品的加入，都会或多或少地改变其他作家作品在之前文学史中的地位。如此下去，面对流动的文学现状，我们又应该如何去叙述它们的历史？是以"当代"的名义增加一些新生作家作品的名字无休止地"重写文学史"？还是将"当代"了之后的文学史以别的名称命名？然而，随之而来的问题是，"当代"之后的文学史，在现行政治体制不变的情况下，难道不还是"当代"的文学史吗？更让人尴尬的是：当我们以"新时期""后新时期""新世纪"这样的命名来指称后来的文学史的时候，"当代"一词就显得不伦不类了。

以现、当代文学来命名 20 世纪的中国文学，是用政治变化来作为划分文学分期的标准，这使得文学完全被看作由一个国家的政治或社会变革所决定。"不应该把文学视为仅仅是人类政治、社会甚至是理智发展史的消极反映和摹本。因此，文学分期应该纯粹按照文学的标准来制定。"② 尽管"当代文学"这样的命名方式有着社会主义国家政体永远存在的隐意，但是，我们应该清楚地知道，这样的

---

① 郜元宝：《作家缺席的文学史——对近期三本"中国当代文学史"教材的检讨》，《当代作家评论》2006 年第 5 期。

② ［美］韦勒克、沃伦：《文学理论》，刘象愚等译，江苏教育出版社 2005 年版，第 318 页。

命名方式与文学史并没有什么必然的联系，况且，任何时代的文学在其时代之内都可以称为"当代文学"，它不是一个确指的概念，而具有普泛性、流动性，先秦诸子创作的文学在先秦时代就是他们的当代文学。先秦文学也曾当代过。一旦这样的词语被滥用，它的分析力也就荡然无存，剩下的就只是一个行话了。如果诸如现代文学，当代文学的提法仅仅只是一个时间段内的文学分期问题，那么，我们完全有理由提出一个更为精准的命名，比如"1917—1949 年文学"，或者"民国文学"。可是我们从来没有这样提过，这就意味着现代文学这个命名有其更为深层的含义，既然如此，我们就有理由去追问何为现代文学？其"现代"二字如何在文学中表现出来？或者，文学的现代性意义究竟是什么？同理，当我们谈论"当代文学"的时候，这个"当代"又指什么呢？虽然我们都知道"中国当代文学是中国现代文学在当代的延伸"①，但是，对于不知道的"他们"来说，是不是当代文学就与现代文学截然分开了？"他们"完全可以发问：是不是当代文学就不具备现代文学中的现代性了？或者，这个当代性仅仅只存在于 1949 年之后的现行体制之下？如果现代文学已经具备了文学现代性，那么，当代文学又该如何来界定其文学性质呢？难道我们可以以其处于现代文学之后而称之为"后"现代文学吗？假如我们这样分类的话，那么，我们就把文学上的时间分期与文学本身的性质混为一谈了。我们不能永远当代下去，正如我们不可能永远处于现代阶段一样。相对于后面几代人来说，我们就是前"现代"人了，或者，如卡林内斯库所言："我们才是古代人。"② 滥用

---

① 谢冕：《论中国当代文学》，《文学评论》1996 年第 2 期。
② ［美］马泰·卡林内斯库：《现代性的五副面孔》，顾爱彬等译，商务印书馆 2002 年版，第 30 页。

"当代文学"的概念，是一项与子孙后代抢夺话语命名权力的怠惰之举。虽然它可以一劳永逸，但却完全不具备学术严谨性与学理性。任何一部以"当代"来命名的文学史著作，都有挂羊头卖狗肉之嫌。这就需要我们写 1949 年以来文学史的时候谨慎地考虑一个能够统辖这部文学史的史学名词，就如新近张健主编《新中国文学史》，但是，这样的命名固然跳出了"当代"设置的陷阱，无形中却又成为一种名词替换游戏，对处于未竟状态下的"新中国"来说，这部"史"之后的"新中国"文学史又该如何命名呢？况且，与"现代性"一样，"新"是否只有某一种固定的模式？当"新"对应着"旧"的时候，我们就重在讨论一种与之前政治形态不同的文学，文学史的分期在这里借政治分期而得以成立。文学史也就顺理成章地成为屈就于政治史的一个子课题。当我们面对这样的质询的时候，我们或许会本能地逃避以"现、当代"之类的命名来作为文学史的分期，以时间段来取而代之，比如说"二十世纪中国文学"。虽然就这个命名提出质疑的文章已经很多，但是在此我还是想提出自己的疑问。论者宣称："'二十世纪中国文学'这一概念首先意味着文学史从社会政治史的简单比附中独立出来，意味着把文学自身发展的阶段完整性作为研究的主要对象。"① 毫无疑问，论者的出发点在于把文学史还给文学，想要突出文学的独立自足性，然而，在中国这样一个不断革命的国度里，如何会有"文学自身发展的阶段完整性"？"十七年"文学甚至说 1949 年后三十年的文学去与何时的文学自身发展建构起它们的阶段完整性？况且，这种世纪文学史最终只能体现出时间的完整性，而不是"文学自身发展的阶段完整性"，恰

---

① 黄子平、陈平原、钱理群：《论"二十世纪中国文学"》，《文学评论》1985 年第 5 期。

恰以文学的名义人为地割断了文学史的完整性。我们完全可以提出自己的疑问：难道 2000 年后——且不说当时这个提法发生在 1985 年——的中国文学应该称之为"二十一世纪中国文学"？如果是这样的话，那么，二十一世纪的文学史是不是要等到世纪末才可以讨论？由此来看，这种阶段的完整性的说法仅仅只是自欺欺人地成为文学史写作中的玄学辩证法的另一个说法而已。

当然，也有以"现代中国"来命名的文学史，诸如李新宇主编《现代中国文学（1949—2008）》，朱德发等著《现代中国文学英雄叙事论稿》等之类。相较而言，以"现代中国"来命名的文学史似乎比"中国现代"或者"中国当代"要好得多，其理由在于，把这段时期的文学看作发生在"现代中国"这样一个空间里面的事业，这样既可以涵盖港澳台文学，也可以避免因为政治的变动而对文学进程进行强行分期，造成文学史上的人为断裂。这个"现代"既标示出了文学的不同形态，也把现代性当作一项未竟的事业，它并不因为政局的变动而中断。

可是，问题在于，这两个"现代"恰恰是来自两个不同标准的"现代"，朱德发先生认为，"'现代中国'应以甲午之战后的维新变法运动作为起点"，"上可封顶下不封底"[①]，在《现代中国文学英雄叙事论稿》中，这个"现代"涵括了从晚清到当下的时间段；而李新宇先生的"现代中国文学"则是作为 1898 年以来的一个文学延续。显然，李新宇以"现代中国文学"的概念替换了"当代文学"的概念，因为在他看来，"所谓当代，即当下的时代，是正处其中而尚未过去的时代……当代文学这个概念在开始使用时是适用的，因

---

① 朱德发：《重建"现代中国文学史"学科意识》，《福建论坛》（人文社会科学版）2002年第 2 期。

为它所指称的对象那时刚刚发生，的确是当下的文学，但是，60 年后的今天，仍把半个世纪之前的文学称为'当代文学'，就多少有些勉强。"① 有意思的是，论者在以"现代中国文学"命名的文学史下，谈论的却是"中国现代文学"。在指出其他文学史命名的弊端之后，李新宇认为，"至于'中国现代文学'的命名，虽然也面临现代性的认定，但国内外学界已有共识，根据世界的普遍情况，除极少数国家之外，现代化都是一个漫长的过程，没有几个国家的现代史是从现代性完成之日算起的，而多是从现代化开始或从现代文明在政治、经济等某个方面的重要标志出现算起的……因此，把这个时间的文学作为中国'现代文学'的一个阶段，应是顺理成章的事。"② 如果我们不把李新宇这里的"现代中国文学"与"中国现代文学"的等价对立看作不小心而为之的"笔误"的话，那么，我们就有理由认为他是要借"现代中国"之名来避开现代性的纠缠。

以"现代中国文学"来命名的文学史的重要意义并不在于避开了中国文学是否"现代"的纠缠，而在于它给我们指出了可以有多种想象现代中国的方式，以及存在着多种文学现代性的可能。

相较而言，"现代中国文学"的命名就比以现、当代文学这样的二分法来对 20 世纪中国文学史分期具有更为强大的说服力。当代（性）不是现代（性）的自然延续，它不是一个确定的时间概念，对每一个活着的人来说，他/她都是当代人，就这点来看，任何时代的人所写的文学史，只要作者愿意，都可以叫当代文学史，这个命名本身跟某个确定的时间段并无必然的联系。由此而言，认为当代事，不宜入史，或者认为当代距今只有几十年，时距太短，不能做出准确的评

---

① 李新宇主编：《现代中国文学（1949—2008）》，南开大学出版社 2009 年版，第 1 页。
② 李新宇主编：《现代中国文学（1949—2008）》，南开大学出版社 2009 年版，第 2 页。

估等观念就并不是"当代文学史"写作面临的真正问题所在了。

二 文学史的向度：政治史还是文学史？

韦勒克在谈到文学史写作的时候认为："解决问题的关键在于把历史同某种价值或标准联系起来。只有这样，才能把显然无意义的事件系列分离成本质的因素和非本质的因素。只有这样，我们才能谈论历史进化，而在这一进化过程中每一个独立事件的个性又不被削弱。"① 显然，一部文学史需要有一条主线来贯穿其中，可是，我们应该以什么样的价值或标准来衡定"当代文学史"呢？对于一部文学史来说，文学作品之间的关系，也就是作品之间的渊源和相互之间的影响关系是一部文学史首先应该关注的重点所在。作家之间的文学关系是衡量一部文学史之为文学史的重要标准。在每一部关于"当代"的文学史面前，我们都有必要记住唐弢先生的这句话："文学史可以有多种多样的写法，不应当也不必要定于一尊。不过文学史就得是文学史，它谈的是文学，是从思想上艺术上对文学作品的分析与叙述，而不是思想斗争史，更不是政治运动史。"② "文学性"当然不是中国当代文学的核心内涵，中国当代文学的核心内涵是政治性，但是，我们不能因为其政治性就把文学史写成政治史。

洪子诚著的《中国当代文学史》当然有一个贯穿于其中的主题，但那偏偏不是文学的主题，而是政治的。它是史，但却不是"文学"史。这样的问题不仅存在于洪著当中，也是所有关于"当代文学史"第一个三十年里所遇到的问题。洪著中的关键词"'体制化''一体

---

① ［美］韦勒克、沃伦：《文学理论》，刘象愚等译，江苏教育出版社 2005 年版，第 308 页。
② 唐弢：《关于重写文学史》，《求是》1990 年第 2 期。

化''规范''等级'。这些概念所表达的是当代中国文学的基本生存状态与特征"①，这些关键词当然是洪子诚先生对"当代"第一个三十年里文学生产过程的高度概括，同时也是对某种政治思想史的概括，显然，这种概括对政治思想史的意义要远大于对文学史的意义。也正因为贯穿于其著作中的主线是政治的，而其著作也"是指发生在特定的'社会主义'的历史语境中的文学，因而它限定在'中国大陆'的这一区域之中"，所以，"台湾、香港等地区的文学与中国大陆文学，在文学史研究中如何'整合'，如何不是简单的并置，需要提出另外的文学史模型来予以解决。"② 以这样的主线贯穿于史，台港澳等地区的文学是当然不能入史的，就算这些地区深受中国大陆文学传统的影响，那也不可能把它们纳入左翼革命叙事之中。这个理由也正是我们对把台港澳文学纳入《中国当代文学史新稿》这样的著作提出质疑的地方。尽管这部著作宣称："只要不是单纯从党派和政治的视角，而是从文化、语言、民族的统一性来考察和阐述文学史，'中国当代文学'就不应仅仅局限于大陆的文学，而应包括大陆文学、台湾文学及香港文学和澳门文学这三个组成部分。这不仅因为这三个文学'板块'从文化、语言、民族的统一性（同一性）来说有着有机的内在联系，更重要的是，当中国文化接受外来异质文化的挑战而做出历史性的回应时，从国人民族意识与现代意识的交叉、起伏，文学的进退、得失，都可看出它们有着那种文化根脉的相通。"③ 从中华民族这样一个民族主义的立场，从领土的完整性与统一性来说，我们应该毫不犹豫地把台港澳文学纳入"中国当

---

① 钱理群：《中国当代文学史写作笔谈——读洪子诚〈当代文学史〉后》，《文学评论》2000 年第 1 期。

② 洪子诚：《中国当代文学史》（修订版）"前言"，北京大学出版社 2007 年版，第 3 页。

③ 董健等主编：《中国当代文学史新稿》"绪论"，人民文学出版社 2005 年版，第 2 页。

代文学史"中去，关键问题是，我们无论如何也不能把文化（包括语言等）看作铁板一块的物质存在，就算是民族意识、现代意识，又如何能够想当然地认为具有"那种文化上的根脉相通"呢？一个简单的例子是，当大陆在红红火火地闹革命的时候，我们的大陆现代意识如何去与台港澳的现代意识接轨呢？难道仅仅靠以汉语写作来沟通这三个"板块"的文学史写作？反之，如果我们的"当代文学"不把台港澳地区的文学纳入文学史，又何以能够以"中国"的名义去统领整个文学史？显然，把台港澳文学纳入"中国当代文学史"与否，著者都会陷入政治性与文学性的两难窘境中：如果重点在于文学史的文学性，那么，一旦把台港澳文学纳入这段文学史，"中国大陆"的"当代文学史"就会遭受到来自文学上的挑战；如果重点在于"'社会主义'的历史语境中的文学"这样一个意识形态概念，那么，港澳台文学就会因为意识形态问题而被遮蔽。可以说，只要以"中国当代"来命名文学史，而在具体操作过程中又以政治主线来衡定文学的进程，这样的内在矛盾就永远不可能抹除。

毫无疑问，洪著的《中国当代文学史》是从政治意识形态的角度来解读中华人民共和国成立后中国文学的范本，其考察之详细，与其时政治环境结合之深入，引出的观点之深邃与新颖，都是很多当代文学史所不能望其项背的。然而，认真翻阅这部文学史，我们就会发现，里面关于社会（政治）事件对文学创作本身的冲击，对文学的走向的影响等的叙述占据了大量的篇幅。文学创作当然与社会事件息息相关，但是，我们必须重申的是：文学创作不是新闻报道，它能够反映一个社会的变迁情况，但绝不是一个社会发展所必须悬挂的晴雨表。文学在关注社会问题的同时，还有文学作为文学而独立存在的理由。正是从这个方面来看，洪著的当代文学史才留下了另一个缺憾——文学史关注文学方面太少，而关注社会，或者说政治意识形态对文学创作的影响太多，文学史由此变成了一项类似于社会思想史的社会学著作。然而，这并不是史家自身的问题，——可以说，洪子诚先生对当代文学史的叙述至今仍然是无人能够超越的——而是中国"当代"文学自身发展的问题。

存在即合理，洪先生在其著作中的言下之意也表明：有如此之政治，理当造就如此之文学。如果我们完全承认文学是政治的附庸的话，以此去透视一部文学史并无不可。我们当然可以用具有中国特色的当代文学史这样的概念来为这种文学史写作——当然，最主要的也是为当代文学之所以为这样的状态——提供辩护。然而，在一体化时代，这样的文学史的写作不可能有"以史为鉴"的高远目标，很多人需要做的是如何确认现行的文学体制，在他们看来，现行的就是最好的。被政治认可的就是值得历史记取的。这只需看看朱栋霖等编著的《中国现代文学史：1917—1997》（高等教育出版社1999年出版）就可以为证，把北岛这样一个朦胧诗重镇公然开除出文学史，如果不是有意忽略，至少也有因政治意识形态而废言之嫌。然而，越是深挖意识形态对文学的影响——不管这种影响被说成是卓有成效的还是倒行逆施的——就越体现出文学史写作的尴尬。当然，这同时也折射出当代文学在发展过程中所受到的限制。

从这个方面来说，陈思和先生编著的《中国当代文学史教程》的意义就并不仅仅在于"以'潜在写作'与'民间意识'两个全新的文学史概念完成了对'十七年文学'与'文革文学'的重新整合，并以此重构了当代文学史的基本构架。"① 更在于"通过这类以

---

① 李扬：《当代文学史写作：原则、方法与可能性——从陈思和主编的〈中国当代文学史教程〉谈起》，《文学评论》2000年第3期。

文学作品为主型的文学史教材的编写实践，为'重写文学史'所期待的文学史多元局面，探索并积累有关经验和教训。"① 编著者的这种修史观念多少与德曼的意见相合，"……而叫做文学释义的东西，只要是出色的释义，事实上，也就是文学的历史。"② 要让 1949 年后三十年苍白的"文学"史丰富起来，当然就只能借助于"潜在写作"与"民间意识"的模式来对抗"主流文学"与"非文学"。然而，陈思和先生提倡的"多层面"这个关键词固然涵盖了文学的多层面，但更为重要的是，这个关键词也成了反映时代的"多层面"，"本质地反映了时代与文学的关系"③ 而其"民间意识"，据李扬先生考察，"也始终没有真正外在于主流意识形态，无论是在'十七年文学'还是在'文革文学'中，'民间意识'都始终与主流意识形态相辅相成，不可分离，成为了主流意识形态不可分割的组成部分，"④ 正因如此，这种将主体与他者、中心与边缘相置换的叙事，也并不能体现出新旧文学史的本质差别。⑤

当代文学受政治意识形态的影响太大，它的创作过程就是一个被规训的历史，在一个文学变成社会政治意识形态注脚的社会里，要把文学史写成一部真正的文学发展的历史，几乎是不可能的。文

---

① 陈思和：《中国当代文学史教程》"前言"，复旦大学出版社 1999 年版，第 6 页。
② ［美］保罗·德曼：《解构之图》，李自修等译，中国社会科学出版社 1998 年版，第 189 页。
③ 陈思和：《中国当代文学史教程》"前言"，复旦大学出版社 1999 年版，第 11 页。
④ 李扬：《当代文学史写作：原则、方法与可能性——从陈思和主编的〈中国当代文学史教程〉谈起》，《文学评论》2000 年第 3 期。
⑤ 关于洪子诚的《中国当代文学史》、董健等主编的《中国当代文学史新稿》以及陈思和主编的《中国当代文学史教程》编写过程中的其他问题，邵元宝在《作家缺席的文学史——对近期三本"中国当代文学史"教材的检讨》（《当代作家评论》2006 年第 5 期）一文有非常精辟的论述。李扬的《当代文学史写作：原则、方法与可能性——从陈思和主编的〈中国当代文学史教程〉谈起》（《文学评论》2000 年第 3 期）对《中国当代文学史教程》编写中所遇到的问题也有卓见。

学的创作,以及文学史的写作成为一部非常态的历史。既然文学自身的发展并不是一条自然流动,对文学自身反叛的历史,要求文学史回归文学自身似乎也太过苛刻。我们或许可以写各个时期的断代史,但是,要把1949年后鱼龙混杂的所有作品以文学的名义,在当代的旗号下统一起来,实是强人所难。我们当然可以遵循伊格尔顿的教导,将一切的文学都看作具有意识形态的,以政治意识形态来作为主线贯穿于整个文学史的写作,然而,意识形态本身也不是铁板一块的,这样的主线似乎也就变成了不可能一以贯之的事情。

1949年后三十年来的主流文学姑且不论,尽管我们学界现在正到处寻找着可以使得这三十年的"文学"能够成为文学的东西——这是一个非常有意思的悖论,我们从来没有听说过要在卡夫卡或者福克纳的创作中寻找使其成为文学的依据。文学成为文学不是靠外界证明出来的,它的品质是天生具有的,至少,在这个已经公认,具有某种经典意义的文学文本出现的情况下,它的品质是具有某种不言而喻的规范性。越是在寻求理论上的支持,便越是能够体现出这个命题的虚假性。

在一个永无完结的现代政治国家,文学永远也不会逃脱政治的规训,在这样的历史环境中,如果要写一部以当代的名义进行下去的文学史,也许只有等到政治凌驾于文学的时代完结之后。

"政治史是历史的和过去的,而艺术史既是历史的,从某种意义上来看也是现在的。"① 那些以政治对文学的影响作为主线贯穿其中的当代文学史,在未来的历史中,有多少还能让后来人感到那也是属于他们的那一个"现在"呢?

———————

① [美] 韦勒克、沃伦:《文学理论》,刘象愚等译,江苏教育出版社2005年版,第305页。

如果说"确立每一部作品在文学传统中的确切地位是文学史的一项首要任务"① 的话，那么，可以说，所有的"当代文学史"的第一个三十年的叙述都不知道中国文学的传统在哪儿。他们看到的文学传统是左翼文学传统，然而，相对于中国上下五千年的文学传统来说，它们去哪儿寻找那个赞歌颂歌的传统？而"文革"之后的传统，又该去哪儿寻找？现在我们所拥有的"当代文学史"正处在一个尴尬的境地：在现行体制之下，我们的文学史当然要确立作品在左翼文学中的地位，同时也是在确立每一部作品在政治意识形态上的地位。而更为严重的是，当文学脱离"一体化"之后，"当代"的文学又应该到哪个文学传统中去寻求他们在文学史上的地位呢？

左翼文学传统也并不能统领他们所认定的"当代文学史"。同时，"革命历史小说""文革文学""朦胧诗""伤痕文学""先锋小说""改革文学"等这样的命名本身是毫无问题的，可是，当我们把这些毫无问题的单个命名放在"当代文学"的概念下的时候，就显得鱼龙混杂了。因为，没有任何一条理由能够说服我们，这是以文学作为主线贯穿下来的"当代文学史"。

当代文学史在某种意义上来说就是一部政治意识形态史，这在很多当代文艺思潮的研究中就可见一斑，比如李慈健等编著的《当代中国文艺思潮史》（河南大学出版社 1999 年版），仔细对照阅读，我们就可以发现一个非常有趣的现象：当代中国文艺思潮史并不是文学艺术发展意义上的思潮史，而是一部以政治讲话为先导的意识形态史，它正和当代文学史不是文学的历史一样。把当代文艺思潮史与各种当代文学史对照阅读，相互佐证，我们就能发现我们现在

---

① ［美］韦勒克、沃伦：《文学理论》，刘象愚等译，江苏教育出版社 2005 年版，第311 页。

各种当代文学史的写作所流露出来的问题。

我们当然可以有多种文学史的写作方法，比如说，20 世纪的，新文学整体观的，以点带面通过某一年文学事件折射文学史的等，可具体到所谓的当代文学，这些文学史的写作也就只剩下命名上的更新而已，对文学史自身并无助益：不管以任何一种叙述方法，在一个以政治担纲为开路先锋的时代里，这些方法都不能抵达文学史作为文学历史的核心地带。

在一个没有文学自觉的民族里，或者说，要写一部有关于现代或者当代的文学史，不可避免地，这些文学史都将不再是文学自己发展的历史——在文学已经被政治规训成"公仆"的前提下，还存在什么关于文学自身这样一个近乎伪命题的命题呢？文学发展的历史如果不是文学自身对前辈文学创作做俄狄浦斯式的反抗，如果不是通过反抗文学自身从而确立地位的历史，而仅仅只是以文学来达到与政治意识形态合谋，媚政治之俗，或者如巴金所谓的"遵命文学"，任何史家要写出文学史都将是勉为其难。政治是没有连贯性的，那些以事物是变化发展的来作为政治非连续性的注解的都是诡辩之徒。但是文学应该有它独立自足的某些要素。因此，我们应该颠倒一下旷新年先生《把文学还给文学史》（载《读书》2009 年第 1 期）这样一个提法，面对"当代"文学，不是要把文学还给文学史，而恰恰相反的是，我们要把文学史还给文学！

然而，在一个身处其中，没有明确下限时刻表的情况下，一切都还是发展变化的，时刻都可能有新的作家以及作品加入这个竞争游戏之中，从而改变"历史"的原貌。另外，就算我们明确了一个下限，也会因史家的治史观念不同而言人人殊，重写文学史在任何时代都是必然的事情。如果对我们还身处其中的这段不够稳定的

"文学史"需要一种相对稳定叙述的话，我还是只能坚守把文学史还给文学的立场。可是，非常遗憾的是，我在这里没有能够提出一种完美的重写方略，事实上，这种重写方略任何时候都不可能用单一的方式来予以描述或概括。正是基于这一认知，我们就应该对众多的"中国当代文学史"写作表示由衷的敬意；同时，也就可以以"没有最好，只有更好"这一句广告语来作为我自欺欺人的对重写文学史探讨的一个总结。

参考文献

一 译著

[奥] 阿德勒：《挑战自卑》，李心明译，华龄出版社 1996 年版。

[德] 汉斯—格奥尔格·加达默尔：《真理与方法：哲学诠释学的基本特征》（上、下卷），洪汉鼎译，上海译文出版社 2004 年版。

[德] 黑格尔：《精神现象学》（上卷），贺麟、王玖兴译，商务印书馆 1996 年版。

[德] 加布丽埃·施瓦布：《文学、权力与主体》，陶家俊译，中国社会科学出版社 2011 年版。

[德] 马丁·海德格尔：《林中路（修订本）》，孙周兴译，上海译文出版社 2008 年版。

[德] 马克思：《马克思恩格斯选集》（第 1—4 卷），人民出版社 1974 年版。

[德] 沃尔夫冈·伊瑟尔：《虚构与想象——文学人类学疆界》，陈定家等译，吉林人民出版社 2003 年版。

[德] 于尔根·哈贝马斯：《现代性的哲学话语》，曹卫东等译，译林出版社 2008 年版。

［法］吉尔·德勒兹：《哲学与权力的谈判》，刘汉全译，商务印书馆2005年版。

［法］拉康：《拉康选集》，褚孝泉译，上海三联书店2001年版。

［法］罗兰·巴特：《S/Z》，屠友祥译，上海人民出版社2000年版。

［法］罗兰·巴特：《热奈特论文选·批评译文选》，史忠义译，河南大学出版社2009年版。

［法］米歇尔·福柯：《词与物——人文科学考古学》，莫伟民译，上海三联书店2001年版。

［法］米歇尔·福柯：《规训与惩罚》，刘北成、杨远婴译，生活·读书·新知三联书店2003年版。

［法］米歇尔·福柯：《性经验史》，佘比平译，上海人民出版社2005年版。

［法］皮埃尔·布迪厄：《艺术的法则：文学场的生成和结构》，刘晖译，中央编译出版社2001年版。

［法］让·鲍德里亚：《消费社会》，刘成富等译，南京大学出版社2009年版。

［法］雅克·德里达：《论文字学》，汪堂家译，上海译文出版社2005年版。

［联邦德国］H. R. 姚斯、［美］R. C. 霍拉勃：《接受美学与接受理论》，周宁、金元浦译，辽宁人民出版社1987年版。

［联邦德国］W. 伊泽尔：《审美过程研究——阅读活动：审美过程研究》，霍桂恒、李宝彦译，中国人民大学出版社1988年版。

［美］爱德华·W. 萨义德：《东方学》，王宇根译，生活·读书·新知三联书店1999年版。

［美］爱德华·W. 萨义德：《知识分子论》，单德兴译，生活·读书·

新知三联书店 2002 年版。

［美］保罗·德曼：《解构之图》，李自修等译，中国社会科学出版社 1998 年版。

［美］本尼迪克特·安德森：《想象的共同体：民族主义的起源与散布》，吴叡人译，上海人民出版社 2005 年版。

［美］彼得·布鲁克斯：《身体活——现代叙事中的欲望对象》，朱生坚译，新星出版社 2005 年版。

［美］杜赞奇：《从民族国家拯救历史：民族主义话语与中国现代史研究》，王宪明等译，江苏人民出版社 2009 年版。

［美］哈罗德·布鲁姆：《误读图示》，朱立元、陈克明译，天津人民出版社 2008 年版。

［美］哈罗德·布鲁姆：《西方正典》，江宁康译，译林出版社 2005 年版。

［美］哈罗德·布鲁姆：《影响的焦虑》，徐文博译，江苏教育出版社 2006 年版。

［美］金介甫：《沈从文传》，符家钦译，时事出版社 1991 年版。

［美］凯特·米利特：《性政治》，宋文伟译，江苏人民出版社 2000 年版。

［美］柯文：《在中国发现历史——中国中心观在美国的兴起》，林同齐译，稻乡出版社 1991 年版。

［美］马泰·卡林内斯库：《现代性的五副面孔》，顾爱彬、李瑞华译，商务印书馆 2002 年版。

［美］苏珊·桑塔格：《激进意志的样式》，何宁等译，上海译文出版社 2007 年版。

［美］苏珊·桑塔格：《疾病的隐喻》，程巍译，上海译文出版社 2003

年版。

[美] 韦勒克、沃伦：《文学理论》，刘象愚译，江苏教育出版社 2005 年版。

[美] 詹明信：《晚期资本主义的文化逻辑》，张旭东编，陈清侨等译，生活·读书·新知三联书店 2003 年版。

[日] 伊藤虎丸：《鲁迅与终末论：近代现实主义的成立》，李冬木译，生活·读书·新知三联书店 2008 年版。

[瑞士] 雅各布·布克哈特：《世界历史沉思录》，金寿福译，北京大学出版社 2007 年版。

[以色列] S. N. 艾森斯塔特：《反思现代性》，旷新年、王爱松译，生活·读书·新知三联书店 2006 年版。

[印度] 泰戈尔：《吉檀迦利》，吴岩译，上海译文出版社 1986 年版。

[印度] 泰戈尔：《泰戈尔抒情诗选》，吴岩译，上海译文出版社 1990 年版。

[英] 安东尼·吉登斯：《民族—国家与暴力》，胡宗泽等译，生活·读书·新知三联书店 1998 年版。

[英] 安东尼·史密斯：《民族主义：理论、意识形态、历史》（第二版），叶江译，上海人民出版社 2011 年版。

[英] 齐格蒙特·鲍曼：《现代性与矛盾性》，邵迎生译，商务印书馆 2003 年版。

[英] 斯图亚特·霍尔、保罗·杜盖伊编著：《文化身份问题研究》，庞璃译，河南大学出版社 2010 年版。

[英] 特雷·伊格尔顿：《二十世纪西方文学理论》，伍晓明译，北京大学出版社 2007 年版。

[英] 特里·伊格尔顿：《审美意识形态》，王杰等译，广西师范大学

出版社 2001 年版。

海涅：《海涅选集·诗歌卷》，张玉书选编，人民文学出版社 2002 年版。

林毓生：《中国意识的危机——五四时期激烈的反传统主义》，穆善
　　培译，贵州人民出版社 1986 年版。

夏志清：《中国现代小说史》，刘绍铭等译，香港中文大学 2001 年版。

二　中文著作

陈剑晖、宋剑华主编：《二十世纪中国文学批评史》，海南出版社 2003
　　年版。

陈俐等主编：《郭沫若经典作品多元解读》，四川大学出版社 2006
　　年版。

陈平原、夏晓虹主编：《二十世纪中国小说理论》（第一卷，1897—
　　1916），北京大学出版社 1997 年版。

陈漱渝编：《谁挑战鲁迅——新时期关于鲁迅的论争》，四川文艺出
　　版社 2002 年版。

陈思和：《中国当代文学史教程》，复旦大学出版社 1999 年版。

陈永国主编：《翻译与后现代性》，中国人民大学出版社 2010 年版。

陈永志校释：《〈女神〉校释》，华东师范大学出版社 2008 年版。

戴光中：《赵树理评传》，南京大学出版社 2013 年版。

董健等主编：《中国当代文学史新稿》，人民文学出版社 2005 年版。

复旦大学中文系《赵树理研究资料编辑组》：《赵树理专集》，福建
　　人民出版社 1981 年版。

高军等编：《无政府主义在中国》，湖南人民出版社 1984 年版。

歌德：《歌德文集》（第 1—14 卷），杨武能等译，河北教育出版社
　　1999 年版。

郭沫若：《郭沫若全集·文学编》（第1—15卷），人民文学出版社
　　1982年版。

洪子诚：《中国当代文学史》（修订版），北京大学出版社2007年版。

孔范今：《二十世纪中国文学史》（上、下册），山东文艺出版社2008
　　年版。

老舍：《老舍全集》（第1—19卷），人民文学出版社2013年版。

李今主编：《汉译文学序跋集》（第1—4卷），上海人民出版社2017
　　年版。

李新宇主编：《现代中国文学》（1949—2008），南开大学出版社2009
　　年版。

李怡：《现代性：批判的批判——中国现代文学研究的核心问题》，人
　　民文学出版社2006年版。

连燕堂：《二十世纪中国翻译文学史·近代卷》，百花文艺出版社2009
　　年版。

梁启超：《梁启超全集》（2），北京出版社1999年版。

凌宇：《从边城走向世界》，岳麓书社2006年版。

刘纳：《嬗变——辛亥革命时期至五四时期的中国文学》，中国社会
　　科学出版社1998年版。

柳青：《柳青文集》（第1—4卷），人民文学出版社2002年版。

鲁迅：《鲁迅全集》（第1—18卷），人民文学出版社2005年版。

陆晶清：《陆晶清诗文集》，四川大学出版社1997年版。

罗钢、刘象愚主编：《文化研究读本》，中国社会科学出版社2000年版。

毛泽东：《毛泽东选集》（第1—5卷），人民出版社1977年版。

逄增玉：《现代性与中国现代文学》，东北师范大学出版社2001年版。

钱理群等：《中国现代文学三十年》，北京大学出版社1998年版。

沈从文：《沈从文全集》（第1—27卷），北岳文艺出版社2009年版。

沈红苏：《女性叙事的共性与个性——王安忆、铁凝小说创作比较谈》，河南大学出版社2005年版。

宋剑华：《文学的期待——转型期中国文学现象论》，作家出版社2006年版。

汪卫东：《现代转型之痛苦肉身：鲁迅思想与文学新论》，北京大学出版社2013年版。

王富仁：《中国反封建思想革命的一面镜子》，北京师范大学出版社1986年版。

王富仁：《中国文化的守夜人——鲁迅》，人民文学出版社2010年版。

王继志：《沈从文论》，江苏教育出版社1992年版。

徐仲佳：《中国现代性爱叙事论集》，中国社会科学出版社2012年版。

严复：《严复全集》（第1—8卷），福建教育出版社2014年版。

严家炎主编：《二十世纪中国文学史》（上），高等教育出版社2010年版。

杨春时：《现代性与中国文学思潮》，生活·读书·新知三联书店2009年版。

杨天石主编：《钱玄同日记》（上），北京大学出版社2014年版。

曾逸主编：《走向世界文学：中国现代作家与外国文学》，湖南人民出版社1985年版。

《中国新文学大系（影印本）》（1917—1927），上海文艺出版社2003年版。

张爱玲：《张爱玲典藏全集》（第1—14集），哈尔滨出版社2003年版。

张光芒：《启蒙论》，上海三联书店2002年版。

张京媛主编：《当代女性主义文学批评》，北京大学出版社1992年版。

赵树理：《赵树理全集》（第 1—6 卷），大众文艺出版社 2006 年版。

赵一凡等：《西方文论关键词》，外语教学与研究出版社 2006 年版。

赵银棠：《玉龙旧话新编》，云南人民出版社 1984 年版。

朱栋霖、丁帆、朱晓进主编：《中国现代文学史》（上、下册），高
　　等教育出版社 2012 年版。

朱寨主编：《中国当代文学思潮史》，人民文学出版社 1987 年版。

后　记

悔其少作，这几个字虽然早就认识，但是直到整理这部书稿的时候，才真正意识到这个问题。这是肯定的，再过几年，回头再来看现在写的文章，肯定也会有同样的感受，这是时代与思维的局限使然，对于没有超前意识，头脑愚笨如我之人，也怪不得其他。

然而就不作了吗？也不行的，读书的时候，如果没有几篇文章，如何毕业？于我来说，拿奖学金那些好事从来不相干，顺利毕业才是大事，再说了，如果没有几篇文章，又如何找工作谋饭碗？工作以后，如果每年不发一两篇 C 刊，又如何完成绩效，如何给单位交差？职称又从何而来？一想到这些问题，就逼着人没有时间去悔了，该作还需作，不该作硬着头皮也得作。好在俗话说得好，百无一用是书生。这里的书生，说得最多的就是我这样的文科生。既然如此，又何必在意是少作，还是老作？

这里收集的文章，跨越十四年了，如果有人读着觉得幼稚，还请高抬贵手，扔墙角去，不过这样的事情想来不会发生多少次：这个年代，谁还会看这些文章？文学研究除了作者和编辑之外，就只有少量的几个研究者会读。对于自视甚高的人文学者来说，这无异于一个讽刺，但似乎也并不妨碍大家自娱自乐。

在这里，应该感谢《文学评论》《鲁迅研究月刊》《社会科学辑刊》《当代文坛》《文艺争鸣》《文艺评论》《海南师范大学学报》《涪陵师范学院学报》《百家评论》等众多刊物编辑的辛苦，同时也感谢中国社会科学出版社的郭晓鸿女士的不弃。感谢中国新诗研究所的同事间单纯而轻松的友谊。当然，我也一如既往地感谢我的老师们，他们是杨爱平教授、宋剑华教授、赵学勇教授和李怡教授，以及我的两个兄弟，他们是教授李伟，老虎李文甫，如果没有他们，就不会有今天这种无人问津的书籍出现。但我不敢把这样的书籍呈送给他们，以免他们失望。

我不能感谢我的家人，他们给予了我宽松的工作环境，给予了我最大的支持，但我却并没有做出什么像样的工作，我担心一旦说到感谢，他们就会说，这样的感谢值不得他们的付出。

值此新冠肺炎疫情肆虐之际，"以文抗疫"甚是流行，那么也请我用这样的方式，用一种相对环保的分类方式，看看是否能够为抗疫做点什么。只是想想，既然对生者尚且无用的工作，如果以之献于那些在病疫中死去的同胞，似乎也是一种亵渎。呜呼哀哉，呜呼哀哉！

魏 巍

2020 年 2 月 20 日